ÓPTICON

JESSE WILSON

Traducido por

FERNANDA GONZÁLEZ

UNO

El campo de batalla, como tal, tenia cicatrices creadas por poderes primordiales que habían peleado con los dioses, sin embargo, los dioses no tenían oportunidad de derrotar a los Titanes por si solos. Zeus y los otros padres celestiales de las familias cósmicas habían creador doce armas de inimaginable poder para lograrlo.

Eran efectivas y se deshacían de sus enemigos con una fuerza implacable que no había sido vista nunca. Desafortunadamente, las armas que habían creado tenían vida, y podían soñar y pensar por si mismas. Cuando el último titán enemigo fue derrotado. Se lo preguntaron. Se preguntaron si había una buena razón para servir a seres inferiores.

No se les ocurrió ninguna. Ahora, se libraba la segunda Gran Guerra. La antigua fortaleza de los titanes que llamaban Otris se alzaba a lo alto, negra y con quemaduras de antiguos ataques. Se podía ver detrás del ejercito de dioses que se enfrentaban a las armas que los habían ayudado a pelear.

"Sabes, debe haber mejores manera de derrotar a los Titanes, "dijo Hades mientras una bola de fuego dorado volaba sobre su cabeza y se estrellaba contra la fortaleza a sus espaldas, explotando en un millón de chispas. "Sí, pero esta es la más efectiva, confía en mí, sé lo que hago, hermano. Necesitabas crear la ayuda si queríamos ganar," le respondió Zeus, cansado de repetirle lo mismo a todos. Hades sólo quería molestarlo mientras todavía estaba vivo para hacerlo.

Once de las bestias marchaban en dirección a ellos. Sus pasos hacían que el suelo temblara. Cuando el rugido del líder llegó al campo de batalla, Zeus supo que estaban a punto de atacar. La vieja armadura blanca que tenía puesta comenzó a echar chispas de energía azul mientras se preparaba para lo que venía.

"Hades, asegúrate de que todos estén listos y que nadie rompa filas. Este plan es importante," dijo Zeus. Hades lo miró, sus opacos ojos rojos moviéndose a la derecha. "Sólo quieres asegurarte de que Ares no haga nada tonto, ¿verdad? Entonces soy una niñera," respondió, molesto con la idea. "Entendiste," respondió Zeus, y Hades suspiró. "Está bien," respondió y desapareció entre la multitud detrás de ellos.

Zeus miró a la bestia que acababa de llegar, e incluso ahora encontrándose tan tarde y con la posibilidad de sus muertes inminente no podía dejar de admirar su trabajo.

"Ya era hora de que apareciera," dijo Zeus en respuesta al horrendo chillido que aún se estaba disipando. El líder de las bestias apareció frente a los otros once. Era un esqueleto que después sería la inspiración para cada dinosaurio bípedo que existiría en el futuro. La bestía tenía brazos largos con manos que terminaban en garras. Un cráneo en forma de una bestia carnívora, una boca llena de filosos dientes y las cuencas de los ojos vacías y negras. Estaba completamente consumido en unas blancas y frías llamas espectrales.

"Zeus, no puedo creer que nos convencieras de crear estas cosas. ¿Qué clase de loco eres?" preguntó Odín mientras se le helaba la sangre, apretando su lanza con su mano izquierda. No había sido su intención preguntar en voz alta pero ahora que el momento había llegado, le ganó el miedo.

"Ja, Odín. Que rápido cambia tu opinión cuando cambia la

marea, deja de ser tan patético y prepárate para pelear," respondió Zeus y lanzó un enorme rayo rojo a través de los cielos de un verde oscuro con un pensamiento. "Estamos aquí, ¿o no?" le preguntó Ra y se encogió al ver las doce armas vivientes que se movían en su dirección.

"Lo estamos," Izanagi, que estaba a su lado con su espada lista, respondió.

"Es hora de trabajar," dijo Zeus y le hizo una seña a los otros lideres para que lo siguieran mientras se alzaba hacia el cielo. Odín, Ra e Izanagi comenzaron a flotar y lo siguieron delante del ejército de dioses que esperaba abajo. "¿Tienen nombres? Nunca me molesté en preguntar," dijo Izanagi y Zeus asintió. "Los tienen," respondió. Izanagi en su brillante armadura roja voló hacia Zeus. El Rey de los dioses del Olimpo se volteó para darle la cara al ejército.

"Ah, genial, es hora de un discurso," murmuró Ra mientras una brillante armadura aparecía alrededor de su cuerpo. "Al menos será corto," respondió Odín mientras una armadura azul aparecía a su alrededor.

"Hoy es nuestro último día o el inicio de una nueva era de paz. Tenemos que pelear para sobrevivir. Yo sé que cometí un gran error, pero espero poder arreglarlo. Ellos, los Yokaiju, necesitan ser detenidos. No se contengan. Esta es la última batalla de una larga y terrible guerra. Los necesito, nos necesitamos los unos a los otros. ¡Que los cielos reinen ahora y por siempre!" le gritó Zeus a los dioses en el suelo con una voz que resonó como un trueno.

"Casi no le gustan los discursos inspiradores, ¿verdad?" le preguntó Thor a Poseidón, levantando su martillo de su hombro izquierdo. "No, no mucho. Por otro lado, al menos fue corto. Lo hubieras visto hace unas eras. Juro que no había manera de callarlo mientras intentaba inspirarnos a pelear contra los Titanes," respondió, agradecido por el discurso tan corto.

Thor no podía esperar para pelear con esas bestias salvajes, eran todo lo que había soñado, y realmente todo lo que había estado soñando por mucho tiempo. Apretó el martillo en su mano en anticipación.

Siempre había pensado que los Titanes eran débiles y no entendía por qué todos estaban tan emocionados; sin embargo, Odín le prohibió pelear en la guerra. Realmente no tenía idea de lo terribles que eran y todas las vidas que se habían perdido en la guerra antes de que los Yokaiju fueran creados.

Thor no tenía idea de lo mucho que Odín y Frigg lo protegían de los horrores que desataban sobre los dioses. Recordaba la miseria que había caído sobre ellos cuando un titán cuyo nombre nunca supo, mató a Baldur. Desde entonces, Thor quería pelear con alguien, quien fuera. Estas bestias servirían.

"Y con eso dicho, hablemos de por qué estamos todos aquí," gritó Odín, girando para mirar al enemigo. "Conocen el plan, saben lo que tienen que hacer, así que hagámoslo," les gritó Ra y todos se voltearon.

"Síganme," gritó Ares y comenzó a correr antes que todos. "No, espera la..." Atenea intentó detenerlo, pero era demasiado tarde, ya había empezado a correr en esa dirección. El dios olímpico alzó su espada y corrió hacia delante, con su escudo ardiendo frente a él.

"Maldita sea, Hades, literalmente tenías un solo trabajo," dijo Zeus y sus ojos estaban bien abiertos del miedo. Su hijo estaba arruinando todo.

Los dioses, ansiosos por pelear, sabían que alguien daría una señal para atacar, pero sin ver quien lo había hecho, era imposible realmente saber quién había dado la orden.

Hades observó a su sobrino liderar la carga. Ares había atacado antes de que pudiera alcanzarlo. "Juro que a ese niño lo dejaron caer de cabeza más de una vez cuando era niño," se dijo a si mismo. Alzó su vara, la sostuvo con las dos manos. "Sí," respondió Poseidón asintiendo con la cabeza mientras los otros dioses lo seguían hacia la batalla.

Ares se alzaba a cien metros de altura, su espada extendiéndose otros cuarenta. Saltó y lanzó su espada tan fuerte como pudo. La espada de diamante cayó sobre la piedra roja que era la piel de Zimri y se hizo pedazos con el impacto. La gárgola roja se detuvo y bajó la mirada a su tobillo izquierdo, mirando al dios. Zimri estiró sus alas color rojo sangre mientras Ares alzaba la mirada a la imponente bestia.

"Uh," dijo, sin palabras mientras la piel de la bestia se prendía en llamas. Ares alzó su escudo justo a tiempo. Tan sólo la fuerza del fuego lo lanzó volando por el cielo, cientos de metros y lejos de Zimri con facilidad.

Eros voló para atraparlo. "Papá, eres un tonto," le dijo. "Bájame, muchacho, hay una batalla que ganar," le respondió Ares con un gruñido. Eros lo dejó caer inmediatamente y sacó su arco. Apunto hacia la gárgola roja en llamas, y jaló la cuerda. Una flecha blanca con una punta roja apareció en ella y la soltó. Era un brillante cometa rojo – como un proyectil que se acercaba a Zimri, y después se derritió antes de siquiera tocarlo.

Detrás de la gárgola, se acercaban otros. Once pesadillas más que hicieron que Eros se encogiera de miedo. "Si vas a hacer algo, este es el momento," gritó Neit mientras ella, Artemisa, y otros dioses disparaban flechas hacia Zimri. A diferencia de las de Eros, estas flechas penetraron el fuego y se clavaron en el pecho de Zimri, pero no eran nada más que diminutos destellos de metal en un enorme océano de fuego.

"Esto no está funcionando" dijo Neit, estableciendo lo obvio. "Sí, ¿tienes alguna otra idea?" le preguntó Artemisa. "Ninguna," respondió Neit pero miró horrorizada cómo Zimri abría la boca y dejaba salir una explosión de llamas rojas en su dirección y envolvía todo lo que podían ver.

Los ojos de Hermes estaban bien abierto mientras veía la pared de fuego que venía hacia ellos. Nadie fue lo suficientemente rápido para quitarse del camino y para ser honesto, no estaba seguro de que hubiera manera de escapar. Pero eso no le impediría intentar. Se movió lo más rápido que pudo y comenzó a quitar a Neit, Artemisa, y otros dioses del camino de la ola de destrucción que se movía hacia ellos. Para él, todo se movía a la velocidad de un caracol. Thor tenía una sonrisa en el rostro medio escondida por su cabello rojo, y cuando Hermes llegó a él, su enorme martillo estaba girando lentamente alrededor de su dedo.

"Este tonto bárbaro va a hacer que lo cocinen vivo," dijo mientras los tomaba a él y a Poseidón para intentar moverlos. Se dio cuenta de que incluso si increíble velocidad no sería suficiente. La pared de fuego iba a envolverlos a ellos tres y a incontables más.

Agni y Sol se hicieron a un lado en el aire frente a él. Sol era una llama viviente, su cuerpo de un naranja y amarillo brillante, cambiante. Agni era un gigante de dos cabeza. La mitad de su armadura verde y la otra azul. "Sácalos de aquí," le dijo Sol a Hermes mientras estiraba las manos para desviar el fuego. Agni ayudó como pudo mientras hacía lo mismo pero estaba menos interesado en hablar. La increíble pared de fuego se dobló directamente hacia el cielo verde.

No tuvieron tiempo de advertirle a nadie. Nike, que estaba volando por el cielo, quedó atrapada en la explosión. Cruzó los brazos cubiertos con armadura plateada en un débil intento de protegerse. Sus alas blancas se quemaron y desaparecieron, y cayó al suelo. El cuerpo ardiente de Sol se apagó, porque la cantidad de poder que le tomaba desviar un ataque la había agotado. Agni la atrapó y juntas colapsaron en el suelo. "Buen trabajo," dijeron las dos voces de Agni en unísono. Sol estaba demasiado débil para responder y le tomó toda su energía hablar.

"Te tengo," dijo Tánatos y atrapó a Nike antes de que cayera al suelo. Estaba brillando de un color rojo y su armadura se estaba derritiendo. "Llegaste. Es bueno verte," respondió débilmente pero sin soltar su espada. "No podía dejar que te quemaras. Nos necesitamos," le respondió con una sonrisa y continuó. "Mamá también está aquí," dijo y Nike se sorprendió.

"Toda la familia está aquí, me sorprende que hayamos logrado que vinieran, tal vez puedan ayudar," Nike respondió, pero interrumpieron su conversación. Malpirgin pasó gritando por el cielo sobre el campo de batalla, sus brillantes alas verdes se movían con tanta fuerza que hicieron que Tánatos volara por el aire. "Sujétate," dijo mientras intentaba controlar su descenso al suelo. Nike se negó a cerrar los ojos mientras ambos caían.

La situación, a pesar de todo el poder que se había juntado ahí, era imposible de ganar. Atenea lo sabía. Estaba para en la batalla y miraba a su alrededor, los Yokaiju los estaban rodeando. Tomándose su tiempo. Esto era un juego sádico para ellos y ella lo sabía. Atenea salió volando hacia su padre.

"Oye, no podemos ganar aquí. Mira a tu alrededor," le dijo a Zeus con miedo. "Niña, los dioses son los amos. Yo cree estas armas, yo puedo destruirlas," dijo, y lanzó un rayo al mismo tiempo. "No, no entiendes. Nos están rodeando, mira por ti mismo," ella le gritó sobre el rugido de una de las bestias. Sólo le estaba prestando atención al líder. Confiaba en que esas armas no tenían oportunidad de ganar. Zeus había subestimado su poder.

Zeus al fin se detuvo y vio las armas acercándose por todos lados. De alguna manera, en tan sólo unos minutos, habían cambiado de posición y casi nadie se había dado cuenta de lo que estaba pasando.

Ese error iba a hacer que los mataran. La victoria sobre los titanes, el precio era demasiado alto. Zeus no podía regresar el poder al lugar donde lo encontró. El horrible sabor de algo se formaba en su cerebro por primera vez, el sabor del arrepentimiento.

"Haz sonar la retirada, tengo un plan. Y, sé que no es tu trabajo, pero ¿puedes llevarle esto a Hefesto? Dile que lo construya lo más rápido posible," dijo Zeus y un pergamino apareció en su mano, y se lo dio. Atenea lo tomó y comenzó a abrirlo. "No, no lo abras. No es para ti. Por favor, apresúrate, no tenemos mucho tiempo, encuéntralo," dijo Zeus y se dio la vuelta para ver al líder de las armas acercándose.

"Nos diste vida. Nos hiciste con un propósito, somos poderosos entre ustedes. Este universo y todo en él, es nuestro," el líder proyecto su malvada voz a su mente, una voz que era doloroso escuchar. "Los cree para ayudarnos a derrotar a los titanes primordiales. Lo hicieron, ahora deben detenerse. Son míos, Yokaiju, siempre lo han sido," dijo Zeus en voz alta. La bestia ladeó la cabeza confundida.

"Nos llamas así. Tomaré el nombre como mío, es lo único que me has dado," le respondió la bestia.

Zeus se alzaba a ciento cincuenta metros de altura, pero frente a esa bestia colosal, apenas era del tamaño de la enorme y vacía cuenca del ojo de Yokaiju. "Bueno, tengo arrepentimientos, muchos. Pero más que nada me arrepiento de no haber creado una manera de detenerlos," dijo Zeus mientras se tragaba su orgullo. "Me imagino. Gracias por haber traído a toda la resistencia, o casi toda, a un solo lugar. Cazaremos a los otros celestiales todo el tiempo que sea necesario," le respondió Yokaiju.

Atenea voló entre el caos, y para su sorpresa, encontró al herrero fácilmente. Estaba construyendo guerreros hechos de brillante metal golpeando el suelo con su martillo de una sola vez, creándolos de la nada. "Hef, te necesito," gritó Atenea y él se detuvo a mitad de un golpe. "Ah, ahora me necesitas. Mamá me corre, y una vez que descubren que puedo hacer cosas soy especial de nuevo," dijo en voz baja. Ella lo ignoró y fue directo al punto.

"Papá dice que necesitas construir esto, no sé lo que es pero todos vamos a morir aquí así que más vale que sea especial," dijo y le lanzó el pergamino. Él lo atrapó con la mano izquierda y lo abrió. En cuanto vio el pergamino respiró sorprendido. "No puedo," se dijo a si mismo pasmado.

"¿Qué? ¿Qué no puedes hacer?" le preguntó Atenea mientras el suelo temblaba bajo sus pies. "Zeus, yo, es demasiado complicado explicarlo, sólo necesitas saber que lo siento," le dijo y tiró el pergamino al suelo, habiendo memorizado los planos al instante. Atenea estaba confundida y caminó hacia brillante pergamino en la tierra negra, pero se hizo polvo mientras lo recogía.

El herrero cósmico alzó su martillo sobre la cabeza y una extraña piedra apreció en el suelo, con un brillo dorado y verde. Atenea no entendía nada de eso, se hizo hacia atrás mientras el martillo chocaba contra la piedra mística, la vio cambiar de forma con el impacto y convertirse en algo increíblemente inútil para la situación en la que estaban. Hefasto recogió la brillante banda azul.

Se enfrió mientras lo hacía y se convirtió en una simple pieza de joyería. La sostuvo como si fuera a morderlo. "Nuestro padre está desesperado," le dijo y se la dio. Otra explosión a a lo lejos encendió el cielo de verde.

"¿De qué sirve un brazalete en este desastre?" le preguntó y sus ojos grises se encendieron con ira y confusión. Él sonrió como si al fin hubiera perdido toda fe en la mente de su padre. "Hermana, este es el inicio del fin. Dáselo mientras aún hay tiempo," le dijo y lo sostuvo con cuidado. Su lanza desapareció y lo tomó. En cuando lo tomó, comenzó a quemar su piel . Se encogió de dolor pero no lo soltó.

Él golpeó el suelo con su martillo para crear otro gólem de la mitad de su tamaño que corrió hacia la batalla. "Hubiera traído un ejercito completo, pero me lo prohibieron," dijo molesto. Tenía preguntas, pero no había respuestas. ¿Dónde estaban los guerreros de cien manos, los ciclopes que habían ayudado en la guerra contra los titanes? Nada tenía sentido. ¿Esto siempre había sido parte del plan?

Atenea voló por el aire para regresar con su padre pero se horrorizó al ver que Yokaiju lo sostenía con su mano izquierda como si no fuera algo más que una de las pequeñas estatuas que ella tenía.

"Y ahora la era de los dioses es tan corta como fue inútil, es nuestro turno," dijo el esquelético dragón en llamas en su mente mientras comenzaba a apretarlo. "¡Prometeo, ahora!" gritó Zeus con su último respiro al último titán aliado que tenía de su lado en la guerra y que seguía siendo libre. Había tenido la esperanza de no tener que hacer esto.

"¿Un titán, aquí?" preguntó Yokaiju y volteó a la derecha para ver una enorme figura vestida en una armadura verde que aparecía con un flash de luz brillante. Prometeo golpeó el cráneo del dragón con su puño derecho y lo sacó volando. El impacto que hizo el puño fue suficiente para hacer que Atenea alzara su escudo para protegerse de las ondas expansivas. Zeus lo utilizó como su oportunidad para escapar. "Gracias," dijo mientras ponía distancia entre él y el arma viviente.

Prometo se alzaba a la altura del arma diseñada para pelear contra él e intentaba seguir atacando cuando detrás de él otra arma envolvió sus negros tentáculos alrededor se sus brazos para detenerlo.

"Maldito seas, Lisis," gritó Zeus y lanzó dos rayos idénticos hacia la negra piel de Lisis, pero se horrorizó cuando no hicieron nada más que esparcirse inofensivamente. El titán forcejeó para liberarse pero una explosión de llamas rojas lo golpeó en el pecho y cayó de rodillas. Las ondas del colapso hicieron que todos los dioses que aún estaban de pie perdieran el equilibrio si no estaban preparados.

"Padre, tengo esto, lo que sea que es," Atenea se apresuró hacia él y le lanzó el objeto. Zeus lo atrapó. "Sabía que podía contar contigo. Los detalles son perfectos como siempre," dijo mientras se la ponían, soltando un sonido de dolor.

"Discúlpame, " dijo en voz baja para si mismo y alzó el brazo al cielo, el brazalete prendió en llamas y lanzó cientos de rayos dorados a la multitud debajo de ellos, uno por cada dios. Zeus usó toda la fuerza que tenía y utilizó el arma para extraer la chispa de vida de sus cuerpos. Todo el proceso tomó unos segundos. Zeus vio a toda su familia, todos los otros dioses, caer muertos al suelo.

"Los mataste a todos por mí. Supongo que tienes más miedo del que pensé, gracias," le dijo Yokaiju. Zeus se acercó volando para verlos de frente. "Ahora tengo todos sus poderes. Soy absoluto," dijo. Su piel brillaba con un tono azul, sus ojos de un blanco puro y la electricidad chispeada a su alrededor. Apunto a Yokaiju y lo tiró al suelo. La bestia en llamas golpeó el suelo con tanta fuerza que sus huesos se hicieron pedazos.

"Todos serán desmantelados, no tienen propósito. Los haré pedazos," gritó Zeus pero se volteó para ver a Zimri acercarse a los dioses caído, su aliento de fuego listo para ser liberado.

"No," dijo y sus ojos se abrieron como platos. No había tiempo que perder, este poder se acabaría pronto. "Sus almas son mías," Zeus dijo lo único que se le vino a la mente y alzó su puño izquierdo. El brazalete ardía con poder y lanzó doce rayos de un rojo oscuro hacia las armas al instante.

"¿Qué estás haciendo? Esto no es posible," Yokaiju gritó de dolor. Un segundo después, los rayos comenzaron a retraerse. Al final de esos rayos estaban sus almas. Los cuerpos de los monstruos cayeron al suelo, y para proteger a aquellos a los que había robado lanzó a Zimri y los demás lejos para que no cayeran sobre los dioses y los hicieran pedazos.

"Esta guerra se terminó," dijo Zeus y soltó un suspiro de alivio. Utilizó el brazalete para regresarle la vida a los dioses caídos. Uno a uno comenzaron a despertar, y más o menos al mismo tiempo se dieron cuenta de lo que debió haber pasado. Lo único que veían a su alrededor eran los gigantes caídos; la guerra con los Yokaiju había terminado y nadie estaba seguro de cómo.

"¿Qué hiciste?" preguntó Odín mientras usaba su lanza para levantarse. "Me di cuenta de que no podíamos ganar, así que use un plan, el plan que debí haber usado al principio para evitar todo esto," respondió y Ra negó con la cabeza. "Respuestas, ahora," exigió Ra.

"Hice que construyeran el Ópticon. Tuve que tomar prestada toda su energía para que funcionara, lo siento, pero mientras esta cosa se mantenga intacta, las almas de los Yokaiju quedaran atrapadas en ella. Sin embargo, el precio de la victoria fue alto. Sé que todos pueden sentirlo. Nuestra energía, una vez eterna, está desvaneciéndose. Tuve que utilizar la parte más fuerte de nuestro brillo celestial para atraparlos por siempre," les explicó Zeus y un murmullo comenzó a esparcirse entre los dioses.

Prometeo se acercó a la multitud y se encogió a su tamaño mientras lo hacía. "Tengo un plan. He estado trabajando en algo de lo que mis hermanos se rieron. Sin embargo, creo que ustedes lo entenderán," les dijo. "¿Tú qué sabes, titán? Deberías ser desterrado con los de tu especie," le dijo Hades molesto.

"Calma, mi emotivo amigo, tal vez tenga una solución a nuestro problema," respondió Thor, todavía sin aire. Hades lo miró. "Está bien," respondió.

La armadura del titán desapareció, dejando ver su ropa blanca, y estiró la mano. "Les presento algo que llamo humanidad," dijo y abrió la mano para mostrarles dos figuras de arcilla sin facciones. Nadie que estuviera lo suficientemente cerca para ver estaba impresionado con las figuras.

"¿Y de que no sirven estas cosas tan pequeñas?" preguntó Loki, hablando al fin y sosteniendo su brazo izquierdo que había sido quemado en la batalla. "No son muy impresionantes ahora, pero mi plan es que ellos conviertan este estéril y desolado lugar en un mundo habitable. Todos podemos trabajar juntos para crear y controlar nuestras regiones para estos humanos. Podemos cuidarlos y a cambio ellos los adorarán. Serán nuestra nueva fuente de poder. Mientras ellos sepan de nosotros, nunca desapareceremos de este mundo," dijo Prometeo, y nadie estaba seguro de cómo iba a funcionar eso.

"Bueno, creo que esta es nuestra mejor opción; ¿qué podría salir mal? Pero hay que apresurarnos porque después de todo, nuestro poder se está acabando y este mundo no se va a construir a si mismo," les dijo Zeus a todos. Nadie se veía muy entusiasmado con el plan, o con trabajar. Pero lo único que habían conocido hasta ese punto era dolor y ser los juguetes de los titanes. Sería bueno crear algo por primera vez. El futuro se veía brillante desde ahí, incluso si los dioses tenían que construir un mundo desde, lo que ellos veían como, nada.

DOS

Las tres de la mañana, y el tormentoso Océano Índico bramaba alrededor de su buque cisterna, Lapiz. La tormenta había durado tres horas y su tero capitán se negaba a buscar un refugio seguro.

"Capitán, esta es una de las decisiones más tontas que ha tomado," le dijo su primer oficial, sosteniendo el barandal como si su vida dependiera de ello. Con cada ola, se sentía como si el enorme bote fuera a ponerse de cabeza. "Ford, cada vez que pasamos por un tramo difícil dices lo mismo. ¿Cuántas veces te he dejado morir?" le preguntó Charlie con una sonrisa divertida.

"Todavía no estoy muerto pero podría por una vez no desafiar al océano, no siempre vamos a tener suerte," le respondió el primer oficial Ford e intentó mirar por la ventana pero lo único que podía ver era la oscuridad, las olas, y la lluvia en el viento.

"He navegado cada océano en este planeta. Esta es sólo otra tormenta. Si esperáramos a que el clima se calme llegaríamos tarde con el petróleo. ¿Podrías imaginarte el caos si llegamos tarde?" preguntó Charlie y se rio. Ford puso los ojos en blanco mientras el cielo se encendía con un relámpago y caía en el océano lejos de ellos.

"¿Viste eso? No todos los días se puede ver un rayo tan de cerca," dijo Ford, y quedó sorprendido un segundo. Tantos años en el océanos y todavía había cosas que lo impresionaban. "Sí lo vi, ¿y qué? Pasa miles de veces al día en todas partes del mundo. ¿A quién le importa?" preguntó Charlie mientras mantenía sus fríos ojos al frente. No había visto el relámpago caer al océano pero la luz había iluminado algo en la distancia – algo que él sabía que no podía ser real.

Tenía que ser un truco de la tormenta y por eso no quiso alarmar a William ni a nadie más.

Ford se dio cuenta de que Capitán estaba desacelerando y se tensó. "¿Qué pasa?¿Todo bien?" le preguntó Ford y Charlie sonrió. "Todo bien, William," respondió casi nervioso. "No, en serio. ¿Qué pasa? Me pone nervioso," preguntó Ford. Charlie raramente lo había llamado por su primer nombre, él era el tipo de hombre que llamaba a todos por su apellido. Era un hábito que había aprendido en la Marina de los Estados Unidos hace toda una vida.

"Mira allá frente a nosotros – creí haber visto un Umibozu," respondió y tragó saliva. "¿Un qué?" preguntó Ford, porque no tenía idea de lo que era eso, nunca lo había escuchado. "Es una vieja historia de fantasmas japonesa. Enormes fantasmas de victimas de naufragios cuyas tumbas nunca fueron cuidadas. La versión de la historia que siempre me asustó fue la de los espíritus que destruían barcos para ahogar gente, para crear más como ellos que hicieran lo mismo," respondió Cahrlie. No estaba seguro de que tan verdadero era pero el tiempo que pasó en las aguas japonesas con la tripulación, contaban historias de noche – historias de cosas horribles.

"Esa es una historia bastante aterradora pero los fantasmas no son reales, creo que estamos–" Ford no pudo terminar su oración porque el enorme buque cisterna golpeó contra algo. El repentino golpe hizo que ambos volaran hacia delante y que el bote se detuviera. "¿Qué golpeamos?" pregunto Ford recuperándose.

"Nada, no hay nada aquí, este océano es uno de los más

profundos del mundo," respondió, intentando recuperar la respiración.

¿Era posible que se hubieran desviado de su curso gracias a la tormenta y no se hubieran dado cuenta? De acuerdo al radar, ese no era el caso. Charlie comenzó a entrar en pánico; un error como este podía ser el fin de sus días navegando.

Levanto la radio. "Necesito ojos ahí afuera, sé que el clima está horrible así que tengan cuidado. Necesito saber qué tanto se dañó. Brosco, Alders, vayan," dijo en la radio.

"Vamos, señor, reportamos pronto," le respondió una voz tersa. Ahora lo único que tenían que hacer era asegurarse de que el resto de la tripulación estuviera bien y esperar para ver qué tan mala era la situación realmente. Todavía era posible arreglarlo, dependiendo de que tan malo haya sido el impacto.

Los dos hombres se pusieron su equipo para la lluvia y salieron a la tormenta. "Maldita sea, está horrible aquí afuera," le dijo Alders a otro. "Vaya que lo está. Vamos al frente para poder decirle que pida ayuda, " le respondió Brosco con una risa, intentando ignorar el hecho de que no debería haber nada ahí que pudieran golpear. Mirando a su izquierda, sólo podían ver el mar hasta que se juntaba con la oscuridad a unos metros.

Los dos hombres pelearon contra el viento y la lluvia, lentamente moviéndose al frente del barco. Brosco miró por el costado e inhaló sorprendido. "Petróleo, uno de los tanques debe haberse roto," le gritó a Alders mientras veía algo negro y brillante reflejándose en la superficie del océano. Alders sacudió la cabeza incrédulo, escuchó las palabras pero no las creyó. Estaban demasiado adelante como para estar cerca de los tanques.

No había manera de que se rompieran a menos que lo que golpearon haya estado moviéndose hacia ellos. Había escuchado historias de ballenas que chocaban con barcos pero no nunca lo había vivido.

Alders tenía que ver por si mismo y caminó al frente del bote para asomarse sobre la orilla, y quedó pálido. Alzó su radio. "Uh, no sé qué es esto pero no es ningún tipo de suelo que haya visto antes, así que más vale que lo reporten," dijo Alders en la radio lo mejor que pudo, olvidando el protocolo, apenas pudiendo sacar las palabras para describir lo que estaba viendo.

William escuchó eso y siguió confundido. Charlie lo miró; el pensamiento de la cosa que había visto antes, o que había creído ver, helándolo. "¿Qué es lo que ves, exactamente? Necesito saber lo que voy a reportar," respondió Charlie rápidamente. Claramente no se estaban moviendo pero no se veía nada en el radar.

De acuerdo al instrumento no había nada por cientos de millas de océano en todas las direcciones. Ford no lo entendía en lo más mínimo y estaba seguro de que sólo era un error creado por la tormenta. Charlie estaba listo para poner el bote en reversa y esperar lo mejor.

"Ya veo, bueno, chocamos con algún tipo de banco de arena. Parece ser un gel muy espeso o algo y se extiende hasta donde puedo ver, como un derrame de petróleo," respondió Alders en su radio. Miró hacia la oscuridad un poco más allá de las luces del bote pero no podía ver nada más que ese negro tan brillante y anormal.

Miró a un lado y vio la masa negra extendiendo su brillante cubierta negra sobre la superficie del agua. "Alders, eso no es petróleo, está saliendo de lo que sea que es esto," dijo Brosco girándose para ver a su amigo sólo para darse cuenta de que no estaba por ningún lado.

Sin pensarlo dos veces, corrió hacia donde Alders estaba para ver si se había caído del bote. Esperaba ver a alguien en el agua, pero no había nadie. "Alders, ¿dónde estás? Responde," Brosco gritó al aire. Estaba empezando a asustarse. Doce años en el mar y nunca había perdido a nadie, ni había estado en un barco que perdiera a alguien. No había visto lo que le había pasado a Alders, pero Charlie y Ford sí.

El Capitán puso el barco en reversa tan rápido como pudo. "Brosco, metete, ahora," le dijo Ford con la radio mientras el motor del barco comenzaba a jalar contra la baba que lo había atrapado.

"Necesito encontrar a Alders, está ahí afuera en algún lado," respondió Brosco mientras una nueva voz comenzaba a gritar en el viento. Algo que no había escuchado antes.

"Alders ya no está, no puedes salvarlo. Corre ahora si valoras tu vida," le gritó Ford, viendo horrorizado cómo un tentáculo negro atacaba desde la oscuridad y se llevaba a a Alders de la cubierta y lo aplastaba mientras lo jalaba hacia lo negro.

Ford miró a Charlie, como si el sabio capitán tuviera respuestas, alguna explicación para lo que estaba pasando, pero el Capitán Sull no tenía nada que decir. En todos sus años nunca había visto nada parecido. El poderoso motor del barco estaba en reversa y lentamente comenzó a deslizarse hacia atrás y alejarse de lo que ahora era obvio que era algo desconocido y horrible de las profundidades del mar.

Lapiz se liberó de la masa babosa que se alzaba del mar, su peso se asentó y el bote se balanceó de un lado al otro, amenazando con volcarse con el repentino movimiento hacia atrás combinado con los violentos mares. Charlie luchó, peleó, y recuperó el control de la cosa. "Necesitamos irnos, avisa nuestra posición a-"dijo pero fue interrumpido. Frente a él vio cómo los relámpagos en el cielo revelaban una figura de baba negra alzarse lentamente del océano. En la tormenta, parecía un bulto de baba, una cosa negra horrible.

"Dios mío," gritó William y golpeó su puño contra el botón de alarma. El buque sólo tenía una tripulación de quince personas. Tenía que intentar salvarlos o al menos darles la oportunidad de abandonar el bote sin importar que tan inútil fuera eso en la tormenta. Supuso que era mejor que se comidos vivos.

Las alarmas sonaron mientras el monstruo se movía por el tormentoso mar, estaba gritando algo al aire. Su voz eran truenos artificiales que hacían temblar las ventanas del barco mientras se acercaba. Luego las ventanas se hicieron pedazos con el sonido. La voz de la bestia por fin se pudo escuchar. "Lisis," sonaba como si gritara una y otra vez, como estuviera intentando hablar pero sólo pudiera formar una palabra sin sentido.

La cosa seguía gritando y saltó para lanzarse sobre la cubierta del barco, mandando toda la parte de enfrente a lo profundo del océano. Los dos hombres en el puente se sujetaron con fuerza cuando la parte de atrás del buque se alzó del agua completamente. De repente estaban mirando directamente a la pared de baba negra. Un grueso tentáculo negro se alzó del lado izquierdo y con un fuerte golpe, cortó el bote a la mitad. Un millón de galones de petróleo volaron por todos lados.

Charlie, con lo último que le quedaba de cordura, prendió la señal de ayuda segundo antes de que el torrente de petróleo llenara la cabina, aplastándolos a los dos. La extraña creatura seguía gritando mientras el barco se partía en dos. Satisfecha con su trabajo, la figura negra simplemente desapareció en la tormenta como si nunca hubiera existido. En la escena no quedaron testigos humanos. Sin embargo, en el violento mar no muy lejos de ahí, una figura estaba parada en las olas, su larga barba verde inmutada por la tormenta y con la lluvia golpeando su escamada armadura verde.

Sus envejecidos ojos se llenaron de lágrimas de horror mientras veía algo que no tenía sentido. La pérdida de vidas no le importaba a Poseidón, pero la cosa que tomó las vidas sí.

“No es posible,” se dijo a si mismo nervioso. El viejo dios del mar ahora tenía un triste mensaje que reportarle a su familia, y a todos los de su clase que habían sido olvidados. Algo antiguo había regresado a pesar de todas las medidas de seguridad para evitarlo. El cuerpo del dios se disolvió en el agua del océano mientras iba rápidamente hacia lo que quedaba del Olimpo.

TRES

Samantha Waters estaba sentada en su cama, otro lento y aburrido día que pasaba en su celda. La misma en la que había estado los últimos cuatro años, una sentencia de veinte años y todavía no se acostumbraba. Este lugar era el infierno sobre la tierra, y era un infierno que no hubiera nada que hacer. Su mano izquierda jugaba distraídamente con un hilo que se había soltado de su uniforme naranja.

Un traje que había tenido que ser hecho a la medida porque era más alta que la mayoría de las personas ahí, alcanzando el 1.80, y su cabello colgaba debajo de sus hombros de manera natural. Pero en prisión necesitaba tenerlo recogido todo el tiempo. El código de vestimenta lo requería y el sentido común lo exigía.

En el instituto correccional de Dublín, todo era miserable. El lugar estaba sobrepoblado. Había tres personas en celdas hechas para una. Por ahora estaba sola porque sus dos compañeras estaban en una clase; no le importaban ellas o las clases de ese lugar. Nada de eso. Lo que estaba disfrutando, sin embargo, era el raro tiempo a solas.

Samantha tenía problemas que ninguna de sus compañeras tenía. Era mexicana. Había nacido en Estados Unidos, en Kansas, pero eso no le preocupaba a muchas personas que habían estado más que dispuestas a compartir algunas etiquetas.

Las cicatrices en sus nudillos y cara habían sido prueba de que eso no le gustaba mucho. Poco a poco se corrió la voz de que si te gustaban tus dientes, mantendrías la boca cerrada cuando se trataba de ella.

A pesar de las miserables condiciones del lugar, tuvo suerte de tener una pequeña televisión en su celda, aunque sólo tuviera un canal, las noticias. A pesar de estar alejada del mundo exterior y la sociedad, era bastante simple mantenerse al tanto y como siempre, las noticias eran malas. Ese brillo azul se reflejaba en sus ojos cafés y su piel morena; o lo que se veía de ella, al menos.

"Los restos del buque cisterna Lapiz fueron descubiertos en el Océano Índico esta mañana. L quince miembros de la tripulación están desaparecidos y los oficiales están llamándolo uno de los peores desastres ecológicos de la época moderna. Más de once millones de galones de petróleo han sido derramados y la mancha puede verse desde el espacio," dijo el presentador, y la pantalla cambio de vista para mostrar una imagen satelital. El petróleo se extendía por todos lados y para ella parecía una creatura viva estirando sus tentáculos. Algo al respecto le dio escalofríos, afortunadamente la imagen regreso a los presentadores.

"Los científicos aún no están seguros de cómo pudo haber pasado esto pero por ahora se piensa que una ola violenta pudo haber sido responsable de este trágico evento, tendremos más información conforme vaya llegando," dijo el hombre en la televisión cuando de repente la puerta se abrió y su compañera de celda entró. La puerta se cerró detrás de ella y se volteó para sacar las manos por un hueco. El guardia rápidamente le quitó las esposas.

"Estás en mi lugar," dijo con una mirada molesta. A Samantha no le caía bien Debbie, no le caía bien nadie aquí adentro. "Te fuiste, Debbie, toma el suelo," respondió Sam. Debbie era toda enoja y nada de poder para respaldarlo midiendo 1.60 y pesando 54 kilos mojada, tal vez.

"No tuve otra opción tu-" con un movimiento de sus ojos grises, Debbie se quedó callada. Sabía quién estaba a cargo. "Ten cuidado con lo que vas a decir a continuación. Tú y yo sabemos que no voy a salir por buen comportamiento," dijo sin quitarle los ojos de encima al televisor, pero tronó sus nudillos para dejar claro su mensaje.

"Está bien, como sea," respondió Debbie mientras recargaba la espalda contra la pared de cemento y se deslizaba al suelo. "¿Hay algo bueno hoy?" preguntó en una voz más calmada. "No, sólo un derrame de petróleo en el océano o algo así. Acaba de salir en las noticias," respondió. Estaban mostrando el derrame de petróleo desde un helicóptero, y abajo había muchos otros barcos en varios lugares. "Bueno, al menos ese no es nuestro problema," dijo Debbie, sin preocuparse por un desastre a a miles de kilómetros de ahí.

"Ah, tú nunca sabes. Tal vez decidan llamar prisioneros para ayudar a limpiar el desastre. Sabes que hacen eso, ¿no? Escuché de unos criminales a los que reclutaron para ser bomberos. Te apuesto a que en una semana nos llaman para limpiar, o al menos a ti," respondió Sam y se rio. Debbie soltó un quejido al pensarlo.

"Debbies va a al océano, eso suena como una pésima película," respondió Debbie y quiso cambiar el canal, pero las noticias era lo único que podían ver. Cualquier otra estación era pura estática, y en días lluvioso ni siquiera podían ver las noticias. "Suena como una mala idea," respondió Sam y se pudo dar cuenta de que la conversación estaba muriendo rápidamente. Siempre lo hacia. Tenían muy pocas cosas en común.

Estaba segura de que el sistema hacía eso a propósito para aumentar la miseria en un lugar como ese. No había mucho que una vendedora de drogas y una ladrona tuvieran en común, después de todo.

Dejaron que el silencio descendiera sobre ellas cuando la puerta se abrió de repente. "Waters, tienes una visita especial. Me indicaron que te llevara a la habitación," dijo la guardia, sonando tan mecánica como siempre. "Visitas, no estaba esperando a nadie," respondió, pero cualquier excusa para salir de ahí en una visita no esperada era algo bueno. Sam se paró y caminó a la puerta. No pasó ni un segundo antes de que Debbie se moviera a la cama. "Voy a querer mi lugar de regreso," dijo mientras le ponían las esposas en las muñecas. La puerta se abrió y dio un paso atrás.

Sam era más alta que la guardia pero ninguno de los dos tenía razones para estar nervioso. "Vamos, Waters," le dijo mientras la guiaba, a lo largo del pasillo y doblando en la esquina. El viaje no duró mucho y la llevaron a un cuarto de un azul oscuro sin ventanas con una mesa larga y tres sillas. Una en la izquierda, dos más en la derecha. Dos filas de luces blancas sobre ellas.

Sam caminó a la de la izquierda y se sentó. La guardia rápidamente ajustó la cadena en la mesa a las esposas. "Protocolo, ya sabes cómo es," dijo y Sam sólo gruñó como respuesta. "¿Sabes quién es?" le preguntó. "No tengo idea, no pregunté y la verdad no me importa, sólo me dijeron que te trajera," le respondió y se dio la vuelta para salir del cuarto, cerrando la puerta.

Este cuarto ni siquiera tenía un reloj, y sólo podía imaginar el tipo de cosas de pesadilla que pasaban ahí – el desagüe en medio del suelo no pasaba desapercibido.

El tiempo pasaba lentamente. Los minutos en un cuarto inmóvil se sentían como horas. Sam había estado en confinamiento solitario y lo odiaba. Fue sólo un día pero se había sentido interminable y estar en un lugar así hacia que esos sentimientos regresaran con mucha rapidez. Estaba empezando a sudar un poco, lo cual no tenía nada que ver con la temperatura. Y sin advertencia, la puerta se abrió y entraron dos hombres. Estaban usando trajes y eran los primeros que veía en cuatro años.

Uno estaba usando un traje azul, se veía de unos cincuenta años y tenía cabello gris que era casi blanco. El que tenía el traje negro se veía más joven, tenía cabello negro y piel blanca como de fantasma. Los dos eran más altos que ella. El de la piel pálida llevaba, lo que a ella le parecía, un periódico. Tomó aire y se preparó para lo que fuera.

"Señorita Waters, es un placer conocerla. Somos sus nuevos abogados," dijo el hombre de azul mientras se sentaban. "¿Abogados, para qué?" preguntó confundida, no había razón para que ellos dos estuvieran aquí. Todo era muy extraño. El de azul sonrió y se le hizo extrañamente conocida, pero no supo por qué.

"Puede que haya escuchado del desastre con el buque cisterna, bueno, su caso está directamente conectado a eso. Nosotros necesitamos que encuentre al sobreviviente del naufragio y lo mate," dijo el de negro, pero nunca sonrió.

Sam estaba muy confundida, tenía muchas preguntas. "¿Qué, por qué lo dijiste así nada más?" preguntó el de azul, sorprendido. "Bueno, quería llegar al punto. Odio esperar y tengo cosas que hacer," respondió, e inmediatamente se volvió claro que ellos dos no eran abogados. No estaba segura de quiénes eran pero todo esto era muy extraño. "Está bien, idiota," respondió el de azul y la miró fijamente.

"No sé que es esto pero no voy a matar a nadie, contraten a un asesino a sueldo como cualquier otra persona lo haría. Eso es todo," les dijo, y el hombre de azul puso un maletín sobre la mesa negra. No había visto que ninguno de los dos lo llevara cuando entraron. "Está bien, supongo que tengo que llegar al punto," dijo y bajó el tono de su voz. "Ni siquiera sé por qué estoy aquí," dijo el de negro con un resoplo. No le caía bien.

"Mi nombre es Zeus y este es mi hermano Hades. Hemos venido a reclutarte para la misión que no explicó en los mejores términos," le dijo Zeus y Sam sólo ladeó la cabeza. "¿Qué?" preguntó confundida. Hades puso los ojos en blanco.

"¿Podemos ir al punto, por favor?" preguntó Hades. Zeus puso las manos sobre el maletín.

"No entiendo qué está pasando aquí, ustedes claramente no son dioses porque ellos no sonreales, así que sólo son dos locos y su equipo para asesinarme está en esa maleta. ¿Esto es lo que hacen? Entrar a prisiones, fingiendo ser abogados de mujeres para hacer cosas," razonó rápidamente y comenzó a asustarse.

"Sí, eso es exactamente lo que hacemos, eres muy inteligente así que es mejor empezar de una vez. Pido la mitad de arriba," dijo

Hades, abriendo los ojos y sonriendo por primera vez desde que entró al cuarto.

"Por más divertido que suena eso, no, no hacemos eso. Ignóralo, sólo tiene un extraño sentido del humor. Pero desafortunadamente, tiene razón. Tenemos un serio problema y sólo tú puedes ayudarnos," le dijo Zeus y Hades le hizo una mueca por arruinar su diversión.

"Está bien, digamos que les creo. ¿Qué podrían necesitar los grandiosos dioses de una criminal como yo?" dijo, preguntando lo obvio.

"Apenás eres una criminal, niña. Lo siento pero lo que te pasó no fue tu culpa. Eres el único ser vivo en este mundo con sangre Olímpica. Sangre de los dioses, de hecho. Hace mucho tiempo teníamos todo tipo de hijos, puede que hayas escuchado de algunos. Eres la descendiente de uno de ellos. Sin embargo, esta sangre siempre se pudre. La chispa dentro de ti quema todo y casi siempre termina igual, en la cárcel o la muerte, casi siempre ambos. Por eso juramos no tener más hijos," le explicó Zeus. Hades asintió. "Ah, a veces todo sale muy, muy mal. La locura es más fuerte en algunos, pero considerando todo yo diría que tuviste suerte," agregó.

"Está bien, bueno, esto ha sido muy divertido pero tengo que regresar a mi celda y a la realidad," les dijo y Zeus alzó la mano y aparecieron pequeñas chispas azules entre sus dedos. "Ustedes humanos siempre necesitan pruebas, lo entiendo. Nadie realmente cree en nada, así que cree en esto," dijo, y de su mano alzada salió una delgada línea azul hacia las cadenas, y las esposas desaparecieron en cuanto las tocó.

"No sé cómo hiciste eso, pero ahora van acusarme de intentar escapar, gracias por la ayuda," respondió Sam mientras observaba sus muñecas libres, pero tenía que admitir que era un muy buen truco.

Hades alzó su periódico, se aclaró la garganta mientras empezaba a leer. "Oficial militar del Proyecto Punta de Lanza afirma haber abierto un portal a otra dimensión para observar el ataque de un dinosaurio enorme, negro, mutante y claramente alienígena en Las Vegas, continúan en la página diecinueve," dijo y bajó el periódico. "¿Sábes por qué leí eso?" preguntó. Sam no tenía idea y se encogió de hombros.

Miró la portada y reconoció el Mente Nocturna Semanal. Solía leerlo cuando le sobraba dinero. Sus historias favoritas eran de un reportero que se hacía llamar Nick Nocturne. Nadie usaba su nombre real en esa revista. Las historias eran muy buenas, al menos la mayoría del tiempo. Una de sus historias favoritas era del duende Mimal, pero no podía recordar de qué se trataba. Hace muchos años no pensaba en cosas así.

"Esta es una basura de tabloide humano. De ahora en adelante quiero que pienses en la mitología, todas las historias, todo lo que creías saber, como esto. La mitología no es nada más que un escritor aburrido intentando hacer dinero que se inventa historias. Y una buena historia nunca muere, los detalles cambian, y el mundo cambia también. Pero el concepto de esta basura nunca murió," dijo Hades con la mirada dura. Tenía muchos problemas con lo que era la verdad, y lo que la gente había creído que era la verdad a través de la historia. Sam no sabía mucho de esas cosas así que se encogió de hombros. Hades puso los ojos en blanco, molesto.

"Eso no me dice nada. ¿Por qué están aquí? Si tienen un problema, ¿por qué no sólo lo hacen desaparecer con magia como hicieron con estas?" preguntó y Hades se irritó con todas las preguntas. "No tenemos tiempo para esto, uno ya escapó y los otros no tardarán mucho en hacerlo si no es que ya escaparon. Tal vez deberíamos intentar hacerlo nosotros y dejar que ella se pudra aquí," dijo y se puso de pie.

Zeus decidió decirle todo. "Los llamamos Yokaiju. Yo, nosotros, los creamos para derrotar a nuestros padres en la guerra antes de la creación. Usé el Ópticon para separar sus almas de sus cuerpos. Escondímos sus cuerpos en lugares remotos, y sus almas estaban atrapadas aquí donde podíamos esconderlas en el inframundo."

"Se supone que alguien los vigilara y sólo tenía un trabajo, alguien hizo algo mal y por eso estamos aquí. Necesitamos que recuperes las almas de las armas antes de que encuentren sus cuerpos, nosotros no podemos hacerlo por ciertas razones," dijo.

Hades desvió la mirada. Sam se dio cuenta de quién había hecho mal su trabajo y eso explicaba mucho.

Sam decidió seguirle el juego a los dioses, o personas, o lo que sea que fueran. No quería que la hicieran polvo o algo así. "Digamos que acepto, ¿cómo puedo capturar a estas cosas?" les preguntó.

Zeus sonrió y abrió su maletín. "El Ópticon, por supuesto," dijo y le mostró un brazalete dorado, deslizándolo hacia ella sobre la mesa. "Esto es responsable de literalmente todo lo que ves y sabes y todo lo que has sabido, parece raro que una cosa tan poderosa sea tan pequeña," dijo y continuó.

"Pruébatelo," le dijo con una sonrisa. No se veía pequeño para Sam, era lo suficientemente grande para sostenerlo con ambas manos, y ella tenía manos grandes.

"Para ser justos, no tengo idea de cómo escaparon. No es como una prisión mortal. Pocos de nosotros sabíamos dónde estaba esa cosa y llegar ahí no era sencillo," Hades intentó quedar bien pero a ella no le importó.

"Hay doce y cada uno necesita un cuerpo vivo para existir, parásitos, supongo que podrías llamarlos. Pueden apoderarse de cualquier cosa viva que toquen. Lisis ya encontró algo, así que sin duda está escondido en algún cuerpo. Los otros no tardarán en seguir su ejemplo. Este mundo, todo lo que existe, está en riesgo, tienes que ayudar. Bueno, no tienes que hacerlo, pero sería bueno que lo hicieras," dijo Zeus y casi se veía preocupado.

Hades no lo había visto así de preocupado por algo en mucho tiempo. Además, todas las explicaciones lo estaban cansando. Sabía que Zeus estaba alargando esta visita para echarle en cara que sí, había fallado, pero todavía no sabía cómo.

Sam estiró la mano y tomó el Ópticon. Era increíblemente ligero y sentía una pequeña comezón en los dedos mientras tocaba el extraño metal. "Póntelo," le dijo Hades, y estaba empezando a molestarla. Se puso esa cosa en la mano izquierda y a pesar de lo grande que era, instantáneamente se hizo más pequeño y se ajustó a ella. No tuvo tiempo de reaccionar ni hacer nada más que ponerse de pie horrorizada. No dolía, sólo era inesperado.

"Relajate, se supone que le quede a todos," le dijo Hades, casi riéndose de su reacción. Sam no se sentía diferente. "¿Y cómo me lo quito?" preguntó. "Se afloja cuando termines el trabajo, no antes," le respondió. "Espera, ¿a qué te refieres con terminar?" preguntó ella, todavía sorprendida con todo esto. Mirando la pieza de metal en su brazo.

"No te preocupes, nadie puede verlo aparte de ti, nosotros, y bueno, a los que estás intentando atrapar, y eso en mi opinión es un error en el diseño. No llames la atención a él y vas a estar bien," respondió Hades y Zeus se puso de pie, cerrando el maletín.

"Nos pondremos en contacto pronto," dijo, y ambos desaparecieron. "Esperen, ¿qué se supone que haga ahora?" dijo y se volvió a sentar lentamente. Las esposas y la cadena que la ataban a la mesa aparecieron de nuevo segundos antes de que la guardia volviera a entrar. Sam todavía estaba mirando a su alrededor intentando averiguar a dónde se habían ido.

"Supongo que tus visitas nunca llegaron. De regreso a tu celda, vamos," le dijo mientras le quitaba la cadena. Sam se puso de pie lentamente, todavía pasmada pero siguiéndole el juego. ¿Qué opción tenía si no quería sonar como una loca?

"Supongo que no," respondió, sorprendida y aún intentando aceptar todo lo que le habían dicho. Si le decía algo a la guardia suponía que sería viaje directo al manicomio, y honestamente era tentador. Sin embargo, una cosa era cierta. No veía el brazalete dorado en su mano. Si eso era cierto, tal vez todo lo demás también lo era. El tiempo fuera de su celda, ahora que había terminado, había pasado demasiado rápido.

CUATRO

El derrame de petróleo se extendía cientos de kilómetros. Roger estaba parado en un bote de la marina mirando el desastre, y entre más lo miraba peor se ponía. "Nunca vamos a terminar de limpiar este desastre," se dijo a si mismo y desvió la mirada. Por el rabillo del ojo vio una figura bajo el agua. Se dio la vuelta para verlo mejor y no pudo creer lo que veía. "Dios mío, ¿por qué nadie vio eso?" preguntó y corrió a la orilla.

"Hombre al agua," gritó para llamar la atención de otras personas en el bote. La tripulación completa comenzó a prepararse para una misión de rescate que nadie había previsto.

El cuerpo, el único cuerpo que habían encontrado en todo este desastre, salió del petróleo. Inmediatamente bajaron un bote salvavidas al océano y en unos segundos sacaron al hombre del agua negra. Roger observó la operación. No esperaba encontrar a nadie vivo. Habían pasado doce horas desde el desastre. Pero tenía esperanza de todas formas, era imposible reprimirla.

"Tengo un pulso aquí abajo," dijo un médico y Roger no podía creer las palabras. Era imposible, más que imposible, pero tal vez había una burbuja de aire en el barco en algún lado No podía esperar a conseguir respuestas pero estaba seguro de pasaría un tiempo antes de que el hombre pudiera hablar. "Pónganlo en la enfermería. ¿Alguna idea de quién es?" gritó Roger.

"Sí, señor, de acuerdo a la chaqueta es el capitán. Es extraño, señor. No tiene petróleo encima, por ningún lado," le respondió el médico. Roger estaba feliz de ver a alguien salir de ahí vivo; sin embargo, todo era demasiado extraño. "Bueno, sólo llévenlo a la enfermería, los veo una vez que lo haya reportado," respondió Roger y dejó el puente.

Era un trayecto corto, y la tripulación en el puente se enderezó para saludar. "Descansen," les dijo mientras caminaba a la consola de comunicaciones. Normalmente el oficial hacía eso pero estaba aburrido y decidió hacerlo él mismo.

"Este es U.S.S. Ispep, respondan, cambio," Roger dijo en la radio. "Este es comando. ¿Cuál es la situación ahí afuera? Cambio," le respondió una voz. "Encontramos uno, y parece que es el capitán del bote hundido. Voy a hablar con él pronto para averiguar qué pasó, cambio," respondió Roger. "Te copiamos, informa lo que descubras, cambio y fuera," la voz en la radio respondió y Roger dejó la radio.

Se fue del puente y se movió hacia la enfermería. El bote no era muy grande y nadie estaba lejos de nada en ningún momento. "¿Cómo está?" le preguntó al doctor del barco. "Está bien. Los signos vitales están estables y debería despertar pronto, no puedo decirle cómo sobrevivió tanto tiempo bajo el agua," le respondió el doctor Ward. "¿Una burbuja de aire, tal vez?" respondió Roger. "Todo es posible aquí afuera. Los buques cisterna son grandes, esa es mi teoría también," Ward respondió.

Charlie soltó un quejido en la mesa. "¿Qué, dónde estoy?" preguntó suavemente, la voz llena de dolor. Roger se asomó por la puerta. "Está en el U.S.S. Ispep. Me preguntaba si podría decirnos lo que pasó aquí," preguntó Roger y los ojos de Charlie se movieron.

"Eran más o menos las tres de la mañana. Nos golpeó una tormenta y no sé. De repente era como si ya no estuviera el mar debajo del bote. Caímos unos cinco metros. Después el agua se movió debajo de nosotros. Nunca había visto algo así. El agua debe haber partido el bote en dos. Todo estuvo muy oscuro por mucho tiempo. No recuerdo mucho después de eso," le respondió Charlie, cerrando los ojos mientras la voz le temblaba al tratar de recordar todo.

Roger asintió. "Asumimos que había sido algún tipo de ola, pero tú descansa, ¿está bien?" le dijo y sonrió, pero había algo en lo que había dicho que no lo convencía. Le hizo un gesto con los ojos al doctor para que lo siguiera mientras se iba, Ward entendió y lo siguió fuera de la habitación.

"No sé qué es, pero necesita vigilarlo, de cerca. Hay algo que no tiene mucho sentido aquí," le dijo Roger. El doctor, por otro lado, no veía razones para preocuparse. "Sé que es algo extraño que haya sobrevivido pero creo que todo va a estar bien," le respondió Ward.

"Sí, tal vez, pero esa historia sonaba como un libreto, ensayada. No creo que esa sea la verdadera historia. No puedo explicar por qué, pero no deje que se vaya sin supervisión, ¿está bien?" dijo Roger. "Sí, señor," respondió Ward, no entendía por qué el Capitán estaba siendo paranoico, pero supuso que no importaba.

Roger se alejó. Ward se dio la vuelta y se sorprendió. Charlie se había enderezado en su cama sin hacer ruido y lo estaba mirando. "Es un buen bote el que tienen aquí, buen hombre, creo que sería una pena que algo le pasara. Creo que esta parte del mar está maldita. ¿Tal vez deberíamos irnos?" le preguntó Charlie con una voz un poco más extraña que la que había usado antes.

"Ah, claro, pero estaremos bien, además hay más barcos de diferentes países allá afuera, así que aunque naufraguemos, hay suficiente ayuda. No va a pasar nada. Usted sólo descanse y asegúrese de recuperar sus fuerzas," le dijo Ward y Charlie volvió a acostarse lentamente sin decir una palabra. Ward pensó que eso había sido un poco raro, y ahora la paranoia que su capitán había sentido lo invadía también.

Roger regresó al puente y observó el negro derrame de petróleo. La luz del sol se reflejaba en el agua mientras anochecía en esta parte del mundo. Desde este ángulo, casi se veía un arco iris en el agua.

Pensó para si mismo lo gracioso que era que las peores cosas del mundo pudieran verse tan hermosas.

No había nada más que muerte aquí y por muchos kilómetros a la redonda todo sería lo mismo hasta que le gente en casa pudiera pensar en una solución. Pero por ahora, se veía hermoso; era una vista que no olvidaría mientras estuviera vivo, estaba seguro.

Roger deseó poder hacer más para arreglar este desastre. Sus órdenes eran observar y reportar. Y por supuesto, como todos los demás, buscar a personas que hayan sobrevivido el desastre. Durante el día, helicópteros de noticias volaban sobre la escena, a veces un dron. Ahora, sin embargo, el sol estaba bajando y por más destructivo y horrible que sea el derrame, el petróleo es invisible de noche. Especialmente en el océano.

Había una clase de paz especial que prevalecía de noche y que a Roger le encantaba. La calma, el silencio, y el gran misterio de todo. No era su primera noche en el mar abierto. Estaba cansado, había sido un largo día de aburrimiento y reportes del derrame de petróleo. Lo único que cambió fue encontrar al capitán de Lapiz vivo. Estaba a punto de retirarse por la noche y pedir que lo relevara el comandante cuando comenzó a sonar la alarma.

"¿Qué demonios está pasando?" se preguntó a si mismo mientras se aturdía con la repentina intrusión del caótico sonido. Como si alguien lo hubiera escuchado preguntar, la respuesta vino de su radio unos segundos después.

"Señor, es el capitán, algo anda mal. En cuando se puso el sol comenzó a atacarme. Logré encerrarlo en la enfermería pero está intentando romper la puerta," Ward dijo asustado en la radio. En el fondo Roger podía escuchar claramente el eco de algo golpeando contra la puerta de acero.

"Voy para allá," dijo Roger, y no desperdició tiempo antes de moverse hacia la situación. La cara de Ward estaba pálida cuando Roger llegó. Había dos guardia de seguridad apuntando sus rifles a la puerta dañada con abolladuras hacia fuera. "¿Cómo es esto posible?" Roger preguntó mientras se formaba otra abolladura. "No lo sé, se volvió loco. Tenemos que matarlo," respondió Ward, y Roger se sorprendió al escucharlo sugerir algo tan violento – él normalmente intentaba salvar vidas, pero esto lo había asustado.

Roger caminó hacia la portilla para intentar ver lo que estaba pasando. Charlie ya no era él mismo. Sus ojos eran completamente rojos y parecía medir tres veces su tamaño original.

"Tu puerta va a caer, tú te vas a romper. Después el resto de tu especie te seguirá. La hora llegó, la hora pasó," gritó Charlie en una voz babosa que Roger podía escuchar claramente a a través de la puerta. "Bueno, tal vez tenga razón. Sabía que algo no andaba bien con este tipo. En cuanto esa puerta caiga, mátenlo, obviamente está infectado de algo," ordenó Roger mientras él y y el doctor se movían hacia atrás de los guardias.

Segundos después la gruesa puerta de metal cayó al suelo con un fuerte sonido y Charlie salió del cuarto. Los dos hombres a los lados de la puerta comenzaron a disparar pero las balas pasaban a través de él y las heridas sanaban al instante.

"Sé todo sobre tus armas. Este cerebro me lo dijo todo y se ganaron esto," dijo en la misma voz mientas alzaba las manos. Lanzó un rayo rojo de ambas manos volviendo ceniza a los soldados en cuanto los tocó. "Corre," dijo Roger y los dos lo hicieron al mismo tiempo y doblaron la esquina lo más rápido posible.

"¿Lisis, me escuchas?" dijo una voz dentro de la cabeza de Charlie y se detuvo en seco. "Sí, te escucho, es bueno escucharte," dijo en voz alta, aunque no necesitaba hacerlo. "Se ha decidido un lugar de reunión, tu distracción funcionó. Tenemos nuestros recipientes. Encuéntranos," le dijo la voz. "Lo haré," respondió. Al responder, Lisis supo que ese bote era inútil. Sigió a Roger y al doctor.

El trayecto hacia fuera no era largo. Observó la expansión negra cubierta de petróleo y supo lo que necesitaba pasar. Lisis caminó a la orilla del bote. Sus manos brillaron de rojo de nuevo y lanzó los rayos hacia el barco. Explotó, a Lisis no le importó mucho si quienes estaban a bordo se salvaban o no mientras volaba hacia delante con la fuerza de la explosión y caía al agua.

Lisis podía sentir a las otras armas a lo lejos. En esta pequeña forma, sabía que le tomaría mucho tiempo llegar a donde quería. Sin embargo, le dio tiempo de pensar. Lo primero que quería hacer era ver cuánto tiempo tardaba un dios en morir. Estaba seguro de que las patéticas chispitas ya sabían de su escape, pero eso era lo extraño.

No estaba seguro de cómo él, y el resto, habían salido del Ópticon. Habían sido aprisionados ahí tan fácilmente como los habían liberado. De cualquier manera, no le importaba si tenía la oportunidad de decir gracias. Ahora, era hora de la revancha.

CINCO

Llevaron a Sam de regreso a su celda y el procedimiento de quitarle las esposas fue rápido. Liz ya había regresado de donde sea que haya estado. Sam quería su lugar de regreso pero después de todo lo que había visto y escuchado eso no estaba en su lista de preocupaciones. "Y, ¿quién quería verte?" preguntó Debbie.

"¿Qué? Ah, no sé qué pasó, fue un malentendido. Nadie llegó," le respondió Sam mintiéndole. ¿Quién creería la verdad, si apenas podía creerla ella? Sin embargo, nadie había visto el nuevo accesorio en su brazo todavía. "Bueno, tienes suerte," le respondió Debbie, y Sam se recargó contra la pared y se deslizó al suelo.

"Sí, qué suerte," respondió y respiró hondo. "¿Ustedes qué harían si supieran que se va a acabar el mundo?" les preguntó Sam, todavía sorprendida con lo que había pasado.

"Yo, me iría de aquí, buscaría cualquier químico divertido e ilegal disponible y me iría feliz, no tiene sentido asustarme," respondió Liz, medio poniendo atención. Esta era la cárcel, después de todo, a veces salían temas extraños. Estaba acostumbrada, todas lo estaban. "Coincido con Liz, me iría de aquí para llegar feliz al final. La vida apesta, cualquier cosa es mejor que quedarme aquí encerrada con todas estas asquerosas criminales, ¿no creen?" dijo Debbie y las otras dos se rieron.

"¿Por qué preguntas?" preguntó Liz y Sam se encogió de hombros. "Ah, ya sabes, una ola espontánea de depresión, ya pasará," respondió, pero nunca le quitó los ojos de encima a la cosa que nadie más podía ver en su brazo. Ni siquiera le habían dicho cómo funcionaba, ni una sola instrucción. Nada. ¿Cómo se suponía que hiciera algo si no sabía cómo? Todavía odiaba la idea de que la obligaran a hacerlo. Incluso con unos minutos para pensarlo, sin embargo, si era una oportunidad para escapar, iba a esperar lo mejor.

Fue ahí donde pensó que nadie había entrado al cuarto. La idea la heló hasta los huesos y se dio cuenta de que tal vez, sólo tal vez, estaba teniendo un brote psicótico. Odiaba estar en prisión, y ahora era oficial. Se había vuelto loca y esta cosa en su brazo, algo que sólo ella podía ver era un recordatorio constante de que sí, la locura por fin la había alcanzado.

Andes de dejarse ir a la desesperación por completo, decidió intentar algo. Puso la mano libre en el brazalete dorado y comenzó a concentrarse en él. 'Si son reales, háblenme, díganme qué tengo que hacer,' pensó, sin saber qué esperar, pero no pasó nada, no hubo ningún rayo celestial o explosión de energía. Valió la pena el intento.

"No- si quieres que funcione tienes que activarlo con tu sangre, tiene la chispa, llámala," le dijo Hades, y Sam casi gritó con su repentina aparición. "No, espera, ellas no pueden verme ni escucharme, pero si te alteras van a pensar que estás loca," le dijo Hades apresurado, alzando las manos. Sam contuvo su grito y no estuvo segura de qué hacer.

Hades esperó una respuesta. "Ah, claro, sólo piensa lo que quieres decir, estamos conectados," le dijo. Sam hizo su mejor esfuerzo. "¿Entonces me corto y sangro en esta cosa para que funcione?" le preguntó en su mente. Abrió los ojos sorprendido. "¿Qué? No, no, tú, bueno, no, tú necesitas, pues, concentrarte en lo que te hace tú," respondió Hades, intentando ser claro.

"Está bien, lo intentaré," respondió, teniendo cuidado de sólo pensar la respuesta y no decirla en voz alta. Todavía no entendía de qué estaba hablando.

Sam tenía muchas cosas que la hacían quien era; no era una sola. Pero lo que más valoraba en ese momento era ser libre. Ser libre de este lugar, ser libre de hacer su propio camino y no jugar con las reglas de alguien más. Odiaba estar aquí. En algún lugar dentro de ella se dio cuenta de que estaba cambiando un tipo de prisión por otra, pero podía lidiar con eso después. Se concentró en eso con todas sus fuerzas. De repente el Ópticon comenzó a brillar.

"Sí, perfecto," le dijo Hades, y en cuanto lo dijo Sam se encontró a su misma en otro lugar.

"Bienvenida a Valhalla, el lugar. Bueno, no es lo que solía ser, pero le pregunté a unos amigos si podíamos usarlo," dijo Hades, y Sam miró a su alrededor. Las paredes y las columnas estaban cubiertas en inconfundibles marcas de batallas, espadas y hachas. Se veía como cualquier otro salón de legiones que haya visto. Largas mesas de madera, que olían a viejo, se veía como un lugar para cosas viejas que no tenían a donde ir y un leve olor a sangre en el aire.

"¿Usarlo para qué?" preguntó Sam pero estaba segura de que ya sabía la respuesta. "Para entrenar, mi grandiosa descendiente. Para entrenar. Si vas a pelear con las armas, vas a necesitar saber utilizar esa horrible cosa que mi hermano decidió darte en lugar de a uno de nosotros," respondió y continuó. "No te preocupes por dónde estás físicamente, eso yo lo soluciono," agregó, con una siniestra sonrisa en la que no confiaba. "Está bien, ¿qué tengo que hacer primero?" le preguntó Sam.

"Pelea conmigo," respondió Hades y se quitó la chaqueta de su traje, lanzándola al suelo. "No te ves tan rudo, hagámoslo," respondió Sam y Hades sonrió, juntando las manos en un aplauso. De inmediato lo rodeó una espiral de humo negro que explotó en el aire. La niebla negra desapareció, mostrando un caballero de armadura negra que medía casi noventa metros de altura. El viejo salón de legiones se convirtió en una arena de combate que de repente cambió de tamaño con Hades. "Y ahora peleamos," dijo la ensordecedora voz, y Sam no tuvo otra opción que taparse los oídos y dar unos pasos hacia atrás. "¿Cómo?" preguntó para si misma.

Hades alzó una mano y una espada negra apareció en su mano con el mismo humo negro. Sam sólo pudo respingar de miedo cuando la vio. "Pelea conmigo, semidiosa," gruño Hades y con un fluido movimiento estiró su brazo hacia un lado y abajo. La enorme espada se movió hacia ella y Sam sólo pensó en quitarse del camino. La espada cortó el suelo donde había estado parada. "No sé cómo," le gritó a Hades. "Sí, sí sabes, ahora pelea o muere," le respondió como si hubiera podido escuchar su voz sobre todo el ruido.

Sam miró el Ópticon y recordó cómo lo había hecho responder la primera vez. "Libertad," dijo, sin saber qué más hacer. No pasó nada y Hades azotó su pie contra el suelo otra vez; hizo que perdiera el equilibrio y cayera al suelo. "No eres digna de esa arma, muere," dijo Hades sin misericordia en su voz, alzó la espada y se preparó para destruirla.

"Sí lo soy, soy digna, puedo hacerlo," gritó mientras la punta de la espada oscurecía su vista. Alzó el Ópticon para defenderse y de repente hubo una explosión de luz. Un escudo detenía el ataque de Hades. "¿Qué?" preguntó mientras miraba hacia abajo. Sam observó al escudo protegerla. "Está bien, arma, hagamos esto. Tenemos que trabajar juntas," dijo y el escudo de luz explotó.

Sam vio cómo casi al instante su cuerpo quedaba envuelto en una armadura negra y dorada. No dolía ni se sentía como nada en especial. De repente, sin embargo, estaba cara a cara con el gigante. Sam quedó inmediatamente desorientada. Miró hacia abajo y se dio cuenta de que ahora ella también era alta. Miró sus manos doradas y las apretó sólo para asegurarse de que eran suyas.

"Con cuidado," dijo una voz dentro de su cabeza. Alzó la vista justo a tiempo para ver el filo de la espada moviéndose hacia ella. Sin pensarlo, saltó a un lado.

Sam había estado en muchas peleas. Tontos con bates de béisbol, pipas y muchas otras grandes, y pesadas armas tenían el mismo problema. Sus ataque no tenían control. Inmediatamente tomó la ofensiva y atacó. Plantó su enorme puño contra la cara de Hades con tanta fuerza que el golpe lo mandó de espaldas al suelo. Puso su pie izquierdo sobre su brazo y pateó la espada a un lado con el derecho.

"Mátalo," dijo la voz en su cabeza. "Mátalo ya," repitió. Sintió una carga de poder en su mano derecha. Energía dorada chispeaba entre sus dedos mientras apuntaba la mano a la cabeza del dios.

"Sam, espera. El Ópticon es un arma. Quiere matar a todos sus enemigos. Tienes que controlar el poder – si no lo haces, podría destruirlo todo," dijo Hades rápidamente cuando vio la energía dorada comenzar a crecer. Sam se dio cuenta de que tenía razón y rápidamente bajó su mano. "Tienes razón, quiere matarte y yo también," dijo Sam, sintiéndose más violenta en esta forma de lo que se había sentido jamás. Hades se teletransportó del suelo para ponerse de pie otra vez. "Sí, está creado de energía que solía ser nuestra. Tienes las almas de miles de dioses adentro. Pedazos de ellas, al menos," respondió Hades y Sam realmente no entendía lo que eso significaba pero sabía que no iba a dejar que un brazalete místico la controlara.

"Tu trabajo es recapturar las almas de los Yokaiju antes de que encuentres sus cuerpos. Estos monstruos destruirán todo en búsqueda de sus cuerpos," le dijo Hades. "No soy policía, esto va en contra de todo lo que he hecho," respondió, aún ajustándose a su nuevo cuerpo. "Sí, lo sé, pero piénsalo de esta manera. Una vez que los atrapes a todos, puedes volver a vender cualquier químico para destruir el cuerpo que hayas estado vendiendo antes. Si no lo haces, no quedará nada. Elige con cuidado," dijo Hades, y Sam bajó la mirada.

"Está bien, supongo que tienes razón, lo haré sólo esta vez, "dijo, pero no estaba muy feliz al respecto. "La transformación es complicada. El arma va a querer pelear, y puede crecer a este tamaño o ser de tamaño humano. Vas a tener más talentos que la mayoría de los humanos en el planeta," dijo Hades y Sam no supo qué pensar, la hizo sonreír. Era algo con lo que todos soñaban en algún momento.

"Toma su alma, déjame enseñarte cómo. Este tonto está leyendo líneas de un libreto. No sabe nada más que lo que le han dicho. Déjame mostrarte. Esto es un entrenamiento, después de todo," dijo el arma dentro de su cabeza. "Muéstrame," aceptó y de repente la armadura tomó el control y comenzó a moverse. "¿Qué estás haciendo?" le preguntó Hades pero antes de que pudiera reaccionar ella estaba detrás de él. Disparó dos rayos dorados idénticos desde sus manos a su espalda.

"¿Qué estás haciendo? Detente," gritó pero el Ópticon no escuchó. "Tu alma es mía," le respondió por si solo. Sin detener su movimiento hizo aparecer un látigo que brillaba con energía roja y lo envolvió alrededor de su cuerpo. Sam jaló el látigo y se sorprendió cuando una versión transparente del dios apareció. Después la energía se fue acercando, llevando el fantasma con ella.

El gigante con armadura cae al suelo mientras el alma de Hades se movía hacia la armadura dorada. "Así es como tomas un alma, mestiza," le dijo el Ópticon. "Los dioses son débiles, todo es débil, podemos tenerlo todo. Vamos, ¿qué dices?". Le preguntó en una voz casi feliz. "Es una oferta tentadora. Si atrapamos a todos estos Yokaiju lo pensaré. Libera al dios y tal vez lo hagamos después de ganar, si ganamos," respondió Sam.

"Que mala suerte. Consigo un recipiente y es aburrida, está bien," respondió el arma y un rayo rojo se disparó hacia el cuerpo de Hade, regresando su alma a su lugar.

"Nunca hagas eso otra vez," le dijo con un quejido y se puso de pie lentamente. "No prometo nada," dijo Sam mientras se volteaba a verla. "Creo que ustedes se van a llevar bien, pero es hora de desactivarlo," dijo Hades y en un torbellino de humo negro regresa a su tamaño normal. "Sería tan fácil convertirlo en polvo así, pero si lo hacemos nunca saldremos de aquí," dijo el Ópticon y con un destello de luz dorada Sam regresó a su tamaño normal.

"Claramente no puedes salvar al mundo encerrada en prisión, entonces, um, lo siento. Esta era la única manera en la que se me ocurrió sacarte sin que esos humanos intentaran buscarte, pero no entres en pánico," dijo Hades, caminando hacia delante. "¿Pánico por qué?" preguntó mientras él ponía su mano izquierda en su hombro. De repente el mundo comenzó a dar vueltas y quedó a oscuras.

Sam abrió los ojos y se encontró en oscuridad total. "¿Dónde estamos?" preguntó y el Ópticon se encendió. Era obvio ahora que Samantha Waters estaba en un ataúd. "Ese idiota me mató," gritó, llena de un nuevo tipo de ira tres metros bajo el suelo.

SEIS

Lisis se alzó del agua y caminó por la playa vacía. Miró a su alrededor y supo que ahí era donde estaban todos los demás, pero no podía ver a nadie todavía. "Oigan, vamos. No más de estos estúpidos juegos, sé que están aquí," se dijo a si mismo mientras caminaba. Y una voz salió de la oscuridad frente a él.

"Los juegos nunca son estúpidos, hermano. Me alegra que hayas podido llegar a nuestra reunión," un hombre con rasgos asiáticos le dijo. Sus ojos eran completamente amarillo. "Yokaiju, líder. No sabía que estabas observando," dijo Lisis con un poco de miedo.

"Sin miedo, estos humanos son excelentes recipientes, ¿no crees?" le preguntó a Lisis. "Sí, creo que son excelentes recipientes, las ballenas no tanto pero sirven si estás en un apuro. Pero extraño mi cuerpo original, ¿alguna idea de dónde está?" pregunto Lisis. "No, ninguna, pero tranquilo. Los otros nos están esperando. Encontramos un claro. Creo que los humanos lo llaman parque, no estoy seguro," dijo el hombre de los ojos amarillos. Juntos se alejaron del océano.

Los otros diez estaban juntos ahí. Este parque es lindo, limpio, y no había basura volando por ningún lado. Los árboles se movían levemente con el viento y el olor del océanos todavía estaba presente en el aire nocturno. Era un buen lugar.

"Lisis, ha pasado mucho tiempo," dijo una mujer de cabello rojo y piel pálida que fue corriendo hacia él y brincó para abrazarlo. Apenas tuvo tiempo de prepararse. "Sí, mucho tiempo. Te ves bien, Mal," dijo, sabiendo quién era al instante. "¿Verdad que sí? Este cuerpo estaba corriendo solo en la noche, así que lo tomé. Tengo que admitir que funciona muy bien para lo que necesito," le dijo y lo soltó. "Y no me llames Mal, mi nombre es Malpirgin," entrecerró sus brillantes ojos azules.

"Está bien, lo olvidé, sólo han pasado un par de eternidades, no soy perfecto," respondió Lisis, riendo. Malpirgin tomó un cuerpo que se parecía a todas las porristas en el mundo. Ninguno de ellos entendía el poder que un cuerpo así podía tener en el mundo humano. Para ellos, estos cuerpos no eran nada más que carcazas temporales. Lo físico no importaba.

"Este cuerpo es patéticamente débil, pero supongo que funciona," dijo Zimri, el cuerpo que había robado era delicado y parecía que se iba a caer a pedazos en cualquier momento. Lisis miró a su alrededor y supo que habían hecho lo mejor que habían podido. Nunca habían visto a un humano antes, o cualquier cosa. Todo era nuevo.

"Hermanos, hermanas, estamos reunidos aquí y me alegra verlos a todos de nuevo. No sé quién nos liberó y la verdad no me importa. Por el momento, lo único que quiero es encontrar nuestros cuerpos para poder tomar nuestro lugar. Esta vez no caeremos en los mismos trucos tontos," dijo Yokaiju. Todos gruñeron para mostrar que estaban de acuerdo.

"Quiero venganza," añadió Lisis. "Y la tendremos. Todos los dioses caerán a nuestros pies antes de que apaguemos sus tontas chispas, lo prometo," Yokaiju respondió.

"Hablando de dioses, ¿sientes, o mejor dicho, no sientes su presencia? Es como si todos hubieras desaparecido," Kyocer dijo mientras miraba el cielo y se preguntaba qué estaba pasando. Su sombrero de vaquero no se cayó. "Sí, estaba pensando lo mismo, no hay mucha de energía cósmica por aquí, tal vez todos murieron en algún momento y por eso quedamos libres," sugirió Najash. Era una buena sugerencia pero no era una que los hiciera feliz.

Todos querían arrasar los cielos y estrangular a todos y cada uno de los dioses. Un asesinato siempre era preferible a dejar que una traición antigua muriera por la edad, si había algo parecido para un inmortal.

"Supongo que sólo hay una manera de descubrirlo," dijo Yokaiju y sonrió. "Oh, déjame hacerlo, por favor, puedo hacerlo sin arruinarlo," dijo Micon y comenzó a saltar un poco. Los otros la miraron, había tomado el cuerpo de una niña de diez años en un vestido verde. "¿Estás segura? Una vez que hagas esto, el mundo, este mundo, no volverá a ser el mundo," le dijo Yokaiju y ella sonrió. "Muy bien, hermana. Dale a este mundo una llamada de atención que nunca olvidará," dijo Yokaiju y ella rio y se fue corriendo hacia la oscuridad.

"Esto va a ser divertido," dijo Kyocer para él mismo, y ajustó su sombrero de vaquero. "Vamos, dejemos que haga lo suyo y busquemos un buen lugar para ver," le sugirió Lisis. "Sí," respondió Kyocer y los demás se movieron.

Micon corrió por el parque hasta otro lado. El suelo fue de un suave y esponjoso verde a un material gris y duro. Por un momento, miró a su alrededor y vio todas las cosas puntiagudas saliendo del suelo, cajas con puntos de luz saliendo de ellas. Eso no le recordaba a nada. La mente de niña de diez años que había heredado no le daba mucha información útil.

Todo se veía raro para ella. De repente escuchó a algo acercarse a ella por atrás, y se dio la vuelta. Era un hombre en uniforme en una bicicleta. El hombre desaceleró y ella sólo lo observó. Ladeó la cabeza y se preguntó de qué se trataba.

"Hola, ¿estás perdida?" preguntó el hombre y la niña negó con la cabeza. "Soy un policía, mi nombre es Mark Holts y creo que deberíamos buscar a tus papás. ¿Cómo te llamas?" le preguntó y le mostró su placa, como para confirmar que estaba diciendo la verdad.

Ella entrecerró los ojos y sonrió. "Me llamo Micon," respondió con una voz alegre. El oficial Holtz pensó que era un nombre extraño, pero sacó su radio. "Sí, esta es la unidad en bicicleta cinco, tengo una niña perdida de unos diez años, blanca, ojos azules, cabello negro, vestido verde. Cerca del parque Spanish River. ¿Hay algún reporte? Cambio," preguntó en la radio.

Pasaron unos segundos. "Negativo, no hay reportes de ninguna niña con esa descripción," respondió la operadora. "Hmm," dijo Mark y se volteó para mirar a la niña, pero ya no estaba. "¿Micon? ¿A dónde te fuiste?" preguntó y miró a su alrededor. "No soy una niña, soy un monstruo," dijo detrás de él y el suelo debajo del oficial explotó, rompiéndole las piernas al instante. No tuvo tiempo para gritar mientras la fuerza de la explosión licuaba sus órganos.

Micon sonrió y miró al cielo. "¿Alguien va a castigarme?" preguntó y esperó. No cayó nada del cielo, no hubo un castigo cósmico de ningún tipo. Nada. Sonrió. "Eso creí," dijo Micon y cerró los ojos, cruzando los brazos.

Una niebla blanca la rodeó y explotó como un géiser hacia el cielo nocturno con rayos de luz purpura. En segundos, la niebla formó una figura sólida. Micon estaba parada ahí para que el mundo la viera por primera vez. Un gigante monstruo bípedo con piel blanca. Su cuerpo se alzó y su cuello se dividió en dos.

Micon tenía dos cabezas que parecían una cruza entre un león y un dragón con brillantes ojos verdes y aletas donde sus orejas deberían estar. Sus brazos eran más gruesos que cualquier edificio del área, y terminaban en manos con cuatro dedos, armados con garras. La cola de Micon era casi tan larga como ella era alta y terminaba en un pico. Al principio, la bestia estaba parada en la ciudad como si fuera una estatua. Observando sus alrededores, absorbiéndolo todo. Después gritó, su voz como la versión aguda del sonido de una terrorífica campana.

Se escuchó el eco de su voz a través de la ciudad, haciendo pedazos las ventanas más cercanas inmediatamente. Micon dio su primer paso en el nuevo mundo e hizo temblar todo. Abrió sus bocas y escupió dos rayos púrpura de las dos al mismo tiempo. Los rayos hicieron contacto con el suelo, todo lo que tocaban prendiendo en llamas o cayendo al suelo en pedazos. Micon miró su trabajo y supo que las cosas que la enfrentaban no tenían posibilidad de derrotarlos.

Eso la hacía feliz por dentro. El mundo entero iba a ser destruido y ningún dios podría detenerla. Nadia podría, en su opinión. Este cuerpo humano sólo le permitía utilizar un décimo de su poder, y tal vez ni eso. Pero ya estaba demostrando ser suficiente para hacer su trabajo. Como si lo considerara trabajo.

Poco después escuchó otro sonido en el aire. El sonido de lo que seguramente eran alarmas de advertencia en la ciudad en respuesta a su ataque. Se preguntó lo que pensaba la gente, cómo estaban reaccionando a esto. Tantas preguntas, tantos maravillosos pensamientos pasando por su mente. Micon abrió sus bocas de nuevo y lanzó rayos gemelos; esta vez los disparó tan lejos como podía. El desastre que resultó llenó su corazón de felicidad. Casi podía escuchar a las personas gritando mientras se quemaban vivas.

En minutos diferentes partes de la ciudad estaban consumidas en llamas. Micon estaba parada en medio del caos, observando su trabajo, caminando lentamente entre los edificios. Las estructuras se derrumbaban bajo su peso en cuanto las tocaba. El cielo nocturno era naranja, lleno de humo y ceniza.

Micon iba a terminar su trabajo cuando de repente del cielo llegó un nuevo sonido. Por fin habían aparecido los aviones de combate. Micon estudió las cosas diminutas, preguntándose qué harían. Sin embargo, reconocía un arma cuando la veía. Y luego los aviones comenzaron a disparar sus misiles.

Micon miró los pequeños proyectiles caer del cielo y volar hacia ella. Chocaron y explotaron contra su piel blanca. El fuego dolió pero se extinguió rápido. Los aviones le dispararon con todo a la bestia y ellos y la gente de la ciudad vieron cómo el humo y el fuego envolvían a la extraña creatura que salió de la nada.

Micón sintió el calor, el impacto y olió las armas gastadas, pero su voz atravesó el humo para mostrar que seguía viva, y aún peor, intacta. Micon había visto y medido qué tanto se podían resistir los humanos, lo sentía escaso. La ciudad era su objetivo, no era nada personal contra la humanidad. Quería destruir el mundo que los dioses habían creado y ellos sólo eran lo suficientemente desafortunados como para pertenecer a él y también tenían que morir. Las cosas que volaban la volvieron a atacar.

El dolor se desvaneció al instante, lo poco que había. Las dos caras de Micon hicieron una mueca de enojo. Estos insectos se atrevían a atacarla, no era aceptable. Les mostraría lo que le pasaba a cualquiera que se atreviera a faltarle el respeto a ella y a los otros.

Micon se concentró e invocó todo el poder dentro de su cuerpo. Las personas vieron horrorizadas mientras la bestia blanca comenzaba a brillar con una luz morada. En menos de cinco segundos, Micon explotó con poder. La onda expansiva se sintió a su alrededor. Por varios kilómetros, la explosión se expandió, destruyendo todo lo que había en su camino. Quemando y destrozando todo con la fuerza de la onda expansiva.

Cuando la explosión terminó, Micon no estaba por ningún lado. Dejando atrás un cráter, fuego y muerte. Hubo una ciudad ahí, llena de vida, personas y sueños. Todo eso había desaparecido en un evento que el mundo jamás había visto.

En medio de toda la destrucción, parados en una playa cuya costa había sido convertida en filoso vidrio negro, había doce dedos. "¿Creen que eso haya llamado su atención?" preguntó Micon con una sonrisa. "Sí, creo que eso basta. No puedo creer lo pequeños que somos," respondió Zimri, observando la forma incompleta de Micon. "Lo sé, me siento diminuta sin mi cuerpo, ¿sabes? Espero que los recuperemos pronto," le respondió Micon y todos gruñeron en acuerdo. Micon estaba decepcionada con el poco daño que había podido hacer y suspiró tristemente.

"Anímate, Micon. Lo hiciste muy bien," dijo Brakai y le dio unos golpecitos en la cabeza como si en realidad fuera una niña. Brakai llevaba puesto un traje, tenía piel color bronce y medía más o menos 1.60 cm. Su cabello y sus ojos eran completamente negros, sin embargo. "Sí, sí," dijo Micon, alejándose de ella. Brakai sonrió.

"Como sea. Necesitamos un objetivo más grande. Es obvio que ni a los humanos ni los dioses les importa mucho este lugar, como sea que se llame. Tenemos que buscar cosas mejores y más grandes. Necesitamos un mapa," dijo Yokaiju con una sonrisa. "Somos doce, ¿por qué no nos separamos y vemos si podemos hacer que reaccionen?" Si no, bueno, nuestros cuerpos tienen que estar por aquí en algún lado," sugirió Najash mientras miraba el océano. Su piel oscura se mezclaba con la noche, pero sus brillantes ojos verdes hacían que resaltara. "Eso suena razonable, vamos a divertirnos, ha pasado mucho tiempo," dijo Kyocer, pero él no sonrió.

"Si alguien encuentra uno de nuestros cuerpos, háganoslo saber para poder recuperarlo," dijo Yokaiju y todos los demás se miraron una última vez, y luego desaparecieron.

SIETE

Sam había regresado de entre los muertos. No sabía cuánto tiempo había pasado, pero claramente era algo considerable si la habían puesto en el suelo, y se había dado cuenta de que seguía en el uniforme de la prisión. "Tranquila, relájate," le dijo el Ópticon y ella respiró entrecortadamente.

"¿Tienes ideas para salir de aquí? Porque si no, parece que aquí nos vamos a quedar," dijo, comenzando a asustarse por el espacio tan pequeño en el que estaba. "Este va por mi cuenta, pero el próximo te toca," le dijo el arma y comenzó a brillar tanto y tan rápidamente que le lastimó los ojos.

Hubo una enorme ráfaga de poder y la tierra sobre ellos y la tapa del ataúd explotaron, haciendo que los tres metros de tierra volaran por todos lados. Sam se puso de pie de prisa y salió del hoyo. Miró a su alrededor y vio que estaba a donde iban las personas que nadie quería después de morir. No estaba seguro de cómo había llegado bajo tierra.

Normalmente quemaban a las personas con la basura, porque para ellos todo era lo mismo. Miró a su alrededor buscando una lápida pero no vio nada más que un marcador de piedra con el número setenta y cinco tallado en ella, y no sabía qué significaba eso tampoco.

"Vamos, tenemos que salir de aquí," le dijo el Ópticon y miró a su alrededor y no vio nada más que césped a su alrededor. La prisión no estaba muy lejos, seguramente alguien había escuchado la explosión. "Sé dónde vive mi hermana. No está lejos," le dijo Sam a la cosa en su muñeca. "Sí, yo voy contigo. No creo tener muchas opciones," le respondió rápidamente. "Claro," respondió Sam mientras comenzaba a alejarse corriendo de la escena.

En un instante, se encontró a si misma corriendo mucho más rápido y lo que había parecido una buena distancia hasta la carretera principal sólo le tomó unos segundos. Sam se detuvo. "¿Qué demonios acaba de pasar?" preguntó. "Mientras estemos conectados, voy a activar la chispa dormida que tienes dentro, tienes la sangre de los dioses corriendo en tus venas. ¿No crees que es hora de que haga algo más que meterte en problemas?" le respondió el arma, y ella puso los ojos en blanco y contó todos los momentos en su vida en los que deseó poder hacer cosas así en el pasado.

Sam no tenía idea de qué hora o siquiera qué día era, lo único que sabía era que era de día, tal vez un poco entrada la tarde. "Lisa debe estar en casa," se dijo a si misma. Inmediatamente intentó olvidar todas las veces que ella, o cualquier miembro de su familia haya visitado, o incluso hubiera mandado una carta. Hicieron su mejor esfuerzo para olvidar que existía. "Vamos," terminó Sam y comenzó a caminar por la banqueta.

"¿Estás loca? En este uniforme vamos a llamar la atención de todos los policías de aquí hacia allá, sin importar que tan rápido vayamos," le dijo el arma y Sam suspiró mirando su ropa naranja y sucia. "¿Podemos hacernos invisibles, transformarnos en una mosca o vernos de diferente manera?" preguntó nerviosa, esperando que un automóvil pasara a su lado en cualquier momento.

"Podemos volar por unos minutos en forma humana, al menos por ahora. Entonces es más como un salto largo que nada," le respondió el arma.

"Hagámoslo. No está muy lejos," le respondió Sam y el brazalete dorado comenzó a brillar. "No vomites sobre mí," le dijo y Sam sintió la energía debajo de sus pies empujarla por el aire. Se sentía genial, pero también era aterrador. "Esto es horrible," dijo Sam cuando se desorientó inmediatamente. "Escúchame. No podemos quedarnos aquí mucho tiempo, concéntrate en el lugar al que quieres ir, rápido," le dijo el arma con prisa.

Sam pensó en a dónde quería ir y de repente estaba volando en esa dirección. Sonrió una vez que tomó control de la dirección. Desde el aire, era difícil diferenciar los lugares, estaba acostumbrada a estar en el suelo y hacer las cosas de manera lógica, normalmente. Habían pasado cinco años desde que había visto el lugar e intentó recordar cómo se veía la casa. "Por allá. Es por allá, estoy segura," se dijo a si misma.

Recordando que ella tenía el control, bajó volando a la calle. Sam se dio la vuelta y cayó de pie en el patio de una linda casa, pero por ahí todas las casas se veían igual aparte de ser de diferentes colores Miró a su alrededor y se dio cuenta de que ese no era el lugar.

"Podría jurar que estaba en Boxwood. Esto es Boxwood, ¿no?" se dio la vuelta y vio el letrero de la calle. "Sí," se dijo a si misma y se dio la vuelta. Ahí estaba el lugar que estaba buscando estaba ahí, al otro lado de la calle. "Bueno, supongo que estabas cerca, eso basta," le respondió el arma.

Sam se aseguró de que no venía nadie y cruzó la calle. Imaginó un carro atropellándola y haciéndola pedazos, la hizo sonreír un poco. Caminó a la puerta de la casa de su hermana y dio unos golpecitos. No hubo respuesta.

"Podríamos tirar la puerta, sería fácil," le dijo el arma y Sam volvió a golpear, con un poco más de fuerza. De repente, llegaron signos de vida del otro lado de la puerta. Se abrió. "Sí, ¿qué pasa?" dijo Lisa apresurada. Una vez que vio quien era comenzó a gritar inmediatamente, y cerró la puerta de un portazo.

"Ah, claro, se me olvidó. Se supone que estoy muerta," Sam se dijo a si misma y abrió la puerta. "Lisa, oye, soy yo, sé que estás muy asustada en este momento, pero juro que soy yo," dijo Sam de nuevo y empujó la puerta, pero no había nadie detrás de ella.

"Llamaron, nos dijeron que moriste mientras dormías, por causas naturales. ¿Qué estás haciendo aquí? ¿Esto es algún tipo de venganza? Lamento no haberte visitado más, no me comas," gritó Lisa desde su cuarto en una voz muy asustada. "Primero que nada, no estoy muerta, lo prometo. Segundo, es una larga historia. Por favor, sal para que podamos hablar," dijo Sam desde el otro lado de la puerta.

Por unos segundos, no hubo más que silencio, y después la puerta se abrió lentamente. "¿Ves? No soy un zombie," dijo Sam y estiró los brazos para intentar mostrarle que era humana y estaba viva. Lisa no vio el Ópticon en su brazo.

"Juro que esta ha sido la semana más rara de mi vida," dijo Lisa y juntó el coraje para acercarse. "¿Por qué? ¿Qué es más raro que regresar a la vida?" preguntó Sam, genuinamente queriendo saber que más pudo haber pasado. "Ven conmigo," le respondió Lisa y la llevó a la sala, su hermana la siguió, la televisión ya estaba prendida. "Esto ha sido lo único en la televisión el último día y medio," dijo Lisa y le subió el volumen. Sam miró y soltó un grito ahogado porque no podía creer lo que estaba viendo.

"La única historia de la que todos hablan es cómo la ciudad de Boca Ratón en Florida sufrió una pérdida del noventa y ocho por ciento ayer por la noche," dijo la mujer en la televisión y peleó para controlar sus emociones, ya que se veía visiblemente cansada.

"Nosotros, eh, nosotros no sabemos cómo o qué pasó exactamente. Podría ser un ataque terrorista. No hay una razón oficial detrás del ataque. Lo único que tenemos es lo que hemos estado mostrándoles las últimas horas. Varios residentes grabaron el evento y lo subieron a internet, lo hemos estado reproduciendo todo el día. Si alguien sabe qué es, les pedimos que llamen al número en el fondo de la pantalla. Todavía no puedo creer lo que estoy viendo," dijo mientras la pantalla cambiaba.

Sam vio cómo una bestia blanca de dos cabezas paseaba por el centro de la ciudad. "¿Qué demonios es esa cosa?" preguntó un hombre detrás de la cámara mientras un agudo sonido se escuchaba en el cielo. "Es como una película, no es posible," el hombre dijo de nuevo, sorprendido. El video se agitaba mientras intentaba mantener la calma. "Oh no," dijo, claramente asustado y la cámara se movió hacia abajo para mostrar a un grupo de personas corriendo lejos de la cosa, estaba demasiado lejos como para grabar los gritos y desde ahí las personas casi se veían como hormigas.

La atención de la bestia estaba capturada, ambas cabezas mirando hacia abajo. Inmediatamente dos idénticos rayos morados se dispararon de sus bocas. Quien grababa miró la exterminación mientras pasaba en meros segundos. "Me voy de aquí," dijo el hombre y el video se acabó.

"Micon," dijo el Ópticon. Sam casi respondió pero apenas recordó no hacerlo, pensando en lo estresante que ya era la situación para su hermana. "Eso ha estado en las noticias desde anoche, el mundo se está acabando," dijo Lisa mientras se dejaba caer en el sillón en desesperación. Sam se sentó con ella y tomó el control remoto, poniendo la televisión en silencio.

"Puede que el mundo esté acabando pero eso no significa que tengas que morir. ¿Por qué no has movido tus cosas a la casa de mamá? Vive en medio de la nada. Quedarte en una ciudad como esta es lo mismo que el suicidio," dijo Sam y Lisa abrió los ojos sorprendida, nunca había pensando que lo mismo podía pasar ahí. Este desastre era como todos los otros, horrible pero lejos. A una distancia segura.

"¡Demonios! ¿Por qué siempre haces eso?" preguntó Lisa, enojándose de repente. "Siempre traes las pesadillas a casa contigo. ¿Morirte te dio poderes psíquicos también? ¿Cómo sabes que viene hacia acá? ¿Cómo sabes que va a volver a pasar?" le preguntaba Lisa con lágrimas en los ojos, aterrada. "Porque me gusta ser realista, y lo que sea que es eso, sigue vivo en algún lado," dijo Sam mirando la pantalla, intentando fingir que no estaba tan asustada como en realidad estaba.

"No me importa si me odias, o si desearías que estuviera muerta, no te puedes quedar aquí," dijo Sam y se puso de pie. "Empaca lo que necesites, deja lo demás. Piénsalo como unas vacaciones largas. Seguro todo esto se arregla en unas semanas," dijo Sam intentando sonar optimista pero el peso de la situación comenzó a pesarle. No estaba segura de poder lidiar con esto.

"Está bien, ¿pero qué pasa contigo? Vienes conmigo, ¿no?" dijo Lisa y alzó la vista hacia ella. "¿Qué? ¿Ir contigo para que la claustrofobia nos vuelva locas y terminemos matándonos? No, necesito esconderme. Sólo asegúrate de decirle a mamá que sigo con vida, que los guardias se equivocaron. Tuve que salir arrastrándome de un ataúd de madera," dijo Sam, murmurando la última parte y sacudiendo la cabeza.

"¿Harás eso por mí, verdad?" le preguntó Sam. Lisa estaba a punto de protestar, pero sabía que su hermana mayor tenía razón. El drama familiar siempre había sido demasiado, ni siquiera una crisis como esta sería capaz de vencerlo.

"Lo haré, puedo hacer eso," respondió. Sam sonrió. "Está bien, cuando todo esto terminé nos veremos en algún lado. Oye, tengo una nueva oportunidad de ser libre. Las autoridades creen que estoy muerta," dijo Sam y estaba muy feliz por eso. "¿Tienes ropa que me puedas prestar? El naranja no es mi color," dijo Sam y miró hacia fuera, aún con miedo de que los policías fueran a aparecer en cualquier momento pero las calles estaban en silencio.

"Sí, mi ex dejó algo de su ropa aquí. Nada de lo mío te va a quedar, soy demasiado pequeña, y gorda, obviamente," dijo Lisa y Sam ni siquiera había pensado en eso. Lisa medía unos quince centímetros menos que ella y pesaba casi veinte kilos más. Sin embargo, Sam siempre la había considerado la más guapa de las dos. "Voy por ellas," dijo y se fue.

"Ese fue Micon, Sam. Una de las doce almas que escaparon. Tenemos que atraparlos o no quedará nada que salvar," le dijo el Ópticon. "Lo entiendo pero desapareció, y está en algún lado del otro lado del país. Vamos a tener problemas," dijo Sam en voz baja. "No te preocupes, yo lo arreglo. Ya te encargaste de tu gente, es hora de trabajar," dijo el Ópticon y Sam respiró hondo. No sabía qué seguía Lisa regresó con una camiseta roja y unos pantalones de mezclilla con un cinturón.

"La ropa interior va por tu cuenta," dijo Lisa y le lanzó la ropa. Sam la atrapó. "Supongo que esto funciona," dijo Sam y lo inspeccionó, se veían un poco pequeño pero no le preocupaba mucho su apariencia ni nada. "Gracias," dijo Sam y comenzó a caminar hacia el baño para cambiarse.

Lisa salió de su estupor y comenzó a moverse con prisa por la casa, intentando empacar todo lo que pudiera. Las cosas importantes. Fotografías, cosas viejas. Entre más empacaba, más se daba cuenta de que muchas cosas tenían un recuerdo relacionado a ellas. Elegir cosas se volvió más difícil mientras avanzaba. Sam regresó y abrió la puerta. Usando la ropa que no le quedaba del todo bien pero funcionaba. "Te ves bien de rojo," dijo Lisa y Sam sonrió, cualquier cosa era mejor que ese naranja brillante.

"Gracias. Bueno, esto es adiós. Necesito que estés fuera de la ciudad antes del anochecer, no creo que la paz dure mucho más. Vienen más ataques, puedo sentirlo," dijo Sam y Lisa siguió preocupada. "Vamos, tienes que venir conmigo, no puedes sólo quedarte aquí y no hacer nada, estarás en medio del caos," dijo Lisa y Sam sólo sonrió.

"Siempre me ha ido bien en situaciones caóticas. Lo sabes. Sólo asegúrate de decirle a mamá que estoy viva, si es que le importa," Sam dijo intentando esconder la tristeza en su voz.

"Está bien, lo haré. Prométeme que no vas a volver a hacerme pensar que estás muerta otra vez, dijo Lisa y Sam sonrió. "No prometo nada, pero voy a hacer lo mejor que pueda," dijo Sam y con eso comenzó a caminar a la puerta principal. Lisa observó mientras Sam salía. Lisa se movió para apagar la televisión.

"Nos estamos teletransportando al sitio del ataque, y se puede poner un poco feo así que aguanta la respiración," le dijo el Ópticon en cuando salieron. "Bueno, eso suena divertido," respondió Sam, aguantó la respiración y una explosión de luz blanca, desaparecieron.

Lisa salió por la puerta un segundo después, queriendo convencerla de ir con ella una vez más, pero quedó sorprendida al ver que Sam no estaba por ningún lado.

"¿A dónde te fuiste?" preguntó en voz baja, y ahora estaba comenzando a cuestionar su cordura. ¿Había estado Sam ahí con ella o era su fantasma intentando salvarla antes del desastre? No lo sabía con seguridad, pero la ropa no estaba. Tenía que haber pasado. En lugar de pensarlo más, regreso adentro y comenzó a guardar sus cosas un poco más rápido. No quería estar ahí cuando oscureciera.

OCHO

Sam apareció con la misma explosión de luz. Le tomó unos segundos observar sus alrededores. Lo había visto en televisión a distancia pero esto, bueno, era peor. Sentía que estaba parada en otro planeta. Lo primero que notó fue el olor. Carne quemada de manera masiva la hizo sentirse enferma casi inmediatamente.

A su alrededor no había más que oscuridad, y cenizas cubrían el suelo. Si alguna vez hubo una ciudad ahí ahora sólo podía ver un desierto desolado hasta donde alcanzaba la vista. "Sólo necesito unos segundos para encontrar sus energías, sugiero no movernos," le dijo el Ópticon. Sam miró hacia abajo y vio algo que no estaban reportando en la televisión. Miles de esqueletos estabas tirados en el suelo a sus pies. Mirando más de cerca podía ver huesos por todos lados.

"Dios mío," dijo Sam al verlos por primera vez. El horror de la escena a su alrededor amenazaba con romper su mente y su espíritu. "Oye, quédate conmigo. Esto es malo pero es justo lo que tenemos que detener. Esto no puede volver a pasar," le dijo el Ópticon y Sam se concentró en su voz. "Entiendo, por favor dime que ya casi acabamos," respondió y esperó una sorpresa, haciendo su mejor esfuerzo para no moverse y pisar algún hueso.

"No te preocupes. Tuvimos suerte. Todos estuvieron aquí así que ahora podré encontrarlos cuando aparezcan. Sin embargo, ya se separaron. La energía de Micon es más fuerte que la de los demás, así que no sé a dónde se fueron," le dijo el Ópticon y Sam sólo soltó un quejido de frustración. "Siempre hay algo," respondió Sam y se sintió un poco agradecida por eso. No tenía prisa por pelear con todos al mismo tiempo.

De repente un sonido conocido rompió el silencio del cielo. Sam alzó la vista para ver un ejército de helicópteros acercarse. "Necesitamos irnos de aquí, ahora," dijo Sam. "No podemos, necesitamos esperar al menos cinco minutos para recargar entre movimientos como ese," respondió el Ópticon y Sam tragó saliva. "Genial, ojalá lo hubieras dicho antes," dijo y se preguntó qué iba a decir cuando aparecieran los helicópteros.

Aquí en el desierto, ella resaltaba como la única cosa viva por kilómetros a la redonda. "Bueno, tenemos compañía," dijo y dio un paso adelante. Algo crujió bajo su zapato y la hizo arrepentirse, y no quiso saber qué o quién había sido.

En segundos, un helicóptero estaba sobre ella. "No te muevas, estamos aquí para ayudar," dijeron desde un altavoz. "Sí, apuesto que por eso están aquí," susurró para si misma. Imaginó que comenzaban a disparar, y no estaba segura de por qué.

"Sólo deja que nos saquen de aquí, podemos irnos en unos minutos. No es un gran problema. O puedo hacer que exploten. ¿Te interesa?" le preguntó el Ópticon. No le preocupaba mucho la situación mientras el helicóptero aterrizaba cerca. "Es fácil para ti decirlo, tú sólo eres magia, eres un brazalete invisible que nadie sabe que existe, y no, no vamos a declararle la guerra a Estados Unidos todavía," murmuró Sam mientras un hombre bajaba de la máquina y caminó hacia ella, aplastando y crujiendo huesos debajo de las cenizas en su camino. Si le preocupaba, no lo demostraba.

"No es seguro aquí. ¿Sobreviviste el ataque?" preguntó el nombre en el uniforme. "Sí, y no. No sé qué pasó. Sólo me desperté por aquí cerca debajo de un montón de..." respondió y se quedó callada, sin dejar ver que estaba mintiendo y él quedó confundido. Estaba demasiado limpia como para haber estado aquí mucho tiempo.

“Vamos, podemos sacarte de aquí. Vamos a hacerte unas preguntas y hacerte un chequeo médico para asegurarnos de que estás bien. Los otros sobreviviente, bueno, digamos que no es bueno,” dijo y comenzó a caminar sobre los esqueletos otra vez. A Sam, por su parte, se le hacía difícil moverse. Restos humanos eran lo último sobre lo que quería caminar.

“Sé que es horrible pero tienes que acostumbrarte, ven conmigo, por favor,” le dijo el hombre y Sam respiró hondo, caminó hacia delante tan rápido como pudo. Incluso si el helicóptero se veía muy lejos en ese campo de muerte sólo le tomó treinta segundos cruzar la distancia. Se subió a la máquina y estuvo agradecida de dejar el suelo lleno de huesos. “¿Cuál es tu nombre?” el hombre le preguntó mientras se ponía el cinturón de seguridad. “Soy Sam,” respondió, sin pensar en intentar inventarse un alias.

“Es un gusto conocerte, soy David, parte de la patrulla de búsqueda y rescate,” respondió, mirándola de arriba a abajo. Ahora que podía concentrarse, elle se veía demasiado limpia para haber sido parte de eso. Le sonrió de regreso y miró por la ventana mientras cerraba la puerta. La máquina se alzó en el aire.

“Esta es la Unidad Siete, sí, tengo un Código Alfa y estamos en camino, tiempo estimado cinco minutos,” dijo David en la radio. Sam apenas lo escuchó. “Entendido, Unidad Siete,” respondió una voz en el parlante. Los minutos pasaron rápidamente. Normalmente a Sam no le gustaba volar pero mucho había cambiado en las últimas horas. No la molestaba tanto como lo habría hecho unos días antes. Se sentía un poco más segura, sólo un poco.

Pronto pudo ver un grupo de tiendas a la distancia. “Ahí está, el Campamento Century. No sé por qué le pusieron así, pero aquí está,” dijo David con una media sonrisa. Era obvio que estaba feliz de ver cualquier cosa que estuviera cerca de ser normal. El helicóptero aterrizó y Sam todavía estaba nerviosa de estar ahí, estaba consciente de lo poco afectada por el desastre que se veía.

Le tenía miedo a las preguntas que le fueran a hacer. David abrió la puerta. Sam salió y agachó la cabeza. Le tenía miedo a las astas sobre su cabeza al ser tan alta.

Casi inmediatamente una mujer se acercó a ella mientras se alejaba del helicóptero. "Ven conmigo," le dijo a Sam y espero a que le hiciera caso. Sam pensó en correr por un segundo, pero miró a su alrededor rápidamente y vio a todas las personas, pero también todas las pistolas. "Está bien," respondió y comenzó a caminar.

La mujer caminó rápido por el campamento. A pesar de intentar verse ocupados, los soldados a su alrededor no podían evitar mirarla. No lo sabía, pero Sam había sido la primera persona sin quemaduras que habían descubierto en la zona roja, la única persona sin heridas de la zona roja desde que había empezado la operación.

Las dos entraron a una tienda, lo único que tenía adentro era una mesa y dos sillas en el centro. "Siéntate, el comandante estará contigo pronto," dijo la mujer y se fue rápidamente. Era obvio que no la veía como una amenaza. Sam miró a su alrededor pero este lugar estaba lleno de polvo, vacío. Las paredes se movían con el viento. De repente un hombre mayor que ella entró con un sobre en la mano.

"Hola, soy el comandante Galen, es un gusto conocerte. ¿Sam, verdad?" le preguntó y abrió los ojos sorprendida. "No te veas tan sorprendida, en cuanto el segundo helicóptero aterrizó, el piloto buscó tu cara en las bases de datos de reconocimiento facial. Te encontró al instante. Entonces, ¿qué está haciendo la basura muerta de California en medio de este desastre?" Galen preguntó mientras se sentaba del otro lado de la mesa. Sam se movió incómoda en la silla. "Me teletransporté. Morí y luego regresé con súper poderes. ¿Nunca ha leído un cómic?" respondió Sam con una sonrisa burlona.

"Cierto, imagina mi sorpresa cuando encontramos a una mujer muerta viva en un lugar donde nada más lo estaba, el archivo dice que moriste de causas naturales. ¿Qué, hace setenta y dos horas? No estoy seguro de cómo lo hiciste o por qué viniste aquí pero fue un error," le dijo Galen y Sam puso los ojos en blanco. "Cuéntale todo," le dijo el Ópticon Sam negó con la cabeza.

"Está bien, pero deberías saber algunas cosas. Primero, esta no es la última vez que esto va a pasar. Hay monstruos en el planeta. No sé de dónde vienen pero hay doce. Y van a destruirlo todo. Lo sé porque tengo un brazalete invisible que me habla. Estoy aquí buscando a esos fenómenos para que no lo vuelvan a hacer jamás. No creo tener éxito porque es mi primer día en el trabajo," dijo Sam y el Comandante entrecerró los ojos y bajó el sobre.

"¿Sabes qué? Ha sido un día de locos. Digamos que hemos confirmado evidencia de una bestia antinatural. Estoy seguro de que lo has visto en televisión o en internet. Y me estás diciendo que tú eres la que nos va a salvar," le respondió Galen. "Lo voy a intentar," dijo, tan insegura de si misma como todos los demás.

"¿Cómo vas a encontrarlos? El planeta entero está más alerta que nunca y no hemos visto nada. ¿Qué secreto tienes que nosotros no?" le preguntó y estaba intentando averiguar si estaba loca o no. Sam alzó la mano y la apretó en un puño. "Ya le dije. Súper poderes, un brazalete invisible que me habla. ¿Cuántas veces necesito decirlo? De hecho, déjeme intentar mostrarle," dijo y se concentró. Galen esperó a que algo pasara.

Por unos segundos, no pasó nada. "Bueno, estoy esperando," dijo, siempre dispuesto a darle la oportunidad a lo que fuera, al menos una. Sam apretó los dientes. "Vamos, haz algo," se dijo a si misma.

Justo cuando Galen estaba a punto de darse por vencido en todo esto una delgada chispa dorada salió de la muñeca de Sam, voló al lado de la cabeza de Galen y se disparó a la pared de la tienda, encendiéndolo en llamas. "Mire, puedo hacer cosas," dijo Sam con una sonrisa. "Fuera, ahora," dijo Galen y se puso de pie para salir corriendo de la tienda. Sam iba justo detrás de él.

"Se llama el Ópticon, y al parecer puede rastrear estas cosas. Si le dijera algo más, probablemente tendría una crisis de fe y de realidad," dijo Sam mientras veían la tienda quemarse y el personal apresurarse para apagar el fuego. "Está bien, te creo. ¿Puedes decirnos cómo rastrearlos?" preguntó y esperó una respuesta.

"No, ni siquiera sé cómo funciona esta cosa que nadie puede ver," dijo como si fuera una conversación común y corriente que hubiera tenido antes. "Detecté a Micon, está a 65 kilómetros al sur de aquí," dijo el Ópticon. "65 kilómetros al sur. ¿Qué hay ahí?" preguntó Sam de repente. Galen abrió los ojos sorprendido.

"Miami está ahí," dijo. "¿Qué sabes? Dime," le ordenó asustado e intentó estirarse para tratar de agarrarla mientras lo decía. Sam se alejó rápidamente. "Micon, la cosa que hizo esto, lo siento pero me tengo que ir," dijo Sam y dio un paso hacia atrás.

"Espera, dime más. ¿Qué está pasando?" le pido Galen pero Sam frunció el ceño, y luego en el caos creado por el fuego, desapareció en una luz dorada frente a los ojos del comandante. "Consíganme un maldito radio," le gritó a nadie en particular.

Sam apareció en un estacionamiento, entre dos carros. Puso las manos en uno para balancearse. "¿No crees que deberíamos dejar de aparecer en frente de todos? Creo que ya están los suficientemente asustados," Sam le dijo al Ópticon. "No hay nadie aquí, mira a tu alrededor, me aseguré. Micon está por aquí en algún lado," Sam se dio la vuelta. "Dios mío. ¿Qué está haciendo aquí?" dijo Sam y leyó las palabras en la pared del edificio. "Escuela Primaria Silver Bluff," dijo y todo tipo de pensamientos horribles le pasaron por la mente.

"Esa cosa está detrás del edificio, eso es todo lo que te puedo decir, necesitamos acercarnos," dijo el Ópticon. "Maldita sea," respondió Sam y comenzó a correr hacia atrás del edificio. Había una cerca separándolos del patio de juegos. Sam saltó la cerca tan rápido como pudo. Era más fácil de lo que recordaba Había niños jugando por todos lados, era un caos. Supuse que aún había clases a pesar del desastre para intentar mantener la sensación de normalidad. Que el mundo se estaba cayendo a pedazos.

Miró de izquierda a derecha para ver si había alguien que pareciera no pertenecer aí. "Oye, tú, no puedes estar aquí," le gritó una señora. Sam ignoró a la maestra. "Oye, te estoy hablando, tienes que irte o le voy a hablar a la policía," le dijo la maestra mientras caminaba rápidamente hacia ella.

"Escúcheme, señora, no tengo tiempo para usted, dígamelo ahora mismo. ¿Hay alguien que no pertenezca aquí aparte de mí?" preguntó Sam apurada mientras miraba a su alrededor y llamaba más la atención de lo necesario.

"No me importa quién seas, vete de aquí antes de que–" Sam la golpeó y la tiró al suelo. "No tengo tiempo para esto," dijo y miró a su alrededor de nuevo. "Fue efectivo, pero ya la encontré," dijo el Ópticon y continuó, "déjame mostrarte lo que veo," terminó.

Y ahí estaba. Una niñita con un vestido verde estaba jugando con otros que parecían ser de su edad. Sam vio una energía morada salir de ella. Estaba segura de que nadie más podía ver eso. Sam respiró hondo y caminó hacia delante, ignorando a los niños que la habían visto golpear a la maestra.

"Tú, en el vestido verde, tenemos que hablar," dijo Sam, anunciando su presencia. Nunca había hecho esto. "Sutil, anúnciale al monstruo y al mundo tu presencia," dijo el Ópticon pero Sam no se detuvo. Micon se dio la vuelta y miró a Sam.

"Ahora regreso," le dijo a los otros niños que no parecían para nada asustados. Las dos caminaron hacia la otra. Estaban dando un espectáculo, todos las estaban viendo.

NUEVE

"Humana tonta, le dieron un pedazo especial de oro y ahora cree que puede hacer la diferencia, qué tierna," dijo Micon mientras se acercaban "Sí, puedo ver esa cosa. Eres muy obvia," dijo y terminó. "Sí, yo también te puedo ver, he visto tu forma real, pero mejor vámonos de aquí. ¿Quieres helado o algo?" preguntó Sam y Micon ladeó la cabeza. "¿Qué es helado?" preguntó y Sam sonrió. "Creo que te gustará, ven conmigo," dijo nerviosa y extendió su mano derecha.

"¿Qué estás haciendo? Este es un monstruo, no puedes confiar en ella," dijo el Ópticon preocupado. "Sí, lo sé, pero yo tampoco soy inocente," respondió Sam y Micon escuchó la conversación.

"Está bien, pero si esto es una trampa te vas a arrepentir," respondió Micon con una sonrisa y tomó su mano Sam esperaba súper fuerza o algo así. Pero se sentía exactamente como la mano de una niña de diez años debía sentirse, gentil y suave. Si no fuera por la extraña energía a su alrededor, habría sido imposible que alguien notara la diferencia. "Helado," dijo y Sam y las dos desaparecieron con luz dorada frente a todos los que estaban viendo el patio de juegos.

Aparecieron en un callejón detrás de una tienda de helados. Estaba pintada de un brillante color azul con delineado plateado. Se agarraron de las manos mientras caminaban al frente y adentro. Había una adolescente con un uniforme azul detrás del mostrador. Sam miró a su alrededor y no supo qué pensar del lugar. Se sentía como si estuviera intentando ser feliz pero había algo raro, al menos para ella.

"Bienvenidos a la Montaña Helada, ¿cómo puedo ayudarlas hoy?" dijo con una media sonrisa. Era difícil ser feliz cuando estabas a menos de 60 kilómetros de uno de los peores desastres jamás conocidos y trabajando. "Quiero dos conos de helado de vainilla," respondió Sam. Micon le sonrió a la joven. "Enseguida," respondió y se fue caminando.

"¿Y cómo vamos a pagar por esto?" Sam se preguntó a si misma, ya que ninguna de las dos tenía dinero. Sam no quería ocasionar una escena. La joven regresó con dos conos y se los dio. "Son dos dólares y veinte centavos," dijo mientras lo hacía. Micon rápidamente tomó el suyo y lo estudió. Sam metió la mano a su bolsillo. Para su sorpresa, había algo ahí adentro. Lo sacó y descubrió que era un billete de cinco dólares. Exhaló aliviada y se lo dio a la joven. "Quédate con el cambio," dijo Sam y se fue con la niña.

"¿Qué hacemos con esto?" le preguntó Micon y Sam sonrió mientras se sentaba en una mesa. "Lo comes, pero está frío así que tienes que hacerlo despacio," respondió y lamió el helado. Estaba bueno, habían pasado cuatro años desde la última vez que lo había comido. Casi se le había olvidado cómo sabía. "Bueno, está bien," respondió Micon e hizo lo mismo. Abrió los ojos sorprendida. "Esto está muy bueno," dijo y se sentó.

"Tengo preguntas," dijo Sam mientras comía su helado. "¿Por qué destruiste una ciudad entera? No conocía a nadie ahí así que la verdad no me importa. ¿Pero por qué hacerlo?" preguntó Sam y Micón sonrió divertida. "Era una prueba. Queríamos ver si los celestiales aparecían. Queríamos sacarlos de sus escondites. Pero sólo te enviaron a ti. Los dioses son tan cobardes como siempre han sido.

Además, queríamos que quedara claro que ustedes ya no controlan el mundo. Nosotros lo hacemos," respondió Micon casualmente, lamiendo su helado.

"Ya veo, supongo que tiene sentido," respondió Sam. "Sí, ¿cómo te sentirías tú si te encerraran sólo por seguir tu naturaleza? Eso es lo que nos pasó. Éramos armas. Estábamos hechos para pelear, para destruir. No es nuestra culpa que Zeus olvidará darnos un botón de apagado. Fuimos traicionados y encerrados en esa cosa que tienes en el brazo," dijo Micon y Sam se encogió incómoda. Entendía cómo se sentía.

"Ni siquiera mientas, pudieron haberse detenido cuando quisieran. Atacaron a los dioses, amenazaron con destruir todo lo que los titanes habían hecho. Estaban fuera de control. Los dioses no tuvieron más opción que encerrarlos," dijo el Ópticon y Micon se terminó su helado rápidamente.

"También éramos jóvenes. Sólo habíamos estado vivos por... ¿Qué? ¿Una era, tal vez dos?¿Qué esperas que hagan los niños? Hemos crecido mucho desde entonces. Lo único que queremos es venganza contra los dioses y destruir todo lo que hicieron, supongo. Depende de cómo nos sintamos al respecto cuando todo esté hecho," dijo Micon y miró a Sam.

"Puedes pelear contra nosotros y morir, o quitarte de nuestro camino y vivir un poco más. Además, piénsalo. Como suelen hacer los dioses, no te buscaron hasta que te necesitaron," dijo Micon y sonrió, tenía un buen punto.

"Es así de simple. Pero vamos a seguir destruyendo y derrumbando todo hasta que salgan y nos den la cara. No hay nada que puedas hacer al respecto," dijo Micon en esa voz tan inocente; el mensaje y el tono no quedaban.

Sam se dio cuenta de que billones de personas iban a ser aniquiladas por la necesidad de venganza. Realmente no le preocupaban esas personas, aunque la calidad de vida empeoraría bastante si todos estaban muertos, lo cual era un problema. "Parece que estamos en un desacuerdo que sólo tiene una solución," le respondió Sam, y siguió comiendo su helado. Las dos se quedaron sentadas en la mesa. Fue ahí cuando Sam vio la televisión en la esquina. Era un canal de noticias que estaba cambiando a su pantalla de emergencias. Sam se puso de pie y le subió el volumen.

Había un militar parado detrás de un podio. "Tenemos información que confirma que la ciudad de Miami está en peligro de ser el próximo objetivo de lo que sea que es este desastre, que está en el área ahora o está cerca. Hemos comenzado a evacuar las áreas aledañas a la ciudad hace quince minutos. Si viven en la ciudad, detengan lo que están haciendo en este momento. Recojan a sus hijos de la escuela si tienen que hacerlo. Esta es una evacuación obligatoria efectiva inmediatamente," dijo el hombre, era claro que no habían tenido tiempo para planearlo porque Sam sabía que eso sólo iba a ocasionar una cosa: pánico en las calles.

"Alguien les dijo dónde estaba, y me pregunto quién habrá sido," dijo Micon mientras Sam se terminaba su cono. "No lo sé. Alguien debió adivinarlo," respondió Sam. "Claro, lo adivinaron," respondió y a Sam se le ocurrió algo. "¿Qué estabas haciendo en una primaria, por cierto?" le preguntó.

"Quería ver cómo era un día en la vida del cuerpo que tomé," respondió y Sam se volteó para verla. "Bueno, entonces supongo que hay que empezar si no puedo convencerte de detenerte y vivir con nosotros," le dijo Sam. "Tú lo dijiste, humana," le respondió Micon, y luego desapareció.

La joven detrás del mostrador observó todo. "Niña, vete de aquí. No quieres estar aquí," Sam le dijo y sin una palabra más se fue corriendo. El resto de los empleados en la parte de atrás estaban ocupados apagando todo y no vieron lo que había pasado. Sam pensó que era gracioso que se molestaran con cerrar todo cuando todo quedaría destrozado con un movimiento, le parecía inútil.

Sam respiró hondo y salió. Miró a su alrededor y se preguntó cómo se vería en unos minutos, no había tiempo para que las personas escaparan si acababan de anunciarlo, eso era obvio.

Micon apareció a unas cuadras del estacionamiento lleno. Sonrió, aplaudió una vez, y explotó en una brillante luz blanca. Todos los carros a su alrededor salieron volando por todos lados.

En segundos, el dragón con dos cabezas se alzaba sobre la ciudad de Miami. Miró a su alrededor y vio que ese lugar era muy diferente al que había destruido antes y gritó de felicidad. Seguramente una complicada colección de cosas altas como esta en llamas sería más que suficiente para hacer que un dios cobarde saliera de su escondite.

Abrió sus bocas y disparó dos rayos morados idénticos por el aire. Chocaron con dos edificios a lo lejos. Partió las estructuras a la mitad, las partes de arriba cayendo a la calle mandando polvo y escombros en varias direcciones. Las mitades de abajo se quemaron como antorchas, alzando un humo espeso y negro al cielo.

Sam vio los rayos volar sobre su cabeza y escuchó las explosiones a lo lejos. "Transfórmate de una vez," dijo. "¿Por qué debería hacerlo? ¿Estás segura de que no quieres intentar hablar con ella de nuevo? ¿Te das cuenta de que pudo haberte matado en cualquier momento?" le respondió el Ópticon. "Sí, pero no lo hizo. Entonces, ¿podemos transformarnos y hacer algo?" preguntó de nuevo. Podía escuchar los pasos del monstruo y sentir el suelo temblar mientras se acercaban. Podría escuchar a la gente gritar y morir a lo lejos también.

"Está bien, pero la próxima vez no vamos a tener una conversación con la cosa que quiere destruir toda la creación," le respondió el Ópticon y Sam estiró el brazo izquierdo. "Ya veremos," dijo y el Ópticon explotó en luz dorada y arcos eléctricos de poder. Al instante era mucho más grande y podría ver a Micon directamente. Miró sus manos y vio que de nuevo estaba cubierta de una armadura dorada y negra. Miró hacia abajo y se mareó, justo como antes.

"Concéntrate, tienes un trabajo que hacer," dijo el Ópticon. "Claro, matar al dragón," respondió Sam y dio su primer paso, cuando aterrizó su pie aplastó varios carros. No sentía nada pero el crujido del metal la hizo encogerse. El sonido le recordaba a los huesos en la zona del desastre.

Micon vio a su enemiga al instante y se dio la vuelta para mirarla. La ciudad de Miami tenía la atención del mundo. Todos los canales de noticias con un helicóptero estaban grabando, transmitiendo todo en vivo.

"Sabes, justo ahora me di cuenta de que no tengo el entrenamiento suficiente para esto, y sí, vamos a morir," dijo Sam y tragó saliva, y después se preguntó si todos podían escucharla hablando sola. "No te preocupes, sólo yo puedo escucharte," respondió el Ópticon. No le dio mucha seguridad sobre el problema de morir en el trabajo, sin embargo.

Sam hizo lo único que se le ocurrió y corrió hacia su enemiga tan rápido como pudo. En el proceso derribó varios edificios y todo lo que había en su camino. Micon usó sus rayos y golpeó a Sam en el pecho, haciendo que cayera de espaldas al suelo. Todo a su alrededor se desmoronó con el impacto gracias a la fuerza con la que cayó al suelo.

"Bueno, eso pudo haber salido mejor," dijo Sam con un quejido y sintió que estaba en llamas. Miró hacia abajo y se sintió agradecida de que sólo fuera un sentimiento. "Párate," dijo el Ópticon porque a través del dolor podía sentir los pasos de la bestia acercándose a ella.

Sam hizo lo mejor que pudo para pararse y vio a Micon corriendo hacia ella. Apenas tuvo tiempo de responder cuando la garra blanca se movió hacia su cabeza. Se quitó del camino rápidamente y le dio un golpe a la cabeza izquierda de Micon, su puño aterrizando justo debajo de su mandíbula y lanzando la cabeza hacia atrás. La aguda voz resonó por todos lados mientras la otra cabeza mordía el hombro de Sam. Sus afilados dientes masticaron la armadura dorada pero no pudieron penetrarla. Por otro lado, Sam sintió los afilados dientes enterrarse en su hombro con facilidad. El dolor surgió al instante.

"Aléjate de mí," gritó, y pateó a la abominación en el estomago tan fuerte que la sacó volando hacia atrás. Sam vio cómo caía sobre un edificio que parecía viejo e importante. Una nube humo rojo se alzó en el aire donde Micon había aterrizado.

DIEZ

Sam no estaba segura de cómo iba a ganar esta batalla. Micon se puso de pie rápidamente. "¿Alguna sugerencia?" preguntó Sam. "Sí, usa tus armas, tus defensas. Terminemos con esto de una vez," respondió el Ópticon. ¿Qué armas? ¿Qué defensas? No estoy preparada para esto," respondió y apenas tuvo tiempo de saltar a un lado. Micon se detuvo y alzó su cola, el pico al final golpeándola en la cara. Sam dio unos pasos hacia atrás y sintió que sangraba. Se tocó la cara con la mano pero no había sangre.

"Cierto," dijo y se enderezó. En su mano izquierda apareció una larga espada de plata, y en su mano derecha, un escudo redondo y dorado. "Ah, esto es genial. ¿Por qué no me hablaste antes sobre esto?" preguntó. "Sólo quería sorprenderte," respondió el Ópticon y Sam sintió que se estaba burlando de ella al mismo tiempo.

Micon vio las armas aparecer y entrecerró sus cuatro ojos en llamas. No estaba dispuesta a dejar que se acostumbrara a las armas, así que abrió sus bocas y disparó los rayos morados. Sam reacción instintivamente y alzó el escudo para bloquear la energía. El impacto amenazó con lanzarla al suelo. Plantó los pies en el suelo y se resistió.

Sam pensó que había hecho un bueno trabajo protegiéndose a si misma, pero luego miró a su izquierda.

Horrorizada se dio cuenta de lo que estaba pasando – los rayos salieron reflejados de su escudo con un ángulo. Los rayos de energía fueron dirigidos directamente a la ciudad, vaporizando todo lo que tocaban y dejando fuego en su camino. "Maldita sea," dijo Sam, esa no había sido su intención. Micon estaba encantada con lo que estaba pasando e incrementó la intensidad de los rayos.

"No puedo dejar que esto pase, no así," dijo Sam y saltó con toda la fuerza que tenía. Saltó sobre las cabezas de Micon y aterrizó en el suelo detrás de ella. Se dio la vuelta rápidamente y apuñaló a Micon en el lado derecho de la espalda. La hoja de la espada atravesó su piel blanca y salió del otro lado Micon gritó mientras sangre morada y cargada de energía escurría. Micon cayó de frente Sam esperó a que algo más pasara.

Micon estaba herida por primera vez en eras. Esta pequeña forma física era demasiado débil para pelear. Vio la sangre en su mano, goteando al suelo. Eso se había complicado más de lo que había pensado. Micon se enderezó y miró a su enemiga directo a los ojos. Después marcho hacia delante con rapidez. La gigante vestida de negro y dorado alzó su espada de nuevo, justo donde Micon esperaba que lo hiciera. Justo a su cuello izquierdo.

Se movió hacia atrás rápidamente para evitar el ataque e inmediatamente cerró la distancia mientras el ataque fallaba. Micon agarró el brazo que sostenía la espada con las dos manos. Su cabeza izquierda mordió el cuello del Ópticon. Sus largos dientes se clavaron y Micon pudo sentir a su enemiga temblar de dolor.

Sam estaba sorprendida con lo rápida que era esa cosa. Chispas doradas salieron de la herida en su cuello. Sam intentó levantar su brazo pero la fuerza del monstruo era casi imposible de controlar. La boca derecha se iluminó con una luz morada. "No," dijo Sam para si misma e hizo lo único que podía.

Dolorosamente movió el escudo entre ella y la boca abierta justo antes de que disparara el rayo. El rayo morado golpeó el escudo y se reflejó. Micon fue golpeada con su propio ataque y la explosión que resultó las separó. Ambas aterrizaron con fuerza en el suelo a una buena distancia la una de la otra.

"Levántate, esta forma no puede aguantar mucho más antes de que tengamos que recargar," le dijo el Ópticon y Sam se asustó. "¿Tenemos puntos de recarga?" preguntó y eso fue lo único que se le ocurrió para describirlo. "Claro, y cuando esos puntos se acaben, no podemos hacer nada, ya no eres una diosa, estamos muy limitados con lo que podemos hacer aquí así que párate," le dijo. Sam soltó un quejido y usó su escudo como apoyo para levantarse. Fue en ese momento que se dio cuenta de que no tenía su espada. No le costó mucho encontrarla.

Miró al otro lado del campo de batalla. Micon tenía su espada en la mano izquierda. A Micon le estaba sangrando la comisura de la boca. Su piel blanca estaba quemada en algunos lugares, la escamas quemadas y rotas. Sus ojos verdes estaban desvanecidos. La boca de Micon se abrió como si su mandíbula se hubiera dislocado, demasiado abierta para ser natural, incluso para ella.

Los rayos gemelos se dispararon hacia ella y Sam alzó su escudo para desviarlos, esta vez volando inofensivos al cielo. Sin embargo, el escudo estaba demasiado alzado. Micon aprovechó para lanzar su espada. Atravesó al Ópticón en el estómago. El ataque fue suficiente para hacer que cayera de rodillas. Energía dorada salió en torrentes como sangre. Sam miró hacia abajo; el dolor era más grande que cualquier cosa que haya sentido antes. Hizo lo que pudo para sacar la espada. Cada segundo que trabaja en eso, una Micon muy molesta marchaba hacia ella para destrozarla parte por parte.

"Es ahora o nunca. Tenemos que acabar con esto o todo lo que hay aquí va a morir," dijo el Ópticon mientras ella sacaba la espada y cubría la herida que estaba ahí. "Levántate. Enfócate. Tenemos que tomar esta alma, tenemos que terminar con esto ahora," le dijo y Sam sacudió la cabeza y se esforzó por pararse. Micon estaba impresionada con lo que estaba pasando, impresionada con el simple hecho de que esta cosa estuviera viva, ni hablar de poder pararse. Era hora de terminarlo. Micon invocó todo su poder. Su cuerpo se encendió con fuego blanco de nuevo y se preparó para explotar.

"No," dijo Sam y lanzó su escudo y su espada al suelo. Una vez que tocaron el suelo, se convirtieron en polvo, desapareciendo. Las manos de Ópticon se iluminaron con su propio poder y las apuntó al monstruo. Rayos dorado y negro volaron de sus manos y chocaron contra el pecho de Micon.

Lánzandola hacia atrás, gritó de dolor mientras la energía atravesaba su cuerpo. "No vas a matar a nadie más," dijo Sam e intentó aumentar la energía, ignorando el dolor en su propio cuerpo al mismo tiempo. Micon por fin se cayó, estaba en llamas. Sam apagó sus rayos e inmediatamente lanzó el delgado hilo de energía roja y alcanzó el cuerpo.

Micon gritó mientras la acercaban en su forma espectral y hacia su propio cuerpo en algún lado, desapareciendo. Sam vio cómo el cuerpo blando se volvía gris en segundos, rompiéndose y volviéndose cenizas. Horrorizada vio cómo las cenizas se esparcían y revelaban el cuerpo de la niñita con la que había comido helado. "No," dijo y cayó de rodillas, metiendo la mano en las cenizas y sacándola.

"¿Está viva?" preguntó Sam. "Sí, pero tenemos que irnos. Ahora. Estamos a un minuto de regresar a la normalidad y no quieres que eso pase aquí," respondió el Ópticon. Sam sonrió y miró a su alrededor. Cuidadosamente recogió a la niña con su otra mano y la dejó en un claro tan gentilmente como pudo.

Sam se concentró y saltó. Pudo alzarse quince metros en el aire lentamente, y con lo poco que quedaba de su poder, Sam y el Ópticon se fueron a una velocidad tan alta que sólo parecían haber desaparecido. Sam voló por no más de treinta segundos antes de que el poder en su cuerpo por fin se terminara.

Pero todo le dolía tanto, incluso ahora, que era difícil quedarse despierta. Cayó por el aire y aterrizó con fuerza en una superficie llena de polvo, su cuerpo gigante deslizándose por la superficie y se encogió al mismo tiempo, dejando un rastro en la piedra antes de detenerse.

Sam por fin regresó a su tamaño original y su armadura desapareció. Su cuerpo estaba cubierto de heridas. Todas las cosas que Micon le había hecho, el daño que la forma del Ópticon había recibido, lo había absorbido su cuerpo. La herida del estómago era la peor. Sam se desmayó gracias al dolor.

Sam despertó con dolor de cabeza, el área a su alrededor cubierta de niebla se veía extraña. "¿Dónde estoy?" preguntó y su voz hizo eco, pero no había nada visible en lo que pudiera resonar. "Estás donde te desmayaste, esto es un recuerdo," le dijo el Ópticon pero le sorprendió que fuera una figura parada a su lado.

Armadura dorada y negra tan alta como ella. "No recuerdo nada así," respondió Sam y la figura con armadura la miró. "Nunca dije que fuera tuya, estamos conectados. Esto es algo que yo y ellos recordamos," dijo el Ópticon y se escuchó el sonido de truenos a lo lejos, todo se sacudió bajo sus pies. Lo siguió otro, y otro. Era el sonido de pisadas acercándose.

La sangre de Sam se congeló mientras la niebla se dispersaba gracias a la intensa montaña de hueso y fuego. Una enorme bestia , algo que nunca había visto. A esta distancia era tan brillante como el sol. "¿Qué? ¿Qué es eso?" preguntó Sam. El Ópticon sólo la miraba. "Eso es el enemigo. Eso es todo contra lo que peleamos. He visto esta cosa y no podemos dejar que pase, ¿me entiendes?" le gritó el Ópticon sobre el ruidos fuego de la bestia.

La bestia de hueso alzó la mano y la dejó caer sobre ella. Era lo único que podía ver mientras la muerte se acercaba. Era inevitable. Lo único que Sam pudo hacer fue alzar el brazo, como para no ver la muerte aproximándose. Fue lo único que pudo hacer al estar tan asustada.

ONCE

Sam despertó sin saber dónde estaba. Estaba en una cama, en un cuarto que no era muy interesante, sin ventanas y todo gris. Alzó el brazo y sintió algo romperse al hacerlo. Vio una tira rota con una cadena rota colgando de ella.

"¿Qué demonios?" preguntó y se puso de pie. La tira al lado de su mano derecha se rompió sin esfuerzo. De repente dos guardias armados entraron al cuarto y le apuntaron con sus rifles. "No se mueva," dijo el de la izquierda. "¿Dónde estoy? ¿Qué estoy haciendo aquí?" Sam tenía preguntas, demasiadas.

De repente recordó todas las heridas que había sufrido en la pelea y miró hacia abajo. Podía ver cicatrices ene sus brazos, pero ya no había dolor. "Señorita, necesito que mantenga la calma," dijo el de la derecha y no respondió ninguna de sus preguntas. Sam se estaba frustrando rápidamente, ya no quería ser prisionera de nadie, tuvieran armas o no, estaba lista para pelear con quien fuera para salir de aquí.

"Descansen, hombres," un hombre entró por la puerta y los dos lo obedecieron. El hombre era más viejo, alto y con cabello blanco. Tenía puesto un uniforme, pero Sam no tenía idea de quién era, no era una experta. "Primero que nada, quiero darle las gracias, y segundo, venga conmigo. Necesito mostrarle algo," dijo, y se dio la vuelta para salir por la puerta.

Sam se puso de pie y descubrió que todavía tenía los zapatos puestos. Los dos hombres estaban nerviosos mientras pasaba a su lado. Intentaban no estarlo, pero Sam pudo darse cuenta por sus ojos.

Sam siguió al hombre por un pasillo corto y dio la vuelta para entrar a otro cuarto con una televisión frente a una mesa larga con muchas sillas de cada lado. Eran las únicas dos personas en el cuarto. El hombre prendió la televisión.

"Está en todos los canales de noticias del mundo," dijo el hombre y se sentó. "Una gigante con armadura dorada y negra peleando con una bestia, ninguna de las cuales había sido vista antes, al menos no en persona, hasta ahora," dijo el hombre con calma.

Sam vio la batalla, y cómo Miami era destruido en el proceso. "La ciudad es un desastre," Sam se dijo a si misma. "Sí, eso es verdad. ¿Pero sabes qué no está? No es un desierto desolado como la última vez," dijo el hombre y sonrió. "Salvaste muchas vidas hoy, lo cual no es malo para una criminal muerta," concluyó el hombre. Sam seguía confundida.

"Mi nombre es Kevin, puedes llamarme por mi nombre de pila. ¿Cómo te convertiste en eso?" le preguntó y Sam despegó los ojos de la televisión. "No me creería si se lo dijera," le respondió y supuso que esa era la verdad.

"Bueno, también me gustaría saber cómo volaste sobre más de la mitad del país en treinta segundos," dijo Kevin y Sam negó con la cabeza. "No, no tenemos tiempo para preguntas. Hay once más de esas cosas allá afuera y ahora están por todo el mundo. Tiene que dejarme ir, ahora," dijo Sam y ya no le importó dónde estaba. Kevin se sorprendió. "¿A qué te refieres con once más?" él preguntó y Sam puso los ojos en blanco frustrada y comenzó a caminar hacia la puerta.

"Espera un minuto, tienes que decirme algo. Tengo la obligación de proteger este país y reportar lo que sabes, ayúdame un poco," le respondió Kevin. "No sé nada. Todo esto es un caos para mí también.

Nunca había escuchado de estas cosas. Esa fue la primera vez que pelee con un monstruo gigante," respondió ella y siguió caminando hacia la puerta.

"Maldita sea, dime algo. No puedo dejar que te vayas, además, no sabes cómo salir. Norad es un lugar complicado y hay muchas balas de aquí a la salida," le dijo y entrecerró los ojos. "Incluso siendo tan fuerte como tú, dudo que puedas evadirlas todas. Cuando te encontramos estabas desangrándote sobre la Torre del Diablo. Sanas rápido, pero no lo suficientemente rápido," dijo y Sam se detuvo a centímetros de la puerta.

"Sólo sé que son una especie o un grupo llamado Yokaiju. Son almas que se apoderan de seres vivos. Pueden ser cualquiera, escondidos a plena vista. Ese se llamaba Micon. Tomó el cuerpo de una niñita. Son tan listos como peligrosos," dijo Sam y continuó. "Están buscando sus cuerpos, sus cuerpos de verdad están en algún lado. No podemos dejar que los encuentren. Tengo que buscarlos y derrotarlos a todos con un arma llama Ópticon, que me dio Zeus. ¿Ya puedo dejar de explicar cosas e irme?" preguntó Sam, intentando no sonar loca.

Kevin asintió, absorbiéndolo todo. "Suena bien, vámonos. Te necesitamos afuera," dijo, se puso de pie y caminó hacia la puerta. "¿Me crees?" preguntó Sam desconcertada. "Sí, te creo. No tengo opción. Vi al monstruo, te vi pelear con el monstruo. No tiene sentido para mí, pero es real y necesitamos lidiar con esto. En lugar de buscar a los monstruos, te seguiremos a ti," respondió Kevin y Sam estaba sorprendida con la situación y por cómo estaba progresando.

"No tenemos tiempo que perder, vamos," dijo Sam, abrió la puerta, salió al pasillo y no tuvo idea de hacia dónde ir. "Sígueme," dijo Kevin y a pesar de verse algo viejo, caminó a un paso rápido por el pasillo. Sam no se separó de él. "Oye, ¿dónde estamos? ¿Qué me perdí?" preguntó el Ópticon en una voz algo cansada.

"Estamos en Norad. Les conté todo lo que sé y ahora el ejército y nosotros vamos a trabajar juntos," dijo Sam y Kevin volteó a mirarla. "¿Con quién hablas?" preguntó, casi preocupado. "El Ópticon es, bueno, está vivo y le gusta hablar. Nadie puede verlo o escucharlo aparte de mí, es una de esas cosas que nadie entiende," respondió Sam. "Oye, estoy aquí, y no necesitamos la ayuda de estas personas, lo que necesitamos es salir de aquí y encontrar a los que quedan," le respondió el Ópticon.

Sam y Kevin caminaron al centro de comando principal. Era un caos, así que nadie los vio entrar. "Hemos estado monitoreando todo desde el primer ataque. No hemos encontrado nada, dinos cómo los encuentras," dijo Kevin y Sam negó con la cabeza. "No lo sé," respondió.

Kevin sonrió. "Le estaba hablando a tu arma invisible, tal vez pueda ayudarnos," respondió. "Claro, todos tienen temperaturas corporales muy altas, sus almas están literalmente en llamas y cuando poseen a alguien se puede ver la energía que irradian y su rastro," respondió el Ópticon.

"Dice que están muy calientes, como quemándose por dentro," respondió Sam y asintió. "Sí, cuando vimos a Micon en forma humana lo estaba haciendo. Podía ver la energía saliendo de su cuerpo," respondió Sam y Kevin asintió y caminó hacia delante, alejándose de Sam. "Soldado, cambie al escáner térmico," dijo.

"Sí, señor," dijo el hombre y movió algunos interruptores. La pantalla frente a ellos cambió rápidamente y detectó el calor por todo el mundo y el cuarto quedó en silencio mientras todos observaban. No sabían qué estaban buscando.

"Entonces, ¿alguien ve algo diferente?" le preguntó Kevin al cuarto. "Ahora no es el momento de ser tímidos. ¿Alguien ve algo?" preguntó de nuevo. Sin embargo, todas las ciudades del mundo estaban produciendo mucho calor, era imposible ver algo fuera de lo ordinario y todo se veía de un color rojo oscuro. "Bueno, lo intentamos," dijo Kevin y Sam caminó hacia delante. "¿Qué es eso?" preguntó y apuntó al océano. Cerca de la costa de Japón.

"Podría ser un buque cisterna, podría ser cualquier cosa," respondió Kevin pero se acercó a verlo. "Sí, podría ser, pero no quiero esperar a que una de esas cosas ataque a una de las ciudades más grandes del mundo, voy a ir a revisarlo," dijo Sam. "Ópticon, ¿crees poder hacerlo?" preguntó. "Supongo que podemos ir a ver," respondió. "Vamos," respondió Sam.

Los otros se estaban poniendo nerviosos, esta mujer estaba hablando sola y estaba en uno de los lugares más seguros del planeta. Kevin se dio cuenta de que otras personas en el cuarto lo estaban observando. "Chicos, hemos sido atacados por un monstruo gigante, creo que podemos dejar esto pasar," les dijo, y todos se voltearon lentamente.

Sam se dio la vuelta y salió del cuarto. Kevin giró para ir tras ella, pero en cuanto lo pensó, vio un destello de luz dorada por un segundo. Supo que no valdría la pena intentarlo, ya se había ido.

"Señor, me enfoqué en la anomalía térmica en el océano cerca de la costa de Japón y, bueno, mire," dijo una mujer, picó unos botones y limpio todos los elementos naturales de la pantalla térmica. Localizó diez señales más. Algunas en el mar, otras en tierra, todas cerca de importantes centros urbanos por todo el mundo.

"Dios mío," dijo Kevin y tragó saliva. "Necesito hablar con el Presidente, ahora," dijo y una mano cayó en su hombro, haciéndolo brincar y alejarse. "Pediste un Dios, tienes uno," dijo un hombre y Kevin lo miró. El hombre estaba usando un traje rojo, estaba usando un parche, y se sostenía con un bastón dorado, incluso si nada le sugería a Kevin que lo necesitaba.

"Mis hermanos y hermanas realmente están poniendo sus esperanzas y sueños en esa arma que Zeus hizo, sin embargo yo no soy tan estúpido como para creer sólo en una cosa y esperar que una criminal con cero experiencia pueda derrotar a algunas de las cosas más aterradoras que se han creado en toda la existencia," dijo el hombre y dio un paso hacia delante.

"¿Y tú quien eres?" le preguntó Kevin. "Mi nombre es Odín, y soy tu nuevo mejor amigo, ahora hablemos sobre qué planeas hacer ahora," dijo con una sonrisa. Kevin miró a su alrededor pero parecía que nadie más había visto el hombre en el traje rojo, o siquiera lo habían escuchado hablar.

Kevin estaba teniendo un día muy extraño, pero ahora se veía obligado a fingir que nada pasaba y se movió hacia un teléfono rojo cerca de él. Lo alzó y presionó dos botones. Espero un segundo antes de que alguien respondiera. "Sí, tenemos ojos en al menos once objetivos más," dijo con la mayor calma posible.

"Sí, sólo dos objetivos están cerca de nosotros, el resto están esparcidos por el resto del mundo. El único que parece a punto de atacar está en camino a Tokio," dijo Kevin, mirando el punto brillante en la pantalla acercarse a la ciudad desde el océano.

"La gigante, estoy convencido de que está de nuestro lado," dijo Kevin y sólo se sintió feliz por un segundo. "Señor, no es como los demás. Salvó Miami, no podemos disparar en cuanto la veamos," dijo y se encogió. "Sí, señor, entiendo," dijo y colgó el teléfono con tristeza.

"Manténganme al tanto, quiero saber cuando algo cambie," le dijo Kevin al operador al lado del teléfono. "Sí, señor," respondió y Kevin se dio la vuelta. El hombre en el traje rojo seguía ahí, caminando hacia la puerta y haciéndole una seña para que lo siguiera.

Kevin estaba seguro de que estaba volviéndose loco, pero ahora todo era posible. Era un nuevo mundo de monstruos y dioses y hasta donde a él le importaba, ninguno de los dos quería lo mejor para la humanidad.

DOCE

Sam apareció en un callejón vacío, era de noche, o al menos creía que lo era. Alzó la vista para ver el ya conocido brillo naranja en el cielo. "Genial," dijo y lo observó por un momento antes de salir a la calle. Esperaba ver todo en japonés, pero se sorprendió al ver que todo estaba en inglés. "No sabía que la cultura americana tenía tanta influencia," dijo. "No la tiene, soy yo traduciendo para ti, aunque no importe mucho," le respondió el Ópticon. "Como sea. ¿Cuándo va a aparecer esta cosa?" preguntó Sam.

"Pronto, puedo sentirlo," respondió el Ópticon, y mientras salían se dieron cuenta de que nadie les había advertido. Había gente, por todos lados. Caminando por la calle como si fuera un día normal. Claro, no les tomó más que algunos pasos ver una televisión en una ventana mostrando la pelea. Al parecer lo habían visto tantas veces que ya nadie estaba interesado en eso. La gente lo pasaba de largo; la crisis se había terminado y nadie sabía que había más amenazas.

"Bueno, genial, supongo que no puedes confiar en que nadie comparta información," dijo Sam. "O peor, tal vez sólo no les importa," alguien respondió y se dio la vuelta para ver a una mujer con un vestido dorado, claramente japonesa, pero había algo raro sobre ella, porque era más alta de lo que Sam esperaba que fuera cualquiera de ahí.

"¿Quién eres?" preguntó Sam. "Mi nombre es Amaterasu y estás en nuestra región. ¿Qué haces aquí?" le preguntó, y para Sam el nombre no significaba nada pero su sola apariencia le decía que era alguien importante. "Esto," dijo y alzó la mano para mostrarle el Ópticon como si eso explicara todo.

La diosa cruzó los brazos y ladeó la cabeza. "Esa arma maldita es libre, sabía que no podíamos confiar en que esos dioses olímpicos lo mantuvieran a salvo," siseó molesta. Era obvio para Sam que la información no sólo se estaba escondiendo entre personas sino también entre dioses. "¿Cuántos dioses hay?" Sam preguntó lo que estaba pensando.

"Demasiados," le respondió mientras su atención se movía hacia la televisión y el brillo de su piel disminuía. "¿Los Yokaiju salieron también? ¿Cómo es esto posible? ¿Qué hiciste, humana?" preguntó, sus ojos brillando con rojo. En un instante, tenía su mano izquierda alrededor del cuello de Sam y la empujó contra la pared. Nadie en la calle se daba cuenta de lo que estaban haciendo.

"Yo tampoco sé, de verdad. Nadie sabe. Zeus y Hades me buscaron y dijeron que era la última con sangre divina. Me pidieron que atrapara de nuevo a estas cosas. Eso es lo único que estoy intentando hacer, eso es todo," dijo apurada. "Malditos sean esos dioses olímpicos," dijo y dejó caer a Sam, obviamente creyéndole. Sam masajeó su cuello.

"¿Hay alguna manera de advertirle a la gente? Puedo intentar detener al arma pero miles van a morir en el proceso, ese lugar va a quedar en ruinas y no tenemos idea de quién va a aparecer," dijo Sam y la diosa alzó la vista hacia el cielo nocturno. "Podría, pero ha pasado mucho tiempo y va a necesitar una enorme cantidad de poder, pero podría intentar," respondió.

"Bueno, hazlo, y ya deja de quejarte del poder que vas a necesitar," exigió el Ópticon y Amaterasu volteó a verlo. "Eres muy insistente para ser un accesorio," dijo y entrecerró los ojos. "Pero tienes razón, estoy segura de que nadie más va a hacerlo. Le avisaré a las personas, y después le diré al resto que la plaga ha regresado," dijo y su cuerpo comenzó a brillar y salió volando al cielo. Sam estaba confundida, eso no le parecía una buena señal.

"Oye, ¿a dónde vas?" le preguntó a la nada. De repente la gente podía verla hablando sola. "Eh, estoy practicando para una obra," dijo para hacer que el pequeño grupo que la observaba perdiera el interés.

No tuvo que intentarlo mucho. Unos segundos después, el anaranjado cielo explotó cuando un sol rojo apareció en el cielo, la luz iluminando la ciudad entera y haciendo que todos afuera miraran el cielo casi al mismo tiempo. "¿Qué es eso?" preguntó alguien en la multitud. "Es el demonio," alguien más respondió.

"No, no es el demonio. Es la diosa Amaterasu," gritó una anciana igual de aterrorizada. En esta cultura moderna, nadie en la ciudad creía en los viejos dioses.

Sam estaba sorprendida con que todas esas personas estaban más preocupadas con descubrir qué era que con huir. "No, tontos, miren más de cerca. Puedo ver la silueta. ¡Es un monstruo como el que atacó en Estados Unidos, miren de cerca!" gritó Sam y apuntó.

"¡Sí, yo también lo veo, es un monstruo, corran!" dijo una joven a su lado y comenzó a correr, y los demás la siguieron. Sam se quedó sola en minutos. "Bien hecho," dijo el Ópticon y Sam se rio. "A veces lo único que tienes que hacer es apuntar y decir que vez algo y seguro alguien más también lo va a ver," respondió Sam, esperando que la pequeña multitud fuera suficiente para incitar el caos, para hacer que al menos huyeran de la ciudad. No había tiempo para nada más.

Sam apretó los dientes y brincó con todas sus fuerzas. Voló por el aire y sobre el techo, dejándose caer sobre él. Miró a su izquierda y se sorprendió al notar que podía ver el océano.

"Todo esto va a ser destruido," se dijo Sam a si misma mientras veía el impresionante océano de luces debajo de ella que parecía interminable. "Sí, tienes razón. Lo único que me importa es regresar esa cosa a donde pertenece. Escuchaste a Micon. Quieren venganza contra los dioses y ahora una se ha mostrado ante ellos. No me sorprendería si aparecieran más para intentar matarla," respondió el Ópticon. "Esta es la primera y la última vez que ayudo a los dioses con algo," se dijo a si misma. Si mas de una de esas cosas quería pelear, tendría que pensar en un plan B.

"Mira," dijo Sam y apunto hacia algo en el negro océano. Había una orbe de luz verde brillando bajo la superficie. "Ese es nuestro monstruo," respondió el Ópticon. "¿Estás seguro de que no es sólo una tortuga gigante con un caparazón brillante?" respondió Sam, el Ópticon no respondió.

Los dos observaron mientras del centro salía un haz de luz. Después de unos segundos se dieron cuenta de que se estaba moviendo hacia la orbe en llamas en el cielo. "Maldita sea," dijo Sam justo a tiempo para ver el rayo de luz pasar a través de la orbe. Podía ver dos figuras volar mientras luces rojas y verdes moverse por el cielo.

Una enorme mano humana tomó a Amaterasu por el cuello. "Te atreves a mostrarte en este mundo, qué linda. No puedo esperar a hacerte pedazos," dijo el hombre con un fuerte acento ruso. "No has cambiado, Rozol," logró decir mientras apretaba su garganta. Los dos cayeron de golpe al techo de un edificio.

Rozol no la soltó y sonrió. Sus ojos plateados brillaban solos, y combinaban con su cabello plateado. "Nunca pensé que sería el primero en matar a un dios, y no puedo esperar a decirle a los otros," dijo con una sonrisa.

"Sigue soñando," dijo una voz, y la punta de una lanza dorada atravesó a Rozol por la espalda y él gritó al ser lanzado a un lado. Atenea estiró la mano y Amaterasu la tomó, poniéndose de pie.

"Gracias," dijo. "Ni lo menciones. ¿Quién dejo salir a ese fenómeno?" preguntó Atenea mientras las dos observaban a Rozol ponerse de pie. "No tengo idea. Asumí que por eso estabas aquí y salvarse sólo algo extra," le respondió la diosa del sol. "Sí, pero también estoy feliz de ayudar a una amiga," respondió Atenea y sus ojos grises brillaron, pero no estaban reflejando ninguna luz.

"Dos por el precio de una. Qué bien, es mi día de suerte," dijo y su herida sanó frente a ellas. "Sólo es un alma, podemos derrotarlo si trabajamos juntas," dijo Atenea lista para pelear. "Estoy de acuerdo," respondió Amaterasu y una brillante y larga catana apareció en su mano izquierda, y su vestido se envolvió a su alrededor y se convirtió en en una brillante armadura.

Atenea ya estaba vestida en una armadura gris, armada con su lanza y escudo dorados. Los ojos de Rozol se encendieron con un fuego plateado y sus manos se convirtieron en largas espadas neón que casi llegaban al techo.

Atenea atacó, lanzó su arma tan fuerte como pudo, pero Rozol sólo alzó su mano izquierda y la hizo a un lado. Al mismo tiempo, Amaterasu saltó hacia delante para atacar la cara del monstruo con su espada.

Rozol alzó y cruzó sus espadas para bloquearla. "Brillas mucho pero no eres muy rápida," dijo con una sonrisa que se desvaneció rápidamente cuando la lanza de Atenea atravesó su costado derecho. Gruñó de dolor y perdió la fuerza en los brazos. La espada cortó su cara. Rozol se tambaleó hacia atrás pero sus heridas ya estaban sanando.

El par de diosas estaban paradas en el techo con el monstruo sin saber qué hacer. Antes de poder planear algo, Rozol atacó. Atenea vio la larga espada moverse hacia ella y sin tiempo para pensar sólo pudo alzar su escudo.

La espada izquierda chocó con el escudo en la parte de arriba, y para su sorpresa quemó el metal dorado y se quedó atorada ahí. Amaterasu vio la oportunidad y atacó. Corrió hacia delante y puso su espada en el hombro derecho del monstruo, y comenzó a brillar.

"No debiste haber regresado," dijo mientras su espada se prendía en llamas. Rozol soltó un quejido con el impacto pero no se tambaleó. "¿Crees que yo ocasioné esto?" él respondió. En ese momento se volvió obvio para ella que había algo muy mal con la situación y era más que sólo lo obvio.

Rozol juntó todas sus fuerzas y las lanzó a lados opuestos con sus espadas. "No importa por qué estoy aquí. Lo único que quiero es lo que siempre hemos querido. Queremos hacer nuestro trabajo," dijo Rozol en su fuerte acento ruso. "Son armas, se enfocan en una sola cosa, en un propósito. Espero que no hayan estado buscando un motivo más profundo que eso," dijo Atenea.

"La verdad no. ¿Dónde está el Ópticon? ¿No deberá estar aquí exterminando esta peste?" preguntó Amaterasu mirando a su alrededor, pero sólo podía ver al monstruo frente a ellas.

Sam estaba viendo la batalla desde otro techo. "Bueno, parece que las diosas tienen todo bajo control, creo que puedo irme a casa," dijo. "¿Qué? ¿Estás loca?" dijo el Ópticon y continuó. "Hay cosas que no entiendes y no quieres saber. Historia antigua. Lo que te quiero decir es que cuando esta arma se ponga seria, las diosas no podrán enfrentarla, y sólo han pasado cinco minutos. Podemos pelear en cualquier momento," continuó el Ópticon y Sam negó con la cabeza.

"Necesito agradecerles por sacarme de ese hoyo y yo me deshice de una de esas cosas. Yo creo que estamos a mano," respondió Sam, mirando el mar de luces, confiada en que las diosas podían lidiar con eso.

"Maldita sea, mujer. Entiendo, no te importa nadie más. Tu sangre quema con el deseo de ser libre siempre. Trabajar para alguien te da asco. Entiendo. Pero sólo porque dos diosas hayan aparecido no significa que puedan ganar. Su presencia es una señal, todas las armas vienen en camino y entre más tiempo se queden aquí—" Sam negó con la cabeza, molesta.

"Sí, sí, siempre lo dices. Quieren destruir todo, pero son diosas, ¿sabes? ¿No son todo poderosas y todo eso?" Sam tenía muchas preguntas.

"Te propongo un trato. Si peleamos contra esta cosa y ganamos, te contaré–no, te llevaré con alguien que puede contarte todo lo que necesitas saber para entender lo que pasa. Por ahora, no tenemos tiempo, por favor, hagamos algo mientras todavía podemos ayudar," respondió el Ópticon y Sam miró la pelea a lo lejos. "Está bien," dijo Sam y puso los ojos en blanco. Saltó del techo, voló por el cielo y llegó con las otras dos en tres segundos.

"Lamento llegar tarde, tuve que decidir si valía la pena salvarlas o no," dijo Sam y se ganó una mirada molesta de ambas diosas. Rozol, para Sam, así de cerca se veía igual que Micon, pero estaba envuelto en llamas verdes en lugar de blancas. "El Ópticon está aquí. ¿Encontraste un portador?" Rozol preguntó, claramente sorprendido.

"¿No ves las noticias? Regresa a tu prisión o yo te regreso. Algo me dice que podría pedírtelo amablemente y lo harías, ¿no?" Sam preguntó mientras alzaba su arma. "No," respondió Rozol y casi se olvidó de que las diosas estaban ahí paradas.

TRECE

Sam miró el arma, directo a sus brillantes ojos plateados. El tiempo pareció detenerse para ella. El monstruo en forma humana no dejó de mirarla. Sam se dio cuenta de que las diosas seguían ahí. Se dio la vuelta para mirarlas. "¿Qué están haciendo aquí todavía? Váyanse," les dijo apresurada. Las despertó del trance en el que estaban. "Claro," respondió atenea y ambas desaparecieron.

Rozol se encogió de hombros. "No importa. Una vez que encontremos nuestros cuerpos vamos matarlos a todos, no pueden huir a ningún lado donde no podamos encontrarlas," dijo con una sonrisa, mostrando sus puntiagudos y plateados dientes. "Tal vez, pero no estarás aquí para disfrutarlo," respondió Sam y corrió hacia la bestia para golpearla en la cara, haciendo que cayera por un lado del techo. "Vaya, eso es divertido," se dijo a si misma.

No lo pudo disfrutar por mucho tiempo. El edificio entero comenzó a temblar violentamente mientras una espiral de fuego verde explotaba frente a ella. El fuego formó un cuerpo. Rozol era una enorme bestia bípeda brillando con llamas verdes. Medía ciento cincuenta metros. Sus brazos eran tan gruesos como el edificio en el que ella estaba parada.

Todo en la bestia era aterrador. Tenía que alzar la mirada para verlo. Le recordaba a Micon pero él sólo tenía una cabeza con esos brillantes ojos plateados. "Este es, eh, un poco más grande que el anterior," se dijo Sam a si misma. "Sí, sólo un poco," respondió el Ópticon mientras Rozol alzaba su brazo izquierda.

El enorme brazo verde hizo pedazos el edificio, colapsando el techo debajo de Sam y haciendo que despareciera entre los escombros. El enorme monstruo observó su trabajo. Rozolo esperó a que algo pasara. Mientras, los helicópteros de los noticieros comenzaron a volar por el cielo para reportar el más reciente ataque al mundo.

Sam estaba en la oscuridad. Algo había atravesado su hombro y estaba sintiendo el dolor. Estaba atrapada, sus piernas estaban debajo de algo que no podía ver. "Sé que sigues viva, ¿pero estás despierta?" preguntó el Ópticon y no hubo una respuesta. "Sam, vamos, respóndeme," dijo de nuevo. "No estoy muerta, pero en este momento no suena tan mal estarlo," respondió débilmente. "No, escúchame. El monstruo nos va a aplastar, tenemos que transformarnos. No puedo hacerlo solo," dijo el Ópticon, rogándole a Sam.

Sam mordió fuerte y apretó los puños, sorprendida de que sus huesos no estuvieran rotos. Cerró los ojos e hizo a un lado el dolor. "Está bien," dijo y se concentró. El Ópticon comenzó a brillar y las chispas de energía dorada iluminaron la oscuridad. Segundos después, la armadura negra y dorada cubría su cuerpo y sanaba sus heridas.

Comenzó a crecer y salió de entre los escombros. Inmediatamente rodó lejos del gigante y se puso de pie, sólo para darse cuenta de que este era mucho más grande que ella hasta con ese tamaño.

Rozol miró al Ópticon, el resto del mundo viendo todo. "¿Alguna idea?" preguntó Sam. "No, la última vez que hicimos esto no fue una pelea complicada entonces todo esto es nuevo para mí," respondió el Ópticon. "¿A qué te refieres con que no fue una pelea complicada?"

preguntó Sam mientras Rozol lanzaba un golpe hacia su cabeza. Era lo suficientemente lento que le dio tiempo de saltar hacia atrás. No se atrevió a desafiar el poder físico de esa cosa.

Sam apretó los puños, alzando los brazos. Dos rayos de energía se dispararon y chocaron con el pecho de Rozol. Salieron chispas y humo con el impacto, pero la bestia apenas se percató. "Bueno, no tengo más ideas," dijo Sam, observando el ataque ser menos efectivo de lo que esperaba. "Tengo una que podría funcionar, pero tienes que confiar en mí," dijo el Ópticon y Sam todavía no estaba convencida con la idea de confiar en un brazalete que habla, pero no tenía otra opción.

"Tenemos que huir, necesitamos que esté en el agua," dijo el Ópticon, y a Sam no le molestó el plan, el único problema era que esa cosa iba a cruzar la ciudad intentando atraparla, y ni siquiera sabía si la perseguiría.

"Está bien, no tengo nada que perder. No sé cuál es tu plan, pero hagámoslo," respondió Sam y comenzó a correr. De este tamaño, era imposible evitar el daño colateral. Si se iba volando, el monstruo podría perder el interés. No podía perderlo de vista. Sam corrió en línea recta hacia el océano. A través de edificios, y personas, que no tuvieron la oportunidad de quitarse del camino. Estaba segura de que nadie entendería por qué estaba pasando eso.

A Rozol le sorprendió la retirada, pero una parte de él lo esperaba. Cualquiera que lo enfrentara de frente tenía que estar loco. Huir era normal, a Rozol le gustaba cuando huían. Cuatro segundos después de que el Ópticon saliera corriendo, Rozol se detuvo. Se dio la vuelta para mirar la ciudad. Sus espadas comenzaron a arder con brillante fuego plateado y cruzó los brazos.

Los estiró, las espadas de fuego extendiéndose kilómetros a la redonda en direcciones opuestas. Cualquier edificio que midiera más de noventa metros en el camino de su ataque quedó hecho pedazos. Rozol vio las estructuras colapsar al suelo. Había sido un buen calentamiento.

Ahora quería hacer pedazos al Ópticon despacio y con calma. Se dio la vuelta en dirección a donde se había ido y comenzó a seguirla. Todo lo que el Ópticon había logrado evitar en su camino al mar, Rozol se aseguraba de destruir mientras la seguía.

"¿Por qué vamos hacia el océano?" preguntó Sam. "No te detengas, tenemos que llegar tan rápido como podamos. No tenemos la fuerza suficiente para derrotar a esta cosa," respondió y Sam se frustró al no tener toda la información. Después de unos minutos de correr pudo ver el mar negro y las olas en la costa. Era una noche hermosa y si no hubiera monstruos gigantes corriendo habría sido un buen lugar para tener una fiesta en la playa, pensó Sam mientras lo veía.

Se detuvo al tocar la arena y se dio la vuelta para ver a la enorme bestia yendo hacia ella. "Está bien, llegamos. ¿Ahora qué?" preguntó Sam, esperando un plan maestro. "No sé. Sólo quería salir de la ciudad. Ahora necesitamos un nuevo plan," le respondió. "¿Qué? ¿Estás bromeando? Pensé que tenías algo pensado," dijo y respiró hondo. No tenía idea de qué hacer. "Peleamos y lo pensamos paso a paso. ¿Qué tal?" dijo Sam, y su escudo y espada aparecieron en sus manos.

Rozol se dio cuenta de lo que el Ópticon estaba haciendo, pero no le importó. Vio la espada y soltó una carcajada que para Sam sonaba como una avalancha. Rozol hizo lo mismo y alzó sus espadas, que medían casi lo mismo que Sam. Ella las vio e intentó tragarse el miedo y las ganas de salir de ahí lo más rápido posible.

No iba a darle la oportunidad de atacar primero. Se lanzó hacia delante con su espada, moviéndose a la izquierda y atacando. La hoja plateada perforó la piel verde y sacó chispas al hacer contacto. Rozol se dio la vuelta y lanzó una de sus espadas hacia ella. Sam alzó su escudo y absorbió la fuerza del ataque. El golpe fue tan fuerte que la desestabilizó y dio un paso atrás en la arena. "Bueno, esa fue una idea estúpida, no podemos tocar a este fenómeno. Si los demás son como él, ¿qué oportunidad tenemos?" preguntó Sam frustrada mientras se ponía de pie.

"Los dioses, podemos pedir su ayuda. Yo estoy conectado a ellos. Metete al agua," dijo el Ópticon y Sam, sin preocuparse por lo que eso significaba o por qué, saltó al agua y aterrizó lo suficientemente lejos para que el agua le llegara a la cintura. Rozol no tuvo problema con seguirla mar adentro.

"Poseidón, necesito tu ayuda, sé que puedes escucharme," le dijo el Ópticon al mar. Sam esperó a que algo pasara, porque ya creía que los dioses existían, pero ninguno de ellos había sido útil hasta ahora.

No hubo respuesta. Sam no esperaba una. Algo estaba pasando y Sam, por su parte, no podía esperar a saber toda la verdad de la situación en la que se encontraba. Y luego, en alguna parte de sus pensamientos, escuchó agua caer detrás de ella. Rozol seguía caminando hacia ella. Se dio la vuelta y casi soltó un grito, alejándose apresurada.

"¿Qué demonios es esa cosa?" preguntó con un susurro. Había visto esqueletos en televisión, siempre le habían parecido falsos. "Esa es la respuesta a nuestro pedido. Poseidón envió a un viejo Gashadokuro a ayudar," respondió el Ópticon y continuó. "No lo toques, no sé qué clase de trato haya hecho el dios con el espíritu, pero dudo que sea amigable," terminó. "No, tocarlo es lo último que planeaba hacer," respondió y dio otro paso atrás.

El Gashadokuro era un esqueleto negro casi imposible de ver de noche. La única razón por la que podía verlo era gracias aun tenue brillo rojo alrededor de su estructura. En este punto no estaba segura de si sólo ella podía verlo o no. Al menos eso pensó al principio. Miró un poco más de cerca y se dio cuenta que estaba hecho de millones de huesos, fusionados por algo que no entendía.

Sam tragó de nuevo mientras el enorme monstruo verde esperaba, sin miedo al esquelético titán que se alzaba del mar detrás de ella. "Está bien, empecemos esta pelea, igual que la anterior," dijo el Ópticon y Sam negó con la cabeza.

"¿Qué le vamos a hacer? Necesitamos ayuda," dijo Sam y apretó su espada con más fuerza. "Sí, y la tendremos, ahora hay que atacar en cuanto llegue a la playa," respondió el Ópticon. Sam había hecho un trato y no quería retractarse, pero no sabía qué lograría con eso ya que no funcionó muy bien la primera vez.

Rozol llegó a la playa y justo como el Ópticon había planeado, Sam saltó con su espada de nuevo e intentó clavarla en el estómago de la bestia. La punta tocó la brillante piel verde y se detuvo en seco.

"Retrocede," dijo el Ópticon y Sam brincó hacia la orilla del agua inmediatamente, teniendo cuidado de no tocar al esqueleto gigante. Rozol estaba confundido con esa acción y siguió a su pequeño enemigo hacia el agua de todas maneras. Era obvio que el enorme y esquelético monstruo de mar era completamente invisible.

Sam se movió detrás de la inmóvil figura marina. Rozol estaba caminando directo hacia ella, y a medio camino se sorprendió cuando la mano izquierda del esqueleto apareció alrededor de la garganta del monstruo verde. Al mismo tiempo, más huesos salieron volando del mar, haciendo al Gashadokuro más alto y grande hasta que alcanzó el tamaño de Rozol.

Los ojos plateados de la bestia se abrieron sorprendidos al ver a esa cosa aparecer. Intentó retroceder y escapar, pero la huesuda mano era demasiado fuerte, al menos por unos segundos. Rozol parecía entretenerse con la idea de que estaban tan desesperados que tenían que llamarle a algo así para ayudar.

Rozol alzó el brazo rápidamente y uso su espada para romper los huesos del brazo con un solo golpe. Pero no antes de que las garras en lograran hacer cinco pequeños cortes en el cuello del monstruo. Rozol respondió y fácilmente hizo pedazos el resto del esqueleto con un golpe de su mano derecha. Los huesos cayeron al mar y desaparecieron.

Sam no podía ignorar lo que había logrado hacer. "Lo ves, ¿no?" preguntó el Ópticon y Sam sonrió. "Voy a tener que mandarle una tarjeta de agradecimiento a ese esqueleto," respondió Sam y comenzó a caminar hacia el monstruo de nuevo. Sus ojos plateados notaron un cambio en su actitud que no podía ser ignorado, pero no podía sentir las pequeñas heridas que había en su cuello.

Sam corrió en el mar, alzando enormes olas que chocaban con la orilla. Lo que estaba haciendo era obvio. Saltó y se preparó para atacar las heridas que no estaban sanando. Rozol estaba confundido con este nuevo e inútil ataque.

Inmediatamente se hizo a un lado y dejó caer su espada derecha en la espalda de Sam. El impacto la dejó tirada en la arena. "¿No pudiste ser más obvia?" le preguntó el Ópticon al caer. "Lo siento," respondió Sam e intentó rodar para ponerse de espalda. Lo hizo justo a tiempo para ver la espada izquierda moviéndose hacia su cara. Ladeó la cabeza, esquivando el final de su vida en el proceso.

El Ópticon tomó el control y soltó una explosión que los alejó del gigante, volando por la arena y directo hacia las peligrosas rocas. "De nada," le dijo mientras Sam se ponía de pie, ella no respondió. Estaba intentando pensar en cómo ganar la pelea. Sam corrió hacia el monstruo de nuevo, igual que antes. Esta vez, sin embargo, brincó sobre el monstruo.

Cayó detrás de él e intentó tirarlo al suelo. Pateó al gigante en la espalda tan fuerte como pudo. El impacto hizo que ondas de dolor subieran por su pierna y sólo rebotó. "¿De qué demonios está hecha esta cosa?" preguntó e intentó ignorar el dolor.

"No tengo idea, cada una de estas creaturas es diferente, y parece que esta es muy fuerte," respondió el Ópticon mientras Rozol se daba la vuelta. Sam disparó sus rayos dorados de nuevo, lo golpearon en el pecho y no hicieron nada más que sacar chispas y humo que Rozol atravesó con facilidad. "¿Qué estás haciendo? Ataca las heridas, no la armadura. Pon atención," dijo el Ópticon.

Sam puso los ojos en blanco al pensar en lo tonta que había sido y apuntó más alto, disparando los rayos de nuevo. Esta vez la bestia estaba más cerca. Los rayos dorados golpearon las heridas en el cuello y Rozol se tambaleó de dolor por primera vez. Su voz de avalancha hizo eco en el aire mientras lanzaba la cabeza hacia atrás gracias al dolor. "Al fin," dijo Sam para si misma y se puso de pie.

A diferencia de Micon, sin embargo, Rozol no tenía intenciones de perder. Su espada izquierda se volvió a convertir en una mano y cubrió sus heridas mientras sangre plateaba brotaba de ellas. Las heridas hechas por el Gashadokuro no estaban sanando. Sam iba a aprovechar su ventaja y atacar de nuevo.

La bestia verde alzó su espada derecha y la apuntó al Ópticon. Sam sonrió, era un movimiento desesperado de un enemigo moribundo. Lo había visto antes en sus días en la calle. Se puso de pie y se preparó para terminar el trabajo, caminando hacia delante sin una pizca de miedo por lo que se avecinaba. La larga espada derecha de Rozol apareció de repente en su muñeca. Sam no se lo esperaba y apenas tuvo tiempo de procesarlo antes de que la espada atravesara su estómago y la clavara al suelo.

"Maldita sea," dijo Sam débilmente mientras sentía el frío metal atravesarla. Ambos gigantes estaban heridos. Las heridas de Rozol estaban empeorando. Sam no entendía la biología de estas cosas, pero parecían estar vivas de alguna manera. La sangre de Rozol estaba corriendo hacia el suelo y se veía dudosa de mover su mano de la herida o acercarse a Sam. En lugar de eso, explotó en llamas verdes y salió volando hacia el mar, de la misma manera que había llegado.

En cuanto estuvo fuera de su alcance, la enorme espada que la tenía clavada al suelo desapareció y Sam cayó directo al suelo. La armadura dorada rápidamente cubrió la herida que había quedado, pero eso no ayudó a calmar el dolor. Sabía que regresar a su forma original iba a ser algo doloroso.

Sam logró ponerse de pie con mucho esfuerzo. Se dio la vuelta para ver la ciudad y se horrorizó al ver muchos Gashadokuros de diferentes tamaños. "¿Qué? No, tenemos que detenerlos," dijo Sam y comenzó a dar un paso adelante cuando sintió una mano en su hombro.

"Era la única manera de que aceptaran el trato. Dije que esas abominaciones podían destrozar la ciudad por una noche, sin limitaciones, y no hay nada que puedas hacer," dijo una grave voz detrás de ella. Sam se sorprendió de nuevo y se dio la vuelta para ver a un hombre con una armadura de escamas verdes con un tridente de bronce en la mano.

"Por favor ven conmigo. Tenemos que hablar de algunas cosas," dijo el dios y Sam echó un último vistazo a lo que estaba pasando en la ciudad. "No te preocupes, el sol sale en una hora, se irán en cuanto haya luz," dijo Poseidón, intentando sonar animado. "Está bien," respondió Sam. Al decir eso, dos géiseres de agua de mar explotaron, escondiéndolos a ambos. Cuando el agua cayó de nuevo sobre la playa, ya no estaban.

CATORCE

"KEVIN, VIEJO AMIGO, TENEMOS UN PEQUEÑO PROBLEMA," LE dijo Odín, sacando una silla y sentándose en ella. La televisión en el cuarto se prendió. Kevin la vio y quedó sorprendido. Había enormes esqueletos negros siendo grabados desde helicópteros. "¿Qué son esas cosas?" preguntó Kevin, sin creer lo que veía.

"Primero que nada, no lo sé. Uno de los proyectos fallidos de esos dioses occidentales, supongo. No creerías las cosas que hacían hace tiempo. Creo que estaban aburridos. Segundo, esas cosas no son un problema, se irán con la primera luz del día," respondió Odín y miró la horda de espíritus en la pantalla. "Tenemos que detener a estas cosas atacando Midgard, obviamente. Aunque nuestros primos del Olimpo creen que el Ópticon es suficiente, no todos nos sentimos así," concluyó Odín.

Kevin todavía estaba sorprendido con toda la situación. "¿Por qué yo? Los dioses, si eso es lo que son realmente, ustedes podrían avisarle a todo el mundo. Podrían salvar millones de vidas. ¿Por qué estás aquí hablando conmigo?" preguntó y Odín sonrió, dando un golpe a su rodilla.

"Sí, podríamos. Pero tenemos un trato que prometimos no

romper, pero más de eso después. Por ahora, necesito que nos ayudes a formular un plan. Nosotros te damos el arma, tú pones el cuerpo, ¿suena bien?" preguntó Odín, y la sonrisa nunca dejó su cara.

"No lo sé. No estoy a cargo de nada más que esta base, no pueden esperar que haga cosas así. No tengo poder," respondió Kevin y la sonrisa de Odín se desvaneció.

"En estos tiempos, joven, tienes todo el poder. Mira a tu alrededor. Eres los ojos y oídos de todo el país, tal vez del mundo. Los dioses tienen miedo, muchos de nosotros ni siquiera nos atrevemos a pararnos aquí. Yo sé, estos Yokaiju son tan aterradores que incluso los dioses no quieren ayudar. Estás solo si no aceptas mi oferta, no sobrevivirás. Todo lo que has construido se hará pedazos. ¿Es eso lo que quieres, Kevin? ¿Es lo que preferirías?". El ojo de Odín brillaba con llamas rojas y el cuarto en el que estaban se oscureció mientras lo decía.

Kevin dio un paso atrás, asustado. Odín lo vio y regresó a la normalidad. "Lo siento, no estoy acostumbrado a pedirle ayuda a mortales, normalmente son ellos quienes me ruegan," dijo y la sonrisa regresó. Kevin tragó saliva. "Bueno, supongo que cuando lo pones así, sí, haré lo posible por hacer que suceda. ¿Cuántas personas necesitas?" preguntó Kevin y Odín sonrió.

"Sólo una, tú," dijo Odín con una sonrisa y Kevin seguía sin entender lo que estaba pasando. "Claro, no entiendes. ¿Por qué lo entenderías?" dijo Odín y se puso de pie. "Primero tenemos que hacer una parada," dijo Odín con una sonrisa. Kevin quería decirle a alguien lo que estaba pasando, pero no había tiempo. Parpadeó y en el tiempo que le tomó hacer eso, ya estaba en otro lado.

"No te asustes, pero los enanos pueden ser un poco enojones a veces," le dijo Odín. Kevin miró alrededor y se dio cuenta de que estaba en algún tipo de enorme cuarto de metal. Todo a su alrededor era gigante. Se dio cuenta de que quien sea que viviera ahí, debía ser un gigante.

Odín había dicho enanos. En su mente, se imaginó a un hombre pequeño con un gorro puntiagudo y barba, o tal vez ese era un gnomo. Nunca podía acordarse bien de esas cosas, especialmente porque no lo necesitaba para nada. Ninguna de estas cosas debía existir, pero aquí estaban.

Kevin y Odín flotaron sobre el cielo y se alzaron lo que se sentía como cientos de metros. No podía distinguir cosas desde esa posición, pero entre más subían más se daba cuenta de que esto era un taller. Se detuvieron en una brillante superficie metálica. "Espera aquí, necesito ir a buscarlo," dijo Odín y desapareció.

Kevin miró a su alrededor; estaba seguro de que estaba en una banca de trabajo, pero se sentía del tamaño de un insecto. Eso lo ponía muy nervioso, pero tanto tiempo en el ejército lo había preparado para mantener la calma.

Sólo pasaron unos segundos, pero mientras esperaba, dos figuras aparecieron frente a él. "Kevin, no te fuiste a ningún lado, muy bien," dijo Odín y seguía sonriendo. La otra figura medía dos metros y tenía piel metálica de bronce. Sus ojos eran rojos y tenía puestos unos overoles.

"Este es Eitri, el mejor trabajador de metal que conozco," dijo Odín y Eitri miró al humano de pies a cabeza. "Este es el humano que encontraste, su alma es fuerte pero no sé si su cuerpo aguante," dijo Eitri en un tono despectivo.

"Sí, pero el alma es una parte muy importante, ¿no? Es lo que dijiste. No tenemos tiempo para seguir buscando, tenemos que ponernos a trabajar ya si queremos derrotarlos," dijo Odín y el enano cruzó sus enormes brazos. "Tienes razón. He estado trabajando con los planos que Tot me dio," respondió y Odín sonrió.

"Muy bien, tú sigue trabajando y yo le explico el plan al humano," dijo Odín, y el duende dio un paso atrás y desapareció en la nada.

"Los Hekulites no están de acuerdo con cómo nuestros primos del Olimpo están lidiando con el problema, Tot y yo trabajamos juntos para hacer planos y crear un arma nueva," dijo Odín y se detuvo al ver la mirada confundida de Kevin.

"Ya sabes, los que a veces tienen cabezas de animales, ¿los egipcios?" preguntó Odín y Kevin asintió con la cabeza lentamente, aunque realmente no sabía mucho de esas historias antiguas, pero por ahora estaba dispuesto a ser una esponja y aprender todo lo que pudiera.

"Como sea, necesitamos a alguien con un alma lo suficientemente fuerte para aguantar el poder de Vysenia una vez que esto termine, y te elegí a ti," dijo Odín y Kevin no estaba completamente seguro de cómo se sentía al ser elegido.

"Vamos a buscar a estos monstruos y juntos, con el poder combinado de nuestras familias, los mataremos a todos," dijo Odín y aplaudió emocionado. "Puedes hacerlo, ¿verdad? ¿Matarlos? Después de todo, no tienen otro propósito aparte de destruir todo, nosotros, ustedes, el mundo y todo lo que conoces y lo que no. Todo se va, pero podemos confiar en ti para derrotarlos, ¿verdad?" preguntó Odín; casi desesperado con la situación. Kevin era muy bueno leyendo a las personas, y los dioses eran igual de emotivos que cualquiera.

"Sí, no tengo otra opción más que defender al mundo. Hice un juramento para defender a mi país del enemigo. Los enemigos cósmicos no estaban en la lista, pero con gusto los incluyo también," respondió Kevin y Odín sonrió; no podía estar más feliz de escuchar esas palabras.

"Dime todo lo que necesito saber del enemigo para poder pelear contra ellos," dijo Kevin, lo que para él el lógico siguiente paso en este proceso. "Honestamente, todos los Yokaiju tienen sus propios nombres. El nombre de su especie fue dado por Yokaiju, el líder de las armas que adoptó el nombre para si mismo. Lo que son capaces hacer es horrible. Créeme. Por ahora sólo son fantasmas infestando un cuerpo, y mientras lo hagan pueden convertirse en los que viste en tu ciudad," continuó Odín. "Y si encuentran sus cuerpos, a todos nos va a ir mal," dijo Odín y desvió la mirada. Recuerdos de la guerra estaban regresando a él, pero sobre todo recordaba la traición de Zeus.

"Entonces, ¿no hay información nueva? ¿Entro a ciegas a cada pelea?" preguntó Kevin. "Confía en mí. Entre menos sepas, mejor. Creo que sabes lo que viene, y puede que te mate. No hay nada peor en la guerra que creer que tiene un plan a prueba de errores y ver cómo sale mal. He visto a muchos hombres morir gracias a su arrogancia," le respondió Odín, casi triste.

"Supongo que yo también he visto eso. A ver qué pasa," respondió Kevin, seguro de que todo iba a salir bien. Fue entonces que Eitri reapareció en el aire sosteniendo un avambrazo rojo cubierto en marcas que él no entendía, seguramente algún tipo de runas. "Lo hice con todas las cosas que pensé podrían ser útiles. La calma en medio de una tormenta cósmica, la parte más fría de un infierno, la sangre de una piedra, y el latido del corazón de una nube," dijo orgulloso y se los mostró. "Vysenia, mi mejor trabajo," dijo con una sonrisa.

Kevin escuchó todos los materiales y casi comienza a reírse. Pero en presencia de seres que podrían convertirlo en polvo en un segundo, decidió no hacerlo. Tomó el avambrazo. Era muy liviano.

"Gracias," dijo Kevin y Eitri mostró su sorpresa. "Nadie ha dicho eso antes, todos estos dioses esperan que hagas cosas, pero ninguno muestra gratitud, Odín," dijo y miró al dios.

"¿Qué? Soy el rey de los dioses, no necesito dar las gracias. Trabajas para mí y yo no te hago polvo," respondió Odín y el enano no sintió la necesidad de responder.

"Ahora vamos a lo divertido: el entrenamiento," dijo Odín y desaparecieron. Kevin no estaba acostumbrado a todo esto de teletransportarse pero no sentía nada. Un parpadeo y ya estaba en otro lado. "Bienvenido a Valhalla, el lugar donde–" Odín no pudo terminar al mirar a su alrededor.

El lugar era un desastre. "¿Qué pasó aquí?" se preguntó a si mismo e hizo un movimiento con la mano. Inmediatamente pudo ver a Hades y Sam usando el espacio para entrenar. "¿La basura olímpica se atreve a utilizar mi salón para entrenar a su perro de pelea?" se preguntó a si mismo y las paredes se sacudieron. Kevin estaba seguro de que todo iba a derrumbarse sobre ellos.

Kevin hizo lo único que se le ocurrió para distraerlo. Se puso el avambrazo en el brazo derecho y sintió cómo se apretaba automáticamente, pero no demasiado. "Oye, Odín," dijo Kevin e hizo que volteara a verlo con su mano izquierda. Y sin detenerse le dio un golpe al dios en la cara tan fuerte como pudo con su puño derecho. Se sorprendió al ver que Odín no sólo reaccionaba al golpe, sino que salía volando. Odín se estrelló contra el suelo tan fuerte que Kevin creyó escuchar cómo se rompían algunos huesos.

"Tienes un buen gancho, pero vas a necesitar un poco más que eso para derrotarme," dijo Odín y apareció detrás de Kevin. "Pero tu entrenamiento no es conmigo, un viejo como yo no puede enseñarte a pelear. Te conseguí un entrenador mejor," dijo Odín y apunto hacia algo a un lado.

Parado ahí estaba un hombre con cabello rojo y barba a juego. Una armadura gris. En su mano izquierda, un martillo con una cabeza tan grande que no podía confundirse con algo que no fuera un arma. "Soy Thor, y voy a ser tu adversario hoy," dijo con una sonrisa.

QUINCE

Sam miró a su alrededor, estaba en su forma humana y en un lugar diferente, en algún lugar azul y oscuro. "Bienvenida a mi hogar," le dijo Poseidón. No lo había visto antes. "Eh, gracias, creo," respondió Sam y el dios comenzó a caminar por un pasillo. Sam lo siguió y llegaron a una enorme sala. Esperaba ver un lugar antiguo lleno de estatuas y armas, en lugar de eso vio un enorme departamento.

"Ah, hola, bienvenida a nuestro hogar, que bueno que llegaste," dijo una mujer y llegó desde otro cuarto. Medía dos metros y tenía brillante cabello verde. Estaba usando una camiseta verde y unos pantalones de mezclilla azules. "Sam, ella es Anfitrite," dijo Poseidón y sonrió.

"Hola," respondió Sam y sonrió, sintiéndose muy pequeña en comparación a los otros dos.

"Por favor, siéntate, tenemos que hablar," le dijo y Sam caminó al sillón, más grande de a los que estaba acostumbrada, pero se sentó del lado izquierdo. Poseidón se sentó del otro lado. "¿Por qué te eligió mi hermano?" preguntó, pero no la volteó a ver. "Él, bueno, él dijo que era la única que quedaba con la sangre que se necesita para usar esta cosa," respondió y Anfitrite se rio cuando lo dijo.

"La última, claro, no ha dejado de mentir, ni un poco," respondió Poseidón y continuó. "Mira, ya no tienes que hacer esto," dijo. "Lamento ser quien te lo diga, pero vas a morir si no te detienes. Micon y Rozol te dejaron en muy malas condiciones," dijo Poseidón y sus ojos color verde mar por fin la miraron.

A Sam no le gustaba que le dijeran que estaba haciendo algo mal. Dios o no. "Bueno, es mi primer día. Voy aprendiendo en el camino, lo entenderé en algún momento," respondió y de repente se sintió incómoda con la situación. "Eventualmente, pero me da gusto que lo vayas a entender cuando todos estén muertos, eso me hace sentir mucho mejor," dijo Anfitrite y cayó en el sillón en medio de los dos.

"Mira, cariño, todos estamos en peligro. El arma que tienes es muy poderosa pero no tienes idea de cómo usarla y nosotros sí. Déjanos tomar el control," dijo y sonrió. Sam miró el Ópticon en su brazo.

"No puedo. Nunca he renunciado a nada voluntariamente en toda mi vida. No estoy diciendo que todas esas cosas fueran buenas, pero nunca renuncié a ella," dijo y cruzó los brazos. "Sí, entiendo. Sientes que porque un dios de verdad apareció y te eligió personalmente tienes algún tipo de misión. Pero la verdad es que no estás preparada. Ninguno de los héroes lo está, nacidos por razones divinas o elegidos. Hay una razón por la que lo llaman una tragedia griega. Nadie sale vivo," dijo Poseidón y Sam, honestamente, no sabía mucho de esas cosas hasta ese momento y no le importaba.

Anfitrite podía ver que esa táctica no estaba funcionando. "Sabes quienes somos, tienes una idea básica. ¿Conoces las historias?" dijo y Sam se encogió de hombros. "Supongo," respondió. "¿Qué pasa si te digo que la mayoría de las historias son sólo eso? Estoy segura de que Hades dijo algo similar. Le gusta ser un, bueno, un realista," dijo y continuó.

"Hay historias que no le contamos a los humanos, cientos y miles.

Estos monstruos que atacan la tierra ahora son una de ellas. Zeus nos traicionó a todos. Este es un problema familiar. Incluso si tienes un poco de sangre divina, no está cerca de ser lo suficiente para ganar esta pelea. Hay más monstruos allá afuera. Viste lo que hizo el último. No dudarán en matarte," dijo y se puso seria, más seria de lo que a Sam le gustaba.

"Bueno, yo sé que no confían en mi, pero tal vez deberían, en lugar de asustarse, intentar ayudarme. Díganme qué puede hacer esta cosa," respondió Sam. "Puedo hacer muchas cosas, pero nunca preguntaste," dijo el Ópticon, sorprendiendo a los otros dos.

"¿Puede hablar?" dijo Poseidón y casi se cayó del sillón. "Sí, a veces no se calla," respondió Sam y quedaron en un extraño silencio. "Creo que me equivoqué," dijo Poseidón sorprendido. "Este pedazo de metal te eligió," dijo con desdén y sin terminar de creerlo.

"Supongo que eso significa que su elegida es una ex presa, o tal vez aún lo soy. No estoy muy segura de cómo funciona estar muerta y luego no estarlo en el sistema legal. Entonces, ¿me van a ayudar o no?" les preguntó Sam.

Anfitrite tenía una expresión triste en el rostro. "Oh, todos ustedes humanos son siempre tan tercos. Siempre he admirado y odiado eso de ustedes. Supongo que podemos ayudar, pero no sé qué tanto podemos ayudar," dijo y miró a Poseidón. "Dáselo," le dijo. Sus ojos se abrieron soprendidos. "Yo, no, no quiero," respondió y ella entrecerró los ojos. "¿Cuándo fue la última vez que lo usaste? ¿Salvaste a ese buque que hundió Micon? No. Sólo observaste. ¿Apagaste el incendio del océano? No, no has hecho nada en siglos. Dáselo a alguien que lo vaya a usar," le dijo Anfitrite.

El viejo dios del mar levanto el tridente que estaba recargado en el sillón a su lado. "Esa reliquia es un arma más vieja que la raza humana, espero que lo cuides," le dijo, sin quitarle los ojos de encima al tridente. "¿Qué hace exactamente?". Nunca había sido fanática de las armas, pero ahora hacer preguntas y saber exactamente lo que hacía sería útil.

"Este tridente canaliza el poder del mar y la tierra. Se uso en la guerra contra los titanes y otras cosas que es mejor olvidar. Estira el brazo," dijo con tristeza y el tridente en su mano comenzó a brillar y se convirtió en un orbe de luz. Sam no podía verla mientras se transformaba.

El dios puso el orbe en el Ópticon y cuando los dos se tocaron hubo otra explosión de luz. La piel de Sam debajo del Ópticon le quemó por unos segundos antes de que todo se calmara. "Quiero que me lo regreses cuando termines, no lo rompas, no lo pierdas, y por favor no lo vendas," le dijo como si fuera una niña. "Nadie puede verlo, así que venderlo no será un problema. No lo voy a perder porque no sé cómo separarlo. Pero voy a intentar no romperlo," le respondió y casi se rio.

"No eres invencible," dijo Poseidón y cruzó los brazos. "Sí, lo sé. Que me atravesara una espada y me golpearan hasta casi matarme es la mejor confirmación de no ser invencible que se puede conseguir," respondió Sam y se reacomodó en el sillón al recordar el sentimiento de ser atravesada por la espalda. "¿Quieres practicar para usar el poder o vas a ser una típica humana y esperar que lo descubras en el camino?" preguntó Poseidón y Anfitrite le dio un golpe en el hombro.

"Tienes que cuidar tu tono. Esta mujer es tan heroína como todos los del pasado. Cualquier persona más débil ya se habría rendido. Dale algo de crédito," dijo Anfitrite y apretó su hombro. "Está bien," dijo Poseidón y se arrepintió de hacerlo "Bueno, ven conmigo, asumo que puede teletransportarte," dijo.

"Sí, sí puedo. Tú primero y yo te sigo," respondió el Ópticon y Sam se sentía que la estaban arrastrando a todos lados, sujeta a la cola de un potente cometa. "¿A dónde vamos ahora?" preguntó Sam sin saber qué hacer ahora. "Con suerte, aprendemos a hacer cosas nuevas o algo así," dijo el Ópticon.

"Buena suerte a los dos," dijo Anfitrite y los dos desaparecieron al mismo tiempo.

Sam apareció flotando en el aire al lado de Poseidón. Lo único que podía ver era un enorme océano en llamas. "Lisis causó esto para ocultar su escape," dijo el dios y entrecerró sus ojos verdes.

"Sí, oye, vi algo de esto en la televisión antes de que todo esto pasara," dijo Sam y Poseidón asintió. "Han pasado años desde la última vez que interferí con los asuntos de los humanos. Ya no me reza mucha gente. No veo por qué tendría que regresar favores," dijo y Sam estaba a punto de decir algo que iniciaría una pelea, pero decidió que no era el tiempo ni el lugar.

"Entonces supongo que una humana puede empezar a ayudar a otros. Te di la manera de hacerlo," dijo y continuó. "Necesitas transformarte, entonces podrás entender el poder que te he dado," dijo y Sam suspiró. "Está bien, dame espacio," dijo y estiro el brazo con el Ópticon. Las chispas doradas explotaron a su alrededor por unos segundos antes de que estuviera cubierta con su armadura. No se veía la diferencia. "Está bien, Bob Esponja. ¿Ahora qué?" preguntó y se dio cuenta de que tampoco se sentía diferente.

"Primero que nada, no me digas así. Segundo, sólo te van a ver a ti, no a mí. Tienes que ir al fuego y apagarlo. Concentrate en el agua y haz que suceda algo," dijo irritado. No sabía lo que era un bobesponja, pero estaba seguro de que no le gustaba. "Está bien, veré qué puedo hacer," respondió y voló hacia el fuego. Las instrucciones eran algo limitadas, no tenía idea de lo que tenía que hacer.

Cuando llegó, era peor de lo que imaginaba. Incluso desde el aire parecía que todo estaba en fuego. Le recordaba cómo se suponía que era el infierno. "Está bien. ¿Sugerencias, o sólo tengo que ser una con el agua como en las películas?" preguntó Sam. "Creo que nunca he visto una película, pero podemos intentarlo," le respondió el Ópticon mientras ella extendía la mano izquierda. "Está bien, océano, me perteneces. Apaga este fuego," dijo y nada pasó. "Vamos, agua, haz algo," dijo de nuevo, pero tampoco consiguió una reacción.

"¿Lo estás intentando, Ópticon, o yo estoy haciendo todo el trabajo?" preguntó Sam y no hubo nada más que silencio por algunos segundos. "Sí, sólo estoy viendo cómo hablas sola, era algo gracioso," le respondió al fin. "¿Qué? No, no hagas eso. Ayúdame," le dijo y

Sam casi pudo sentir cómo el arma ponía los ojos en blanco. "Esta vez es en serio," le respondió.

Los dos se concentraron en el agua al mismo tiempo. Sam no sabía cómo apagar el fuego, pero iba a intentar algo, lo que fuera útil. "Agua, acerca el fuego," dijo Sam y el fuego comenzó a acercarse mientras lo hacía el agua debajo de él. Sam apretó un puño y energía azul chispeo a su alrededor mientras el agua lo hacía también. Después se dio cuenta de que algo estaba pasando debajo de ella.

El vasto océano de fuego estaba empezando a girar mientras se formaba un enorme torbellino debajo de él. "Más," dijo Sam y el torbellino se movió más rápido. El fuego comenzó a girar y parecía que se estaba yendo por el desagüe de una tina. En menos de un minuto el mar estaba girando a una increíble velocidad, pero sólo donde estaba el fuego. Lo que quedaba de la flota estaba presenciando un gran espectáculo, al menos.

Todo fuera de los límites seguía calmado, como si no pasara nada. El rugido del océano Índico era atronador, incluso para Sam. Miró la espiral y se dio cuenta de que el fuego se había apagado, un infierno que pudo haber ardido por días se había controlado en un instante.

Sam soltó su influencia sobre el mar y vio el violento y contaminado mar detenerse. "Lo logramos, en serio lo logramos," dijo orgullosa de si misma. "Sí, tenemos el tridente de Poseidón y controlamos el mar. Muy bien nosotros, somos muy talentosos. Es como recoger agua con una copa, muy bien," respondió el Ópticon y Sam ya no se sintió tan orgullosa. "Cállate," fue lo único que se le ocurrió decir a Sam, y no fue muy efectivo.

Poseidón apareció a su lado. "Nada mal para una principiante. Personalmente, yo habría hundido todo, pero supongo que esto también funciona," dijo y sonrió. "Bueno, aún estoy aprendiendo, pero gracias, creo," dijo y no estuvo segura de cómo reaccionar a esto. "Las armas no van a aceptar sus derrotas tan fácil. No son tontas. Sólo se subestimaron. Todo se va a poner más peligroso de ahora en adelante, te lo advierto," dijo y Sam negó con la cabeza.

"Gracias, voy a intentar tener cuidado," dijo Sam, sin tener la mínima idea de lo que iba a hacer ahora. "Lo que pase desde ahora es decisión tuya," le dijo Poseidón, y con eso desapareció.

"Bueno, lo escuchaste. Vamos a salvar el mundo de cosas horribles que quieren matarnos a todos," dijo el Ópticon y salieron volando hacia el horizonte para enfrentarse a lo que fuera.

DIECISÉIS

Rozol se estrelló en un campo vacío en forma humana, creando un cráter, sangre plateada todavía corriendo por su cuello. Cayó boca abajo, y le tomó unos segundos rodar para quedar de espalda en el suelo y soltó un quejido. Rozol no podía creer que un espíritu había aparecido para ayudar a los humanos. Especialmente uno que se veía así.

"Maldición," se dijo a si mismo mientras se ponía de pie lentamente y se esforzaba por salir del cráter que había creado. Se paró en la orilla y se dio cuenta de que no había nadie más. Ni siquiera algo que pareciera un edificio. "Tanto potencial y los dioses lo desperdician creando tantos espacios vacíos. Patético," dijo para si mismo y comenzó a caminar por el campo.

Le tomó unos minutos llegar a una carretera. Miró a la izquierda y a la derecha, no había nada por ninguno de los dos lados. Giró a la izquierda y comenzó a caminar. Pasaron horas y Rozol seguía sin ver nada. Ni carros, ni personas. Estaba dejando un rastro de sangre plateada a su paso que brillaba en el sol. Su mano estaba cubierta de sangre, él estaba adolorida y sabía que necesitaba un cuerpo nuevo, al menos para deshacerse del daño físico. Encontrar algo útil sería un desafío, por no decir imposible.

Se cansó de cubrir su herida, así que se quitó la camiseta y la ató alrededor de la herida. Era mejor que nada. De repente, detrás de él se escuchó un sonido fuerte y lo asustó un poco. Se dio la vuelta para ver un carro moviéndose hacia él. Era negro y reflejaba el sol mientras se detenía a su lado, la ventana del lado del copiloto abierta. "Hola, amigo, parece que necesitas transporte," dijo un hombre desde adentro.

Rozol no olía humanidad dentro del carro. Rozol iba a abrir la puerta pero se abrió sola. Se metió. Había un hombre de tez oscura con un traje verde al volante. La puerta se cerró en cuanto estuvo adentro. "Bienvenido de regreso al universo. ¿Cómo estás?" dijo el hombre con una voz muy aguda, casi dolorosa.

"He estado mejor," respondió, pero no lo volteó a ver. "¿Qué tipo de ser se supone que eres? Todos son tan arrogantes que se dieron títulos a si mismos. Entonces, antes de que me coma tu corazón y consuma tu esencia, me gustaría al menos saber tu nombre," dijo Rozol, y el hombre del traje verde se rio. "Muchas personas me conocen por muchos nombres. He viajado por el mundo y causado cosas emocionantes, por aburrimiento muchas veces," dijo con una voz más calmada mientras el carro empezaba a desviarse de la carretera.

"Sácalo, chispita," dijo Rozol, sin ganas de juegos o chistes con lo que no consideraba algo más que su almuerzo. "Mi nombre es Loki, y he inventado tantas historias sobre mi que nadie sabe la verdad. Además, fui yo quien los liberó así que ¿tal vez te interese escuchar lo que tengo que decir antes de comerme?" le preguntó Loki. Rozol consideró la historia, pero no le creyó. "Está bien, habla," respondió.

"El mundo es, bueno, es un desastre. Los dioses no han hecho nada, literalmente nada, después de crear este lugar. No entiendo por qué. No me importa por qué. Lo único que sé es que he intentado muchas veces hacer que les preocupe el mundo, pero Odín el Padre Todopoderoso, pues, no es muy bueno escuchando. Ignoró todas las veces que le pedí que fuera más activo en este mundo," dijo Loki y continuó.

"Entonces me escabullí a lo más profundo del Tártaro de Zeus donde tenían encerrado el místico Ópticon. Logre robarlo y liberar sus secretos en Midgard. Los liberé a todos para obligar a los dioses a actuar de nuevo. ¿No estás orgulloso de mi?" dijo Loki y Rozol alzó una de sus cejas. "Un enclenque como tú logró liberarnos, después de destruirte le voy a decir a los otros a quien pueden agradecerle," respondió y Loki sonrió sardónicamente.

"Soy tu aliado, tu amigo. Puedo conseguirte un cuerpo nuevo. El que tienes está ensuciando mi carro y no creo que el icor salga fácil de la tapicería. Oye, conozco un lugar no muy lejos de aquí, tal vez puedas encontrar un cuerpo nuevo ahí. Puede que no sea exactamente igual al que tienes ahora, pero tal vez te guste," dijo y Rozol no pudo argumentar contra eso. Le gustaba la idea de no seguir sangrando en forma física.

"Está bien, Loki, llévame a este nuevo cuerpo," dijo con un quejido. "Si te robaste el Ópticon, ¿por qué lo tiene el enemigo?" le preguntó Rozol. Loki se movió incómodo. "Se cometieron errores, déjenlo así," respondió. Siguieron manejando en silencio. Loki prendió la radio.

"Noticias de último minuto, con toda la destrucción que parece arrasar el mundo, una gigante dorada apagó el fuego en el océano Índico. Los reportes indican que ocasionó un torbellino para apagarlo y, bueno amigos, parece que los cielos han enviado un ángel a ayudarnos en este trágico momento," dijo el hombre en la radio. "Esta es la radio KRRO y yo soy Denzel, y vamos a seguir reportando conforme nos vayan actualizando. Lo que sea que esté pasando, creo que está muy lejos de terminar," dijo Denzel en la bocina del carro.

Rozol estaba confundido. "¿Qué es un ángel?" preguntó y su respuesta fue el silencio de Loki. "Bueno, ¿y qué es?" preguntó de nuevo. "Un ángel es algo que la humanidad inventó con la ausencia de los dioses. Inventaron cosas buenas y malas, no tuvieron opción. Todo es inventado," respondió Loki encogiéndose de hombros y

Rozol supuso que eso tenía sentido mientras seguían avanzando por la carretera vacía.

Rozol no estaba seguro de poder confiar en este o cualquier otro dios. "Ustedes son muy poderosos, pero no muy inteligentes. Ahora sé quién tiene el Ópticon. ¿Te gustaría saber quién es?" preguntó Loki y Rozol lo miró y sonrió.

Justo afuera de Bonner Springs, Kansas, Lisa Waters aceptó el consejo de su hermana y se fue a casa. Dejó su carro enfrente de la enorme casa blanca y se bajó del carro. Estaba rodeada de kilómetros y kilómetros de tierra vacía que había sido una granja en algún momento.

La mamá de Lisa estaba esperándola en una silla debajo de un enorme árbol. Lisa no le había dicho nada a su mamá. Ningún teléfono estaba funcionando desde que los monstruos aparecieron.

"Hola, mamá," dijo Lisa y cerró la puerta. "El mundo se acaba y regresas corriendo a casa. No llamas, no escribes, ni siquiera envías un mensaje, y aún así aquí estás," dijo su madre mirándola, sin molestarse en ponerse de pie. "Lo siento, pero Sam me dijo que–"

"¿Sam? Está muerta. Me llamaron y me preguntaron qué quería hacer con el cuerpo. Les dije que lo enterraran donde nadie pueda encontrarlo," respondió y Lisa tragó saliva. "Mamá, no está muerta. Hablé con ella hoy en la mañana, y me dijo que viniera aquí porque las cosas estaban a punto de ponerse feas en todo el mundo. Tenía que venir a casa," le respondió Lisa.

Sam estaba viva, apenas podía creerlo. "Bueno, supongo que esa hermana delincuente tuya estaba decidida a evitar la muerte, pero me alegra que no esté aquí. No podría soportarlo," dijo y Lisa puso los ojos en blanco, feliz de que Sam no estuviera aquí por el drama que eso ocasionaría. "Toma tus cosas y entra de una vez. No hay mucho de comer, pero podemos ir a buscar algo pueblo más tarde, a menos que el mundo se acabe," le respondió su mamá.

"Creo que sí se va a acabar. Creo que esta vez es en serio. El mundo se está acabando. El lado bueno es que no va a haber más deudas, abogados, ni hombres molestos en internet," dijo Lisa mientras caminaba hacia su carro y abría la cajuela. Había empacado todo lo que consideraba importante, sólo cuatro cosas.

Su computadora, la caja fuerte donde guardaba todos sus papeles importantes, y una bolsa de plástico llena de álbumes de fotos y, por último pero no menos importante, una maleta roja llena de ropa limpia. Tomó la maleta y la colgó de su hombro, cerrando la cajuela y caminando de regreso a la casa.

Sólo había estado aquí dos veces antes, una vez en una fiesta de bienvenida y otra cuando a Sam la culparon de cargos relacionados con drogas. Nunca le había gustado vivir en medio de la nada, había algo que la asustaba. Lisa avanzó por el camino de grava hacia la puerta. "No te haría mal tener un perro o algo aquí," gritó dentro de la casa. "No tengo suficiente dinero para esas cosas," respondió su mamá desde otro cuarto.

"Nunca quieres gastar," murmuró Lisa para si misma y dejó la maleta en el suelo. Se asomó por la ventana, viendo la carretera, y se dio cuenta de que había una nube de polvo moviéndose en su dirección. Los carros no eran comunes, de hecho, este era el único aparte de ella que había visto en la carretera en las dos veces que había estado aquí. Intentó ignorarlo.

"Entonces, ¿cuándo quieres ir a pueblo?" preguntó Lisa mientras entraba a la cocina y miraba a su alrededor. Era una linda casa en general, pero no era su estilo. Esperaba que esta crisis terminara pronto. "Lisa, ven aquí, algo está pasando," dijo su mamá desde la sala. Lisa no quería saber qué desastre estaba pasando, pero fue hacia la sala de todas formas.

La televisión estaba en algún canal de noticias. "Estamos reportando en vivo desde Nueva York, donde hace diez minutos apareció una bestia y está arrasando con todo," dijo el reportero desde un helicóptero, la cámara enfocando a la bestia. Era algo entre una gárgola roja y una máquina. Estaba parado en dos patas, un par de alas dobladas contra su espalda. "¡Es el diablo!" gritó Lisa cuando la bestia abrió la boca y dejó salir una enorme lluvia de llamas, quemando todo lo que tocaba.

"Esta cosa apareció de la nada y como puede ver se parece a lo que cualquiera llamaría un demonio, o el diablo. Sé que no pueden escucharlo porque yo tengo el micrófono, pero escuchen esto," dijo el reportero y hubo silencio por un segundo. Después un extraño sonido llenó las bocinas. Sonaba como piedras chirriando entre ellas cada vez que esa cosa se movía. Le daba escalofríos a Lisa sólo de escuchar el sonido que hacía. La bestia gritó, su voz como un trueno, profunda y poderosa.

El sonido se cortó y regresó a la reportera. "Suena como un afilador, como si su piel estuviera hecha de piedras y, oh, nos están pidiendo que nos retiremos. El ejército va a atacar a esta bestia en la ciudad. No hay tiempo para evacuar gracias a su repentina aparición, esto va a ser horrible, ni siquiera puedo pensar en lo que está a punto de pasar," dijo el hombre mientras el helicóptero cambiaba el curso para alejarse.

"No, no vamos a irnos del área por completo, sólo tenemos que salir del área de combate. Estoy seguro de que las personas de Estados Unidos, no, las personas del mundo necesitan ver lo que está pasando en la mejor ciudad del mundo," dijo, el miedo haciendo que le temblara la voz.

Lisa puso los ojos en blanco; a ella Nueva York nunca le había parecido tan genial. A veces pensaba cómo sería esa ciudad durante un apocalipsis zombie o una plaga. La idea la horrorizaba. Un ataque de un monstruo así, sin embargo, nunca se le había cruzado por la cabeza. Estaba casi completamente segura de que a nadie más se le había ocurrido, al menos no en la vida real.

"¿A qué ha llegado el mundo?" preguntó su mamá y Lisa negó con la cabeza. "Está terminando, como te dije antes, aquí termina. Hasta aquí llegamos todo," respondió. Claro, la figura dorada había aparecido en Miami, pero no había razón para confiar en ella. Tal vez sólo estaba peleando con los monstruos para poder atacar el mundo ella sola.

Las dos mujeres vieron cómo el helicóptero regresaba a tiempo para ver al monstruo escupir fuego contra un edificio, convirtiéndolo en un enorme pilar de fuego. Lisa intentó no pensar en toda la gente que seguía adentro, no había manera de que todos hayan podido escapar el desastre. "El ejército se acerca, podemos escuchar los sonidos de los aviones volando sobre nosotros," dijo el hombre en la televisión.

Justo en ese momento, sin embargo, las dos escucharon el conocido sonido de llantas contra la grava acercarse a la casa. "¿Estás esperando a alguien?" preguntó Lisa y su madre negó con la cabeza lentamente como respuesta.

"Bueno, vamos a ver quién es," dijo Lisa y juntas caminaron hacia la cocina y se asomaron por la ventana para ver un Cadillac negro estacionado y dos personas bajándose. Uno era un hombre de color alto con un extraño traje verde, el otro hombre con una camiseta atada alrededor del cuello y un fluido plateado corriendo por un costado de su cuerpo. "¿Qué demonios está pasando?" se preguntó Lisa a si misma.

"Lisa y Jennifer Waters, ¿están en casa?" preguntó el hombre de color, su voz increíblemente alta para estar tan lejos. Las dos mujeres se miraron entre si, sin saber cómo sabía sus nombres o siquiera quién era. En estos tiempos siempre es una buena idea cuidarse de extraños. Jennifer se estiró para alcanzar la parte de arriba de la alacena sobre el fregadero para tomar una larga escopeta. "Yo me encargo," dijo, respirando hondo para armarse de coraje y caminar hacia fuera.

"Tú debes ser la mamá. Es un gusto conocerte, mamá," dijo Loki y sonrió. "Tienen tres segundos para regresar a su carro y alejarse de aquí," dijo, sosteniendo la pistola pero sin apuntarles todavía. "Vaya, sólo vinimos a ver si tu hija estaba aquí. Se llama Sam, ¿no? Tiene algo que queremos, sólo dénnoslo y nos vamos," respondió Loki. "Lo siento. Sam está muerta, lleva muerta un rato. Murió en prisión. No está aquí," dijo Jennifer y entrecerró los ojos.

"Se acabó el tiempo, es mejor que se vayan," dijo y Loki sonrió. "Lo siento, pero tú también tienes algo que necesito," respondió y comenzó a acercarse, con el hombre manchado de plateado. "No me has dispararte," les dijo Jen, creyendo que la escopeta iba a ser suficiente para asustarlos.

"Adelante, dispara, no te va a servir de nada," respondió Loki y ella lo hizo. La escopeta soltó su furia pero no conectó con nada. El hombre ya no estaba. "Aquí atrás," susurró. Jen intentó darse la vuelta, pero él le quitó la escopeta y la tiró al suelo. "Tú, monedita de plata, entra, la otra debería estar adentro. Antes de que tomes su cuerpo, necesitamos decidir qué sigue," le dijo a Rozol y él camino hacia la puerta.

"¿Quiénes son? ¿Qué quieren con nosotras?" preguntó Jen. "Mi nombre es Loki y tú, bueno, tú sólo eres familiar de la persona que tenemos que matar. Así que, por ahora, dependiendo de cómo vayan las cosas, eres carnada," dijo Loki mientras le daba la vuelta y la llevaba hacia el interior de la casa.

DIECISIETE

La ciudad de Nueva York al atardecer. Los tenues rayos de luz se alzaban entre el humo. Una ciudad en caos que sólo empeoraba, el sonido de la primitiva bestia haciendo eco entre los edificios por kilómetros a la redonda. El piloto aviador Ian lideraba a su escuadrón por el aire hacia la bestia. "Este es el líder rojo, tengo ojos en el objetivo. Es más feo que las fotografías de reconocimiento lo hacían ver," dijo en la radio. "Entendido, líder rojo. Eres libre de atacar a conveniencia. Regresen a esa cosa al infierno," la voz del otro lado le respondió.

Ian sabía que había cientos, tal vez miles, de ciudadanos en el área que iban a morir no gracias a la bestia, sino gracias a sus misiles. Ian había estado pensando en esto desde que recibieron la orden de atacar.

Desvió su jet a la izquierda, el resto lo siguió. "Muy bien, gente, ya conocen el plan. Sólo disparen si tienen un disparo limpio. Intentemos no destruir los edificios," dijo Ian en la radio y al accionar un interruptor armó los misiles. "Disparando," dijo en la radio pero más que nada a si mismo.

Los seis lanzamisiles dispararon sin problema. Volaron por el aire como cometas furiosos. En segundos, chocaron con la piel de piedra de la bestia. Explotaron y cubrieron todo de humo y fuego. Antes de que se pudiera disipar, los otros aviones dispararon sus misiles. Ian vio con la cámara del avión cómo los misiles al menos hacían contacto con la cosa que los había atacado.

La bestia debió cambiar de posición en algún momento porque vio cómo tres misiles pasaban de largo y chocaban contra un edificio. La fuerza de la explosión hizo que el edificio cayera en pedazos al suelo. "Se han usado todos los misiles. Veintiún golpes confirmados. Observen la situación, los drones para investigar llegan en un minuto," le dijo una voz. "Recibido," respondió Ian.

No había pasado un minuto cuando dos luces aparecieron en el aire y se acercaron al fuego y al humo para ver si la bestia estaba muerta. Se metieron al humo, desapareciendo. Ian esperó tenso con el resto del mundo.

"Parece que la bestia está muerta, felicidades. Buen trabajo, Ian," dijo una voz en su radio y él soltó un suspiro aliviado. "Son las mejores noticias que he escuchado desde que todo esto empezó. Gracias, comando. Vamos camino a casa," respondió Ian, pero no se lo creyó ni por un segundo.

Comenzó a girar el avión para regresar a la base cuando del humo salieron las rojas alas de gárgola y en segundos la bestia estaba en el aire. "¿Qué demonios?" dijo Ian mientras veía al monstruo volar por el cielo y sobre los edificios. Los llameantes ojos de la bestia estaban observando los aviones. Ian pudo haber jurado que le estaba sonriendo. Por un segundo, la bestia parecía estar sonriendo burlona. "Acciones evasivas, ahora," ordenó Ian y los aviones rompieron su formación al instante.

La bestia, a pesar de ser tan larga, simplemente flotaba en el aire con las alas extendidas. Los últimos rayos del sol desaparecieron. Sus enormes alas de murciélago se prendieron en un fuego del color de la sangre, iluminando todo debajo de ellas. A Ian le recordó la portada de todos los álbumes de metal con los que había crecido cuando vio a esa cosa arder en el cielo nocturno. "Genial," se dijo a si mismo, a pesar de saber en su corazón que su muerte estaba cerca.

La vestía se disparó por el aire mientras Ian forzaba los motores del avión a su límite. Por un segundo estuvo seguro de que iba a escapar. Su instinto primitivo de sobrevivir parecía estar surtiendo efecto mientras el pánico comenzaba a apoderarse de él. Y luego ese brillo rojo llenó el interior de su avión.

"Comando, hasta aquí llegué. Gracias por darme la oportunidad de volar en esta grandiosa máquina, este es Ian Wo–" Ian se interrumpió cuando un cometa de luz dorada pasó volando a su lado. La luz roja desapareció al mismo tiempo. "Dios mío, comando, me acaba de salvar algo. Creo que es la cosa de Miami," dijo mientras se estiraba para conseguir una mejor vista desde la cabina, pero no lograba verlo.

"Entendido, líder rojo. Regresa a casa mientras puedes, eso es una orden," respondió la voz. Ian no necesitaba que lo dijeran dos veces. Rápidamente corrigió su curso y llevó a los otros pilotos a casa. Se giró para ver a los dos gigantes estrellarse contra la ciudad. "Buena suerte, quienquiera que seas," dijo Ian y se dio la vuelta para ver el cielo nocturno.

Sam se estrelló en el suelo, llevándose al monstruo con ella. Los edificios a su alrededor quedaron hechos pedazos con el impacto. "Está bien, ¿cómo demonios se llama este? La información es poder," dijo Sam mientras se alejaba de la bestia. "Este es Zimri, como puedes ver le gusta el fuego, y no sé qué hace aparte de eso. Sólo lo tenía prisionero, nunca pelee contra él," respondió el Ópticon mientras Zimri se ponía de pie frente a ella.

"Va a quemar todo," dijo Sam mientras veía los vacíos ojos de la bestia de piedra. "¿Te gusta decir lo obvio todo el tiempo o sólo no ves las cosas frente a ti?" preguntó el Ópticon mientras Sam movía su pie derecho hacia atrás y se preparaba para pelear. "Cállate," respondió Sam.

Zimri sacudió la cabeza y doblo sus alas en llamas, el fuego apagándose mientras lo hacía. Era obvio para él lo que tenía que hacer. Zimri abrió la boca y dejó salir un enorme cono de fuego.

Sam, de repente, se dio cuenta de que estaba atrapada entre dos edificios. Alzó los brazos para protegerse. Las llamas chocaron con su defensa improvisada y el fuego se dispersó al instante. Todo a su alrededor estaba ardiendo. Quemarse era de las peores cosas que podía imaginarse.

La armadura exterior no estaba dañada pero ella lo sentía todo. "¿Te preocupan estas personas o no?" le preguntó el Ópticon. "Nunca he sido buena preocupando por alguien más," respondió. "¿Por qué?" terminó de preguntar. "La ciudad va a terminar en pedazos si seguimos peleando aquí. Esta bestia no nos va a seguir si nos vamos como la otra. No sé mucho pero sé que hablan entre ellas, aprenden. Si vamos a pelear contra esto, vamos a tener que hacerlo aquí," le dijo el Ópticon. "No me molesta," respondió Sam.

Antes de que la gárgola en llamas pudiera atacar de nuevo, Sam corrió hacia ella y puso su puño en el lado derecho de su cara. Era como golpear una montaña. Zimri salió volando a un lado y se estrelló con más estructuras, haciéndolas polvo. "No eres tan rudo, ¿verdad?" preguntó Sam y observó la bestia caída.

"¿Podrías no burlarte de la súper bestia hasta después de derrotarla?" le preguntó el Ópticon y Sam comenzó a caminar cuando de repente escuchó las aspas de un helicóptero. Sam giró la cabeza para ver un helicóptero de la policía de Nueva York volando en dirección a ella, alumbrándole la cara.

"Hola, gigante dorada. Soy el alcalde de esta ciudad. Me gustaría agradecerte, uh, primero por ayudarnos. Yo, eh, bueno, quería preguntarte si podías ser un poco menos destructiva," dijo la voz de un hombre a través de una enorme bocina. Primero que nada, era una locura que él o cualquier otra persona se acerara a una zona de combate. Segundo, tenía una idea. "Ópticon, ¿puedo hablar con cualquiera en esta forma?" preguntó.

"Tú, bueno, puedes si realmente quieres, pero no va a ser tu voz," respondió.

No parecía que Zimri se fuera a levantar pronto. "Humano, hola. Soy el Ópticon del planeta Rence. Soy un mercenario. Estoy cazando a estas cosas por todo el universo. La bestia blanca con dos cabezas fue una demostración gratis. Voy a requerir un pago por cazar y controlar el resto," le dijo al helicóptero con una voz tan profundo que no parecía de ella.

"¿Cuánto necesitas? ¿Qué tipo de pago necesitas?" preguntó el hombre por el altavoz. Zimri comenzó a moverse entre los escombros. Sam lo pensó. El sistema básicamente quería arrebatarle toda su vida, y ahora tenía la oportunidad de recuperar eso y mucho más, pero sólo use le ocurrió una cosa.

"Oro, necesito dieciséis toneladas de oro, por cada monstruo que cace y contenga," respondió. El silencio fue su única respuesta. "¿Me escuchaste, humano? Ese es mi precio. Es eso o estas bestias destruyen su mundo entero," respondió Sam y fue la ruidosa conversación la que despertó a la gárgola.

"Vete de aquí, humano. Tienes hasta el final de esta batalla. Si gano, espero mi pago. Si no, bueno, ni todo el oro del universo podrá salvarlos," dijo y el helicóptero se alejó rápidamente mientras la gárgola en llamas se ponía de pie. "Dinero. ¿En serio estás extorsionando a tu propia raza por dinero?" preguntó el Ópticon.

"Me merezco una recompensa por todo esto. No veo a los dioses ofreciendo nada y estoy arriesgando mi vida. ¿Para qué? ¿Para que siga existiendo la raza humana? Mira a tu alrededor, no vale la pena salvar esto. Más vale que gane algo en el proceso," respondió Sam, todo el resentimiento que le tenía a la sociedad saliendo de una sola vez.

El Ópticon no tuvo la oportunidad de responder porque el cuerpo de Zimri se prendió en llamas y se movió para atacar. "¿Cuál es la obsesión de esta cosa con el fuego?" se preguntó, empezando a arrepentirse de haber pedido dinero antes de terminar el trabajo. Ahora tenía que volver a hacer todo esto de nuevo. Por otro lado, nunca le había gustado esta ciudad. Viéndola desde arriba le recordaba a una cicatriz en la tierra con todos sus edificios. La hacía sentir extraño, aunque California no era mejor.

Zimri brincó hacia delante, pero Sam lo esquivo moviéndose a la izquierda para evitar a la bestia en llamas. "Estamos demasiado adentrados en la ciudad como para llamar al océano, podríamos intentar huir, pero la bestia no va a preocuparse por seguirte esta vez. Inundar la ciudad para intentar apagar el fuego parece una mala idea," dijo el Ópticon y Sam suspiró. "Sí, lo entiendo, pero no me importa mucho," respondió Sam.

Zimri apuntó al Ópticon con las manos y lanzó dos torrentes de fuego rojo en su dirección. Sam creó su escudo y lo bloqueó. El fuego se disparó en diferentes direcciones con el impacto y todo lo que tocó se convirtió en un infierno ardiente. Sam se dio cuenta de que estas llamas eran diferentes. Literalmente todo lo que tocaba se prendía en llamas.

Fue cuando se dio cuenta de que la temperatura de su escudo estaba aumentando. "¿Por qué yo no me estoy quemando?" preguntó Sam. "Estoy hecho de poderes cósmicos más allá de tu entendimiento, de ahí viene mi poder también. Soy un poco más difícil de quemar de lo que crees. Aún así lo vas a sentir. Así que vamos a hacer nuestro trabajo," respondió el Ópticon.

Sam no tuvo tiempo para pensarlo. Sam empujó hacia delante y utilizó su escudo como arma, golpeando a Zimri en la cara con la orilla. Llovieron chispas por todos lados mientras el monstruo retrocedía, soltando un atronador rugido de dolor. En su mano derecha apareció su espada plateada al instante.

Soltó un ataque hacia el corazón de la bestia, o donde creía que el corazón estaba. Zimri torció su cuerpo entero e hizo la espada a un lado. Con su mano izquierda, sujetó la afilada espada, con la mano derecha le dio un golpe al Ópticon en la cara, haciendo que se tambaleara y cayera.

Sam aterrizó de espaldas con suficiente fuerza para romper el cemento debajo de ella y alzar nubes cemento vaporizado al aire. La ardiente figura de Zimri brilló en el humo. "Maldita sea," dijo Sam y se alejó de la bestia en llamas. Soltó su escudo y disparó el rayo dorado de la mano hacia la cara de Zimri. Hizo contacto, la energía lo golpeó y chispas amarillas volaron por todos lados.

La creatura se tambaleó hacia atrás pero no lo suficiente como para distraerlo. "Ópticon, estos rayos dorados no están haciendo nada. ¿No tenemos acceso a algo más fuerte?" preguntó Sam mientras se ponía de pie, dándose la vuelta.

"Sí, pero tienes que probarme que eres digna de todo el poder, y extorsionar a las personas no es la mejor manera de hacer eso. Te dieron el poder de los dioses, ¿y aún quieres objetos humanos?" dijo el Ópticon mientras Sam esquivaba otra explosión de fuego que incendió todos los edificios detrás de ella.

"¿Qué puedo decir? No voy a pelear con monstruos para siempre, sería bueno tener un plan de retiro. Al menos creo que hay un futuro. Podría estar completamente desesperanzada, ¿eso estaría mejor?" preguntó Sam y evitó un ataque de las garras, regresándolo con su espada. La hoja hizo contacto con la piel de piedra de la bestia y raspó la superficie, pero no la pudo penetrar. Sam se dio cuenta de que no podía ganar así.

Zimri sintió la espada raspar su pecho, pero muy poco, y se dio cuenta de el Ópticon no podía dañarlo de verdad. Estaba evitando el contacto físico, el fuego le causaba dolor a este ser. Zimri se dio cuenta de muchas cosas, pero la más importante fue que el momento de atacar era ahora. Ya no le tenía miedo a sus rayos o espadas y comenzó a avanzar. Ópticon atacó con la espada de nuevo y el monstruo ni siquiera se molestó en intentar bloquearlo.

Simplemente dejó que lo atacara. La espada chocó con su ardiente brazo izquierdo, pero se detuvo ahí. Zimri golpeó al Ópticon en la cara con la mano derecha y la mandó tambaleándose hacia atrás, su cara dorada mostrando la marca quemada de un puño.

La bestia abrió la boca inmediatamente, apuntó con las manos y atacó con tres torrentes de fuego en su dirección. Vio como el cuerpo dorado de su enemigo desaparecía en el infierno. Todo explotó, las llamas se alzaron sobre él y admiró su trabajo. La creación más poderosa de los dioses había caído ante su poder.

Sonrió, estiró las alas y se alzó en el cielo nocturno como un cometa rojo. Observó los altos edificios a lo lejos. Cosas que ofendían a sus ojos, altares a los dioses, supuso. Ahora quería destruirlos todos. Si esto es lo que los humanos construían para alcanzar los cielos, él iba a destruirlo todo.

DIECIOCHO

ZIMRI VOLÓ SOBRE LA CIUDAD Y HACIA LOS EDIFICIOS QUE estaban en el centro de la ciudad. Altas y delgadas cosas que no tenían necesidad de ser de ese tamaño. Voló sobre el edificio Chrysler y escupió fuego sobre el techo. El edificio explotó al instante, mandando escombros al suelo.

Voló hacia el Empire State y aterrizó sobre él. El edificio entero pareció quejarse y doblarse bajo su peso, su cuerpo en llamas haciendo que ardiera. Zimri se preguntó cuánto tiempo tardaría un dios, cualquier dios, en aparecer y defender lo que les pertenece.

Este edificio era demasiado pequeño para quedarse ahí mucho tiempo. Se fue volando del edificio y respiró fuego sobre él. La fuerza del fuego mandó una explosión hasta la base del edificio. Todas las ventanas se rompieron, todos los pisos estaban ardiendo. Cualquiera tan desafortunado como para seguir adentro, quedó incinerado al momento.

Sam estaba gritando, cada centímetro del cuerpo le dolía. Miró su piel y se dio cuenta de que estaba roja y negra. "Sam, tienes que ponerte de pie, ya," le gritó el Ópticon. "No puedo moverme, duele demasiado. No puedo," dijo mientras el fuego la consumía.

"Sé que duele, te voy a cuidar, pero vas a morir si no sales de este fuego, y sin ti no soy tan efectivo," le dijo el Ópticon y Sam apretó su puño derecho e intentó ponerse de pie.

Su piel crujía y se abría al moverse. Incluso si el exterior de la armadura no mostraba daños, estaba sufriendo todo por dentro. La piel de su espalda se abrió y Sam gritó, volviendo a caer al suelo. "No puedo," dijo débilmente. "Maldita sea, mujer. Yo sé que puedes. Concéntrate en volar, no tienes que moverte físicamente. Déjame ayudarte," le dijo de nuevo, casi rogando.

Sam apretó los dientes y se concentró en volar. "Sí, ese es el espíritu, quédate conmigo, no te desmayes todavía, un poco más y podemos hacer esto," dijo el Ópticon y el cuerpo dorado de Sam se levantó del infierno y salió volando hacia el mar.

Cada momento que eso tomaba mandaba olas de un dolor abrasador por cada centímetro de su piel quemada, apretando los ojos. "Ya casi," dijo el Ópticon. Cualquier podía ver esto. Para ellos, para el mundo, parecía que la casi heroína estaba rindiéndose en la pelea a pesar de no estar realmente herida.

Sam cayó al frío océano, quedando inconsciente con el impacto. "Sam, sé que no estás muerta, pero no puedes quedarte así, no puedes porque esta bestia va a quemar todo," dijo el Ópticon, pero Sam seguía desmayada.

Ella observaba el campo de batalla. Sam estaba asustada al ver las enormes cantidades de poder que estaban siento utilizadas. Monstruos como a los que se había enfrentado de un lado. Cosas sin forma y medio derretidas del otro. No podía entender por qué estaba pasando eso. Los Yokaiju eran montañas vivientes.

Medían miles de metros, y las cosas a las que se enfrentaban eran igual de granes. No entendía muy bien cuándo o por qué, pero la idea era clara. Estaba viendo una historia secreta. Esta era una guerra, las armas que los dioses usaron contra estas cosas. No entendía por qué estaba viendo recuerdos, pero casi nada de eso tenía sentido para ella.

El campo de batalla frente a ella se hizo pedazos, algo más

tomando su lugar. Agua, estaba debajo del agua en algún lado. "Despierta," gritó una voz distante en su mente. Sam no quería. Sabía que había mucho dolor esperándola de regreso en la realidad. Quería quedarse aquí y ver cómo terminaba la batalla.

"Despierta, ahora," gritó la voz de nuevo. Sam le hizo caso esta vez y abrió los ojos. El dolor regresó y gritó. "Estás quemada de pies a cabeza, pero te estoy curando. Si no estuvieras despierta para esto, no sé si podrías despertar". Sam soltó un quejido como respuesta. Su cuerpo se sentía un poco mejor, pero no por mucho.

"Qué bien," respondió Sam, poniéndose de pie con un enorme esfuerzo. Su cabeza salió a la superficie y abrió los ojos. El dolor desapareció. "¿Cuánto tiempo estuve inconsciente?" preguntó Sam. "Una hora," respondió el Ópticon y volteó la cabeza para ver otra horda de misiles quemar el cielo y caer en alguna parte de la ciudad, o lo que quedaba de ella. Lo único que podía ver eran los edificios en un mar de fuego.

"Todo está ardiendo," dijo, sorprendida. Nunca había visto una destrucción tan terrible en su vida, y estaba seguro de que no muchas personas lo habían visto en esta escala.

"Tengo que moverme, tengo que detener esto," dijo Sam y dio un doloroso paso hacia delante. "Espera, si empiezas a moverte antes de que tu piel esté sanada por completo puede ser que el daño sea irreparable," Sam lo ignoró y dio otro paso. "Trabaja más rápido," respondió y comenzó a alzarse en el aire de nuevo. Miles de galones de agua cayeron de regreso al mar mientras lo hacía, sabiendo lo que tenía que hacer.

"Sigue trabajando en mí. Tengo que apagar este fuego," dijo Sam y estiró los brazos. "Está bien, flamitas, es hora de la segunda ronda," dijo Sam y comenzó a volar hacia la isla en llamas. "Sam, ¿qué estás haciendo? Esto es demasiado. No te arriesgas, sólo espera un momento," le rogó el Ópticon para que reconsiderara lo que estaba a punto de hacer. Sam lo ignoró de nuevo.

La gigante con la armadura dorada y negra voló por el aire cada vez más rápido, con una ola creciendo detrás de ella mientras avanzaba. Podía ver la Estatua de la Libertad a lo lejos, y aún más lejos estaba la Torre de la Libertad.

Muchas cosas le recordaban las leyes que la habían llevado a la cárcel, pero la sociedad estaba ardiendo y ninguna importaba. Pasó volando al lado de la estatua, llevando a la creciente ola con ella. Unos segundos después cruzó los límites de la ciudad. La ola de agua cayó sobre el paisaje en llamas y en segundos comenzó a llenar las calles de la ciudad. Las llamas se apagaron al instante. Aterrizó y el agua le llegó a los tobillos.

Sam quería recargarse en algo, pero todo sobre el nivel del agua seguía en llamas. Estaba respirando entrecortadamente y no podía ver bien. El calor la estaba cansando ahí mismo. "Sube," dijo y se concentró en el agua. El agua comenzó a burbujear. "Sube," dijo de nuevo y contuvo la respiración para concentrarse en el agua. Era mucho más difícil hacerlo cuando estaba cubierta en quemaduras de tercer grado. Lo único que quería era concentrarse en el dolor pero eso lo podía hacer después.

"Maldita sea, sube," gritó y el agua en la ciudad comenzó a explotar con geiseres. Sin embargo, no se dio cuenta de la influencia que estaba teniendo sobre el océano detrás de ella. El agua se alzó casi novecientos metros en el aire, formando una pared alrededor de la ciudad en llamas, inclinándose hacia ella. Sam sintió una gota de agua en su hombro izquierdo. "¿Qué?" se preguntó a si misma, ya que el agua que había subido aún no bajaba.

Se dio la vuelta para ver una enorme pared de agua alzándose sobre todos los edificios de la ciudad. "¿Qué hice?" pregunto mientras observaba la pared de agua que estaba cayendo hacia ella, y todos los demás. "Esto va a matar a cualquiera que siga vivo," dijo el Ópticon con un tono resignado. Sam alzó las manos para intentar detenerla pero fue inútil. La pared de agua, los novecientos metros y todo lo que venía con ellos, cayeron sobre la ciudad, ahogándola en más de un billón de galones de agua.

Sam fue empujada contra un edificio gracias a la presión. Plantó bien los pies en el suelo mientras el agua se movía a su alrededor. "¿Dónde está el monstruo?" preguntó, el dolor disminuyendo un poco. "El fuego de Zimri arde eternamente, el agua no puede apagarlo. Busca el brillo. Si no se ha apagado, debería se fácil de encontrar. Si se apagó, puede que ya se haya ido porque tú terminaste lo que él vino a hacer," respondió el Ópticon y Sam miró a su alrededor.

"No, no sabe que puedo hacer esto. Hasta donde él sabe, esto lo hizo un dios y sigue aquí buscando una pelea," razonó Sam y supo que esta cosa no se iría tan pronto.

Zimri vio la pared de agua moviéndose hacia él y sonrió. Su plan para sacar a un dios de su escondite había funcionado, al fin. Sólo uno de ellos pudo haber causado un espectáculo de esa magnitud.

El agua chocó contra su cuerpo. Apagó las llamas de su cuerpo y estiró las alas, utilizándolas para resistir la presión y nadar con la corriente como si estuviera volando. Estaba seguro de que un dios iba a aparecer para retarlo. Volvió a poner los pies sobre el suelo y espero a que apareciera su premio.

Sam ya no podía ver el fuego, todo estaba bajo el agua. "Puedo sentir al monstruo, es como un zumbido en mi cabeza," dijo Sam mientras caminaba por la corriente. "Estoy intentando encontrarlo para ti. Su alma es algo que puedo detectar, pero sólo porque la contuve por mucho tiempo. Es difícil separarlos a todos en este mundo tan pequeño. Puedo sentirlos a todos al mismo tiempo si me concentro. Dame unos segundos," dijo el Ópticon, sonando angustiado.

"Bueno, no te lastimes en el proceso," respondió Sam y esperó unos segundos. "Ahí, frente a nosotros. Está esperando algo. Tenemos que atacar," dijo el Ópticon y continuó. "Lo vas a sentir más entre más te acerques," dijo el Ópticon, y Sam se levantó en el agua para seguir avanzando. "Gracias, creo," respondió.

Pasaron unos minutos antes de que el zumbido en su cabeza se volviera tan fuerte que era una distracción. Dio la vuelta en una esquina y vio al monstruo ahí parado, esperando como una estatua a que llegara su enemigo. En cuanto lo vio, el zumbido desapareció.

Zimri se sorprendió cuando su enemigo llegó. Estaba seguro de haberla matado, pero ahí estaba, ilesa. Un error que no volvería a cometer. Su cuerpo se prendió en llamas de nuevo mientras Sam aterrizaba. "Terminemos esto, chispita," dijo Sam y alzó las manos.

A Zimri no le gustaba perder el tiempo y saltó hacia delante para atacarla. "Mismo problema, ¿cómo vamos a pelear contra algo que no podemos tocar?" preguntó Sam mientras daba una vuelta para esquivar a la bestia. Podía sentir el calor que emanaba mientras pasaba a su lado.

"No te preocupes por eso, estamos bajo el agua, va a hervirnos, o a ti, vivos," dijo el Ópticon. "Eres tan útil. Mencionaste más poderes, podríamos usarlo en este momento," le respondió Sam mientras Zimri mandaba un torrente de llamas hacia ella. Las llamas murieron en el agua, pero la temperatura del agua estaba aumentando rápidamente.

"Sí, pero no estás lista para ellos. No creo que tu cuerpo aguante. Te harían pedazos," respondió el Ópticon y Sam salto hacia delante para golpear la mandíbula de la bestia con su puño derecho. Hizo que Zimri se tambaleara y saliera volando lejos, pero el dolor fue tan intenso en su cuerpo entero que se tensó y dio un paso atrás por el dolor.

"¿Recuerdas que te dije que esperaras antes de pelear? Recuerda eso," dijo el Ópticon mientras Sam intentaba controlar su respiración y el dolor que corría por su brazo. "Y yo te dije que no tenemos tiempo para esperar," respondió Sam, aún cuando la ciudad estaba prácticamente destruida. Intentó no pensar en cuántas personas habían muerto quemadas o ahogadas gracias a sus acciones.

Zimri regresó a la pelea en segundos, aún en llamas. Podía ver que su enemigo estaba herido, lo único que tenía que hacer era aguantar esta pelea de voluntades para poder ganar esta pelea.

"Ópticon, sé que estás haciendo todo lo que puedes para mantenerme con vida pero necesitamos arriesgarnos. Desbloquea el poder del que hablas, por favor. No puedo ganar aquí. No puedo enfrentarlo, nuestros rayos no sirven, por favor," le rogaba. "No, busca otra manera. No estás lista," le respondió. "Maldito," respondió Sam, y supo que estaba sola.

Al no tener un aumento de poder, Sam se vio forzada a usar la cabeza. ¿Cómo derrotas a alguien que ni siquiera puedes tocar? Entonces, tuvo una idea. "Sígueme, fuego artificial crecido," dijo y comenzó a avanzar por el agua. Zimri no iba a darle la oportunidad de sanar y la persiguió.

Las armas que tenía no iban a funcionar, necesitaba una nueva. Le tomó unos segundos ver que la Torre de la Libertad seguía de pie, a pesar de lo dañada que estaba. Su espada apareció en su mano izquierda y voló hacia delante cada vez más deprisa. Zimri la seguía de cerca, intentando seguirle el paso.

Sam puso las dos manos en la hoja de la espada y corto un lado del edificio. El material no era nada contra el arma mágica y la cortó con facilidad. Sam no se detuvo hasta llegar al otro lado. Sin detenerse, se dio la vuelta y pateó el edificio justo sobre el corte con toda la fuerza que pudo. La enorme torre se partió y se deslizó en dirección a Zimri.

La gárgola roja no tenía idea de lo que su enemigo estaba planeando. La estructura estaba cayendo hacia él. Su cuerpo se prendió en llamas rojas y decidió no preocuparse por esto. Caminó a través de él y lo quemó todo a su paso.

Sam no desperdició el tiempo y voló hacia el otro lado y sobre la estructura caída. El brillo rojo se veía a través del vidrio mientras la bestia quemaba a través del edificio. Sam giró su espada y se impulsó por el agua con toda la fuerza que pudo, ignorando el dolor.

El arma no le hizo nada al exterior del monstruo. Sam tomó una segunda opción y apunto a la cuenca del ojo izquierda, que estaba vacía. Zimri hizo todo el trabajo y la punta de la espada entró y perforó hasta el otro lado de su cabeza. "Hasta aquí llegaste," dijo Sam. Realmente no había esperado que este plan funcionara.

Zimri soltó un frito de dolor y se movió violentamente de un lado al otro, llamas explotando de sus manos y su boca. Sam se negó a soltar la espada, a pesar del abrasador dolor que las llamas le causaban. Empujó la espada aún más hacia adentro, hacia el fuego.

La sangre verde de Zimri se derramó de la herida y su energía se gastó rápidamente. "¿Ves? Sabía que podías hacerlo," le dijo el Ópticon a Sam y continuó. "Su alma ya no era lo suficientemente fuerte para aguantar el cuerpo que tomó," terminó.

Sam sacó su espada de la cabeza del monstruo, y con su mano derecha sacó su delgado lazo de energía roja y lo lanzó hacia la cintura del monstruo de piedra. Lo jaló y el alma de la bestia se separó del cuerpo, la enorme maza roja derritiéndose mientras lo hacía. Sam vio cómo una diminuta figura humana se alejaba flotando en la oscuridad.

"Está muerto. Zimri lo mató," dijo el Ópticon y Sam estaba a punto de relajarse cuando recordó que estaba bajo el agua, junto con todo lo demás. "No hemos terminado," dijo, y a pesar de lo adolorida y quemada que estaba por dentro, se dio la vuelta y se movió con la corriente tan rápido como pudo.

Sam no se dio cuenta de lo que había hecho. Intentó moverse más rápido que la pared de agua que se movía tierra adentro y estimó que se estaba moviendo más de cien mil kilómetros por hora intentando ganarle a una pared de agua que media más de trescientos metros, desafiando las leyes de la naturaleza. Se movió por el agua y se le adelantó.

No tenía tiempo para pensar o concentrarse, tenía que detener lo que había iniciado. Sam estiró su mano izquierda y se concentró en el agua que se acercaba. "Regresa al mar," le dijo. No sabía que más decir. La pared de agua no parecía detener su avance. "¡Detente!" gritó y se concentró aún más.

La enorme pared de agua dejó de moverse. Podía sentir la presión que amenazaba con romper los huesos de su brazo como si estuviera deteniendo el agua físicamente. "Regresa de donde viniste," dijo, y el agua obedeció su orden.

Estaba regresando al mar tan rápido como se había movido sobre la ciudad. Sam observó el suelo desolado debajo de ella que se extendía hacia lo lejos. La realidad de que potencialmente millones podían estar muertos tan sólo en esta ciudad. Lo único que quería era estar sola, y se fue volando en la noche, desapareciendo hacia lo desconocido.

DIECINUEVE

Kevin estaba parado frente a Thor, sin aliento. Ya estaba viejo, todo este combate lo estaba hartando. Thor no parecía estar para nada cansado. "Humano frágil, ¿eso es todo lo que tienes? ¿Realmente mereces tener un arma de los dioses?" le preguntó Thor enojado, ofendido por su debilidad. "No, sólo necesito un pequeño descanso," dijo Kevin y estiró los brazos. Vysenia lo regeneraba por dentro, era la única razón por la que podía aguantar toda esta actividad.

"¿Crees que los Yokaiju te van a dar un descanso? ¿Crees que el enemigo te va a tener piedad? No sé que clase guerras débiles tengan en Midgard, pero de donde yo vengo, el enemigo nunca muestra piedad," respondió Thor, alzando su enorme y negro martillo y alistándose para dejarlo caer sobre la cabeza de Kevin.

"Espera, hijo, hay algo que el humano puede estar interesado en ver, pasó algo que podría motivarlo," dijo Odín y pegó en el suelo con su bastón. Una enorme pantalla holográfica apareció frente a ellos.

Kevin casi colapsó al verlo. "Esto no es real," dijo y se sostuvo de la orilla de la larga mesa. "Me temo que lo es," respondió Odín. "Zeus eligió a una delincuente sin disciplina y este es el resultado," dijo y el sonido comenzó.

"La ciudad de Nueva York y sus alrededores se inundaron con una enorme pared de agua hace unas horas cuando dos figuras desconocidas pelearon dentro de ella. A través de métodos que aún no entendemos, la ciudad quedó completamente inundada y el agua llegó a varios kilómetros del continente. Es posible que millones hayan muerto hoy. El país instauró un estado de emergencia hace unos momentos. Todos los equipos de búsqueda y rescate que tenemos está aquí buscando entre las ruinas lodosas, o lo va a estar pronto," dijo un hombre mientras volaba sobre lo que solía ser una de las ciudades más grandes del mundo. Ahora estaba vacía, encharcada y quemada.

"Este es el futuro del mundo. Los Yokaiju van a destruir cada vez más y más, e incluso cuando el Ópticon gane, no quedará nada que salvar. Necesitamos precisión y poder. Esta destrucción inconsciente no puede seguir," le dijo Odín y Kevin olvidó el dolor y el cansancio. Ver esas imágenes frente a él era toda la motivación que necesitaba para aceptar esto. "Estoy listo," respondió Kevin y la imagen desapareció.

"Ah, muy bien. Ya era hora. Ahora utiliza esa cosa en tu brazo y derrota a la excusa de guerrero que es mi hijo," dijo Odín y apunto hacia Thor. "¿Qué? ¿Disculpa?" preguntó Thor, confundido con esa elección de palabras. "Sí, tú usas ese estúpido martillo como un arma. Claro, es mágico, pero sigue siendo un martillo, siempre he pensado que es algo tonto," dijo Odín y Thor sólo miró su martillo y luego bajó la mirada al suelo.

"Vaya, gracias," respondió. Thor nunca había sido alguien que se enfocara en las cosas negativas por mucho tiempo. "Bueno, humano, ¿estás listo para probar el poder completo de tu arma o no? Estoy harto de preocuparme por lo que te preocupa," dijo Thor. "Hagámoslo," respondió Kevin y se volteó para mirar a Thor de nuevo.

Kevin sólo tenía una misión en la cabeza: hacer que toda esa locura terminara. Venganza, odio, injusticia. No estaba seguro de cómo llamarle a la mezcla de emociones pero se estaban combinando en algo que sólo podía describirse como pureza. Vio la banda de metal grabado alrededor de su brazo y una chispa negra salió de ella.

Le siguieron otras. La banda se expandió y en segundos lo cubrió por completo. Estaba cubierto de un metal rojo con piezas negras en el pecho y los hombros. Kevin estaba mirando sus manos.

A Thor no le interesaba esperar. Levantó su martillo mientras Kevin estaba distraído. La cabeza ancha del martillo golpeó la cabeza de Kevin, pero el impacto no lo movió. "¿Qué? ¿Ya empezamos?" preguntó y se alejó del martillo. "¿Qué tipo de magia es esta?" preguntó Thor, sin entender lo que estaba pasando. Normalmente cuando la gente es golpeada por Mjolnir, no se vuelven a levantar o al menos caen en ese momento. Kevin se dio cuenta de que lo había golpeado al ver el cambio de humor de Thor y comprendió que ahora él tenia el poder en sus manos.

"No tenía idea, lo siento, no estaba prestando atención. Hagámoslo," dijo y el martillo de Thor chispeó con relámpagos y gritó mientras atacaba de nuevo. Kevin esperó hasta que el arco del martillo estuviera en su punto más alto. En cuanto comenzó a bajar se hizo a un lado y dejó que el martillo golpeara el suelo.

Se paró sobre el mango y lo quitó de las manos de Thor. Después dio un paso adelante y golpeó al dios en la cara tan fuerte que salió volando casi treinta metros antes de caer al suelo, fracturándolo.

Kevin no perdió el tiempo, tomó el mango de Mjolnir y lo levantó sin pensarlo dos veces. Brincó hacia donde estaba Thor y dejó caer el martillo mientras aterrizaba. Thor giró la cabeza, esperando morir en ese momento sin importar lo que las profecías dijeran. El martillo cayó en el suelo en lugar de su cabeza.

Thor abrió los ojos para ver una mano roja frente a él. "Vamos, creo que el entrenamiento terminó. ¿Tú no?" le preguntó Kevin y Thor sólo sonrió, tomó la mano y Kevin lo ayudó a ponerse de pie. Una vez que estuvo de pie, Kevin le regresó su martillo. Thor lo tomó. Tenía preguntas, pero este no era el momento correcto para hacerlas.

"Vysenia es un arma asombrosa, ¿no lo crees?" preguntó Odín

con una sonrisa. Kevin lo miró. “Esta cosa es más que asombrosa. Siento que puedo hacer cualquier cosa,” respondió. Odín lo miró. “Sí, tal vez es verdad. Sólo tienes un enemigo. Recuerda, puedes crecer para estar del mismo tamaño que ellos y otras cosas. Con tus habilidades este problema se debería solucionar rápidamente, ¿no crees?” preguntó Odín. Kevin alzó un puño y asintió. “Sí, es hora de trabajar,” respondió, pero no tenía idea de a dónde ir primero.

“Bueno, sus derrotas recientes han hecho que reconsideren sus planes. Sé que están en un lugar llamado India,” dijo Odín sonriendo. “¿Qué? ¿Cómo sabes eso?” preguntó Thor y Odín sólo lo miró. “Bueno, soy el rey. Sé cosas. Además, yo estuve ahí cuando ese idiota los creó. Sé cómo sentirlos, al menos podemos acercarnos, todos los líderes lo hacen,” respondió Odín y Thor no podía creer lo que estaba escuchando.

“Entonces, ¿por qué no sólo nos ocupamos del problema nosotros?” preguntó Thor y Odín lo volteó a ver con su ojo bueno. “Eres un idiota, tú sabes por qué,” respondió y se volteó para ver a Kevin. “Tus objetivos se van a encontrar en un lugar llamado India. Kolkata, me parece. Deberías ir a interrumpir su reunión. Vysenia te guiará al lugar,” le dijo Odín.

“Entiendo,” respondió Kevin y dentro de su casco aparecieron opciones. Sentía que estaba en algún tipo de simulación. Era increíblemente fácil de usar, lo único que tenía que hacer era pensar en lo que quería y las cosas que necesitaba aparecían. “Perfecto,” dijo, y desapareció en una nube de humo rojo.

“Espero que tu plan funcione,” dijo Thor, sin entender por qué su martillo no le había hecho nada a la armadura. “Confía en mí, va a funcionar. ¿Alguna vez te he decepcionado?” le preguntó Odín y Thor negó con la cabeza. “Más veces de las que puedo contar, y puedo contar muy bien,” dijo y Odín desapareció. “Sí, eso pensé,” respondió Thor, pensando que necesitaba entender por qué su arma no era sólo poco efectiva, sino que también se sentía como si no existiera para nada.

VEINTE

Los cuerpos poseídos se juntaron uno a uno frente a la Catedral de San Pedro en Kolkata, India. Había una enorme multitud de gente juntándose. Los recientes eventos alrededor del mundo habían asustado tanto a la gente que estaban regresando a la religión. Este era sólo un ejemplo.

"Entonces, ¿por qué nos llamaron aquí?" preguntó Najash mientras se quitaba el pelo negro de la cara. "Primero que nada, creo que es gracioso. Segundo, tenemos un gran problema, por si no te habías dado cuenta," le respondió Yokaiju y se sentó en la banca mientras ella se quedaba de pie. "Sí, alguien está usando el Ópticon. Micon y Zimri han sido capturados. ¿Qué vamos a hacer?" preguntó.

"Yo digo que matemos esta cosa y pausemos la búsqueda de nuestros cuerpos. Todo esto de uno a la vez sólo va a terminar en que nos capture uno a la vez," respondió Brakai y se sentó a su lado en la banca. "Estoy de acuerdo, un poco de trabajo en equipo y podemos deshacernos del Ópticon, pero ¿quién va a hacerlo?" preguntó Brakai. Ninguno de ellos estaba muy emocionado por pelear contra la única cosa que todos sabían tenía el potencial de derrotarlos.

"Hablando de hacer las cosas, ¿alguien vio el encuentro de

Rozol?" preguntó Charlie y ladeó la cabeza. "Sí, Lisis, yo lo vi. Tenía todo listo para derrotar a esa cosa hasta que el espíritu apareció," dijo Kyocer y ladeó su sombrero. "Sí, pero ¿dónde está?" preguntó Charlie.

"Esa herida se veía muy mal, estoy seguro de que sólo está buscando un cuerpo nuevo o algo así. Hay que enfocarnos en lo que tenemos que hacer para poder hacerlo, necesitamos un plan," dijo Kyocer, hablando en voz baja para intentar que la conversación se mantuviera en secreto. En este lugar concurrido, era muy fácil pasar desapercibidos, al menos por ahora.

"El plan es simple. Lo atraemos, y lo atrapamos," dijo Yokaiju y sonrió, cuidando que sus ojos no brillaran. "Lisis y Malpirgin, es su turno. Uno de ustedes ataque. Gane un poco, pierda un poco, haga que sea vea bien. Y cuando nadie lo espere, el otro ataca y juntos destruyen a esa cosa," dijo Yokaiju.

"O podrías sólo ir tú. Hacer que el Ópticon aprenda cuál es su lugar para no tener que jugar. Me robé este cuerpo de algo que los humanos llaman animadora. La mayoría hace todo lo que les pido. No quiero arriesgar este cuerpo," respondió Malpirgin, y sus ojos brillaron con un leve tono rosado al decirlo.

"¿Prefieres ser humana?" preguntó Yokaiju y la miró. "¿Se te olvidó lo que nos hicieron?" le preguntó de nuevo. "No, no lo olvidé. Es sólo que fue hace mucho tiempo y tal vez, sólo tal vez, podríamos olvidarlo," dijo y los demás no estuvieron cómodos con esa opción.

"Sí, estuvimos encerrados mucho tiempo, no creo poder olvidarlo," respondió Yokaiju. Malpirgin miró a su alrededor. No había estado en la Tierra o en ningún lado en mucho tiempo, pero entre más tiempo pasaba aquí, más lo disfrutaba. Por otro lado, estar encerrada por tanto tiempo tampoco había sido muy divertido. "Está bien, ¿dónde atacamos?" preguntó y se quitó el pelo rojo de la cara.

"Aquí. Una multitud de personas asustadas, y asumo que estos son monumentos nacionales. Este lugar ruega por ser destruido, además escuché que muchas personas creen en un solo dios. Tal vez el resto murió y por eso no aparecen," dijo Yokaiju, confundido con toda la situación en general. Los dioses sólo habían hecho dos cosas bien: esconder sus cuerpos y no preocuparse para nada por el universo que habían creado.

"He estado pensando en grande. Tal vez a los dioses no les importe nada de lo que estamos haciendo. ¿Por qué no sólo hacemos que esta cosa explote?" dijo Niádagon y apuntó a la luna. "Eso seguro llama la atención de alguien," dijo y cruzó los brazos.

"Nia, esa es una buena idea, pero sin nuestros cuerpos no tenemos el poder que necesitamos para hacer eso. Somos tan débiles sin ellos que es patético," respondió Yokaiju, mirando a la luna.

"Me pregunto si ahí es donde pusieron los cuerpos," continuó pensando. "No, eso los haría listos. Los dioses que yo conozco son arrogantes y estúpidos. Querrían mantener las cosas a las que les tienen miedo cerca para poder vigilarlas," decidió y volvió a observar a la multitud. "Está bien. Creo que es momento de empezar," le dijo a los otros y se puso de pie.

Una mano apareció en el hombro del hombre asiático, y Yokaiju brincó un poco y se dio la vuelta. "¿Quién eres?" le preguntó al viejo con un arrugado uniforme que estaba parado detrás de ellos. Ninguno lo había visto aparecer.

"Todos están bajo arresto por crímenes cometidos contra el universo. Si pudieran seguirme y no hacer nada drástico, lo apreciaría," les dijo, completamente serio.

Los nueve lo miraron escépticos. "¿Y si decimos que no?" preguntó el hombre asiático. Kevin alzó la manga de su camisa y les mostró la banda roja de metal cubierta en runas. "Creo que todos conocen esto, o conocen algo que se parece a esto," les dijo mientras lo volvía a esconder.

"Trabajo de metal asgardiano, debe haber problemas en el paraíso si sintieron la necesidad de hacer otro," dijo Malpirgin y cruzó los brazos. "Lo que estamos haciendo está funcionando. Los dioses se están preocupando. Genial," dijo Kyocer y sonrió. Kevin estaba molesto porque ninguno lo estaba tomando en serio.

"Damas y caballeros, por última vez, vengan conmigo. No sé qué les pasó y no sé por qué están haciendo todo esto pero estoy seguro de que no es algo que terapia no pueda curar," les dijo Kevin y eso llamó su atención.

"Todos estamos aquí. ¿Por qué no matamos a este perro cósmico y tomamos su arma? Lo superamos en número y no sé qué es terapia pero suena asqueroso," dijo Niádagon, preguntándose qué era esa terapia.

Fue en ese momento que Kevin se dio cuenta de que esta era una idea muy tonta. Sabía cuánto daño podían hacer estas cosas. Los nueve en un solo lugar y decirles que fueran a terapia había sido un error. "Vamos. No quiero pelear con ustedes. Sé que tienen problemas con los dioses. Entiendo los problemas. Pero tal vez, sólo tal vez, ¿la raza humana no merece ser destruida porque ustedes quieren venganza?" les preguntó Kevin.

Esperaba que al menos uno escuchara. En serio no quería pelear con ninguno de ellos. Quería entenderlos. Conocer a tu enemigo es algo bueno, e intentar hacerte amigo de tu enemigo siempre era una mejor opción. Especialmente si podían destruir todo lo que conoces. Estaba intentando superar lo que había pasado en Nueva York, pero no era fácil.

"Tal vez el humano tiene un punto, los dioses no crearon nada de esto. ¿Por qué destruirlo? Es obvio que no les importan," dijo Malpirgin y empezó a pensar que tal vez este no era el mejor plan.

"Este me cae bien. ¿Cómo te llamas?" preguntó Kevin y el monstruo en el cuerpo de la animadora sonrió. "Soy Malpirgin, no sé por qué. Zeus me nombró y eso es lo único que sé," respondió. Kevin ni siquiera estaba seguro de que podría decir bien el nombre en voz alta. "Es un gusto conocerte, yo soy Kevin Durant. ¿Pueden venir todos conmigo, por favor?" preguntó, rogándoles.

"Los dioses te están utilizando como nos utilizaron a nosotros, como utilizan todo. Nunca hacen nada por si mismos. Por más divertido que podría ser olvidarnos de todo, tienen que pagar por lo que hicieron. No podemos buscarlos. Ni siquiera podemos hablar con ellos porque tienen miedo de dar la cara," dijo Yokaiju y siguió hablando.

"¿Sabes lo que es estar encerrado por toda la eternidad, sabiendo que sólo hiciste lo que fuiste creado para hacer? Es horrible, y cuando estás en ese lugar oscuro lo único que puedes hacer es pensar, odiar a los dioses, odiarte a ti mismo, odiar todo," dijo y miró el suelo.

"Entonces, cuando alguien te libera y te da la oportunidad de actuar, no lo superas. Nunca. Te levantas cuando alguien te tira. Siento que alguien como tú no sabe rendirse. Todos podríamos levantarnos al mismo tiempo y pelear juntos, pero sé que intentarían enfrentarnos al mismo tiempo con todo a su disposición. Esta es nuestra oportunidad. Haze a un lado o muere como todos los demás, es tu última oportunidad," le dijo Yokaiju.

Escuchó la verdad en sus palabras. No llegó hasta donde estaba rindiéndose. Nunca se había rendido; el monstruo tenía más razón de la que creía. Kevin suspiró y supo que la conversación había acabado. "Está bien, supongo que no quieren venir conmigo, entonces tendrá que ser por las malas," dijo y se alistó para la batalla. En ese momento, todo a su alrededor se detuvo.

"¿Qué estás haciendo en mi región? Tengo todo bajo control aquí," dijo una mujer detrás de él. Kevin estuvo a punto de darse la vuelta cuando una mano lo detuvo. "Mi nombre es Kali. No me mires. Te lo voy a preguntar otra vez, ¿qué estás haciendo aquí?" le preguntó de nuevo. "Vine a detener a los monstruos," le dijo y mostró la banda de metal.

"Basura asgardiana. Aquí. Lo prohíbo. Vete de aquí antes de que te obligue," dijo en una voz enojada, apenas humana. "Kali, estoy aquí para ayudarte, por favor. No hagas esto más difícil de lo que ya es y–" Kali lo interrumpió. "Estas creaturas son nuestras creaciones, y van a ocasionar el final de los tiempos. El Padre Asgardiano de Todo teme el final, pero yo lo acepto, aquí todos lo hacemos. El trato se romperá, y tú no vas a interferir," siseó.

"¿Qué trato? ¿De qué hablas?" preguntó Kevin pero la paciencia de la diosa se había terminado. "No nos cuestiones más, vete de esta tierra y no regreses," le dijo Kali y el tiempo volvió a correr. Nadie parecía haberse dado cuenta de lo que había pasado.

"Quien sea que haya dicho que deberíamos atacarlo y matarlo tuvo una buena idea," dijo Yokaiju y todos comenzaron a acercarse a él. La multitud a su alrededor todavía no se había dado cuenta de lo que estaba pasando. Kevin decidió ignorar la amenaza de Kali y quedarse ahí frente a la abrumadora fuerza que había frente a él.

Kyocer se quitó el sombrero y se o dio a Niádagon. "Sostén esto," dijo y se movió hacia delante. Kevin tenía confianza en su propio poder. Thor no pudo tocarlo. Este tipo no podía ser tan fuerte. Su contrincante le recordaba mucho a los pistoleros de muchas películas de vaqueros. "Soy más que suficiente para ti, héroe. Sé que quieres pelear, entonces peleemos," dijo justo con el acento que Kevin esperaba. "Está bien," dijo y respiró hondo, sin saber qué esperar.

Los dos hombres quedaron frente a frente, listos para pelear. De repente una luz blanca salió del cielo, se convirtió en un largo cuchillo, y atravesó el pecho de Kevin. Eso llamó la atención de todos y la repentina violencia causó pánico. "¿Qué demonios?" logró decir mientras caía de rodillas, después a un lado sobre un charco de su propia sangre.

"Qué raro," dijo Kyocer y se dio cuenta de que había una nota en el mango del cuchillo. Camino hacia ella y tomó la nota manchada de sangre. "Destruyan todo," leyó en voz alta.

"Parece que no a todos los dioses les importa lo que se ha creado en este mundo. No lo necesitábamos, pero alguien quiere que hagamos lo que mejor sabemos hacer," dijo y se giró para verlos con una sonrisa. "Bueno, ¿qué estamos esperando? Destruyamos este lugar," dijo Yokaiju y no podía esperar para comenzar.

VEINTIUNO

Sam estaba sentada sola en una parte aislada del mundo con nada a su alrededor aparte de las estrellas en el cielo y el césped a su alrededor. Estaba pensando en toda la destrucción de la que era responsable, arrancando piel muerta de las quemaduras en sus brazos. Estaba reconsiderando todo eso de ser una salvadora y sabía que no era muy buena para eso.

"Imagina que no hubieras hecho nada. La bestia habría quemado toda la ciudad eventualmente y se hubiera movido a la siguiente. No había manera de que la detuvieras," le dijo el Ópticon mientras lanzaba una tira de piel quemada a la oscuridad.

"En lugar de que yo la ahogara y a quién sabe cuántas otras. Eso suena mucho mejor," respondió y suspiró. "No es que me importaran esas personas. Es el hecho de que lo hice mal. Eso es lo que más me molesta. Sabía que millones iban a morir al entrar a este desastre desde que vi a Micon en Florida," dijo Sam.

"Bueno, eres toda una princesa quejumbrosa. Algo siempre sale mal cuando tienes un nuevo poder por primera vez. Déjame contarte un secreto. Nadie es bueno en nada cuando apenas empieza. Tú no eres diferente," le dijo el Ópticon y Sam negó con la cabeza. "Lo sé, pero yo soy lo único parado en el camino de esas cosas. Nadie más puede hacerlo. Fallar no es una opción, no para mí," respondió y siguió hablando. "Tienes demasiados consejos para ser un pedazo de metal mágico," terminó.

"Ah, entonces también eres una princesa tonta. No puedo fallar porque bla bla bla. Ahorrate el río de lágrimas y responde una pregunta," le respondió.

"¿Qué?" preguntó Sam. "Mientras te sientas aquí haciendo nada más que quejarte de tu inutilidad, ¿qué crees que estén haciendo el resto de los monstruos? Todavía quedan diez y nosotros estamos aquí, llorando en la oscuridad. ¿Alguna idea? Te doy tres oportunidades para adivinar y las primeras dos no cuentan," dijo el Ópticon y Sam alzó la vista hacia el cielo como si fuera la primera vez. "Sí, sé lo que están haciendo, o al menos lo que están planeando," respondió. "No son tan difíciles de entender. Quieren destruirlo todo".

Hubo un destello a su lado, Sam se tapó los ojos y rápidamente se puso de pie, piel quemada cayéndose mientras lo hacía. "¿Quién eres?" preguntó. "Soy yo, Hermes, y tengo un mensaje de parte de Zeus," respondió. Su ropa y su apariencia le recordaban a un mensajero moderno en cualquier gran ciudad. No parecía haber nada especial en él. Hermes metió la mano a su bolsa y sacó un sobre que parecía brillar por si solo y lo abrió.

"Querida Sam. Lo estás haciendo muy bien, sigue así. Sólo quedan diez almas que atrapar y tu trabajo habrá terminado. Lo siento por Nueva York, esa fue una gran pérdida, pero los diferentes dioses del inframundo van a tener mucho trabajo para mantenerse ocupados, así que ese es el lado bueno, supongo," leyó Hermes, aclarándose la garganta y continuando. "Nueve de ellos están en la India, pero si vas debes saber que los dioses ahí son, bueno, son extraños. No les gustan los extraños y son casi tan violentos como los dioses del sur," continuó leyendo Hermes. Sam no tenía referencia para lo violentos que eran los dioses del sur, sí que eso no significaba nada para ella.

Sam comenzó a poner atención. Todos estaban en el mismo lugar.

Esta podría ser su oportunidad de terminar con todo esto. "Una última cosa. Tu madre y tu hermana son prisioneras del cáncer conocido como Loki y Rozol, así que deberías ir a salvarlas si te interesa ese tipo de cosa. Piensan que aparecerás en algún momento, pero ninguno fue lo suficientemente inteligente para ponerse en contacto contigo y decirte lo que estaba pasando, así que buena suerte con lo que sea que decidas hacer. Gracias de nuevo, sigue trabajando así," dijo Hermes, y el mensaje en su mano se convirtió en polvo en cuanto terminó de leerlo.

Sam estaba sorprendida. ¿Cómo se volvió esto tan personal? Creía que todos los dioses querían lo mismo, pero ahora no estaba tan segura. "Gracias, Hermes," dijo Sam. Él sonrió, asintió y luego desapareció con la misma luz blanca con la que había llegado.

"Ópticon, llévame a casa," dijo Sam con un nuevo propósito. "Al fin, algo que sí podemos hacer," le respondió y los dos desaparecieron en una luz dorada.

Aparecieron en la oscuridad, lejos de la casa de su mamá- Sam la observó y en las ventanas pudo ver la ya conocida energía de la bestia contra la que había peleado en Tokio.

"¿Cuál es el plan, Sam?" preguntó el Ópticon. "Entramos y le decimos a esos dos que se detengan, lo que sea que hayan planeado," respondió. "¿Qué? Ese es el peor plan que he escuchado. ¿Se te olvidó que esta cosa es casi invencible?" preguntó el Ópticon.

"Sí, necesitamos ayuda de los dioses sacrificamos muchas personas a esos extraños espíritus esqueléticos porque no querías darme acceso a todo el poder," respondió Sam.

"Sí, y como te sigo diciendo, no estás lista para todo el poder. Te haría pedazos. No es mi culpa que te encontraras a unos de los monstruos más poderosos. Tuvimos suerte al tener aliadas. Ahora, ¿cuál es el verdadero plan?" preguntó el Ópticon de nuevo.

"No lo sé. ¿Una antigua arma cósmica y una disque diosa? Creo que tenemos lo básico cubierto. Creo que siguen esperando lo que sea menos a mí en la puerta. Nadie espera eso nunca, entonces eso es lo que tenemos que hacer," dijo Sam, respirando hondo y caminando hacia la casa. "Bueno, si tú lo dices," respondió el Ópticon.

Sam avanzó, esperando algún tipo de trampa o algo, pero no pasó nada. Sam pasó el carro de Lisa y dio unos golpes en la puerta de la casa. Se tensó, lista para cualquier cosa. Jennifer abrió la puerta. "Sabía que era demasiado bueno para ser verdad, me hablaron para decirme que estabas muerta. Ya estaba planeando la celebración," dijo y el corazón de Sam se hundió un poco.

Su madre no había cambiado ni un poco. Hasta ahora todo era normal, pero todavía poder ver esa extraña energía en las ventanas. No venía de su mamá.

"También es bueno verte. Sólo vine a asegurarme de que todo esté bien," respondió Sam y Jen la vio raro. "¿Tú? ¿Viendo que todo esté bien? ¿Estás segura de que no estás enferma?" preguntó. Las palabras le dolieron porque eran ciertas. Tenía mucho tiempo que no le ponía atención a los problemas familiares.

"Bueno, esta vez es diferente. Está vez es más complicado de lo que crees. Sólo necesito unos minutos y después me voy. Necesito revisar algo," respondió y su mamá puso los ojos en blanco. "Está bien, supongo que si tienes que entrar, entra de una vez," dijo Jen y se hizo a un lado. Sam entró a la casa cuidadosamente.

"Oye, mamá, ¿ha venido alguien a la casa? ¿Cualquier persona que no fuera, no sé, buena?" le preguntó mientras entraba a la cocina. "¿Además de ti? No," respondió Jen mientras Sam caminaba hacia la sala. La televisión estaba prendida y las noticias seguía hablando de la devastación en Nueva York y sus alrededores. Sam no podía verlo y bajó la mirada al suelo.

Ahí en el suelo había algo que llamó su atención. Una pequeña gota de icor plateado. Rozol había estado ahí. Lisa estaba en la sala viendo la televisión, comiendo papas fritas.

"Oye, Lisa, ¿estás segura de que mamá es, ya sabes, ella misma?" preguntó Sam en voz baja. "Está bien, hasta donde yo sé," respondió Lisa, pero no quitó los ojos de la televisión. Antes había parecido obvio, pero ahora sentía que había entrado a una trampa, pero no había aparecido nada todavía.

Jen entró a la sala y se paró detrás de Sam. "¿Estás feliz o te gustaría revisar el segundo piso también?" preguntó y Sam ni siquiera la había escuchado entrar. "Eh, sí, estoy bien," dijo Sam. Escuchó un golpe en la parte de arriba y alzó la vista.

"¿Quién esta arriba?" preguntó y se dio cuenta de que estaba rodeada, atrapada en un espacio muy pequeño. "Tu madre," dijo Jen y Sam inmediatamente se movió a una esquina del cuarto, dándose la vuelta. "Ah, y el cuerpo de un hombre ruso," dijo Lisa y se dio la vuelta para verla. Lisa sonrió y en sus ojos apareció un brillo plateado.

"No creí que fueras tan fácil de engañar," dijo Lisa, poniéndose de pie lentamente. Jen dio un paso hacia delante, rápidamente transformándose en un hombre negro con un traje verde. Loki sólo sonrió.

"Hablemos en serio. Has sido una molestia desde que todo esto empezó. Los dioses Olímpicos te dieron un juguete, un arma. Este es el trato: me das el Ópticon, y te devuelvo a tu familia sana y salva. Mi amigo Rozol está dentro de tu hermana como una garantía. Tu mami está allá arriba, y está bien por ahora," dijo Loki, la sonrisa siempre en su rostro.

Sam no sabía qué hacer, no esperaba que esto pasara. Esperaba que los dioses estuvieran cuidando a su familia, pero aquí estaban siendo utilizadas como peones en su enfermo juego. "No puedes dejarme con estas cosas," dijo el Ópticon, y Loki lo miró.

"Nadie te preguntó, es su decisión así que cállate. Entre más hables, más voy a disfrutar hacerte pedazos después. Es algo que debí haber hecho hace mucho," respondió Loki.

"¿Tú fuiste el que soltó a los monstruos? Te ves algo, no sé, patético," dijo Sam, entendiendo las bases del juego. No había manera de que perdiera sin dar una pelea. "¿Patético? ¿Yo? He observado este mundo por millones de generaciones, cada vez son más débiles e inútiles. Ni siquiera pueden–" Loki se detuvo.

"Ah, ya entendí lo que estás intentando hacer. Buen intento, pero no puedes engañar a un maestro como yo," dijo y recuperó la compostura. "Sí, supongo que no, pero de cualquier manera el Ópticon se queda conmigo. Me gustaría que este mundo siguiera existiendo, y felizmente sacrificaría a quien sea para hacer que siga girando. Lo siento, Lisa, pero sé que esto es lo que querrías que hiciera, si puedes escucharme," dijo Sam y la sonrisa de Loki desapareció de su rostro.

"Creí que habías dicho que esto era algo seguro, que estos humanos valoraban la familia sobre todo lo demás. ¿Podemos matarla y terminar con esto?" le preguntó Lisa a Loki.

Sam sabía que podía salvar gente, entonces estaba dispuesta a hacer esta apuesta. "Sí, seguro," dijo Loki y desapareció. Sam abrió los ojos sorprendida y supo que esta cosa iba a atacarla por atrás; así lo hacían los cobardes.

Y como lo esperaba, Loki apareció atrás de ella cuando estaba en el proceso de dar la vuelta con una patada preparada. Golpeó a Loki en el pecho y lo mandó volando a través de la pared. Sam corrió tras de él, intentando salir de la casa lo antes posible.

Loki ya no estaba. "Muéstrate," le dijo a la oscuridad y miró a su alrededor. Rozol en el cuerpo de Lisa no estaba lejos. "Los dioses normalmente son tan valientes como el viento e igual de difíciles de atrapar. Loki no es un dios. Huele a uno, pero no lo es. Él no pudo habernos liberado, pero necesitaba a alguien con un carro," le dijo Rozol y sonrió. "Pero va a morir igual que el resto cuando esto termine. Sabía que no tenía que confiar en él. Este plan de robar cuerpos nunca me pareció la mejor idea," dijo.

"Entonces deja ir a mi hermana y vete de aquí," respondió Sam, lista para pelear con esta cosa. "No puedo hacer eso, sin un cuerpo soy sólo una sombra. El abismo nos llama a todos sin un cuerpo," dijo Rozol, caminando hacia delante.

"Si puedes derrotarme en una pelea, dejaré este cuerpo. Si yo gano, mueres. Siempre me ha gustado la justicia," respondió Rozol y Sam respiró hondo. Si a esta cosa le gustaba la justicia, entonces tenía una graciosa manera de mostrarlo. "Está bien," dijo y el Ópticon comenzó a brillar con una luz dorada y su armadura apareció, pero se quedó del mismo tamaño.

Las manos de Rozon se transformaron en espadas. Sam tragó saliva y no supo qué hacer. "Esta no es tu hermana, no te contengas," dijo el Ópticon. "Ya nos derrotó. ¿No recuerdas la última vez? No podíamos tocarlo, y nada ha cambiado," respondió Sam y supo que sólo estaba retrasando el resultado final.

"No re rindas ahora, podemos hacerlo," respondió el Ópticon y Sam hizo aparecer su espada plateada en la mano izquierda y su escudo dorado en la derecha. "Está bien, si tú lo dices. Vamos a hacer pedazos a este monstruo," respondió y comenzó a correr.

Rozol estaba impresionado al ver que ella estaba siendo agresiva y atacando primero. Hizo lo mismo y corrió para encontrarse con ella. La espada izquierda se puso enfrente para bloquear el ataque del Ópticon.

Las hojas chocaron y Rozol usó la espada derecha y golpeó el escudo del Ópticon. Con un movimiento fluido mantuvo el contacto y giró. El Ópticon salió volando sobre la casa y la oscuridad. Rozol no desperdició el tiempo y fue tras ella.

Sam cayó el suelo y se dio la vuelta, su armadura absorbiendo el golpe y evitando que se lastimara, al menos por ahora. "¿Y eso por qué fue?" preguntó, esforzándose por ponerse de pie. Rozol aterrizó detrás de ella. Sam sintió el suelo temblar. "Asumo que te gusta la estructura. Si hubiéramos peleado ahí, la destruiríamos. "No sería justo usar la casa contra ti, ¿o sí?" preguntó Rozol y Sam ladeó la cabeza. "Pudimos haber caminado, no tenías que lanzarme," dijo. "Bueno, pero ¿qué tan divertido es caminar para seres como nosotros?" le preguntó, y no pudo argumentar contra eso.

Sam corrió hacia su hermana de nuevo. Rozol atacó con su espada derecha. Sam alzó el escudo, lo golpeó contra la espada. Se dio la vuelta de inmediato y cortó a Rozol en la espalda al dar la vuelta de regreso. La piel humana no estaba ni cerca de ser tan fuerte como la piel de los Yokaiju. La piel se abrió y roció sangre plateada por todos lados. Rozol soltó un gruñido de dolor y se tambaleó hacia delante.

"Estaba hablando en serio, te voy a matar por tomar el cuerpo de mi hermana. Que estés en ese cuerpo no significa que vaya a ser más gentil contigo que con cualquier otra persona," le dijo Sam.

Odiaba la idea de matar a su hermana, pero por ahora parecía que era exactamente lo que tenía que hacer.

"Muy bien," dijo Rozol y se dio la vuelta con una sonrisa. Eso no hacía sentir mejor a Sam y una parte de ella se dio cuenta de que no estaba peleando con toda su fuerza para hacer que lastimara a su hermana más de lo necesario. Rozolo atacó de nuevo.

La espada derecha se movió hacia la cara de Sam. Ella la esquivó, pero la espada izquierda alcanzó su costado debajo del escudo. "Maldita sea," dijo Sam y el dolor inundó su cuerpo y dio un salto hacia atrás.

"¿No sangras?" le preguntó Rozol, mirando la herida pero no parecía haber evidencia de que la hubiera lastimado. "Sólo por dentro," respondió e intentó pensar en su siguiente paso. Sabía que esto no era más que un juego para la bestia.

Rozol no se detuvo y saltó al aire, las dos espadas listas para atacar y Sam sabía que bloquearlas no eran una opción. Tuvo una idea y lanzó su espada y su escudo a un lado.

"Eh, ¿qué estás haciendo?" preguntó el Ópticon y Sam esperó su oportunidad. Cuando Rozol llegó al punto más alto, Sam saltó tan rápido como pudo entre las dos espadas. Su puño se estrelló contra la mandíbula de su hermana con toda la fuerza que pudo. Las onque soltó el golpe hicieron que explotaran las ventanas del carro de Lisa y de la casa.

Rozol voló hacia atrás y cayó a la tierra, creando un cráter con el impacto. Sam abrió la mano y disparó un rayo de energía hacia el cráter. La bestia no tuvo la oportunidad de quitarse del camino. La explosión de fuego amarillo que causó hizo que todo a su alrededor ardiera. Las llamas se alzaron en el cielo nocturno.

Sam miró hacia atrás para ver que el frente de la casa estaba en llamas. Sin pensarlo, apretó el puño y un torrente de agua salió del suelo para apagar el fuego.

Se dio la vuelta para ver el cráter en llamas y se preguntó si había destruido el cuerpo de su hermana y no había dejado nada que salvar. No había ni un sonido. Sam estaba segura de que una explosión de ese tamaño iba a llamar la atención de alguien, siempre había alguien observando.

"¿Eso no fue un poco innecesario?" preguntó el Ópticon y Sam se sorprendió. "Dudo que eso haya sido suficiente para matarlo, deberías saberlo en este punto," respondió Sam y no quitó los ojos del fuego.

Una brillante luz verde explotó en el cráter en llamas y se fue volando. "Ahí va lo de jugar de manera justa," dijo Sam y vio cómo la luz se transformaba en la enorme bestia que había visto sólo una vez. Igual de extraña y aterradora que la primera vez. Sam voló sobre el campo para encontrarse con ella, creciendo a la misma altura y aterrizando. Incluso alcanzando su máxima altura, esta cosa la hacía sentir diminuta en comparación.

"Aquí vamos otra vez. ¿Alguna idea brillante o sólo vamos a ser atravesados otra vez y morir de manera lenta y miserable?" preguntó Sam mientras alzaba las manos, lista para pelear. "Tenemos una nueva ventaja. Recuerda, Poseidón también es el dios de los terremotos," dijo el Ópticon, y Sam no tenía idea de si eso era cierto o no.

"Está bien, eso es todo lo que tenemos. Agua y hacer temblar el suelo," dijo y se sintió un poco decepcionada con toda la situación. Pero el momento de rendirse no era cuando estaba enfrentando a un monstruo de cincuenta metros que tenía todas las ventajas posibles sobre ella.

Rozol gritó y caminó hacia delante para atacar, ondeando su enorme espada izquierda hacia la cabeza de Sam mientras ella se movía hacia la derecha y golpeaba el costado de la bestia verde. Salieron chispas con el contacto, pero Sam brincó hacia atrás, lastimando su propia mano más que al monstruo.

"Ouch, ¿por qué me lastima golpearlo? ¿No debería lastimarlo a él un poco?" preguntó frustrada. Rozol ni siquiera había sentido el golpe y sólo la atacó de nuevo. Esas espadas eran casi lo suficientemente largas para eliminar la distancia entre ellos sin que la bestia se moviera.

Sam decidió utilizar sus habilidades otra vez, pero esta vez las usaría mejor. "Está bien, monstruo, veamos qué haces ahora," dijo y se concentró en el tridente. El suelo a su alrededor comenzó a temblar. "Sam, ¿qué estás haciendo?" le preguntó el Ópticon.

"Concentrándome en la victoria. Vamos a acabar esto. Nadie se apodera de mi hermana y se sale con la suya. Esta cosa va a perder," dijo Sam y se esforzó por no perder el equilibrio. Rozol estaba haciendo lo mismo, clavando las puntas de sus espadas en el suelo para no caerse.

De repente salió humo del suelo en diferentes direcciones mientras el suelo se rompía en cientos de pedazos. Al principio Sam estaba orgullosa de si misma por hacer algo, pero todo eso se acabó cuando empezó a ver tonos de luz roja asomarse por las grietas en el suelo.

"Vuela ya," dijo el Ópticon, y Sam estaba demasiado sorprendida para actuar, así que tomó el control y saltó del suelo justo cuando el magma explotaba alrededor de Rozol.

El suelo alrededor de la bestia cayó en el magma mientras la tierra colapsaba bajo su peso. "¡No!" gritó Sam, reaccionando y volando para sacar a la bestia y salvar a su hermana, o al menos a intentarlo. Las espadas de Rozol se convirtieron en manos y se sujetaron de los brazos del Ópticon. Los dos cayeron al magma y desaparecieron.

Loki estaba observando todo desde el cielo. Sólo podía sonreír mientras los dos desaparecían e hizo un movimiento con la mano, haciendo que el magma se convirtiera en piedra al instante y esperando que quedaran encerrados en la tierra y dos de sus problemas se solucionaran al mismo tiempo.

VEINTIDÓS

La muerte de Kevin fue sólo el inicio del caos en la catedral en la India. Las personas que buscaban salvación y respuestas para la locura en el mundo habían sido afectadas de manera directa. Sin embargo, minutos después de que la muerte del hombre cayera del cielo, tres haces de luz revelaron nuevos horrores.

La multitud que buscaba refugio de un mundo que parecía estarse volviendo loco en una estructura diseñada para salvar personas había caído en una trampa sin saberlo.

Yokaiju, el líder de las creaturas, al fin había hecho su primera aparición en el mundo físico en una eternidad. El esqueleto en llamas parecía ser sólo eso. Un pilar de casi doscientos metros hecho de nada más que fuego y huesos blancos parado en dos patas. Sus ojos eran hoyos negros. Sus largos y esqueléticos brazos terminaban en cinco delgados dedos con puntiagudas garras.

Sin embargo, Lisis hizo su primera aparición ante el público. A diferencia del demonio en llamas a su lado, Lisis era un monstruo diferente. Su cuerpo eran más de cien metros de un material negro y blando que no parecía tener una forma sólida. El cuerpo estaba en constante movimiento con tentáculos apareciendo y desapareciendo al azar, era el caos en vida. Las llamas de Yokaiju se reflejaban en la mojada superficie de Lisis y hacían que pareciera que brillaban en la noche.

Malpirgin se transformó con los otros dos. Sin embargo, en contraste con los otros, ella parecía un enorme dragón. Sus alas se estiraban casi ciento cincuenta metros y eran de un verde brillante y parecían reflejar otros colores. Su cuerpo era plateado y también reflejaba las llamas de Yokaiju. De los tres, ella era la más agradable a la vista y, al sólo medir cien metros, la más pequeña de las tres bestias que estaban atacando a la multitud.

El padre no había tenido la oportunidad de hablar con la multitud e intentar consolarlos. Vio desde su balcón cómo aparecían las bestias. "Dios, ¿qué hemos hecho para merecer esto?" le preguntó a nadie mientras veía a las cosas que sólo podía describir como demonios, aparecer a lo lejos en la noche.

A pesar de su fe, sintió miedo. Esperaba una respuesta, pero sólo consiguió silencio. Tal vez no había un Dios, después de todo. Negó con la cabeza e hizo esos pensamientos a un lado en cuanto pudo.

"Padre, tenemos que salir de aquí," dijo una voz detrás de él mientras veía por la ventana. El hombre apenas lo escuchó sin quitarle los ojos de encima a los demonios que había afuera. "No. ¿No lo ves? Este es nuestro castigo. Nuestras guerras, el abuso de la tierra, todos nuestros pecados. Esta es la manera que Dios eligió para decirnos que se nos acabó el tiempo. Aquí estoy a salvo," dijo, confiado en que lo que decía era verdad y se convencía de creer que Dios lo protegería.

"También había iglesias en Estados Unidos. Ninguna de ellas fue perdonada. No creo que quedarnos aquí sea una buena idea, todavía podemos huir," le dijo el hombre y el Padre negó con la cabeza, ya había decidido. "Me voy a quedar aquí," dijo y observó el horrible e infinito fuego de Yokaiju.

El hombre se cansó de intentar convencer a alguien que claramente había perdido la cabeza para intentar salvarse a si mismo. La cabeza de Yokaiju giró y se volteó hacia el viejo edificio gótico. Abrió las fauces y soltó su fuego sobre la estructura de piedra. El fuego blanco consumió las torres y el techo de inmediato.

Esa acción era la señal para iniciar el ataque. Malpirgin estiró las alas y se lanzó hacia delante sobre la multitud de personas reunidas. Sus alas verdes lanzaron miles de pequeños rayos de energía a la multitud.

Malpirgin todavía no se sentía cómoda con matar a estas personas, pero sabía que desobedecer a Yokaiju era una mala idea. De hecho, sentir cualquier cosa era nuevo para ella. El espíritu humano era extraño. A pesar de reprimir el alma, seguía llena de cosas interesantes.

Su energía verde se disparó de sus alas en pequeños rayos de electricidad. Cualquiera atrapado debajo de ellas cayó al suelo. Había pasado suficiente tiempo con humanos como para saber que era difícil para ella ver las diferencias entre los dormidos y los muertos. Esperaba que su energía fuera una dosis lo suficientemente baja para dormirlos y no matarlos.

Lisis, por otro lado, vio los cuerpos en el suelo y se acercó. Quería comérselos. Después de comerse a las personas en el barco, le había gustado el sabor y no podía esperar para comer más. Malpirgin lo vio y se dio la vuelta asustada.

"No, escucha. Si encuentran todos estos cuerpos aquí después de un ataque, el impacto en todo el mundo será mucho mayor. Si te los comes todos, van a pensar que escaparon," le dijo telepáticamente.

Lisis vio el enorme buffet en el suelo y se decepcionó, pero tenía sentido. El terror amorfo decidió que ella tenía un punto y retrocedió.

"Cada uno vaya en una dirección, tómense su tiempo destruyendo este lugar. Tal vez los dioses nos escuchen esta vez si trabajamos juntos," les dijo Yokaiju con la mente. Ambos entendieron, se dieron la vuelta y se alejaron, expandiendo la destrucción, con la intensión de destruir todo en su camino.

Los ojos de Kevin se abrieron. Sólo podía sentir dolor. Lo único que podía ver desde ahí era fuego y personas corriendo en diferentes direcciones. Estaba sorprendido de que nadie lo hubiera aplastado.

Kevin soltó un quejido y se levantó del charco de sangre con piernas inestables. El cuchillo todavía estaba en su pecho.

"Gracias, Kali, arruinaste una de mis camisas favoritas," se dijo a si mismo, tomando el cuchillo. Lo sacó de su pecho y lo tiró al suelo. Se sorprendió al no encontrar una herida cuando vio debajo de su camisa. También era extraño que la banda de metal rojo en su brazo ya no estaba. Lo rojo todavía estaba ahí, pero ya no había diferencia entre ella y su piel. Pasó la mano encima y era obvio que se habían fusionado.

Con ese descubrimiento, también se dio cuenta de que le había molestado mucho que lo mataran. Un enorme y rojo rayo de energía cayó del cielo y sobre él. Unos segundos después, Kevin había sido reemplazado con un metálico gigante rojo de cien metros con ojos negros. Los monstruos no se habían alejado lo suficiente como para no ver el destello rojo. Yokaiju y Lisis se dieron la vuelta para verlo. Malpirgin también. "Esto es nuevo, deberíamos retirarnos y hacer un plan," le dijo a los otros telepáticamente.

"El único plan que necesitamos es decidir quién se come qué partes cuando acabemos con él," respondió Lisis y Yokaiju estaba listo para pelear, los dos caminando hacia el arma.

Kevin tembló por dentro al verlos. Lisis era casi demasiado abominable como para verlo. Yokaiju era mucho más alto que él y a pesar del fuego del que estaba hecho, no podía sentir el calor y no veía evidencia de nada afectado por él.

El monstruo en llamas abrió la boca y soltó un torrente de fuego. Kevin no estaba preparado para un ataque así. Nunca había peleado con un monstruo gigante. Alzó las manos para defenderse. El fuego golpeó su cuerpo, voló en diferentes direcciones y se apagó. Kevin no había sido dañado, ni siquiera había sentido el calor. Además, estaba tan sorprendido como el monstruo. Era obvio que ninguno de los dos esperaba que las cosas salieran así.

Vysenia actuó y formó un hacha negra en su mano izquierda. Kevin la alzó y la miró. No se sentía pesada en su mano y se preparó para pelear. Kevin apretó los dientes y corrió hacia el monstruo ardiente, saltando en el aire y dejando caer el hacha en el pecho de Yokaiju.

La hoja tocó el pecho huesudo y los perforó. Yokaiju no sintió dolor. Puso su mano alrededor del gigante rojo y lo lanzó a un lado hacia lo que quedaba de la catedral en llamas. Vio la estructura hacerse pedazos al fuego.

"Mátenlo," ordenó Yokaiju y el cuerpo de Lisis se expandió para triplicar su largo y saltó hacia el fuego. Inmediatamente jaló al gigante rojo por las piernas, lo alzó en el aire y lo volvió a tirar al suelo, mandando ondas expansivas en diferentes direcciones. Kevin cayó al suelo y sintió la fuerza del impacto, pero no el dolor.

Kevin lo comparó con una montaña rusa. Por más loco que fuera, era la única comparación que podía hacer. Sin embargo, no era divertido y quería bajarse de esta montaña en particular.

Lisis no lo soltó y lo levantó del suelo para dejarlo caer otra vez. Kevin torció el cuerpo con todas sus fuerzas y se dio la vuelta para arrancar los tentáculos y escapar. En cuanto estuvo en el suelo, se dio la vuelta para ponerse de pie lo más rápido posible. La materia negra alrededor de sus tobillos se hicieron polvo.

Los tentáculos que le quedaban a Lisis se abrieron como bocas en los extremos. Los seis que tenía, al menos por ahora, atacaron a Kevin con rayos morados. Una vez más siguió a su instinto y se quitó del camino rápidamente intentando esquivarlos. Giró mientras caía al suelo y terminó viendo en la dirección opuesta a Lisis.

Uno de esos rayos le pegó en la espalda, haciendo que chispas verdes y moradas volaran por todos lados. Kevin sintió la quemadura y se tambaleó hacia delante. Hizo lo que pudo para no caerse y dejó caer su peso en la pierna derecha mientras caía.

Hizo como si no le doliera nada y se dolió la vuelta con el hacha en la mano. El dolor hizo que su enojo creciera aún más y lanzó su hacha con toda la fuerza que pudo al cuerpo de Lisis.

El arma negra, a la mitad del camino hacia el monstruo, brilló con una luz roja mientras atravesaba el cuerpo semi-líquido del monstruo. Lisis quedó cortado a la mitad y quedó colgando, gritando de millones de bocas que se estaban formando en su cuerpo. Gritando de dolor. Vysenia amaba el sonido de la agonía, lo cual hacía a Kevin sonreír y sentirse seguro de haber cumplido con su trabajo. Estiró la mano derecha y el hacha regresó a él.

Sabía que Lisis necesitaba morir, pero estaba rodeado y necesitaba incapacitar a los otros. Se puso frente a Yokaiju con ambas manos en el mango del hacha y comenzó a correr hacia él en un intento de atravesar el cráneo de la bestia con la hoja. De repente se vio cubierto de electricidad verde y su fuerza desapareció.

Cayó de rodillas y usó la cabeza del hacha como apoyo. "¿Qué está pasando?" se preguntó a si mismo y se dio cuenta de que había perdido de vista al que volaba en su prisa por matar a los que estaban frente a él.

Malpirgin lo tiró al suelo con un golpe en la espada. Siguió drenando su energía e intentó ponerse de pie justo cuando el pie huesudo de Yokaiju caía sobre él y aplastaba su cuello y cabeza con un solo golpe. El cuerpo de Vysenia quedo inerte.

Yokaiju abrió las fauces y escupió fuego sobre el cuerpo metálico, cubriéndolo por completo. "Estoy harto de este lugar, salgamos de aquí," les dijo Yokaiju telepáticamente. Lisis se recuperó al fin. La bestia lodosa recogió el hacha y la clavó en la espalda de Vysenia con toda la fuerza que pudo como venganza.

La hoja se clavó por completo en la armadura, pero el gigante cuerpo rojo no se movió. Los monstruos desaparecieron en destellos de luz. Dejaron atrás a la ciudad y a todos sus habitantes, pero ninguno estuvo seguro de cuánto duraría esta misericordia.

VEINTITRÉS

Rozol y el Ópticon cayeron al magma interminable y perdieron la noción del tiempo mientras peleaban, intercambiando golpes en el abismo hirviente de roca fundida. Algo había cambiado, sin embargo. Sam apenas lo notó mientras esquivaba otro golpe de la larga espada y rozaba su costado, haciendo que salieran chispas. El abismo no parecía una caverna, sino un cielo y ambos estaban cayendo por algo que ella no entendía.

Antes de que pudiera reaccionar a esta nueva situación, los dos atravesaron una barrera y se vieron rodeados por cielos azules y nubes. Eso fue suficiente para detener la pelea. Con los dos confundidos, Sam aprovechó la distracción para alejarse de la bestia. Parecían estar a miles de metros sobre el suelo, y eso era imposible. Sam inmediatamente detuvo su caída.

"¿Dónde estamos?" preguntó Sam. "No sé, déjame revisar," respondió el Ópticon. "Bueno no eres de mucha ayuda. Ese monstruo va a sorprender a mucha gente donde sea que aterrice," respondió Sam y miró a su alrededor, y fue en ese momento que se dio cuenta de que no parecía haber nadie ahí abajo.

Hipnos y Perséfone estaban jugando Orax. Hipnos estaba

concentrado en el tablero. Nunca había ganado un juego, y hoy no parecía ser la excepción. Perséfone sonrió, esperando a que él se rindiera. Escucharon un extraño sonido en el cielo.

"¿Qué es eso?" preguntó Hipnos, molesto con lo que sea que lo haya hecho perder la concentración y ambos alzaron la vista al cielo. No tardaron mucho en ver lo que era.

"¿Qué está haciendo aquí un Yokaiju?" preguntó Perséfone y se puso de pie. "No tengo idea, pero no estamos seguros aquí. Tenemos que irnos, ahora," respondió Hipnos, estableciendo lo obvio en esta situación. "Sí, no me digas," ella le respondió.

Juntos se teletransportaron lejos de ahí y se llevaron su juego. La bestia aterrizó unos segundos después. En lugar de aterrizar en el suelo y crear un cráter, lo único que hizo fue rebotar en el suelo.

Sam aterrizó mientras el monstruo se ponía de pie. Era obvio para los dos que ya no estaban en la Tierra. Sam miró hacia alrededor y desde esa altura podía ver muy lejos, y no había nada más que el césped más verde que jamás había visto. Esto parecía salido de una película o algún juego, pero no parecía real. Nada parecía real aquí.

A Rozol no le importaba dónde estaban. Se paró de frente al Ópticon de nuevo y comenzó a caminar hacia ella sin pensarlo dos veces. Sam se dio cuenta que dónde estaban no era tan importante como qué estaba a punto de intentar cortarla en pedacitos.

Todavía no tenía idea de cómo iba a derrotarlo y salvar a su hermana al mismo tiempo. Tal vez no era posible ganar, después de todo. Sam hizo lo que pudo para sacarse los pensamientos negativos de la cabeza y concentrarse en la pelea que se avecinaba.

El Ópticon corrió hacia delante y golpeó el estómago de la bestia con su puño, pero no hizo nada. "Maldita sea. ¿Cómo se supone que lo derrote si ni siquiera puedo lastimarlo? Parece ser el problema de siempre y me gustaría arreglarlo," dijo Sam e intentó retroceder, pero fue demasiado lenta.

Rozol la tomó por la cabeza y la levantó con su mano izquierda. La espada derecha estaba apuntada al corazón del Ópticon. Pelear contra un enemigo invencible era la mejor manera de matar lo que quedara de esperanza dentro de ella.

"Bueno, este es un buen lugar para morir. Al menos es mejor que Kansas," se dijo a si misma y esperó el final, se había rendido y decidido que no valía la pena salvar al mundo, después de todo. Alzó la mano y atrapó la hoja mientras se movía hacia su corazón y la detuvo.

No tenía intenciones de huir, en lugar de eso quería hacer que Rozol presionara con más fuerza para después soltarlo, asegurándose de morir en sus propios términos.

De repente hubo tres explosiones en el costado de la cabeza de la bestia y tuvieron suficiente fuerza para hacer que soltara a Sam. "¿Qué?" preguntó y rápidamente se hizo a un lado para ver lo que estaba pasando. No le tomó mucho tiempo ver a dos figuras a lo lejos lanzando esferas de luz hacia la bestia que explotaban en cuanto entraban en contacto con ella.

"En serio, ¿dónde demonios estoy?" preguntó Sam de nuevo mientras se ponía de pie. "Estamos en los Campos Elíseos," le respondió el Ópticon. Sam no tenía idea de lo que eso era, sonaba como un lugar inventado en algún juego de mala calidad.

"Genial, no veo a nadie que podamos lastimar. Esta cosa nunca se va a detener. ¿Podemos, por favor, utilizar todo el poder para que pueda poner a esta cosa donde pertenece?" dijo Sam y el Ópticon estuvo a punto de negarse. "Detente. No sé quienes son esos dos, pero parece que tienen la misma suerte que yo. No tenemos otra opción. Hazlo," dijo Sam de nuevo.

No hubo una respuesta por unos segundos y vio otras dos explosiones, distrayendo a Rozol por ahora. "Ópticon, ahora, no tenemos otra opción," dijo Sam. Si iba a morir, quería vengarse del monstruo que se había robado a su hermana y que probablemente había matado a su mamá también.

"Está bien," respondió el Ópticon, su voz más oscura esta vez. Sam no sabía qué iba a pasar. Vio sus manos doradas y de repente comenzaron a arder con un fuego azul y dorado, sintiendo una explosión de energía por dentro.

No tenía idea de cómo se veía en ese momento, pero era lo suficientemente intenso para llamar la atención de todos, deteniendo la batalla. Rozol ignoró a los dioses que lo estaban atacando y se movió hacia ella.

Sam se quedó quieta unos segundos, sintiendo que todo era posible. Le habían dado acceso a todo el poder cósmico que se había necesitado para activar esta cosa hace tanto tiempo, o al menos eso creía. Le ardían los ojos gracias a todo el poder azul en su exterior.

Rozol apreciaba este nuevo desafío y esperaba una mejor pelea. Nunca había visto a su enemigo hacer eso y le emocionaba probar su fuerza. Sin contar al fantasma de huesos, aún no había tenido un desafío decente.

Sam vio al gigante caminar hacia ella y aún así no hizo nada. Rozol comenzó a pensar que tal vez este fuego era lo último que le quedaba de vida. No iba a dejar que esta cosa muriera por si sola, él quería matarla. Se lanzó hacia delante con su espada izquierda y el Ópticon vio cómo pasaba todo, pero el tiempo se estaba moviendo un poco más lento. Sam se hizo a un lado y al mismo tiempo golpeó a Rozol en el costado con su puño izquierdo. Esta vez su puño atravesó la piel y dejó un enorme hueco. Sangre plateada comenzó a fluir de la herida y ella dio un salto atrás. El monstruo gritó de dolor y sorpresa, tambaleándose hacia atrás.

Rozol hondeó su espada izquierda en un amplio arco. Sam hizo aparecer su espada plateada en la mano, y estaba cubierta de fuego dorado. La alzó para bloquear la espada de Rozol, la cual se hizo pedazos con el contacto, mandando astillas de huesos en llamas por todos lados. Rozol gritó de dolor de nuevo. Sam estaba consumida por el poder.

Ya no le preocupaba la familia, la venganza ni nada más. El fuego cósmico consumía no sólo su cuerpo, sino también su mente y su alma. Ahora era un arma con un solo propósito. Atrapar a Yokaiju de nuevo, sin importar el costo.

Rozol no desperdició el tiempo y creó su arma de nuevo, ahora temiendo el nuevo estado del Ópticon. Era mucho más de lo que jamás había visto. Tal vez si estuviera en su cuerpo original podría ganar, pero al usar este débil humano como base, sabía que no había manera de derrotarla. Tal vez ninguno podría.

La figura en llamas se paró frente a él, cientos de metros más pequeña y aún así infinitamente más poderosa. Rozol atacó con toda su fuerza utilizando ambas espadas. El Ópticon brincó hacia atrás y vio las espadas golpear el suelo alienígena.

El Ópticon alzó las manos y las cruzó. Apuntó sus puños hacia la bestia, disparando dos rayos gemelos de luz amarilla marcados con electricidad azul alrededor hacia la cabeza de Rozol. La energía tuvo impacto. Gritó de dolor por un segundo, y luego la cabeza fue separada del cuerpo.

El Ópticon bajó la mano izquierda y la energía se detuvo. Inmediatamente después dio un paso hacia delante y con la mano derecha lanzó el lazo de energía roja alrededor del inmóvil cuerpo de Rozol. Jaló el lazo y el alma de la bestia, o lo quedaba de ella, fue separado de su cuerpo y se movió hacia ella.

Él Ópticon observó cómo un pequeño cuerpo humano caía por el aire, pero no hizo nada por detenerlo. Vio cómo se detenía el cuerpo en el aire. Una de las otras figuras había llegado al rescate de la persona mientras caía. El fuego del Ópticon se apagó y rápidamente regresó a la normalidad. Sam reaccionó y se dio cuenta de que lo único que podía sentir era dolor.

"Creo que estoy roto, no estábamos listos para esto. Intenté prevenirlo," dijo el Ópticon, expandiendo su energía en una explosión. Ninguno de los dos estaba listo para eso. El Ópticon rápidamente regresó a su forma humana y Sam cayó al suelo frío.

Estaba temblando de dolor, era peor de lo que esperaba y deseaba que la muerta llegara a buscarla y terminara con todo de una vez. "Ven rápido," Sam escuchó a una voz decir mientras se esforzaba por ponerle atención a cualquier cosa que no fuera el ardiente dolor que sentía en su interior, de todos lados al mismo tiempo. "Oh, pobrecilla, ¿qué clase de maldición es esta?" preguntó Perséfone mientras cargaba a Lisa en sus brazos.

"No lo sé. El Ópticon en su brazo, mira, está cuarteado," señaló Hipnos y ninguno de los dos podía creer lo que estaba viendo. Perséfone lo miró y no supo lo que significaba. "Vamos, llevémosla al palacio. Tal vez alguno de los otros sepa qué hacer," dijo Perséfone y dejó que Hipnos la levantara cuidadosamente. Sam gritó de agonía mientras lo hacía.

"¿No puedes dormirla?" preguntó Perséfone, pero Hipnos negó con la cabeza. "Lo estoy intentando, pero algo anda mal. La herida que tiene es más profunda de lo que yo puedo arreglar," respondió y se sintió terrible por todo el dolor que Sam sentía, y creía que sólo lo estaba empeorando. "Bueno, está bien, es hora de irnos," respondió Perséfone y los dos desaparecieron de los Camps Elíseos.

Los cuatro aparecieron en el gran salón de un palacio blanco. "Hades, ¿estás aquí? Necesito ayuda," gritó Hipnos, su voz resonando en las paredes. "Vamos, hombre. ¿Qué te he dicho sobre gritar dentro de la casa? No lo hagas, nunca," dijo Perséfone y entrecerró los ojos.

"Ah, lo siento," le respondió. El grito fue suficiente para llamar la atención de Hades y apareció en un traje negro. Vio a am temblando en los brazos de Hipnos y no estuvo seguro de lo que había pasado.

"Un Yokaiju cayó de la nada en los Campos, la portadora del Ópticon justo detrás de él. No tengo idea de cómo llegaron aquí, pero por ahora necesitamos arreglar a estas dos y mandar a esta de regreso antes de que despierte," dijo Perséfone y Hades mostró su acuerdo con un movimiento de cabeza.

"Pero, ¿qué sé yo de arreglar gente? Eso no es lo mío. Creo que conozco a alguien que puede ayudar," dijo Hades, teniendo una idea mientras creaba una cama de la nada debajo de Sam. Hipnos la puso sobre ella tan cuidadosamente como pudo. Aún así gritó, como si cualquier roce fuera una caída en ácido para ella.

"Voy a llevar a esta de regreso a su mundo, tú busca a alguien que pueda ayudar," dijo Perséfone, tomando el cuerpo de Lisa en sus brazos, con Hipnos todavía mirando a su alrededor. "¿Qué hago?" preguntó.

"Tú quédate aquí y asegúrate de que nadie la descubra. Estamos en problemas si Anubis o Hel aparecen. Ya sabes lo que piensan del Ópticon y verla así podría darles ideas," respondió Hades y sonrió débilmente antes de que los dos desaparecieran.

"Genial, yo sólo esperaré aquí a esperar que nadie más aparezca," se dijo Hipnos a si mismo, sin tener idea de qué haría si alguien llegaba.

VEINTICUATRO

El gigante cuerpo rojo de Kevin estaba en medio de un pequeño pero violento campo de batalla. Le faltaba la cabeza y el hacha gigante todavía estaba en su espalda. El ejercito había rodeado al gigante y estaba intentando mantener su distancia de los aventureros y curiosos que estaban intentando ver bien a la cosa que sacrificó su vida para salvar a la ciudad.

Sólo habían pasado unas horas desde que los Yokaiju se habían ido de la ciudad, pero la multitud de personas alrededor del guerrero caído había ido incrementando.

"Eres muy malo haciendo armas," dijo Thor desde su lugar en el techo, observando todo lo que estaba pasando. "Yo no hice nada, pero nuestra Vysenia no puede morir. Mi alianza con los Hekulites va a ser efectiva. Creemos que la única manera de lidiar con nuestros enemigos de una vez no es recapturarlos, sino destruirlos," respondió Odín y sonrió.

"Esos moradores del desierto están dementes. En serio, ¿quién decide crear un desierto a propósito y vestirse como las bestias que crean? Están locos," respondió Thor. No estaba seguro de que los Yokaiju pudieran morir, al menos no tan seguro como Odín.

"Sí, pero a veces la locura es lo único que funciona," dijo Odín. "Puede que funcione, pero no la quiero aquí. ¿Por qué mandaste a tu sirviente aquí? ¿Por qué intentas detener el ciclo?" les preguntó Kali mientras aparecía detrás de ellos, y se dieron la vuelta. Estaba vestida con un vestido rojo y se veía más humana de lo que jamás la habían visto.

"¿Estás diciendo que quieres toda esta destrucción? ¿Por qué siempre quieres destruirlo todo? Es lo único que quieres hacer. ¿Alguien rompió alguno de tus jarrones místicas en un templo y decidiste que bueno, eso es todo, todos tienen que morir?" preguntó Thor y Kali no recibió bien el sarcasmo, sus ojos brillando de un rojo oscuro al instante.

Un cuchillo largo y curvo apareció en su mano izquierda y lo ondeó tan fuerte y rápido como pudo. Thor se sorprendo cuando la hoja cortó su poblada barba roja a la barbilla con un solo movimiento. Kali atrapó el pelo con su mano derecha y lo sostuvo frente a su cara.

"¿Qué? No. ¿Sábes cuánto tiempo tardó en crecer?" preguntó Thor y se tambaleó hacia atrás sorprendido, sin saber que decir. "La próxima vez podría ser tu garganta, y tu papi no va a poder salvarte," le dijo con un siseo al final de sus palabras. Odín sólo comenzó a reírse.

Thor se veía mucho más joven sin su barba. Estaba furiosos y miró a Odín. Sin embargo, lo único que podía hacer era reírse de la situación. "Papá, hazla pagar por eso. Nadie puede tocar mi barba, nadie," dijo Thor, todavía asustado.

"Sí, debería, y lo haría en cualquier otro día. Pero por ahora tenemos que trabajar juntos. Con o sin barba. Parece que vas a tener que guardar todos estos sentimientos de desprecio y vergüenza para después," le respondió Odín.

Thor no era bueno esperando o siendo paciente y alzó su martillo con ambas manos para atacar. Kali lo miró, lista para pelear en el techo.

Una flecha dorada apareció en el cielo y cayó enfrente de Thor, deteniéndolo. Rama y Shiva aparecieron junto a Kali. "No habrá violencia hoy. ¿O se te olvida el juramento que hicimos al lado de ese río maldito?" dijo Shiva, esta vez apareciendo como un hombre, aunque Shiva no tenía formas que disfrutara por mucho tiempo.

Thor retrocedió e hizo una mueca, pero cedió. "No lo he olvidado," dijo Thos y Mjolnir desapareció. "¿Qué significa esto, Odín?" preguntó Rama y recogió su flecha del suelo.

"¿Cuántas veces tengo que decirlo? Tenemos que pelear contra los Yokaiju bajo nuestros propios términos. El Ópticon no es suficiente, la portadora es una criminal inútil. Necesitábamos un guerrero, entonces encontré uno," dijo Odín y sonrió. Los tres miraron al ser muerto en el suelo, ninguno de ellos muy impresionado.

"Sí, a mi me parece bastante muerto," dijo Shiva, y era obvio. "Sólo espera," respondió Odín y lo hicieron. No pasó nada. "Bueno, esto es emocionante, pero tengo algunas plegarias que revisar y negar. Además, tengo que definir un lugar para la fiesta del fin del mundo que tengo planeada. Todos están invitados en cuanto el último humano muera, incluso la maravilla sin barba aquí presente," dijo Kali, y estaba a punto de desaparecer cuando comenzaron los gritos debajo de ellos.

Vysenia comenzó a moverse y se levantó del suelo. Su cabeza faltante se estaba regenerando frente a sus ojos. "¿Qué te dije? Mi arma es inmune a la muerte. No podemos perder. Me temo que la fiesta del fin del mundo tendrá que ser cancelada," dijo Odín con una enorme sonrisa.

"Maldito seas, basura asgardiana. ¿Por qué siempre arruinas mi diversión?" gritó Kali molesta y frustrada, y desapareció en una luz roja. "Siempre es un gusto verte," dijo Shiva, asintiendo con la cabeza y desapareciendo.

Rama no podía quitarle los ojos de encima al gigante rojo. "Este fue el atajo que encontraste. ¿Le pediste ayuda a los dioses de la jungla? Esto parece algo que les gustaría," dijo y Odín se dio la vuelta. "Si puedo evitarlos, lo haré. Si no, entonces lidiaré con ellos cuando tenga que hacerlo. Hay razones por las que los hemos dejado solos tanto tiempo," respondió Odín y Rama sólo pudo asentir, pero creía que era una buena sugerencia. Después de eso, desapareció.

Kevin miró a su alrededor, confundido y destruido por dentro. Todo le dolía y todo se sentía mal. Su visión estaba borros y todos los colores parecían demasiado brillantes. Conforme pasaban los segundos, sin embargo, comenzó a darse cuenta de que los colores no tenían sentido. Miró a las personas y vio a cientos, no, miles de ellos cubiertos de una luz verde. No lo entendía, había muchas cosas de esta situación que no entendía, pero estaba aprendiendo.

"Energía Yokaiju, detectada. Destrúyela," dijo una voz fría y mecánica en su cabeza. "¿A qué te refieres?" preguntó. "Repito. Energía Yokaiju fue detectada, las probabilidades de infección están en un 98 por ciento. Destrúyelo antes de que la transformación comience," le respondió la voz. Le recordaba mucho a una computadora de los programas de ciencia ficción que veía cuando era un niño.

Kevin sintió cómo crecía su odio por los monstruos que le habían hecho eso. No había manera de que les permitiera multiplicarse de esta manera. No sabía si era una enfermedad, ni cómo funcionaba. Pero esta era un arma de los dioses. Sabía más que él y, como un hombre del ejército, había aprendido a depender de y respetar a sus armas.

"Entiendo," respondió.

Vysenia alzó su mano derecha hacia las personas que su arma le decía que estaban infectadas. La mayoría de ellas estaban en el mismo lugar, sin moverse. Podía ver las calles y pequeñas figuras de diferentes tamaños brillando con ese tono verde a través de las paredes.

Su mano chispeó con energía morada por un segundo antes de que un rayo de energía saliera del suelo frente a él. Lo alzó y extendió el rayo purificador más lejos mientras lo hacía. Todo lo que tocaba se prendía en fuego y explotaba. Kevin sonrió, sabía que estaba haciendo algo bueno.

El mundo vio horrorizado cómo su misterioso defensor se convertía en una pesadilla mientras desataba su poder contra personas indefensas, sin razón alguna. Había creado un aro de un kilómetro a la redonda de muerte y fuego en la ciudad, y nadie entendía por qué.

"¿Esta es tu arma?" preguntó Thor mientras observaba incrédulo. "¿Esta es la cosa de la que estás tan orgulloso?" pregunto Thor de nuevo, tan confundido como el mundo. "Sí, esto es lo mejor que jamás he creado. ¿Puedes imaginar algo mejor?" preguntó Odín. Cuando Thor se dio la vuelta para responder, Odín ya no estaba. Cuando giró la cabeza para ver la destrucción, Vysenia tampoco estaba.

El fuego era demasiado grande para que la gente intentara controlarlo, y sólo podía propagarse. Su martillo apareció en su mano izquierda y lo alzó hacia el cielo. Un relámpago blanco salió de la cabeza del arma y quemó el cielo. El punto de impacto creó una tormenta en minutos. Pronto había una tormenta formada sobre la ciudad y la lluvia comenzó a caer.

Thor se había quedado sin aire. Esta no era su región en el mundo. Usar tanto poder tan lejos estaba gastando sus reservas. Cayó de rodillas mientras la lluvia caía a su alrededor. El enorme fuego a lo lejos se estaba apagando y sonrió.

La humanidad no merecía ser destruida de esta manera sin razón. No era un error que ellos tuvieran que pagar. Era un error de Zeus por el que todos iban a terminar pagando. Thor sabía que la tormenta no duraría para siempre, y sabía que no recibiría ningún reconocimiento por ayudar a la gente hoy. Desapareció con la lluvia y regresó a Asgard. Necesitaba pensar en lo que iba a hacer ahora y en el futuro.

VEINTICINCO

Hades sabía dónde estaba Hefesto estos días. Era uno de los pocos dioses que lo sabía. Por otro lado, odiaba el lugar en el que vivía ese dios. En lo profundo y oscura de las junglas sudamericanas.

"Demonios," se dijo a si mismo mientras caminaba entre los árboles. Hades estaba intentando ser cuidadoso, ya que todos sabían y estaban de acuerdo con una simple verdad. Los dioses del sur eran unos lunáticos, salvajes, despiadados, y odiaban a los intrusos. Todos conocían la historia de la pobre Hera cuando vino a buscar a Zeus cuando pensó que se estaba escondiendo de ella. Se estremeció al pensarlo mientras caminaba entres los gruesos árboles.

Se detuvo cuando escuchó un agudo grito. "Estaba intentando ser cauteloso," se dijo a si mismo y se preparó para que llegara el comité de bienvenida. No pasó mucho tiempo antes de una enorme hacha volara hacia él y se clavara a centímetros de sus pies, la hoja perforando el suelo.

Poco después, un hombre moreno y musculoso salió de entre los árboles. Sus ojos ardían de un color morado rojizo y estaban llenos de ira. No tenía camisa y en su cinturón colgaban cráneos humanos. Se agachó y recogió el hacha. "¿Qué haces aquí, dios del Olimpo?" preguntó con una voz tosca, sin una expresión en su cara.

"Vine a buscar a un familiar, sé que vive por aquí. ¿Podrían llevarme? De esto depende el destino de todos nosotros," dijo Hades, esperando lo mejor. Chaac miró su hacha. "Sabes que ni los dioses olímpicos ni nadie pueden estar aquí," le respondió y movió su hacha hacia el cuello de Hades, quien se agachó con rapidez.

"Vamos, yo tampoco quiero estar aquí," dijo Hades apresurado mientras el hacha gigante volaba su cabeza y atravesaba un árbol.

"No eres bienvenido aquí. Nadie es bienvenido aquí. Debes morir," dijo Chaac, yendo directo al punto. Hizo regresar su arma y se preparó para atacar de nuevo cuando otro ruido llamó su atención. El sonido de alas. "¿Qué? ¿Ahora quién es?" preguntó Hades y su pregunta fue respondida cuando una serpiente emplumada con alas bajó del cielo.

Al caer al suelo se transformó de una serpiente a un hombre cubierto con un abrigo de muchos colores. "¿Estás envejeciendo, Chaac? Este sigue vivo y han pasado veinte segundos," le dijo el extraño. Chaac se rio. "Se agachó, la mayoría no se agacha," respondió.

"Por favor, necesito encontrar a Hefesto. El Ópticon está roto y la portadora está herida y él es el único que puede ayudar," Hades les rogó. Chaac y Kukulkán intercambiaron miradas como si no tuvieran idea de lo que estaba pasando. "¿A qué te refieres con que está roto? ¿Los Yokaiju están libres y nadie se molestó en enviar un mensaje?" preguntó Chaac y Hades se encogió de hombros. "Intentamos contenerlo, pero quieren venganza de todos nosotros después de lo que les pasó. No creímos que les importara, pero ahora mi sobrino necesita ayudar, él es el único que puede," respondió Hades.

"Tu familia lo exilió cuando ofendió a tu líder, ¿recuerdas? Se ofreció a hacer herramientas y armas para nosotros a cambio de mantenerte a ti y a todos los demás fuera de aquí. Así que piérdete, trajecito, no tienes nada que hacer aquí," dijo Kulkulkán y continuó.

"Vete mientras puedes, basura del inframundo," terminó y los dos miraron al dios del Olimpo.

Hades sabía que la información del Ópticon y las armas liberadas era la única razón por la que no iba a sufrir. No estaba en su parte del mundo, así que sólo suspiró. "Está bien," dijo Hades y desapareció en una nube de humo negro.

"Me voy a apurar para decirle a los demás. Si aparece de nuevo, desmiémbralo tantas veces como sea necesario para convencerlo de quedarse en su casa," dijo Kukulkán y Chaac asintió mientras el otro desaparecía en una corriente de aire.

Hades no se fue muy lejos, no pensaba rendirse. Había demasiado en riesgo y se estaban quedando sin tiempo. No le gustaban estos dioses del sur, a nadie le gustaban. El chillido de una lechuza llamó su atención. "¿Ahora quién es?" preguntó, y ya se estaba preparando para que un hacha volara hacia su cabeza o cualquier otra cosa. A ellos les gustaba atacar primero.

"Viniste a buscar a un rechazado, pero tienes mala suerte. Hay tantos aquí que es difícil diferenciarlos," le dijo una vez, pero no veía de donde salía. Eso lo ponía nervioso. "Sal, deja todo este drama sin sentido," respondió.

Una figura huesuda salió de entre las sombras. "¿Puch, eres tú?" dijo Hades y puso los ojos en blanco. "Sí, soy yo, Ah Puch. El mejor dios posible para hacerte una oferta," dijo. Su cara estaba detrás de una máscara. Hades se estremeció un poco cuando Puch apareció. "¿No tienes alguien más a quien atormentar en tu reino? No tengo tiempo para ti o para tus juegos," respondió Hades y el delgado dios fingió ofenderse.

"Ah, gran y poderoso dueño de tu parte del inframundo, disculpa mi atrevimiento. Claramente puedes conseguir lo que quieres por ti mismo. Me voy. Buena suerte encontrando a quien buscas," dijo y comenzó a alejarse.

"Está bien, ¿cuál es tu plan, oferta, o lo que sea?" le preguntó Hades frustrado. "Es simple. Quiero acceso al Tártaro. Xibalba está algo vacío. Nadie tiene el miedo que solían. Pero sé que a ustedes les va bien, entonces lo único que quiero es acceso. Haz esto y te llevo con Hefesto. No prometo que le importe lo que quieres, pero puedo llevarte con él," le dijo el dios enmascarado, pero sonaba a que estaba sonriendo.

"Conoces las reglas, tenemos que mantener los reinos separados," dijo Hades y se detuvo. "Pero estos son tiempos desesperados, así que está bien. Llévame a donde tengo que ir y te doy acceso," dijo, sabiendo que se iba a arrepentir en el futuro.

Ah Puch hizo un movimiento con su mano izquierda y el aire pareció partirse en dos para mostrar un espacio completamente negro. "Entra y encontrarás a quien buscas, lo prometo," dijo y continuó.

"Apresurate. Ya saben lo que hice y están en camino. Si todo sale bien, puedes salir caminando de aquí. Si no, pelea como si tu chispa dependiera de ello, porque sí lo hace," dijo. Hades sabía que no estaba mintiendo. Un dios tan lejos de casa podía morir si no tenía cuidado. Entro por la puerta negra y esta se cerró detrás de él.

Hades fue atacado por un horror horrible y gritos en la oscuridad. Nada a lo que no estuviera acostumbrado. Su tiempo en el Tártaro lo hacía inmune al sufrimiento de otros. El problema con el Mitnal, el nivel más profundo de Xibalba, es que no todos pertenecían ahí.

Hades sabía muy bien que Ah Puch y sus ayudantes muertos exploraban la tierra y se robaban gente en la noche sin razón alguna aparte de que eran un objetivo fácil.

Tan rápido como empezó, el viaje terminó. Hades lo sabía y estaba en un lugar que no esperaba. Era un museo, o algo parecido a uno. Estaba en un pasillo y a ambos lados había estatuas de bronce que parecían a punto de cobrar vida en cualquier momento.

En sus manos, cada estatua tenía un arma diferente, acompañadas de escudos y otras cosas de las que él no quería saber nada. Hades sabía que cualquiera de estas cosas podía cambiar la historia del mundo. O al menos lo había hecho.

"No toques nada," rugió una voz al final del pasillo. "Estas cosas están hechas para que sólo yo las vea. ¿Qué estás haciendo aquí,

Hades?" preguntó. Hades sabía quién era. "Los Yokaiju están sueltos y el Ópticon está roto, cuarteado. La persona que lo está usando, algo anda mal con ella. Eres el único que creo que puede arreglarlo," dijo y esperó. Hefesto apareció de la oscuridad. Todavía estaba usando los guantes metálicos, su mandil de trabajo y ropa negra con botas.

"Dices que el Ópticon está roto. ¿Qué miembro de la familia idiota lo rompió? ¿Atenea? ¿Artemisa?" preguntó y sonrió. "Tal vez esa bruja Hera al fin recibió lo que merecía desde que me desterró," dijo y cruzó los brazos. Hades alzó una ceja. Se notaba que no había salido al mundo desde hace mucho tiempo.

"No, es una mortal. Zeus la eligió para que fuera la campeona que nos salve a todos," dijo Hades y Hefesto abrió la boca sorprendido. "¿Qué en el Tártato está pensando? Ningún alma humana puede aguantar el poder del Ópticon. ¿Quién dejó escapar a los Yokaiju? Eso no es algo que sólo pase," dijo, con quejas y preguntas. Hades no tenía respuestas así que sólo se encogió de hombros.

"¿Regresarías a mi parte del inframundo para ayudarme a arreglarlo? Admito que es una guerrera. Logró derrotar a tres Yokaiju. Los primeros dos lo hizo sin acceso a todo el poder," respondió, y Hefesto cruzó sus gruesos y musculosos brazos. "Lo haría, pero no puedo. La hospitalidad de estos maniacos tuvo un precio. Soy tan prisionero como soy huésped. Hago sus armas para que puedan pelear contra el vacío y cortar carne humana para sus comidas. A cambio, me puedo quedar. Sin embargo, no creo que les guste mucho si, ya sabes, me voy, aunque sea por un minuto," dijo y continuó.

"Puedes ver que están locos, y sí he intentado irme. Me cortaron el corazón del pecho y me dejaron por muerto, a la merced de quienes viven en el inframundo por miles de años, pero aún así tenía que trabajar," dijo y se estremeció, con la mirada perdida.

Hades no podía imaginar ser lanzado a Xibalba por tanto tiempo. Sólo imaginarlo, lo hizo temblar. "Puede que esté lejos de casa, pero tengo más que suficiente poder, y ahora con tu ayuda y tus armas, podemos salir peleando," dijo Hades y el otro dios miró el suelo.

"Sé que eres uno de los tres principales, lo entiendo, pero ¿cómo planeas pelear contra todos ellos? La gente de aquí todavía adora a estos dioses, y en lugares oscuros todavía lo hacen como los primeros humanos. Están entre los más poderosos. ¿Puedes decir lo mismo?" preguntó y Hades se estremeció.

"No, no puedo," respondió. Era verdad. Estos días los dioses eran considerados mitos, personajes e historias. A Hades le tocaba lo peor porque siempre lo mostraban en la cultura moderna como un villano codicioso, o un completo monstruo. La única adoración que conseguía estaba basada en miedo y odio, y apenas alcanzaba.

"Por otro lado, no tenemos otra opción. Si los Yokaiju logran atrapar a un dios y les dice la ubicación de sus cuerpos, o los encuentran por si solos, todos mueren. Ármate, sobrino. Nos vamos," dijo Hades y sus ojos brillaron de un verde tenue.

"Muy bien, esperaba que dijeras eso. He tenido mucho tiempo para prepararme, sólo necesitaba saber que no ibas a rendirte," dijo con una sonrisa. "Ven conmigo, no tenemos mucho tiempo. Mis captores son unos salvajes, pero son listos. Saben que estás aquí desde que llegaste. Lo saben todo, así que tenemos que apresurarnos," dijo, se dio la vuelta y comenzó a correr. Hades fue tras él.

VEINTISÉIS

Perséfone apareció en un pequeño cuarto de hotel vacío y puso a Lisa en la cama. Caminó hacia una silla y se sentó, y la televisión se prendió mientras lo hacía. Había cabezas parlantes en la pantalla discutiendo monstruos gigantes, horror, muerte y el fin del mundo. Paris estaba siendo cubierto de telarañas por una araña gigante, el medio oriente está bajo ataque de lo que parece ser electricidad con vida. Con un pensamiento, cambió el canal sólo para encontrar más de lo mismo.

"Estos humanos están demasiado obsesionados con estas cosas," se dijo para si misma y volteó a ver a Lisa. "Tienes suerte, estás dormida," dijo y volteó a ver la televisión mientras el canal cambiaba de nuevo. Y llegó a algo interesante.

"Aquí en la India, un gigante humanoide se enfrentó a tres de estas bestias y, aunque peleaba razonablemente bien, perdió y, a ojos de todos, murió brutalmente. Sin embargo, cuando los monstruos se fueron, el gigante se levanto recuperado de heridas mortales. El casi héroe traicionó a la gente que había salvado y destruyó una gran parte de la ciudad de un solo golpe, y luego desapareció. A pesar de la tragedia, unos minutos después apareció una extraña tormenta que ayudó con las misiones de control del fuego y rescate," dijo una mujer que estaba en la escena, repitiendo eventos pasados. Pero atrapó la atención de Perséfone.

"Me pregunto de dónde salió eso," se preguntó, sin entender por completo lo que estaba pasando. No sabía dónde estaba en el mundo, pero se veía lo suficientemente seguro. Se levantó y caminó hacia la ventana para ver hacia fuera. Parecía un desierto. "Mi madre no aprobaría de un lugar así," dijo en voz alta, y estaba razonablemente segura de que esta humana estaría segura en este cuarto, en este lugar.

"Tienes razón. Nunca me han gustados los desiertos ni tu gusto en hombres. ¿Qué estás haciendo aquí?" Sabes que Zeus nos tiene prohibido venir aquí y nos ha llamado a todos a Otris," dijo una voz y ella brincó, dándose la vuelta para quedar cara a cara con Deméter.

"Los mensajes ya no llegan al inframundo como solían, así que no, todo esto son noticias nuevas para mí, y deja de odiar a Hades. No es tan malo," respondió, poniendo los ojos en blanco. Sí, entonces regresa a casa conmigo o regresa a tu basurero, de cualquier manera, no puedes estar aquí. Si uno de los Yokaiju te encuentra a ti o a mí pueden intentar convencernos de revelar la ubicación de sus cuerpos," dijo y Perséfone negó con la cabeza.

"Mamá, no sé donde escondieron los cuerpos. Aunque me capturaran, sería inútil para ellos," dio y Deméter negó con la cabeza. "No lo entiendes, ¿verdad? Nos quieren muertos a todo. No importa si sabes o no. Quieren vengarse de todos. No van a detenerse hasta que todos estemos muertos," le dijo y ahí fue cuando escucharon el golpe en la puerta. Las dos se congelaron. Perséfone sólo se encogió de hombros, intentando decir que no estaba esperando a nadie.

"Dejemos a la humana con su especie y vamos a casa, ya," dijo Deméter y parecía estar preocupada. "Podría ser cualquiera," dijo Perséfone con una sonrisa rebelde y caminó hacia la puerta. La abrió.

Detrás de la puerta había un hombre de casi dos metros con cabello café y ojos grises. Estaba usando una camisa azul y pantalones de mezclilla con piel bronceada. "Hola," dijo Perséfone sonriendo. "¿Y tú quién eres?" ella le preguntó y el hombre sonrió y olfateó el aire.

"Mi nariz nunca falla. Sabía que lo que olía era una chispa cósmica en el planeta, es bastante rara estos días," dijo, y las dos diosas dieron un paso atrás al mismo tiempo.

"Mi nombre es Exgaur. Soy un Yokaiju, y sí, las recuerdo a las dos. Gracias por hacer que fuera tan fácil encontrarlas," dijo y Deméter miró a su hija con enojo, pero ella estaba demasiado ocupada mirando al hombre para darse cuenta.

"Entonces, señor monstruo, ¿qué planea hacer con nosotras?" preguntó Perséfone, intentando no mostrar miedo delante de esta cosa. "A la mamá sólo voy a matarla Ella no sabe nada. Tú, por otro lado, hueles a poder. Poder antiguo. Debes ser cercana a alguien que sabe algo, y viéndote como te ves, estoy seguro de que te han dicho todo lo que necesitamos saber," dijo y Deméter intentó desaparecer, pero el monstruo hacía que escapar fuera imposible. Deméter también sabía dónde estaban escondidos algunos cuerpos. El poder restante de Hades debía estar escondiendo su verdadero estatus.

"Vamos, Exgaur parece un nombre algo tonto. ¿Podemos llamarte de otra manera? ¿Tyler o algo así?" le preguntó y el monstruo se rio mientras entraba al cuarto y cerraba la puerta tras él, poniéndole seguro.

"Llámame como quieras. Los nombres no significan nada para mí, es lo que se me dio. Tú eres Deméter, ¿no? Da un paso adelante para que puedas morir primero. No lo hagas más difícil de lo que tiene que ser," les dijo el monstruo en piel humana.

"Tengo que advertirte, creatura, soy más fuerte de lo que crees," dijo Deméter y sus dedos chispearon con energía, la televisión haciendo corto con una explosión de humo. "Ah, espero que lo seas, de otra manera esto sería muy aburrido," respondió Exgaur y sonrió.

Con eso, la bestia se lanzó hacia delante y Deméter pasó corriendo al lado de Perséfone, dio un brinco y lo pateó en el pecho tan fuerte que salió volando hacia atrás y a través de la puerta, tambaleándose hacia atrás y cayendo al suelo empolvado. "Vete de aquí," le dijo Deméter a Perséfone mientras salía del cuarto.

Perséfone estaba sorprendida; nunca había visto a su mamá hacer nada parecido. Había escuchado historias de ella peleando con Zeus una o dos veces por un malentendido, pero eso era sólo una historia que al parecer no había sido inventada.

La hoz de Deméter apareció en su mano. Tenía un largo mango negro con una hoja dorada y curvada al final, y siguió avanzando, sin importarle quien pudiera verla. "Ah, eres una mamá enojada. Me gusta," dijo la bestia y se puso de pie.

"Síp," respondió y entrecerró los ojos. Exgair corrió hacia delante y Deméter osciló la hoz en su dirección. Se detuvo a unos centímetros de que le cortara el pecho y espero a que pasara. Después se avalanzó hacia delante y la golpeó en la cara. Deméter se tambaleó a un lado, pero recuperó su equilibrio rápidamente.

Exgaur no tardó en perseguirla, sin mostrar compasión. Deméter brincó sobre él, se dio la vuelta y le cortó la espalda con su hoz. Exgaur gritó de dolor mientras de la herida salía una brillante luz en lugar de sangre. Deméter se dio la vuelta y pasó el lado punzante de la hoz por el estómago de la bestia, haciendo que saliera más luz.

"Nunca debiste haber venido," le dijo mientras una larga enredadera salía del suelo y se enredaba alrededor de su cuello. La planta lo jaló de regreso al suelo. Más enredaderas salieron del suelo seco y atraparon sus extremidades. "Regresaré, cuenta con ello," Exgaur dijo y comenzó a transformarse. Deméter no pensaba dejar que eso pasara y con un movimiento de su mano, las plantas desgarraron el débil cuerpo humano.

Un enorme pilar de luz salió del cuerpo desmembrado hacia el cielo. Deméter miró al cuarto de nuevo y agradeció que su hija la hubiera escuchado. Pero sabía que el arma encontraría a alguien para poseer y regresaría pronto. Lo único que quedaba era el desmembrado y sangriento cuerpo de un pobre humano, y ahora una multitud de personas observándola que no había visto antes.

"Estúpidos humanos," se dijo a si misma y desapareció, dejando el sangriento desastre para que alguien más lo limpiara.

VEINTISIETE

"Vaya, ¿cuántas armas hiciste para estos dementes?" preguntó Hades cuando llegaron al salón principal de Hefesto. "El salón debe haber medido kilómetros y kilómetros," concluyó. "Sí, todas esas armas se ven elegantes, pero sólo son pedazos de metal, ya no tienen poder. He estado planeando este escape por mucho tiempo y necesitaba un arma para la ocasión," le dijo mientras se movía al otro lado del cuarto a lo que parecía una cascada de metal derretido.

"Genial, ¿hiciste algo nuevo para mí o tengo que usar mis viejas armas?" preguntó Hades mientras el dios metía la mano al metal que caía. Sacó algo que parecía más inspirado por la humanidad que por los dioses. Hades alzó una ceja. "Entonces, ¿este es tu plan?" le preguntó al ver a Hefesto sacar una pequeña ametralladora que parecía hecha de oro.

"Sí, he tenido mucho tiempo para trabajar en esto, de hacer cada pieza a mano. Utilicé mucha de mi chispa original para hacerlo. Mi plan era regresar a casa para recuperarme, entonces no me preocupe por utilizar mi poder," dijo con una sonrisa. Hades se sintió mal. "Bueno, la gente ya no nos adora como solía, entonces recuperarte puede tardar un poco más," respondió.

"No importa. Salir de aquí es lo importante," respondió, y miró a Hades. "Recomendaría utilizar el arma con la que te sientas más cómodo. Puedes usar una de las mías, si quieres, pero podría significar la diferencia entre la vida y la muerte," respondió y Hades se decepcionó, esperando poder usar algo nuevo.

"Sin embargo, sí hice varias armaduras. Hice una, y bueno, tú me conoces. No me gustó, entonces seguí intentando hacer versiones mejores," dijo y le dio un golpe a un ladrillo en la pared al lado de la cascada de metal, y se movió a un lado.

Había varias armaduras que a él le parecían iguales. "La de la izquierda es la más nueva, sólo tócala para ponértela si crees que la necesitas. Una vez que lo hagas, voy a destruir las que queden," dijo y Hades caminó hacia la armadura gris que le recordaba a los viejos caballeros de la edad media de la humanidad. Estiró el brazo y puso la mano en su hombro izquierdo.

En menos de un segundo, estaba dentro de la armadura. "Bueno, esto es nuevo," se dijo a si mismo, sabiendo que estaba adentro, pero sin notar un cambio. Dio un paso adelante y bajó el escalón. La armadura cambio de color inmediatamente, volviéndose negra y tomando la forma de un verdugo encapuchado.

"Wow," dijo Hades mientras veía sus manos y se daba cuenta de que algo había cambiado. "Toma la personalidad del portador y la refleja porque saca su poder de la chispa," le dijo Hefesto a Hades mientras alzaba su arma dorada. A Hades no le importaba mucho nada de eso.

En ese momento la puerta de su taller se abrió de golpe, rompiendo las bisagras y deslizándose por el suelo. Los dos vieron a una abeja humanoide entrar al cuarto. "Sí, tienes razón, basura del inframundo, aquí están," dijo con un siseo. "Sí, no tengo razones para mentirte," dijo Ah Puch mientras apuntaba hacia ellos.

"Ah Muzenkab, ¿estás aquí? Supongo que Chaac y Avilix estaban ocupados," respondió Hefesto y apuntó su arma a la puerta. Muzenkab se veía como si un humano se fusionara con una abeja el algún tipo de experimento que salió mal. Su apariencia era inquietante, y sus tonos amarillos y negros no ayudaban.

El báculo de Hades apareció en su mano. "Está bien, insecto, terminemos con esto," dijo y tomó el arma con ambas manos. Miró a Puuch y se alegró de no haber hecho un trato con el Estigia, porque eso lo lamentaría mucho más. Sin embargo, el dios abeja era una amenaza mucho más grande por el momento. "No pueden escapar, pero estamos dispuestos a dejarte ir si te vas sin él," dijo Muzenkab y le apuntó con la mano izquierda.

Apretó el puño y un aguijón apareció sobre su muñeca. Hades miró a Hefesto. "Lo siento, no puedo. Todos necesitamos que haga su trabajo y sé que no eres lo suficiente inteligente para entender, pero los Yokaiju nos van a matar a todos. ¿No lo recuerdas?" preguntó Hades, rogándoles por una salida más sencilla.

"El vacío intenta apoderarse de este mundo todo el tiempo, ¿y qué hacen el resto de los dioses? Nada. Se sientan en sus palacios, sus hogares seguros, y no hacen nada para ayudar. Ahora que las armas de las viejas guerras regresaron, ¿esperan que hagamos lo que ustedes dicen? Necesitamos armas para pelear. Sin ellas, perdemos la guerra," respondió Muzenkab y Hades no pudo verlo directamente.

Los dioses del sur habían estado obsesionados con pelear contra algo que nadie más podía ver o entender, y la mayoría del tiempo ignoraban su locura. Pero esta vez era diferente.

"Sólo lo necesito por unas horas, puede regresar en cuanto terminemos," dijo Hades mintiendo, no esperaba que nadie quisiera regresar a un lugar así. "Está mintiendo. Los dioses del Olimp no pueden ser honestos con nada. No confíes en él," dijo Ah Puch y Muzenkab lo miró.

"Eres basura del inframundo y no deberías estar aquí, pero tienes razón. Serás el último en morir," dijo, miró a Hades, y sin decir otra palabra disparó el aguijón de su muñeca. Hades apenas tuvo tiempo para usar su báculo y desviarlo. El aguijón se clavó en una pared de ladrillo y los derritió mientras el veneno hacía efecto.

"Peleamos, como siempre," dijo Hefesto y comenzó a disparar.

Los dos dioses se fueron del cuarto mientras disparaba la ametralladora. No había balas, sin embargo. Esta arma disparaba rayos de luz rojos

"Toma eso, insecto," dijo Hades mientras los veía retroceder. "¿Cuál es tu plan para escapar? ¿Cavaste un túnel o algo?" preguntó mientras la ametralladora seguía disparando a través de la puerta. "No, planeaba salir caminando y matando a quien se cruzara en mi camino," respondió y Hades no le vio nada malo al plan; al menos era directo.

"Buen plan, pero tal vez, sólo tal vez, podemos pensar en algo mejor que matar a todos. Si no salimos de aquí, va a haber más que suficiente muerte. Detenlos. Voy a hacer un portal para salir de aquí," dijo Hades y se arrepintió de tener que hacer esto. Estaba seguro de que una guerra entre facciones de dioses no estaba permitida, pero esto no era exactamente un aguerra. Era un escape. Hades estaba convencido de que no declararían la guerra por esto. No era muy bueno siendo optimista, pero no tenía otra opción.

"Está bien, pero no podemos hacerlo aquí. Demasiadas protecciones y barreras. Entrar fue fácil, pero todavía tenemos que salir. No tengo idea de cómo salir de aquí. Pero sigamos," dijo Hefesto, avanzando hacia delante. "Suena divertido," respondió y lo siguió. Sabía que los otros estaban escondidos detrás de la puerta.

Hades alzó su báculo, lo hizo girar y luego dio un golpe en el suelo. "No se escondan, cobardes," dijo y las ondas expansivas atravesaron el aire, haciendo pedazos la puerta. Muzenkab y Puch cayeron al suelo en el proceso. "Lindo truco," dijo Hefesto y siguió caminando.

Muzenkab estaba a punto de pararse cuando una pesada bota blindada cayó sobre su espalda entre las alas y lo empujó contra el suelo. "Sabes, pudieron haber evitado esto, pero se metieron con la familia equivocada," dijo Hades. "Tonto dios, no tienes idea de lo que estás haciendo. No puedes escapar," le dijo con un zumbido en la voz. Hefesto escuchó esto y no pudo creerlo, pudieron haberlo rescatado en cualquier momento, pero no lo necesitaban. Ya no se consideraba parte de la familia.

"Ya veremos, insecto," respondió Hades y miró a Puch escondido en una esquina. "En cuanto a ti, considera nuestro trato anulado. No respondo bien a ser traicionado, y te mataría pero sé que regresarías en algún momento," dijo Hades y Ah Puch comenzó a reírse. "A diferencia de ti, la gente todavía me teme, siempre me temerán. Nunca voy a morir," le dijo mientras reía.

Hades no tenía tiempo para esas tonterías y cambio de opinión. Clavó un extremo de su báculo en el pecho del dios y lo atravesó con facilidad. Sangre verde oscura salió volando por ambos lados.

Ah Puch gritó en agonía antes de volverse polvo. "Al fin, pero se va a regenerar en el Mitnal eventualmente. Vámonos de aquí," dijo Hefesto, y los dos caminaron juntos por el pasillo, dejando al dios insecto atrás.

No fue una caminata muy larga hacia el gran salón. No estaban solos. Chaac, Awiliz y Kukulkán los estaban esperando. Awilix estaba usando varias tiras de piel negra y verde cubriendo lo mínimo de su cuerpo. Hades hizo su mejor esfuerzo por ignorar eso y se concentró en el báculo en sus manos. "Te concedimos misericordia y nos traicionaste en nuestra propia casa. No esperaba menos," dijo Kukulkán y cruzó los brazos. "¿Podemos matarlos esta vez?" preguntó Chaac y alzó su enorme hacha con ambas manos.

"Adelante, pero ya tuviste tu oportunidad. Es mi turno," dijo Awilix y saltó hacia delante con su lanza en la mano. "No se van a ir de aquí. Tenemos un trato, herrero," gritó mientras la punta de su lanza perforaba el hombro izquierdo de Hades, que estaba distraído. Sin embargo, no pudo atravesar la armadura.

El trabajo del maestro herrero era impresionante como siempre y logró protegerlo. Hades hizo girar su báculo, golpeando la lanza a un lado y alejándola de Awilix. El movimiento hizo que cayera al suelo. Hades no tuvo oportunidad de regodearse como siempre porque al mismo tiempo le lanzaron una enorme hacha.

Intentó quitarse del camino, pero sólo logró moverse lo suficiente para que el mango del hacha lo golpeara en la cara y lo lanzara al suelo. Hefesto comenzó a disparar su arma en un amplio arco. Chaac se lanzó frente a Kukulkán para protegerlo. El rayo rojo lo golpeó en el pecho y lo quemó. Cayó al suelo y el dios en el abrigo de colores ni siquiera se inmutó con el ataque o la defensa. Se mantuvo inmóvil.

"Muy bien, han elegido su camino. Ahora los dos sufrirán," dijo y alzó una mano. El aire en el cuarto cambio violentamente y se convirtió en una tormenta. El viento se movía por el salón como si estuviera conteniendo un tornado. Kukulkán, Awilix y Chaac se pusieron de pie y permanecieron inmóviles ante la tormenta.

"Te dije que este era un plan estúpido," dijo Hades mientras intentaba enfrentarse al clamoroso viento. "Sí, bueno, es un poco tarde para quejarse al respecto. ¿Qué vamos a hacer?" preguntó Hefesto mientras intentaba avanzar en la tormenta.

"No va a haber más planes, no vamos a gastar más tiempo. Todo regresará a la normalidad. Vas a regresar a trabajar, y tú, Hades, vas a unirte a los muertos que tanto quieres. Los dioses Olímpicos van a perder a otro miembro de su familia hoy," les dijo Kukulkán y sonrió. El ruidoso viento comenzó a cargarse de energía verde y dorada.

"Ah, vamos, ¿por qué tú y todos los de tu tipo son tan idiotas todo el tiempo?" preguntó Hades y se puso de pie. Sabía exactamente lo que tenía que hacer, pero antes de que pudiera hacerlo la energía se mezcló y se disparó hacia el pecho de Hades, lanzándolo contra una pared. Le hizo lo mismo a Hefesto y los sostuvo en su lugar. "Por esto las regiones son una mala idea, un paso fuera de lugar y eres inútil," dijo Hefesto mientras comenzaba a sentir el dolor.

"No completamente inútil," dijo Hades, y su armadura comenzó a arder con fuego negro. "Soy el rey del inframundo. Ustedes no se están enfrentando a cualquier dios común hoy. Intenté hacerlo por las buenas. Intente mostrarles misericordia. Pero eso no les gustó, no, sólo responden a la violencia. ¿Quieren pelear conmigo? Está bien, peleemos," dijo Hades y se separó de la pared con un gran esfuerzo.

Los tres dioses no podían entender de dónde venía este poder. "No es posible, tenemos dominio total aquí. ¿Cómo está haciendo esto?" preguntó Awilix mientras el miedo hacía que sujetara su lanza con más fuerza. "No lo sé, pero no va a ganar, se va a cansar," respondió Kukulkán, y aumentó la velocidad del viento y la fuerza del terrible huracán.

Hefesto se vio forzado a cerrar los ojos, siendo más mortal que dios después de estar tanto tiempo lejos de casa, y el dolor era intenso, la presión era como ser triturado contra la pared.

Hades interrumpió la energía con un movimiento de su báculo y mandó el ataque a un lado. "Mi turno," dijo, y un aro negro comenzó a consumir el suelo a sus pies. "¿Qué es esta locura?" preguntó Chaac, sabiendo que ni él ni los otros dos habían visto algo así antes. "Tienes al aire y un bonito espectáculo de luces. Yo tengo un ejército," dijo Hades y estiró los brazos.

La energía negra cubrió el suelo. Justo como Hades había dicho, miles de espíritus salieron de la oscuridad y se juntaron alrededor de los tres dioses que los tenían cautivos. Los espíritus tenían garras filosas y rasgaban sus cuerpos.

Chaac alzó su hacha y cortó a los espíritus a la mitad, sólo para ver horrorizado cómo volvían a unirse. No entendía cómo funcionaban los muertos. Su poder llegaba a la lluvia y el cielo. Todo esto era extraño para él. Una enorme pared de almas negras se alzó del suelo y lo empujó hacia la pared. Salieron manos del suelo y comenzaron a jalar a Awilix y a Kukulkán hacia la oscuridad.

"Voy a mandarlos a los niveles más profundos del Tártaro, y juro que nunca volverán a ver su hogar. Esto es lo que pasa cuando me desafían," dijo Hades, sus ojos amarillos debajo del yelmo, energía negra corriendo por su armadura.

Los tres dioses se dieron cuenta de que no había manera de escapar. Hades estaba quedándose sin poderes con rapidez. Sólo podía mantener el portal para liberal a las almas por unos minutos. Se dio la vuelta y se movió hacia Hefesto, que estaba haciendo su mejor esfuerzo por evitar a los espíritus que estaban atacándolo e intentando llevarlo con ellos al mismo tiempo.

"Vámonos, ya te tengo," dijo Hades y lo jaló de la oscuridad con su mano izquierda. "Muchacho, te tienes que ir. Cuando llegues a mi hogar busca a Hipnos, él está cuidando a la portadora del Ópticon. Sólo tú puedes arreglarla. Hazlo," dijo Hades, formando un brillante cristal rojo en su mano y dándoselo a Hefesto, que lo tomó. Hades creó un portal detrás de él y empujó a su sobrino con el poco poder que le quedaba, mandando su báculo a través del portal al mismo tiempo. Se cerró al instante.

El segundo portal se cerró y la influencia de Hades sobre el cuarto se detuvo. Los espíritus regresaron al suelo. Hades cayó de rodillas y su armadura se rompió en pedazos, revelando nada más que una nube de polvo que se deshizo con el viento.

VEINTIOCHO

HEFESTO CAYÓ SOBRE EL BLANCO SUELO DEL TEMPLO DE HADES. Miró hacia atrás sólo para ver que el portal ya se había cerrado. No estaba cerca de su casa, pero con sólo estar en esta parte del inframundo podía sentir sus poderes regresar a él. Antes de que pudiera ponerse de pie, sin embargo, alguien comenzó a gritarle.

"¿Dónde está Hades, fenómeno?" le gritó Hipnos. Se incomodó con la bienvenida que le daban, pero intentó ignorarla. "Él, bueno, no va a estar por aquí un buen tiempo," respondió y abrió la mano. La joya roja que había llevado se convirtió en polvo. "¿O sea que gastó la mayor parte de su poder para salvarte? Qué desperdicio," dijo Hipnos, y Hefesto ya estaba cansado de eso y deseo poder regresar al taller del que acababa de escapar.

Se puso de pie, y con un solo movimiento se dio la vuelta y golpeó a el rostro de Hipnos con su puño derecho, tirándolo al suelo con un solo golpe. "Cállate," dijo, y su ametralladora desapareció mientras lo decía. Sam estaba acostada en la cama y a Hefesto le tomó cuatro segundos entender lo que le había pasado.

Hipnos se puso de pie lentamente, frotando su mandíbula.

"Entonces, mecánico, no sé por qué Hades arriesgo todo para traerte, pero ¿puedes ayudar o no?" preguntó en un tono odioso. "Sí. Puedo arreglar este problema," respondió, ignorando su tono por completo. Por ahora, sabía que tenía un trabajo que hacer.

Unos segundos después, Perséfone apareció con Lisa en brazos. Estaba sorprendida al no ver a Hades ahí, y a un criminal exiliado en su lugar. Con un pensamiento hizo aparecer una cama.

"¿Qué estás haciendo en mi casa?" preguntó Perséfone. Hefesto suspiró, ya harto de repetir lo mismo. "Hades usó casi todo su poder para rescatarme del sur. Estoy aquí porque él me trajo para arreglarla a ella y solucionar un problema. Ahora, si me disculpan, tengo trabajo que hacer," respondió.

Perséfone dejó caer a Lisa en la cama sin pensarlo. Cerró los ojos y sintió el templo con la mente, y supo que estaba diciendo la verdad. "Maldito seas, va a necesitar al menos un siglo para regenerarse," le dijo a Hefesto.

"Bueno, siempre podrías pedirle un favor a los dioses del tiempo si estás tan desesperada por sexo, o sólo ve a buscar a... no sé, cualquier otra persona que pueda satisfacerte," respondió Hefesto mientras se paraba al lado del cuerpo de Sam. Perséfone no se molestó en responder.

Hefesto respiró hondo y extendió sus manos sobre Sam y, en segundos su alma, una imagen azul de ella, se hizo visible. Su alma estaba llena de agresivas líneas negras. "El poder completo del Ópticon rompió su alma. Normalmente sería sencillo arreglarlo. Pero esto no tiene nada de normal," dijo y entrecerró los ojos. "Si tiene que contener el poder completo del arma, su alma tiene que ser reforzada," dijo, hablándose a si mismo para descifrar su siguiente paso.

"Bueno, apresúrate y hazlo para que puedas irte de mi casa. No quiero volver a verte nunca, ni yo ni nadie," le gritó Perséfone. "Sí, me doy cuenta," respondió y comenzó a trabajar. Movió sus manos con cuidado sobre el cuerpo y manipuló las energías para reparar el daño. Las líneas negras se derritieron en lo azul rápidamente. De su mano izquierda salió una bola de energía verde y entró al alma por la espalda, rodeándola.

Bajó la vista al cuerpo y sin dudarlo le quitó el Ópticon del brazo para mirarlo. Estaba cuarteado de un lado y casi a ambos extremos. "Sí, ya te tengo," dijo y pasó la mano izquierda sobre el brazalete. El metal cósmico se fusionó. Lo hizo ver fácil, pero en realidad él era el único capaz de hacerlo.

A pesar de todo el esfuerzo y sacrificio que lo llevó hasta ahí, todo el proceso de reparar el alma y el brazalete roto sólo tomó unos minutos, y después regreso el Ópticon a su lugar.

"Si ya terminaste, vete," le dijo Perséfone mientras regresaba el alma al cuerpo de Sam con cuidado. "Claro, pero estas humanas no te pertenecen. Creo que me las voy a llevar," respondió. Hipnos y Perséfone estaban a punto de protestar, pero antes de que pudieran hablar, ya se había esfumado con Sam y Lisa.

"Maldito, lo vamos a encerrar lo antes posible. Su libertad no va a durar mucho cuando los otros sepan que regresó," dijo Hipnos y Perséfone sólo sonrió. La realidad de que su esposo no iba a regresar pronto por fin se estaba asentando y su ira se estaba convirtiendo en tristeza.

Hefesto apareció en su viejo taller. Todo estaba negro. El taller no había sido encendido en eones. Sostuvo a una mujer con cada brazo como si fueran equipaje, las dejó con cuidado en el suelo. Con un aplauso el lugar cobró vida con brillantes llamas rojas. El calor del fuego despertó a Sam primero.

"¿Dónde estoy?" preguntó, poniéndose de pie. "Estás en mi hogar, soy Hefesto, pero puedes llamarme Hef, si quieres. Hef, Vulcano, el hombre de metal, no me importa," respondió rápidamente mientras jalaba una palanca. A lo lejos se prendió otro fuego.

"Bueno, creo que me arreglaste. No recuerdo mucho, pero gracias," dijo y sonrió. Fue en ese momento que Sam vio a Lisa y recordó todo de golpe, hasta la parte en la que utilizaba todo el poder del Ópticon.

"¿Lisa? ¿Estás viva?" preguntó Sam y cayó de rodillas a su lado. Soltó un quejido, pero se quedó inmóvil, inconsciente. "Hipnos debe haberla puesto a dormir, va a tardar un poco en despertar," dijo y Sam se encogió de hombros. "Bueno, gracias por todo esto, pero tengo que regresar. Ni siquiera sé si todavía hay un mundo que salvar," dijo Sam, intentando no pensar en eso.

"No te preocupes. El mundo sigue ahí. Yo sentiría si ya no quedara nada," dijo con un tono triste; había estado tanto tiempo exiliado y su familia aún lo trataba mal. Sam se daba cuenta de que él creía merecer todo eso.

Sam estaba a punto de buscar una salida, pero cuando escuchó la obvia tristeza en su voz, puso los ojos en blanco y no pudo creer que estaba a punto de desperdiciar más tiempo haciendo preguntas inútiles. Pero él la había salvado, entonces supuso que al menos podía intentarlo.

"Está bien, hombre de metal, ¿qué te pasa? ¿Por qué estás tan triste?" preguntó sin saber realmente qué preguntar, nunca había intentado consolar a un dios. Era algo que no pasaba a menudo.

Hefesto se dio la vuelta. "¿Alguna vez has hecho algo imperdonable?" le preguntó, y Sam se encogió de hombros. "En mis ojos, no, pero sí en los ojos de muchas otras personas. Supongo que depende de a quién le preguntes," respondió y él asintió. "Bueno, hace mucho tiempo, justo después de ponerle los toques finales al mundo para que fuera tan perfecto como podía ser, Prometeo por fin lo consideró listo para soltar a la humanidad," dijo, mirando a un lugar lejano que ella no podía ver.

"Hicimos un trato con el titán sobre el río Estigia. Un trato para la eternidad. Nosotros los dioses cuidaríamos del mundo, él cuidaría de la humanidad y la fe en nosotros nos daría una fuente ilimitada de poder. Declarando el final de la guerra entre dioses y titanes," dijo y sonrió, continuando.

"Los primeros miles de años todo salió bien. Los humanos eran máquinas simples. Adoraban a quien se les dijera, hacían lo que se les mandaba y eran marionetas perfectas. Se esparcían por el mundo tan rápido como el titán dijo que lo harían. Poco a poco, cuando una población se volvía demasiado grande, la movíamos a otras partes del mundo. Los dioses de ahí conseguirían la energía que se nos había robado con la creación del Ópticon," dijo y suspiró.

"Yo, siendo yo, quise crear algo nuevo. Necesité mucho poder. No tenía absolutamente nada más que hacer. En un mundo sin la necesidad de creatividad, no había necesidad de mí. Tenía que crear mi propio propósito en el mundo. Entonces lo hice," dijo y frunció el ceño. "Jugué con las llamas del vacío, pasé años haciéndolo. Lo perfeccioné. Cree el fuego viviente. Ustedes lo llaman un alma inmortal," dijo y sonrió, obviamente orgulloso de su creación incluso ahora.

"Como cualquier hijo, fui con mis padres para enseñarles mi creación, la primera cosa creada en miles de años. Estaba extremadamente feliz, orgulloso y realizado. Tomé el fuego primordial y lo convertí en algo inigualable. Al menos pensé que era nuevo," dijo y suspiró. "No fue la reacción que esperaba. Mamá y papá, bueno, no les gustó mi proyecto. La ira con la que me castigaron fue grande. Nadie me dijo que estaba prohibido. Hera, mi madre, me exilió del Olimpo para siempre," dijo en voz baja.

Sam no sabía a qué iba con todo esto, pero decidió escuchar un poco más. Claro, millones podían estar muriendo, pero no estaba mal tener a un dios exiliado de tu lado por si necesitabas un favor. "Apolo reveló el secreto por accidente. El titán entró al Olimpo, robó el alma y se la dio a la humanidad. Ese es el fuego que les dio, el fuego de la voluntad propia," dijo, encogiéndose de hombros.

"Los dioses se enfurecieron con el titán, pero gracias al trato no podían vengarse sin empezar una guerra y romperlo, y la llamada Época Dorada de la humanidad se terminó," dijo y sonrió. "El titán le había dado voluntad propia a los humanos; cada vez que creaban uno le daban un alma única. Con voluntad propia, podían elegir en quién creer, o si siquiera querían creer. Los dioses se enojaron conmigo, dejaron que los lunáticos del sur me mantuvieran encerrado," dijo y se estremeció.

"Nunca me van a perdonar por poner en peligro su fuente de poder. Y para empeorarlo, como parte del trato, Prometo tomó un rol más activo. Ahora que tenían voluntad propia, él estaba destinado y decidido a volverse el único dios de la humanidad. Y al ser el creador de la humanidad, los entendía mejor que la mayoría de los dioses. Los dioses podían iniciar guerras, hambrunas y plagas. Creaban monstruos y maldecían a las personas, pero al final, siempre se detenían. Se volvieron historias exageradas, se volvieron lo que tú llamarías mitología," dijo y continuó. "Ahora los dioses, la mayoría, cuelgan de un hilo. Traicionados por Prometeo y por mí cuando creamos el alma de la humanidad," dijo y cruzó los brazos.

Sam no sabía qué pensar, entonces dijo lo primero que se le ocurrió. "Gracias por el alma. Creo que la hemos usado bastante bien. Y claro, nos gusta pelear y hacer algunas cosas malas, pero creo que lo hemos hecho bastante bien," dijo y Hefesto se sorprendió.

"El titán se los dio a ustedes, no a mí," respondió. "Sí, pero también nos engañó para hacer cosas horribles. Tú nos diste voluntad propia, y él básicamente nos manipuló e hizo lo que pudo para quitárnosla. Siglos de muertes en lo que asumo fue su nombre, tienen que ser recompensadas," dijo Sam y entrecerró los ojos al pensarlo. Muchas cosas estaban empezando a tener mucho sentido.

El dios asintió. "Si tienes la oportunidad de golpearlo, ¿podrías hacerlo de mi parte también? El trato que hicimos fue eterno, pero tú no lo hiciste," dijo y sonrió. "De un criminal a otro, considéralo hecho. Pero ahora necesito regresar," dijo Sam y él asintió. "Es verdad. No sé cómo se soltaron los Yokaiju, pero se necesita alguien con inmenso poder," dijo, sin la mínima idea de cómo había pasado.

"No sé si esto signifique algo, pero terminé aquí, bueno, cuando terminé aquí. Loki estaba trabajando con uno de esos fenómenos, asumo que tuvo algo que ver con esto," dijo y comenzó a reírse. "Loki es casi tan poderoso como las chispas que saca mi martillo cuando choca con metal, así que no fue él, el no es responsable de esto," dijo y ella se encogió de hombros.

"Realmente no importa, los vamos a atrapar a todos. Puedes

contar conmigo," dijo Sam y asintió. Después de eso, desapareció, confiando en que el dios cuidaría a su hermana, al menos por ahora. Hefesto miró a Lisa sin saber qué hacer con ella. La levantó en el aire con un movimiento de la mano. Una mesa de metal se alzó del suelo y la dejó descansar ahí.

VEINTINUEVE

"No queria decir nada, pero ¿estás segura de que es una buena idea dejar a tu hermana con un dios, un dios del Olimpo en particular?" le dijo el Ópticon, rompiendo su silencio. "No, pero es más seguro que cualquier lugar en el planeta, al menos por ahora," respondió Sam mientras miraba a su alrededor. No tenía idea de donde estaba aparte de que era una ciudad.

"Ah, te mejoraron. Puedo sentir tu alma y se siente como si estuviera hecha de algo más fuerte. Oye, escucha, por lo de antes... lamento haber roto tu alma, pero intenté advertirte sobre usar el poder completo," le dijo y Sam puso los ojos en blanco. "Gracias, pero no teníamos otra opción," respondió, sin poder recordar los detalles de la pelea o lo que habían hecho quienes la salvaron.

"Hay niveles para el poder que podemos utilizar. Si necesitas regresar al estado en el que estábamos antes, intentemos no quedarnos ahí más de unos minutos, ¿está bien?" preguntó el Ópticon y Sam asintió. "Suena bien. Averigüemos dónde estamos. No estaba poniéndole atención a nada que no fuera la pelea," dijo y comenzó a caminar por la calle. Miró a su alrededor para buscar alguna pista de dónde estaba. Todo estaba en inglés, pero era algo diferente. Los nombres extraños en los letreros, errores de ortografía, y– no, ya sabía dónde.

Se dio la vuelta y alzó la vista para ver una torre gigante con la cara de un reloj en ella. Sabía que tenía un nombre. Big Bob, Big algo. Estaba en Londres, pero se sorprendió al que no había nadie en la calle. Era mediodía y el lugar estaba desierto. "Sólo dime de una ve. Sé que puedes sentir a estas cosas de lejos," dijo Sam y puso los ojos en blanco.

"Sí puedo," respondió el Ópticon y continuó. "Uno se está acercando a la ciudad, no sé quién es pero va a llegar en unos minutos," respondió el Ópticon y el suelo comenzó a temblar. Sam miró a su alrededor, esperando ver a un monstruo caminar sobre los edificios en cualquier momento. En lugar de eso había tanques avanzando por la calle. "Deben haber declarado ley marcial, o tal vez evacuaron a todos," dijo, escondiéndose entre los edificios lo más rápido que pudo.

"Quieren morir como hombres, supongo," se dijo a si misma. "Sí, esa parece ser la situación," respondió el Ópticon mientras Sam saltaba y aterrizaba en el techo de un edificio. Desde ahí podía ver el mar y algo acercándose a la ciudad con rapidez. "Entonces, ¿quién es esta vez?" preguntó Sam, observando a la bestia que se acercaba.

El agua explotó cuando la bestia se acercó lo suficiente a la ciudad. Una vez que el agua cayó, dejó ver a una lagartija gigante con piel dorada. Caminaba en cuatro patas y tenía una cabeza que se parecía a todos los dragones que había visto jamás. A la luz del sol, era difícil ver al monstruo porque la luz se reflejaba desde todos los ángulos. Tenía dientes largos y un cuerno saliendo de su frente.

"Es Amin," dijo el Ópticon y Sam lo vio llegar a la orilla. "Esta cosa es enorme," dijo Sam, y siguió observando. Su cuerpo dorado tenía que medir al menos siento cincuenta metros de largo y sesenta metros de alto. Sam lo sabía porque no medía más que la torre del reloj, pero casi la alcanzaba.

La bestia giró la cabeza de izquierda a derecha, viendo los edificios como si lo estuviera apreciando todo antes de comenzar a atacar. Antes de que pudiera seguir avanzando, comenzó el atronador sonido de los tanques disparando. Sam vio a la bestia ser atacada con cientos de explosiones. No sólo la creatura, sino el agua y todo a su alrededor estaba siendo atacado con la fuerza de las explosiones. Sam se tapó los oídos un segundo demasiado tarde y el sonido dejó un zumbido en su cabeza.

Se transformó en su forma con armadura, pero se quedó del mismo tamaño. "La próxima vez deberías transformarte enseguida," dijo el Ópticon. La respuesta de Sam fue poner los ojos en blanco. "Sí, mamá," respondió con irritación.

Amin siguió avanzando. Los proyectiles de los tanques no hicieron nada para detenerlo y seguían explotando contra él sin dañarlo. Sam estaba segura de que no había nada que estas personas pudieran hacer detener a esta cosa. "Bueno, más vale que haga algo," dijo y apenas había dado un paso adelante cuando un cometa rojo cayó del cielo y al agua detrás de la bestia. "¿Otro?" preguntó Sam.

"No, no sé qué es eso," respondió el Ópticon y los dos observaron a Vysenia salir del mar. "No, nada," dijo el Ópticon, tan confundido como Sam.

Vysenia corrió inmediatamente hacia el monstruo dorado, saltó en el aire y aterrizó sobre él. Con una pierna de cada lado, puso los brazos alrededor de su cuello y lo jaló hacia arriba tan fuerte como pudo. La cabeza de Amin se movió hacia arriba y luego se detuvo. La enorme cola se alzó y golpeó a Vysenia en la espalda, haciéndolo volar hacia delante. Amin no tardó moverse hacia delante y atacar el cuello con sus garras.

"Bueno, más vale que hagamos algo para ayudar a este extraño," dijo Sam y suspiró. Le gustaba más cuando sólo era ella, pero al menos ahora tenía el potencial de apoyo en toda esta locura. Se fue volando del edifico y aumentó su tamaño mientras lo hacía. En segundos había llegado a su altura máxima y caído en el agua. El agua se alzó en una ola gigante, y sin perder fuerza se estrelló contra el costado de Amin, quitándoselo de encima a Vysenia antes de que pudiera atacar su cuello.

El monstruo dorado se dio la vuelta y giró para ver que ahora había dos enemigos que combatir. Sus ojos negros y vacíos eran imposibles de leer. A Sam no le gustaba que esta cosa estuviera tan cerca de su esquema de colores. Tal vez era tonto, pero eso fue lo primero que pensó sobre la creatura.

Vysenia no pareció percatarse del Ópticon y caminó hacia delante para atacar de nuevo. Un hacha negra apareció en su mano y comenzó a correr. "¿Estamos seguros de que esta cosa está viva?" preguntó Sam mientras observaba su comportamiento mecánico. "No," respondió el Ópticon.

El hacha negra atacó y Amin retrocedió. La hoja golpeó el agua, haciendo que volara en diferentes direcciones. Al mismo tiempo, la bestia brincó hacia delante y pasó sus largas garras por la cara del gigante. Salieron chispas con el impacto, pero Vysenia no pareció darse cuenta. Su cabeza ni siquiera se movió.

Ahora estaba demasiado cerca para ponerse a la defensiva. El mango del hacha salió volando del agua y golpeó al monstruo debajo de la mandíbula con tanta fuerza que hizo que quedara apoyado en sus patas traseras. La mano derecha de Vysenia se alzó al mismo tiempo y disparó un rayo de energía morada. Esta mandó al monstruo más cerca de la ciudad, en lugar del océano, haciendo que algunas estructuras comenzaran a arder y que otras se desmoronaran al instante. "¿Qué estás haciendo? No lo lances a la ciudad," dijo Sam finalmente, su voz alterada. Vysenia no la escuchó y siguió avanzando hacia la bestia.

"No tengo idea de lo que está pasando, pero no puedo no hacer nada," se dijo Sam a si misma y comenzó a correr, brincando frente al gigante rojo y estirando los brazos. Si no podía escuchar, tal vez podía entender. Apuntó al agua; fue lo único que se le ocurrió para hacer entender a esta cosa. Vysenia no dejó de caminar, pero el hacha se alzó en el aire y bajó para atacarla a ella.

Intentó quitarse del camino, pero cuando lo hizo sintió garras negras en sus hombros que no la dejaron moverse. El hacha se clavó en su hombro izquierdo y Sam gritó de dolor, cayendo de rodillas. Sin pensarlo, se soltó del hacha y saltó hacia delante, arrastrándose lejos de los dos.

"Maldita sea," dijo y se puso de pie, dándose la vuelta para ver que la batalla entre ellos seguía. "El contacto me da información. No sé qué es esa cosa, pero sé de dónde viene," dijo el Ópticon y continuó. "Viene de Asgard, ese metal es inconfundible," le dijo. Sam se sentía mejor. "Thor y los demás. ¿Qué clase de monstruo crearon que no escucha a la razón?" respondió Sam.

"No son conocidos por lidiar con problemas de manera sutil. Esta fue su respuesta al problema de los Yokaiju, tiene que ser," respondió el Ópticon, y Sam no sabía qué hacer. Era claro que estaba de su lado, pero era demasiado destructivo para ayudar de verdad. Ella había cometido errores y estaba aprendiendo de ellos. Esta cosa iba a ser tan peligrosa como los monstruos.

"Entonces los matamos a los dos," dijo el Ópticon, y Sam no tuvo otra opción más que aceptar. "Está bien, Ricitos de Oro no se ve tan rudo. Creo que deberíamos ocuparnos del monstruo primero," respondió Sam y la espalda y el escudo aparecieron en sus manos al mismo tiempo. "Buena suerte," dijo el Ópticon y los dos caminaron a través de los escombros, listos para pelear contra todos.

TREINTA

Las fuerzas armadas eran lo último en la mente de Sam mientras intentaba pensar en un plan. No faltaba mucho para que los dos comenzaran a destruir en una horrible escala. Comenzó a correr, sosteniendo la espada frente a ella. Brincó sobre los dos contrincantes. Era el plan perfecto. Aterrizó detrás de Amin y decidió lidiar con su parte más peligrosa.

Hondeó su espada y con un solo golpe cortó la cola del de la bestia. Se sorprendió cuando no hubo sangre, ni energía, ni nada. Un pedazo de su cola cortada voló hacia la derecha.

Amin ni siquiera se percató. La pelea entre él y el gigante rojo continuó sin interrupciones. "¿Qué demonios? Acabo de cortar tu cola y nada," dijo frustrada y se preparó para atacar de nuevo cuando se dio cuenta de que el pedazo de cola estaba lejos de estar muerto. En ese momento entendió por qué el corte no había molestado a la creatura. El pedazo estaba creciendo con rapidez y convirtiéndose en una nueva creatura frente a sus ojos.

"Está bien, es una estrella de mar," dijo Sam y se le ocurrieron dos cosas. La primera, su plan era inútil y todos sus otros planes también; y la segunda, que un mundo plagado de estos monstruos era una posibilidad.

Su espada se hizo polvo mientras la nueva bestia se ponía de pie y sacudía la cabeza. Sam pensó que iba a ayudar a la primera en la pelea, pero sus ojos negros se concentraron en la torre gigante y corrió hacia ella. "Ah, vamos, ¿cuál es la obsesión de estas cosas con los monumentos?" preguntó y se apresuró para interceptarla. Era mucho más rápida que la bestia de cuatro patas y logró adelantarse.

Por primera vez, rugió frustrada cuando su objetivo quedó bloqueado. Su gritó sonaba más como el sonido de una tubería de vapor explotando que nada. "Muy bien, Firulais, si quieres este premio vas a tener que pasar sobre mí," dijo Sam. No le hacía sentir mejor, pero la bestia parecía entender lo que decía.

Abrió las fauces, llenas de dientes negros y filosos. De su boca salió una línea de vapor hirviente. Sam podía sentir el calor a través de la armadura y se quitó del camino lo más rápido que pudo. El vapor se movió hacia el Big Ben. El calor era tan intenso que la piedra comenzó a derretirse con el contacto y la estructura comenzó a tambalearse. "Supongo que le enseñaste una lección, muy bien," dijo el Ópticon y Sam lo ignoró.

El vapor de Amin se detuvo, pero era obvio que no había terminado cuando hizo la cabeza hacia atrás y se preparó para atacar de nuevo. "No lo creo," dijo y se lanzó hacia delante, dándole un agresivo gancho a la parte de debajo de la mandíbula de la bestia, cerrándole las fauces. Dio un salto atrás y no tuvo otra opción que usar energía contra esta cosa.

Alzó las manos y disparó rayos dorados en dirección al monstruo, golpeándolo en el pecho. Los rayos lo mantuvieron en su lugar, como si lo paralizaran. Aumentó el poder y vio cómo la piel dorada comenzaba a cuartearse, hasta que finalmente la bestia explotó. Las partes de la bestia hirvieron hasta deshacerse mientras se movían dentro de la ciudad.

Ahora sabía cómo derrotar a estas bestias: con ataques de energía prolongados. Iba a ser fácil. Se dio la vuelta hacia donde estaba el gigante rojo peleando. Quedó horrorizada con lo que vio. Vysenia había terminado de desmembrar el monstruo original. Eran diez pedazos diferentes moviéndose en diferentes direcciones. El gigante rojo sostuvo la cabeza sin vida del monstruo en su mano izquierda y la lanzó al mar sin pensarlo dos veces.

Después, por más raro que pareciera, vio a Sam y le hizo una señal con el pulgar arriba, como si todo fuera a estar bien, antes de desaparecer en una niebla roja. Sam vio horrorizado cómo todos los pedazos cortados comenzaban a cobrar vida al mismo tiempo. Se le ocurrió que tal vez el gigante rojo había cortado al monstruo a propósito.

Sin pensarlo, estiró los brazos y atacó a dos de los pedazos que se estaban regenerando. Sostuvo los ataques de energía hasta que las masas se cuartearon y luego se deshicieron. Sin embargo, se dio cuenta de que ahora había ocho creaturas rodeándola, mirándola fijamente. "Bueno, esto está bien," se dijo a si misma y dio un paso atrás. Antes de que el Ópticon pudiera responder. "Sarcasmo," le dijo Sam.

"Entendido. Entonces, ¿tienes algún plan que no involucre matar a millones de personas esta vez o es sólo algo que ya te empezó a gustar?" preguntó el Ópticon mientras los Amins se acercaban. "Voy a pagar por eso, pero sí, tengo un plan," respondió Sam y saltó al aire. "No pueden volar y yo sí, esto no va a tomar mucho tiempo," dijo, y se preparó para atacarlos uno por uno. Las creaturas siguieron al Ópticon con los ojos y se dieron cuenta de lo que pensaba hacer.

Al mismo tiempo, las ocho bestias abrieron la boca y soltaron vapor al aire. Crearon una niebla abrasadora que cubrió todo rápidamente. "¿Vapor? ¿En serio? Supongo que estas cosas no se enteraron de que puedo enfrentarlas," dijo, y se concentró en el vapor. Era agua, después de todo, esto debería funcionar.

"Eh, Sam, ¿qué estás haciendo?" le preguntó el Ópticon. "Intentando controlar el vapor del agua para que se disperse, ¿qué parece que estoy haciendo?" preguntó. "Nada de nada, eso no es agua. Mira más de cerca," respondió el Ópticon, y lo hizo. En la nube podía ver destellos de energía moviéndose como si fuera una tormenta eléctrica en el suelo.

No sabía cómo no lo había visto antes. "Ah, está bien. Entonces supongo que es hora del plan B," dijo y continuó. "Voy a bajar, voy a sufrir, y voy a intentar no morir," dijo.

"¿Estás loca? Usa el agua. Haz que se lleve todo esto," dijo el Ópticon. "Sí, hay que ahogar otra ciudad para ganar una pelea. No puedo arriesgarme," respondió, con los recuerdos de Nueva York frescos en su mente. "No puedes ver allá abajo. La energía hace que sea imposible sentirlos. ¿Estás segura de que quieres hacer esto?" preguntó el Ópticon y Sam respiró hondo y tomó su decisión; la única opción que tenía era tomar el riesgo, y se lanzó hacia la niebla.

El dolor empezó de inmediato. Sam esperaba que fuera mucho peor, pero entre más tiempo se quedaba en la niebla, peor le dolía. "No puedo ayudarte," dijo el Ópticon mientras intentaba sentir a los monstruos, pero lo único que podía hacer era sentir la constante carga en la niebla. Lo único que Sam podía ver era el color gris. Londres era famosa por su niebla, o al menos eso creía, pero también estaba segura de que la niebla nunca había derretido edificios antes.

Quería ser cuidadosa pero no había tiempo para eso, así que comenzó a correr. Haciendo todo el ruido posible. Quería que los monstruos vinieran a ella, al menos uno. Con suerte, ellos tampoco podrían verla. No dependía de que eso fuera cierto porque ella no tenía ese tipo de suerte.

Sólo habían pasado unos segundos cuando la primera figura salió de la neblina, brincando hacia ella. Sam hizo lo que pudo para quitarse del camino, pero otra llegó por atrás y la empujó hacia delante. Sintió el cuerno enterrarse en su espalda baja al mismo tiempo. Se alejó de ella e intentó ignorar el dolor. Su armadura dorada sacaba chispas en la niebla, y la herida no se veía en el exterior, pero ella podía sentir cómo sangraba.

"No te preocupes por esto, yo te sano. Preocúpate por la pelea," respondió el Ópticon, y ella levantó al Amin y lo lanzó hacia el suelo. Intentó gritar, pero Sam le cerró las fauces antes de que pudiera. Puso su mano izquierda sobre uno de sus ojos y disparó su energía. La bestia se movía violentamente y luchaba contra ella, pero su piel comenzó a cuartearse. El monstruo se hizo polvo y desapareció.

No tuvo tiempo de reaccionar cuando unos dientes se clavaron en su cuello por atrás y la jalaron. "Demonios," dijo, los dientes negros clavándose en la armadura y en su piel. Tomó las mandíbulas e intentó separarlas. Era como intentar desatornillar un clavo oxidado sólo con las manos.

Sam lo sujetó con más fuerza y voló hacia arriba. Los dientes apretaron su cuello y las garras de la bestia se clavaron en sus brazos y piernas mientras se sostenía a ella. Los dos salieron de la niebla y a la luz del sol. Después de esto, Sam realmente no tenía un plan. Los dientes seguían clavándose en su cuello, brazos y piernas. La fuerza de las garras no estaba ni cerca de ser tan fuerte como la de la mandíbula. Estiró los brazos hacia delante y se liberó, y formó su espada en la mano izquierda.

Sin dudarlo, movió la espada y atacó hacia atrás. La hoja se clavó en el torso de Amin. A pesar de que no podía sentir dolor, o al menos no parecía sentirlo antes, sintió que la mandíbula se relajaba por la sorpresa. Eso era lo único que necesitaba y se soltó.

Los ojos dorados de la bestia reflejaron su sorpresa mientras comenzaba a caer. El Ópticon alzó los brazos y disparó sus rayos dorados hacia el cuerpo del monstruo. Sam vio cómo explotaba en una nube de humo de regreso a la tierra. "No creo poder hacer eso de nuevo," dijo Sam, respirando hondo. Su cuerpo se sentía desgarrado. "Yo tampoco. Necesitamos un plan mejor. Tal vez podamos pedirle ayuda a los celtas, pero son un poco aislados y exigentes," respondió el Ópticon y Sam miró la neblina debajo de ella. "¿Cómo les pedimos ayuda?" preguntó.

"Sangre, siempre responden a eso," respondió el Ópticon y Sam puso los ojos en blanco. "¿Por qué los dioses son tan violentos todo el tiempo?" preguntó, y no estaba muy segura de cómo iba a encontrar sangre sin matar a gente al azar como sacrificio. Después pensó que cualquier sacrificio que hiciera para llamarlos seguramente tenía algún tipo de ceremonia. No tenía ni el tiempo ni la paciencia para eso.

"Olvídalo, podemos encontrar una manera de mejor de lidiar con esto," decidió Sam y comenzó a flotar hacia la niebla de nuevo. Unos segundos después vio al Big Ben colapsar, desapareciendo entre la niebla. "Estoy segura de que lo superarán," dijo Sam, haciendo una mueca. Había esperado que durara un poco, quería salvarlo.

"Quedan al menos seis de esas cosas y la niebla se está esparciendo. No voy a pedirle ayuda a ningún otro dios. Necesitamos aumentar el poder y terminar con esto," dijo Sam, pero el Ópticon no respondió.

"¿Me estás escuchando? Tenemos que lidiar con esto ya," dijo de nuevo. "Te escucho, pero tienes que entender que sólo podemos tomar esa forma por unos minutos. Si fallamos, todo está perdido porque necesito tres horas para recargar el poder mínimo para transformarnos, y otras doce para regresar a la normalidad," dijo el Ópticon y continuó. "Utiliza el agua, la usaste cuando llegaste. Hay que tener más opciones que poder básico y modo dios," le respondió.

"Está bien, intentaremos con el agua de nuevo, pero no creo aguantar matar a millones de personas de nuevo. No puedo fallar así de nuevo," dijo Sam y respiró hondo. "Bueno, entonces supongo que vas a tener que hacerlo bien," respondió el Ópticon con lo que parecía obvio.

TREINTA Y UNO

La niebla se estaba esparciendo por la ciudad, y aún si los esfuerzos por evacuarla habían sido efectivos, la nube iba a alcanzar más allá del campo de batalla designado.

Seis tanques especiales se movían hacia la creciente pared de niebla. El mundo iba a ver si la ciencia todavía servía en un mundo lleno de monstruos o no. Había seis tanques pintados de negro, pero no tenían cañones. Les tomó unos minutos llegar a la orilla de la niebla.

No había cañones en estos tanques, pero habían sido equipados con algo más. Los seis tanques prepararon sus armas. Salieron de la parte de atrás y parecían bocinas enormes de diez metros cada una. Una por una comenzaron a encenderse, pero para todos los que estaban viendo, no pasó nada, no salió ningún sonido de las bocinas.

Sam estaba a punto de sumergirse en el mar para usar el agua cuando de la nada la atacó un agudo sonido. Era como uñas contra el pizarrón más grande del mundo. Eso interrumpió cualquier plan que haya tenido y cayó del cielo con las manos sobre los oídos. "¿Qué demonios es ese sonido?" preguntó.

"No tengo idea, pero mira, también está afectando a los monstruos," señaló el Ópticon. Sam miró a través de la niebla y pudo ver a las bestias retorciéndose de dolor. "Sonidos ultrasónicos. ¿Quién hubiera adivinado que eso es lo que funcionaría?" preguntó Sam, pero seguía preocupada por que también la estuviera afectando a ella.

Pensó que las personas se detendrían cuando vieran que a ella también la afectaba, pero no lo hicieron. "No entres al agua," Sam se dijo a si misma. "Creo que el sonido sería peor bajo el agua," dijo, pero no sabía si era verdad o no. No podía continuar, no creía que el sonido fuera a hacer algo más que enfurecer a los monstruos, porque a ella la estaba haciendo enojar y estaba lista para atacar a las personas que estaba intentando salvar.

Todas las copias que quedaban de Amin no podían soportar el dolor del ataque sónico y se retorcieron con un dolor incontrolable por unos segundos, pero luego el enojo tomó control de sus mentes. Por un corto minuto, casi pareció que iban a rendirse y morir.

Las bestias dejaron de moverse, y para sorpresa de todos, se volvieron líquidas y rápidamente se juntaron. Sam vio como el estanque de oro líquido crecía. Le tomó unos segundos completarse para formar a la bestia de nuevo. Sam sólo alzó la vista horrorizada, igual que el resto del mundo.

Amin se alzaba a más de doscientos metros sobre el suelo, era la bestia más grande que el mundo había visto. Sus ojos negros miraron a los tanques que hacían el ofensivo sonido y con un golpe de su mano izquierda hizo que todos los tanques salieran volando por la calle y hacia algunos edificios. Sam estaba agradecida por eso, pero se puso de pie y miró a la bestia gigante.

"¿Cómo se supone que peleemos contra eso?" preguntó Sam mientras Amin se movía tierra adentro y destruía todo a su paso, tan pesado que sus pasos hacían que estructuras enteras se desmoronaran.

"Tenemos que hacer todo lo que no quiero hacer," dijo el Ópticon y continuó. "No tenemos otra opción," terminó. Amin había perdido el interés en el Ópticon y se estaba alejando. O tal vez el enorme puente a lo lejos había llamado su atención.

Amin dio unos pasos y tomó un lado del puente. Su mano entera cubría todo el puente, lo jaló y sacó toda esa parte del río antes de lanzarlo a un lado.

La estructura tronó y cayó al agua café. La bestia se dio la vuelta, hacia la ciudad, y miró a su alrededor. Lo único que podía ver eran estructuras viejas, puntiagudas y ofensivas. Creadas por personas, creadas por dioses Amin se dio la vuelta y vio lo que sólo podía describir como un castillo. El Palacio de Buckingham no estaba muy lejos de él.

La bestia sabía que eso debía significar algo para los dioses. Esos seres, por lo poco que recordaba de ellos, amaban esas estructuras. Eso seguramente llamaría la atención de alguien.

"Creo que lo voy a atacar después de que destruya el palacio, seguramente no hay nadie ahí," dijo Sam y se cruzó de brazos. "¿Qué? ¿Por qué?" preguntó el Ópticon y Sam puso los ojos en blanco. "Porque cualquiera que sea rico y poderoso por nacer en determinada familia merece que le quiten todo. Nadie es así de especial," respondió Sam, y vio a la bestia marchar hacia delante.

"Bueno, los dioses son así, todos nacidos para esto, y míralos ahora, enviando a una humana a hacer su trabajo. Piénsalo así: si salvas el palacio, puede que haya una recompensa para ti," dijo el Ópticon y Sam lo consideró por un segundo. "No lo había pensado así. Está bien, ocupémonos de esto," dijo.

El Ópticon comenzó a correr y mientras lo hacía su cuerpo explotó en llamas doradas y azules. Esta vez, Sam se dio cuenta de lo que estaba pasando y sintió el poder apoderarse de todo su cuerpo. Amin era mucho más grande que ella, pero no iba a dejar que eso la detuviera.

En segundos, había brincado sobre la bestia y estaba corriendo sobre ella. Sam brincó y aterrizó sobre la cabeza de Amin. Se aferró al cuerno en su cabeza y lo jaló con todas sus fuerzas. La cabeza de la bestia se alzó y Sam sintió que estaba peleando con un cocodrilo o algo parecido.

A pesar de ser más pequeña que la bestia, su poder completo era abrasador. "Si vas a hacer algo, hazlo rápido," le advirtió el Ópticon con una voz agotada. Sam lo escuchó y jaló de nuevo, arrancando el cuerno de la bestia con un terrible chasquido que se escuchó a kilómetros y cayó al suelo con un pesado golpe.

Gritó de dolor esta vez y se retorció con suficiente fuerza para hacer que Sam saliera volando hacia el palacio. En el último segundo, se enderezó y voló sobre el edificio, aterrizando del otro lado. Sin perder el tiempo, atacó al monstruo titánico, sin tener idea de qué iba a hacer después, o qué iba a hacer ella después.

Amin al fin estaba herido. Sam sabía que se estaba quedando sin poder, así que se inclinó a la derecha, hacia el cuerno roto en el suelo. Lo levanto, a pesar del peso, porque en ese momento no lo sentía pesado.

Voló hacia delante, directo al monstruo. Abrió las fauces y dejó salir un colosal torrente de vapor que chisporroteaba con energía dorada. Sam apuntó a la boca y voló hacia el vapor. Incluso utilizando todo el poder podía sentir cómo su piel se derretía debajo de la armadura, pero lo ignoró.

El arma llegó a su objetivo y entró a la boca de Amin, perforando la parte de atrás de su cabeza. El vapor se detuvo y el monstruo de doscientos metros dejó de moverse y cayó de frente. "No está muerto, se está regenerando. Tenemos cuarenta y cinco segundos, así que haz algo," dijo el Ópticon y Sam alzó las manos y disparó dos potentes rayos de energía dorada y azul a la bestia.

En segundos, el cuerpo enteró comenzó a cuartearse con la luz y explotó en fuego verde sin dejar rastro. Sam intentó buscar el cuerpo del humano que había tomado la bestia, pero si estaban en el fuego, no quedaría nada. Con un simple movimiento, capturó el alma de le bestia, atrapándola. "Diez segundos," dijo el Ópticon.

Sam no quería quedarse en Inglaterra, entonces se alzó en el aire y voló tan rápido que cruzó el océano y aterrizó en las costas de Galveston, Texas con tres segundos de sobra. En cuanto aterrizó en la playa, regresó a su forma humana y colapsó.

Cansada y con la respiración entrecortada. "Bueno, nos queda muy poco poder. Necesitamos diez horas para recargarnos. Sugiero que comas algo, duermas, y todas esas cosas de humanos. Y mantén un bajo perfil, esas cosas siguen allá afuera y saben que estás expuesta," le dijo el Ópticon.

Sam alzó la vista a las estrellas y se enderezó. Donde estaba era un día soleado, pero aquí el sol apenas estaba apareciendo en el horizonte. Intentó no pensar mucho en eso y se concentró en disfrutar la fresca brisa y el agradable amanecer. Se preguntó qué dios era responsable del amanecer, o cómo funcionaba todo.

Tal vez era mejor que no supiera. Pero siempre había alguien observando y sabía que quedarse aquí no era una buena idea. Sam se puso de pie, se quitó la arena del pantalón, y comenzó a buscar un lugar para esconderse unas horas y, con algo de suerte, esperar que nada más atacara hoy. Si lo hacían, el enorme idiota rojo tendría que hacerse cargo.

TREINTA Y DOS

Deméter buscó por todo el salón principal del Olimpo, pero estaba vacío. Todos los dioses habían abandonado el lugar. No quería hablar con todos al mismo tiempo en Otris, pero eso es lo que iba a tener que hacer.

"Maldita sea. Creí que todavía estaría aquí," dijo se decepcionó al ver que se habían ido, pero entonces escuchó fuertes pisadas en el salón del trono y tuvo la esperanza de que alguno de ellos hubiera regresado. Se apresuró a ver quién era, pero no era ninguno de los que esperaba.

Thor estaba parado en medio de la habitación. "¿Hola?" preguntó mirando a su alrededor, observando el lugar vacío y descuidado. "Soy yo. Todos los demás se han ido," dijo Deméter y dio un paso al frente. Thor estaba decepcionado.

"Esperaba poder hablar con Zeus. Mi padre ha perdido la cabeza y creó su propio monstruo para enfrentar esta amenaza. Me temo que no sabe lo que ha creado. Esperaba corregir este error," dijo Thor y continuo. "Al parecer, llegué demasiado tarde," dijo y caminó hacia delante.

"Sí, los miembros de mi familia no son guerreros como ustedes. Prefieren dejar que otras personas hagan el trabajo, o cosas, en este caso," dijo Deméter, tan decepcionada como él. Thor avanzó y se sentó en el trono de Zeus, dejando a Mjolnir a su lado.

A Deméter, en otros tiempos, eso le habría molestado, pero por ahora no le importaba. "¿Qué creó Odín?" le preguntó, sentándose en su propio trono. Había doce en total, uno para cada uno de los dioses principales. Todos estaban cubiertos de polvo.

"Una cosa roja que llama Vysenia. Esa cosa tiene que ser detenida. Sé que la mayoría de las cosas que salen de sus talleres se vuelven malas con el tiempo. Lo vi asesinar a miles de humanos al mismo tiempo, sin razón," respondió Thor y Deméter negó con la cabeza. Odiaba los asesinatos sin sentido por algo que ellos habían creado.

"Todos deben haber ido a Otris," Deméter dijo lo que ya sabía. Thor ladeó la cabeza. "Creí que ese lugar había sido destruido," respondió y continuó. "Mi padre siempre me dijo que hicieron pedazos ese lugar, ¿estás seguro de que están ahí?" preguntó Thor, descansando su mano derecha sobre el mango del martillo.

"Sí, ellos contaron esa historia. Zeus no es muy bueno guardando secretos," respondió Deméter con una sonrisa. "¿Qué estamos esperando? Vamos," dijo Thor y casi sonrió mientras se ponía de pie y levantaba su martillo.

"Vamos, yo abro el portal," dijo Deméter, y con un movimiento de la mano hizo aparecer un hoyo azul en el aire frente a ellos. Deméter entró al portal y Thor la siguió unos segundos después.

Era como cruzar cualquier otro umbral, pero lo llevaba a un lugar muy diferente. Otis estaba frente a ellos un poco más adelante. Un castillo negro en una tierra gris y muerta que parecía nunca terminar con un oscuro cielo verde sobre ellos.

"Ha pasado mucho tiempo pero este lugar no ha cambiado, pero esperaba verlo en una pila de escombros y no, ya sabes, de pie," dijo Thor, y los dos se alzaron del suelo y volaron hacia el palacio. "No tengo la piedra para abrir un portal adentro, así que vamos a tener que caminar desde aquí. ¿A menos que tengas prisa?" le preguntó Deméter. "Sí tengo prisa," respondió Thor. Se alzaron aún más en el aire y se movieron rápidamente en dirección al palacio.

La distancia no le hacía justicia al tamaño. Era más una montaña que un castillo; las paredes negras y dentadas alcanzaban varios kilómetros hacia el cielo. Deméter y Thor se acercaban cada vez más. Al llegar se dieron cuenta de que no había una puerta.

Thor decidió entrar a su manera y lanzó su martillo a un enorme portal negro frente a él. Su arma golpeó el portal con toda la fuerza que tenía y sólo rebotó, cayendo al suelo.

"Bueno, ese fue un buen intento," dijo Deméter y se rio. "Vamos, sé cómo entrar. Sólo quería ver qué hacías," dijo, y el martillo regresó a manos de Thor. "Te sigo," le dijo.

Deméter salió volando hacia la izquierda, alrededor de un pilar, para ver una enorme ventana a casi cinco kilómetros del suelo. "Esta es la entrada," dijo. Thor alzó la vista a la ventana, pero a él le parecía más un hoyo negro de cientos de metros y no tanto un a ventana. "No sé, no pienso mucho en eso," dijo y se fue volando. Thor la siguió hacia lo que ella llamaba una ventana.

"Ah, he extrañado el sonido de una guerra verbal," dijo Thor, escuchando el eco de las voces. Deméter sólo puso los ojos en blanco; era lo que ella más odiaba de sus reuniones. Siempre terminaban en locura.

Flotaron por el pasillo. Apenas podía llamarse un pasillo. El techo era tan alto que se perdían en la oscuridad y no se alcanzaban a ver, era más una barranca que un pasillo. "Es difícil creer que este es sólo el primer piso," dijo Thor, mirando a su alrededor. Deméter sabía que este lugar era mucho más grande que esto. Otris tenía niveles enteros que habían sido creador por los titanes para cubrir sus necesidades. En esta torre existían mundos enteros. "Sí, los titanes eran, bueno, eran otra cosa," dijo y aumentó la velocidad.

No tardaron mucho en llegar al salón principal, el cuarto al otro lado del portal negro que Thor había intentado abrir a la fuerza. La habitación tenía varios kilómetros de largo y ninguno de los dos podía ver los extremos del salón. Había muchos dioses en medio del salón reunidos con sus familias, hablando entre ellos. Sin embargo, sentados alrededor de un enorme fuego estaban seis reyes hablando entre ellos.

"Entonces, ¿qué? ¿Los interrumpimos o...?" Deméter interrumpió a Thor con una mirada. "Todo puede estar en crisis ahora, pero creo que sería muy tonto interrumpir la conversación y arriesgarnos a que se molesten," dijo y Thor no estaba acostumbrado a esperar, pero esta vez tenía sentido.

"Deberías saber que los Hekulites ayudaron a hacer el arma de mi padre, entonces tal vez no deberíamos confiar en ellos," sugirió Thos y Deméter se encogió de hombros. "Estoy segura de que no todos son malos," respondió.

No tardaron mucho en ser vistos.

"Thor, Deméter, llegaron. ¡Muy bien!" dijo Hermes, demasiado feliz a pesar de la situación. "Sí, gracias por darme el mensaje," respondió y Thor se preguntó por qué a él no le habían dado un mensaje, pero la ardilla no era la mensajera más confiable. Y hablando de Ratatösk, no veía al roedor por ningún lado.

"Vengan, trajimos suficiente ambrosia para todos," dijo Hermes e hizo un movimiento con la mano. Los dos siguieron al mensajero. "¿Alguna idea de cuál es el plan?" preguntó Thor y Hermes lo volteó a ver.

"Lo que la mayoría de nosotros planea hacer es quedarnos aquí y esperar lo mejor. No muchos estamos dispuestos a arriesgar nuestras vidas para pelear contra los Yokaiju en nuestra condición tan débil," respondió mientras se unían al grupo.

Ares estaba ahí parado, usando su armadura roja. "No te atrevas a incluirme en ese grupo, yo estoy más que dispuesto a pelear con esas bestias mientras son lo suficientemente débiles para ser derrotadas," les dijo. "Ares, ha pasado mucho tiempo. ¿Cómo estás?" le preguntó Thor sonriendo.

"Todo ha sido grandioso. Oye, si no estás ocupado, ¿te gustaría luchar un poco? Me aburre sólo esperar y el grandioso consejo de reyes prohibió ir a la tierra, así que no tengo mucho que hacer," le dijo y Thor se encogió de hombros.

"No tengo nada mejor que hacer," le dijo y Ares sacó una espada del suelo y la giró sobre sus hombros con facilidad. "Sí, es una buena manera de pasar el tiempo," dijo Thor y los dos se alejaron. A Deméter no le sorprendía que esto hubiera pasado, sólo sentía alivio por que no se hubieran peleado aún.

"Pensé que irías con tu hija al inframundo en lugar de venir aquí," dijo Hermes, y Deméter volteó a ver al círculo de líderes. "Lo habría hecho, pero tengo que decir algunas cosas que podrían cambiarlo todo. Ya regreso," dijo y comenzó a caminar hacia ellos. Hermes iba a decir algo para detenerla, pero sabía que no serviría de nada.

"Sabes lo que pasaría si rompemos el trato," dijo Ra y dio un golpe en el suelo con su báculo. "Sí, el grandioso trato. El trato eterno hecho sobre las aguas del río mágico. Yo opino que nos arriesguemos y vayamos a la guerra," respondió Odín, y los otros se pusieron nerviosos.

"¿Estás dispuesto a arriesgar romper el trato e iniciar una guerra? La Tierra, como sea que quieras llamarla, no está lista para eso. Debemos tener fe en el Ópticon. Tenemos que descubrir cómo escaparon estas cosas, eso es lo que tenemos que hacer para que esto nunca pase otra vez," dijo Zeus y supo que tenía las de perder. Los otros querían pelear.

"¿Cuándo fue la última vez que cualquiera de ustedes estuvo en la Tierra?" preguntó Deméter, rompiendo la tensión. Ninguno quería admitir nada y un extraño silencio cayó sobre el grupo. "¿Te atreves a interrumpirnos?" le preguntó Ra, volteando su cabeza de pájaro para verla.

"Porque yo vengo de la Tierra. Lo único que tuve que hacer fue prender una televisión en cualquier parte del mundo para ver la devastación y la muerte. ¿Lo único de lo que pueden hablar es de agregar más? ¿Se les olvida que podemos hacer más cosas aparte de pelear?" les preguntó Deméter.

Odín y Ra intercambiaron miradas por un segundo, y luego Izanagi habló. "Sí, yo. Le pongo atención al mundo. También he visto al gigante rojo y tengo preguntas. No pensé que el Ópticon fuera rojo. ¿De dónde salió?" preguntó. Zeus se sorprendió. "¿A qué te refieres?" preguntó, sintiendo el enojo burbujear dentro de él, pero intentando controlarlo por ahora.

"Bueno, todos siguen enojados contigo por crearlo, para empezar. Ninguno de nosotros confiaba en esa cosa. Entonces, los asgardianos y yo hicimos nuestra propia arma. Es invencible," dijo Ra y Zeus se puso de pie. Sus ojos brillaban con energía. "Es cierto, el Ópticon está arruinando todo, necesitábamos algo más fuerte. Así que encontré a alguien que peleara por nosotros, y una vez que termine podemos pelear contra el titán que nos traicionó," agregó Odín.

Zeus estaba a segundos de comenzar a quejarse sobre lo pésima que su idea iba a ser cuando la oscuridad se quebrara sobre ellos y cubriera todo en luz. "Ah, vamos," dijo Zeus y suspiró.

"¿Quieren hacerme eso ahora?" dijo Prometeo mientras aterrizaba detrás de Zeus. "Si quieren pelear, podemos hacerlo aquí y ahora. ¿Por qué desperdiciar el tiempo? Hagámoslo ya," dijo. En ese momento, el titán era del mismo tamaño que los dioses, pero no engañaba a nadie. Todos los presentes estaban poniéndole atención al hombre vestido de blanco.

"Invaden mi hogar ancestral para hacer planes contra mí, ¿y por qué? Pierden el control de sus armas, ¿y yo soy el responsable?" les dijo y los miró de uno en uno. Todos se habían quedado quietos, ya sin ganas de pelear. "No, en serio. Tenemos un trato inquebrantable, ¿y ustedes quieren desafiarlo?" le preguntó al sorprendido grupo, pero después se dio la vuelta para sonreírle a Odín y Ra. No era una sonrisa amigable.

"Ustedes dos. En serio quieren probar su suerte. ¿Qué? ¿Creen que no presto atención a lo que le pasa a mis creaciones? En cuanto su creación apareció, supe lo que estaba pasando. Esperaba que todos ustedes limpiaran su desastre, pero lo único que hacen es esconderse aquí mientras la Tierra y todos en ella mueren. No se merecen la vida que tienen," les dijo el titán con su atronadora voz, entrecerrando los ojos.

Odín dio un paso al frente. "Vysenia se va a encargar de los Yokaiju primero, después te matará a ti y nosotros vamos a regresar a nuestro legítimo lugar, y tú sólo serás un lejano recuerdo," dijo Odín, armándose de valor.

"No eres más que un personaje de historietas, y si tienes suerte te pondrán en una película y serás interpretado por un actor de medio pelo. Nadie te recuerda, a ninguno de ustedes, todos son iguales," dijo Prometeo y continuó. "Sólo existen porque yo lo permito. Tienen un día para desactivar sus creaciones, o sentirán mi ira," dijo, y sus ojos soltaron un destello blanco antes de desaparecer.

"¿Ven lo que hicieron? Saben que no podemos enfrentarlo. Hagan lo que dice y tal vez, sólo tal vez, nos deje vivir," dijo Deméter, y fue lo que todos estaban pensando. Odín se rio. "¿Qué parte de invencible no entiendes? No hay manera de apagarlo. No está hecho para eso. No hay nada que tú o ninguno de nosotros pueda hacer," dijo Odín y Ra asintió.

"Sí, tiene razón. Tot lo diseñó tan bien como pudo y el enano que encontró Odín lo hizo en base al diseño, no puede ser derrotado," dijo Ra y a pesar de todo lo que había pasado, estaba orgulloso de lo que había hecho.

"Nos condenaste a todos," dijo Zeus. Sabía que Prometeo no era el único titán que tenía una alianza con ellos, pero traicionar a uno de ellos haría los que seguían libres se unieran contra los dioses. Y con lo débiles que estaban, no tenían oportunidad de vencerlos. "Genial, sólo tenemos un día para vivir. Gracias," dijo Zeus, y ahora se estaba arrepintiendo de todas las decisiones que había tomado hasta ese momento.

Odín sonrió. "¿Qué es la vida sin la amenaza del olvido? Si me preguntan, hemos estado seguros por mucho tiempo. Solíamos ser guerreros, creadores, y todo lo que quisiéramos, pero veannos ahora.

Somos niños asustados en la oscuridad. Si tenemos que morir, hay que hacerlo gloriosamente," dijo Odín. No inspiró a nadie ni los hizo sentir mejor.

"O, hagamos algo drástico," dijo Deméter y todos voltearon a verla. "¿Qué tienes en mente?" le preguntó Izanagi.

TREINTA Y TRES

Kevin estaba solo en la cima de la montaña. No estaba seguro de dónde estaba, sólo sabía que hacía frío, había mucho viento y no había nadie más. Había cortado a una lagartija dorada en pedazos unas horas antes. Una gran parte de él esperaba ser un héroe, salvando el mundo de bestias extrañas que no entendía.

Se preguntó cómo estaba su país, estaba seguro de que seguía ahí. Otra cosa que se preguntaba era cómo regresar a su forma humana. Lo había intentado, pero no había manera. Kevin supuse que pasaría cuando cumpliera con su trabajo.

Sus pensamientos se vieron interrumpidos cuando el mapa volvió a aparecer. Para él era como una proyección en una pantalla, pero estaba seguro de que era el único que podía verla. Un punto rojo estaba parpadeando sobre Sídney, Australia. "Energía Yokaiju, detectada. Movilízate de inmediato," dijo la voz mecánica en su cabeza. Kevin se puso de pie y saltó al nevado cielo gris.

Esta arma era la cosa más impresionante que jamás había tenido el placer de usar. Era rápida, poderosa y todo lo que cualquier guerrero podía pedir. Mientras volaba, su traje soltaba energía y se veía como un cometa rojo cruzando el cielo. Estaba a medio mundo del monstruo y no tenía tiempo que perder. Voló tan rápido como el traje se lo permitía. El mundo se desdibujaba debajo de él.

Dos minutos después llegó a dónde se había detectado la energía. Se detuvo sobre la ciudad y la escaneó. No había ninguna señal de ataque aquí, ni siquiera del monstruo. Este lugar estaba tan tranquilo como podía estarlo. "¿Qué está pasando? ¿Está rota esta cosa?" preguntó. Nunca había considerado que podría estar averiado.

Las luces de la ciudad se extendían por la costa, y Kevin imaginaba a todas las personas ahí abajo. Probablemente estaban igual de asustados que el resto del mundo. La amenaza del monstruo era real. Kevin decidió advertirle a la ciudad de la única manera que podía. Lanzó un enorme rayo morado en el aire sobre la ciudad, esperando que alguien lo viera y se diera cuenta de que algo andaba mal.

Nada cambió. No hubo sirenas, no se presentó el ejército de ninguna manera. Kevin estaba decepcionado. Sin embargo, se dio cuenta de que, al intentar volverse humano, se había vuelto del tamaño de uno de nuevo. Fue en ese momento que vio a un hombre salir del océano y caminar por la arena.

No era un monstruo, y era claro que de ahí es de donde venía la energía. Kevin voló hacia la playa y aterrizó en la arena. "Detente," le dijo al hombre caminando, y lo hizo. Se dio la vuelta para ver a Kevin y lo analizó.

"Debes ser nuevo, te ves nuevo," dijo el hombre y el agua sobre él se evaporó. "Sí, y tú eres uno de esos monstruos que están intentando matar a todos, así que necesito que te des la vuelta y regreses a de donde sea que viniste," Kevin no sabía por qué estaba intentando ser amable. No sabía por qué cuando todo su cuerpo le estaba diciendo que atacara. "¿Y si no lo hago?" preguntó el hombre, y sus ojos se encendieron de azul.

"Te voy a matar," respondió Kevin y el hombre acomodó su sombrero blanco y cruzó los brazos. "Bueno, antes de hacer esto, ¿cuál es tu nombre? Ellos, mis amigos, me dicen Kyocer," dijo y sonrió. "Mi nombre es," comenzó a decir Kevin, pero se detuvo porque no sabía si quería que supieran su nombre. "Mi nombre es Vysenia," dijo, decidiendo que eso era mejor. "Suena asgardiano, odio a los asgardianos," dijo Kyocer con desprecio en su voz.

Kevin estaba a punto de decir algo cuando el vaquero frente a él se disparó por la arena y en un instante tenía su puño izquierdo contra el rostro de Kevin, haciendo que perdiera el equilibrio y saliera volando hacia atrás hasta que cayó en la arena, dejando una zanja en su camino.

Vysenia se sorprendió, pero no estaba lastimado. Se puso de pie y se sacudió la arena de encima. El hombre seguía ahí parado, sonriendo. "Está bien," se dijo Kevin a si mismo y comenzó a caminar hacia él. También se dio cuenta de que hasta ese momento nadie lo había golpeado con tanta fuerza en su forma humana. Kyocer no podía esperar para matar al Ópticon, pero por ahora este juguete tendría que ser suficiente.

Vysenia hizo que su hacha apareciera en su mano. "Armas tan pronto. Vaya, eres patético," dijo Kyocer, pero no se veía preocupado por el hacha. Kyocer le ahorró la molestia y corrió hacia él de nuevo. Vysenia hondeó el hacha hacia la cabeza del monstruo. Kyocer sostuvo el mango del hacha mientras descendía hacia él y la detuvo en seco.

Se dio la vuelta y golpeó a la armadura roja en la espalda, haciendo que cayera de frente en la arena. "¿Dónde aprendiste a pelear? ¿En el parque? Párate y atácame como un arma de los dioses o mejor quédate ahí," dijo Kyocer.

Kevin se empujó con las manos, poniéndose de pie. "Está bien, quieres un desafío," dijo Kevin, girando y lanzando el hacha con su mano izquierda. Kyocer atrapó el mango, pero no fue lo suficientemente rápido como para evitar que se clavara en su pecho, rociando la arena de sangre azul.

Sin detenerse, Kevin disparó su rayo morado. Golpeo al monstruo con forma de hombre, haciendo que cayera al suelo. La energía era lo suficientemente caliente para hacer que la arena ardiera alrededor del cráter en el que estaba la bestia.

Vysenia se quedó ahí parada, viendo el cráter arder. Se preguntaba si eso era todo lo que iba a pasar. Tal vez la bestia había muerto ahí mismo. "¿Estás muerto? ¿Me puedo ir o qué?" preguntó Kevin. Pasaron unos segundos de silencio. "Supongo que al fin estás muerto," dijo y se dio la vuelta para alejarse. "Tres, dos, uno," se dijo a si mismo, contando en reversa. Justo a tiempo escuchó un sonido nuevo detrás de él.

"Sí, ni siquiera los monstruos antiguos pueden escapar el drama de las películas," dijo Kevin con una sonrisa y se dio la vuelta. Esperaba ver a un hombre poniéndose de pie y listo para la segunda ronda. En su lugar, vio algo que no era un hombre. Había un ser de fuego azul frente a él que apenas parecía humano. "Fuego viviente. Genial," dijo Kevin, y de repente no supo cómo iba a lidiar con algo así.

"Soy Kyocer, soy poder," dijo y caminó hacia él. "También eres muy brillante. ¿Puedes bajarlo un poco?" preguntó kevin. Era verdad, el fuego azul sólo estaba brillando con más intensidad. "No," respondió Kyocer, alzó su mano derecha y lanzó un torrente de fuego hacia Kevin, que no se molestó con moverse. No sería la primera vez que tomaba de frente un ataque y no salía herido.

El fuego se estrelló con él y lo lanzó al océano. El fuego estaba quemando su piel debajo de la armadura y no se estaba apagando con el agua. Rápidamente se quitó el fuego de encima como si fuera algún tipo de baba. En cuanto lo hizo, las llamas se apagaron. Voló directamente hacia arriba y rompió la superficie del agua. Kevin esperaba ver a la creatura en llamas esperándolo, pero Kyocer no estaba ahí.

Fue fácil encontrarlo, sin embargo. La bestia en llamas era un ardiente torbellino de llamas azules en la ciudad a lo lejos. Kevin vio horrorizado mientras la bestia soltaba torrentes de llamas con las manos en ambas direcciones. No había tiempo para sólo observar, pero había algo sobre la situación que era casi hermoso.

Las llamas azules no eran como anda que hubiera visto antes. De cierta manera le recordaba a las estrellas. Sacudió la cabeza y voló hacia el infierno viviente que caminaba por la ciudad.

Mientras volaba, aumentaba su tamaño. Aterrizó entre dos edificios que le llegaban a los hombros, pero no tenía un plan después de esto. ¿Cómo se derrota a un monstruo hecho de agua en uno de los lugares más secos de la tierra? Kevin disparó sus rayos, pero pasaron a través del monstruo y destruyeron el edificio frente a él.

El edificio quedó hecho pedazos a los pies del monstruo. El edificio había tenido las luces encendidas unos segundos antes. Intentó no pensar en todas las personas que probablemente acababa de matar. Kyocer se dio la vuelta para mirarlo, o no tanto darse la vuelta si no sólo invertirse para mirarlo. Kyocer parecía ser de su misma altura, pero el fuego de su cuerpo se contorsionaba constantemente.

La figura ardiente avanzó, y Vysenia no tenía idea de cómo enfrentarse a él. Así que hizo que podía, lo que sabía hacer. Se abalanzó contra la criatura de fuego, esperando conectar con algo sólido, con algo que pudiera golpear. Una vez más, no encontró nada. Pasó a través del fuego viviente y salió del otro lado. Se dio la vuelta para ver a la cosa de fuego regenerándose con rapidez.

"Está bien, necesito un nuevo plan," se dijo a si mismo y miró sus manos, el fuego azul en él apagándose rápidamente. La horrible cara de Kyocer brilló entre el fuego por un breve segundo, y estaba sonriendo. Tal vez sólo era la imaginación de Kevin mezclada con su nuevo miedo a ser inútil.

Kyocer alzó las manos y lo atacó, pero Kevin se hizo a un lado. Los torrentes de fuego incendiaban todo lo que tocaban. Esas personas debieron haber evacuado. Si morían, bueno, ese ya no era su problema. Kevin tenía un trabajo que hacer. Kyocer lo atacó con fuego de nuevo, y Vysenia lo volvió a esquivar.

Kyocer pareció gruñir frustrado; pero Kevin no supo decir si era sonido natural que la bestia había estado haciendo o no. La verdad no le importaba, y entre más peleaba contra esta cosa, menos le importaba la ciudad que se estaba quemando en el suelo a su alrededor.

Con cada ataque, el monstruo se encogía. Kevin pensó que él mismo y utilizar su poder eran su propia debilidad. El fuego era salvaje e incontrolable, y esperaba que la bestia compartiera su carácter con su elemento. Kyocer atacó de nuevo y cada vez que lo hacía, su objetivo se quitaba del camino. Este plan estaba funcionando, pero la ciudad estaba sufriendo por ello.

Todavía estaban en las afueras de la ciudad. Estaba intentando minimizar el daño causado por la bestia. Esta vez Kyocer lanzó fuego, pero no hacia Vysenia. El torrente de fuego azul atravesó la ciudad y alcanzó un rascacielos más al centro de la ciudad.

"Maldita sea," dijo Kevin y se dio cuenta de que el monstruo había descubierto su táctica y no iba a volver a caer en ella, al menos no así. Kevin no podía apagar el fuego.

Sin embargo, estaba observando el demonio azul y creyó ver algo. Algo sólido en el pecho de la bestia. "¿Qué es eso?" preguntó, formando su hacha en la mano izquierda. Kyocer no pareció darse cuenta de que algo había cambiado y pensaba hacer pedazos al arma asgardiana frente a él.

Vysenia se movió deprisa con el hacha. Kyocer cambio de forma a un hilo de fuego y se retorció hacia él. No tardó en atacar a Kevin por la espalda. Esta vez el ataque le dolió. El fuego lo lastimaba como si no hubiera una armadura protegiéndolo.

Su espalda se sentía como como si le hubieran dejado la piel en carne viva, y el cabello de su cabeza se sentía igual. Kevin gritó de dolor y se tambaleó hacia enfrente. Kyocer no esperaba que eso pasara gracias a su enfrentamiento previo, pero entendió lo que estaba pasando. No le tomó mucho darse cuenta de cómo iba a derrotar a su enemigo.

No cedió con su ataque y siguió quemando a Vysenia hasta que cayó al suelo de frente. El cerebro de Kevin gritó; cada nervio de su cuerpo que debía haber sido quemado y destruido, seguía intacto. El dolor abrumador seguía esparciéndose. Estaba quemándose en vida y su cordura estaba siento destrozada y reemplazada con nada más que ira y una desesperada necesidad de sobrevivir a toda costa.

La mente de Kevin fue consumida por algo más en ese momento. El dolor se detuvo y todo se convirtió en una película que estaba viendo. Ya no estaba en control de lo que pasaba. Vio al enorme cuerpo rojo ponerse de pie y darse la vuelta. Con una enorme furia, alzó el hacha y la lanzó hacia delante.

La hoja negra cortó el fuego y esta vez, al atravesarlo, tocó algo sólido. Un corazón de cristal, pensó Kevin mientras veía el ataque. La criatura en llamas se detuvo en seco. Y Vysenia atacó de nuevo, y la hoja se clavó aún más profundo.

Kyocer gritó de dolor y luego lo imposible, al menos para Kevin, sucedió. El cuerpo en llamas explotó. Sin embargo, no fue una simple explosión. El cuerpo explotó con tanta fuerza que todas las ventanas de la ciudad se hicieron pedazos. Todo a mil metros de la bestia quedó devastado.

Una enorme nube en forma de hongo se alzó y el cielo nocturno brilló con fuego azul y rojo mientras enormes piezas de escombro en llamas caían al suelo sobre toda la ciudad. Kevin vio como una pequeña llama azul se alzaba en el cielo y desaparecía en la noche.

Kevin observó la lluvia de llamas azules y rojas, y vio cómo Sídney comenzaba a prenderse en fuego en diferentes partes. Parecía estar en control de nuevo, pero el dolor seguía ahí. Cada movimiento le causaba dólar.

Esta batalla, esta parte, se había terminado, pero estaba seguro de que no había ganado. No podía quedarse parado más tiempo y se fue volando. El dolor no desapareció, pero voló de todas maneras. Voló rápido y se alejó, esperando que la siguiente batalla no fuera a suceder pronto.

TREINTA Y CUATRO

Sam caminó, cansada por la pelea con Amin. Estaba caminando en un lugar que nunca había visto antes y el cielo nocturno había desaparecido. El Ópticon había estado callado por horas. Encontró una banca y se sentó. Su cansado cuerpo había alcanzado su límite. Monstruo o no, era hora de dormir. Se acostó en la banca.

Sus piernas colgaban de la orilla. Era más o menos del mismo tamaño que la cama a la que estaba acostumbrada en la cárcel. Desde que usaba el arma, cada vez que se desmayaba o dormía, tenía pesadillas; o recuerdo de pesadillas, al menos.

Tenía hambre, estaba cansada y se sentía derrotada. Cerró los ojos. No importaban las pesadillas. El sueño llegó con facilidad y se dejó llevar, de regreso a los recuerdos de la historia no conocida del mundo. Escuchó un sonido en la oscuridad. El sonido de agua goteando como si alguien no hubiera cerrado bien la llave del agua, pero nada más. Esperaba ver algo horrible en la oscuridad.

Y el sonido se detuvo. "¿Lo sabes?" le preguntó una voz en la oscuridad. No podía ver nada. "¿Lo sabes?" preguntó de nuevo. "No, no sé," respondió. No supo que más decir. Ese era el momento en que el Ópticon le diría que este era un recuerdo, pero esa voz guardó silencio.

"Claro que no sabes. ¿Cómo podrías? Eres sólo una pieza en un antiguo y estúpido juego," dijo la voz. "Yo, bueno, es el único mundo que tengo. No tengo otra opción," respondió Sam. Todavía no sabía lo que estaba pasando. "La tendrás, pero me pregunto si valdrá la pena. ¿Qué quedará?" le preguntó la voz.

"No lo sé," dijo y de repente algo golpeó la banca en la que estaba durmiendo y abrió los ojos de golpe. "Señorita, ¿está bien?" le preguntó un hombre. Alzó la mirada y se puso nerviosa, el hombre era un policía.

"¿Qué? Ah, sí. Sólo estaba tomando una siesta," dijo, admitiendo la verdad y sin saber qué más hacer mientras se sentaba. "¿Tiene a donde ir? Escuché que había uno de esos monstruos cerca de la costa. No hay ordenes para evacuar todavía. No creo que estar afuera sola sea seguro," dijo el hombre.

Se frotó la cara para quitarse el sueño, o lo que quedaba. Todavía estaba cansada y lo vio bien por primera vez. Era más bajo que ella, de descendencia mexicana también. La luz del sol le quemaba los ojos y no la dejaba ver el nombre en su placa.

La verdad no quería saber. "Mi novio se emborrachó anoche y necesitaba salir. Llegué aquí y me quedé dormida," mintió, y mentir de alguna manera sonaba mejor que la verdad. Una verdad que nadie iba a creer.

El policía suspiró, sintiéndose mal por ella. "Está bien, puedo llevarte a un refugio, o al menos a un lugar donde puedas dormir y pensar qué hacer. Cuando despiertes y hayas descansado, podemos lidiar con el problema con tu novio," dijo y ella asintió.

"Gracias, eso suena bien," dijo Sam y se puso de pie. Le dolían las piernas, su cuerpo no quería responder, pero lo obligó a cooperar. "Ven conmigo," dijo caminó hacia una patrulla.

Se subió al asiento trasero y se puso nerviosa. La última vez que había estado en la parte de atrás de una patrulla fue con esposas y yendo a lo que creía iba a ser el final de su vida. El policía se subió al frente y empezó a manejar. "Entonces, ¿qué es lo que no sabías?" preguntó el policía y Sam sacudió la cabeza, todo a su alrededor todavía un poco borroso.

"Estaba hablando dormida," dijo. "¿Qué falta por saber? El mundo se volvió loco. Nadie sabe nada. Desde que todo esto empezó, he estado teniendo pesadillas. Vi estas cosas en la televisión. Vi lo que pasó en Florida," dijo Sam y se quedó en silencio.

"Sí, tiene razón," respondió tristemente. Era obvio que había perdido a alguien en esta crisis. Sam asumía que todos habían perdido a alguien en este punto. No pasó mucho tiempo antes de que el carro se detuviera frente a un edificio que claramente había visto mejores días.

La pintura blanca estaba cuarteada y decolorada. Una de las ventanas estaba rota. La puerta de la patrulla se abrió y Sam se bajó. En cuanto puso los pies en el suelo las sirenas de emergencia comenzaron a sonar.

"Maldita sea," dijo el policía y miró a su alrededor. "Puede sola desde aquí, ¿verdad? Probablemente sea otro simulacro, pero tengo que irme," dijo con una sonrisa. "Sí, estoy bien," dijo Sam, preocupada por el repentino sonido que llenaba el aire.

Sam se tambaleó hacia la puerta principal y entró al edificio. No había nadie, así que se sentó en la primera silla que vio y suspiró. Lo único que quería hacer era dormir por varios días seguidos. Pero a este paso no estaba segura de si volvería a dormir bien algún día. Casi deseaba estar de regreso en la cárcel, pero culpaba al delirante estado mental en el que estaba por ese pensamiento.

Cuando estaba en ese particular estado de cansancio, el tiempo no tenía sentido. Se sentó en la silla intentando mantenerse despierta. Cada segundo se sentía como diez mil años, pero la pare cuerda de su cerebro sabía que eso no era cierto.

Las sirenas de afuera no se detuvieron. ¿Cuánto tiempo llevaban sonando? Si esto era un simulacro, era uno muy largo. "Hola, ¿estás bien?" dijo una voz y Sam dio un brinco. Después de todo este tiempo peleando contra abominaciones con niveles variantes de éxito, una voz la había hecho brincar.

"Sí, no. Cansada, hambrienta," logró responder Sam. La mujer que le estaba hablando miró a los lados. "El cuarto diecinueve está vacío, puedes dormir y comer todo lo que quieras. Hay un monstruo en camino. Tal vez llegue aquí, tal vez no," dijo y Sam sonrió, o al menos pensó que sonreía.

"Me voy a arriesgar, pero tú deberías irte de aquí antes de que te coman," dijo Sam sin pensarlo, parpadeando lento. Cuando abrió los ojos de nuevo, la trabajadora ya no estaba. Miró a su izquierda y alcanzó a ver cómo se cerraba la puerta de vidrio. "Buena suerte," dijo a la nada y se puso de pie.

"¿El cuarto diecinueve?" preguntó en voz alta mientras intentaba ponerse pie. Caminó como zombie mientras avanzaba por el pasillo. No entendía por qué era ese número. ¿Todos los demás se habían quedado, listos para morir, o se estaban arriesgando porque lo que les esperaba en sus casas era peor que un monstruo de las profundidades del infierno? El cerebro de Sam hacía demasiadas preguntas mientras comenzaba a apagarse poco a poco, o al menos así se sentía.

El pasillo se sentía eterno. Contó los números en las puertas uno a uno, y no tardó mucho en llegar al que le habían asignado. Sam abrió la puerta y miró adentro, se veía como cualquier otro cuarto de hotel. Se tambaleó hacia la cama y se dejó caer, arrastrándose hacia la almohada y quedándose ahí. Se quedó dormida en segundos.

Sam dormía, pero no podía dejar de ver, escuchar y saber todo en sus sueños. "Sam, escúchame. Tienes que dejar que los monstruos hagan lo suyo. Deja que rompan y destruyan lo que puedan. Nada es lo que parece, Sam. Tienes que creerme," dijo la voz en la oscuridad, si podía llamarse oscuridad en un sueño así.

"No puedo, es mi mundo. No me debe nada, pero vivo aquí y puedo detener a esas cosas. No tengo otra opción," respondió y hubo silencio. "Bueno, detente entonces, no lo hagas. No entiendes," dijo la voz y Sam sintió que no había terminado de hablar.

Una corriente eléctrica en su brazo la despertó. "¿Dónde estabas?" preguntó el Ópticon, Sam se sentó en la cama. Era de día afuera. No parecía que hubiera pasado mucho tiempo. "Soñando con cosas extrañas," respondió sin saber qué pensar al respecto.

"Bueno, me he recargado lo suficiente para sanarte y recargar tus poderes," le dijo y ella sonrió, sintiéndose mejor que antes. "Pero no lo suficiente para transformarnos, tenemos que irnos," dijo el Ópticon y continuó. "Hay algo en camino y va a destruir la ciudad entera," terminó, y Sam se puso de pie sin dolor. "Gracias por arreglarme," dijo y comenzó a caminar hacia la salida.

Por la puerta de vidrio, podía ver que la escena que recordaba había cambiado. El cielo azul ya no estaba. Un humo gris corría por el aire. Se escuchaba un murmullo como de pisadas, pero el ruido era constante y parecía arrastrarse por el suelo. No importaba. Se dio cuenta de que había luz, pero las lámparas parpadeaban. Todo seguía vacío. Escuchó voces, voces de alguien hablando en una televisión.

Caminó hacia la puerta que estaba medio abierta y entró a una oficina. Había una pequeña televisión a blanco y negro. Sólo le tomó diez segundos ver al monstruo que se movía hacia la ciudad. Una negra masa se movía lentamente por la ciudad.

"Es Lisis, tenemos que deshacernos de este fenómeno de una vez," dijo Sam y sintió que el Ópticon estaba de acuerdo. "Me encantaría, pero ya te dije que no tenemos el poder, tenemos que huir," respondió. "Bueno, gracias por eso, nunca se me habría ocurrido hacer eso," respondió Sam y se dio cuenta de que ya no tenía hambre. No estaba segura de qué tan humana seguía siendo o sería cuando toda esta locura terminara.

Sam salió del cuarto y caminó hacia la nube de humo y el olor a destrucción era inconfundible. Edificios que habían quedado hechos polvo y personas que habían sido incineradas con energía alienígena. Los sonidos de jets gritaban en el cielo. Había una batalla y se imaginaba lo inútil que era.

"Tenemos que salir de esta isla. Lisis puede hundir este lugar y matar a todos. Puedo ayudarte con eso, pero no mucho más," dijo el

Ópticon y Sam no podía creerlo. "¿Cómo puede algo hundir una isla?" preguntó.

"Estás en Galveston, creo que así se dice. Si con eso te basta para la clase geografía, ¿podemos irnos ya, por favor?" dijo el Ópticon, casi rogándole por irse. "Entiendo," respondió y caminó por la calle.

"Nunca he estado aquí. ¿Me puedes ayudar o tengo que pasear un poco hasta encontrar un bote?" preguntó Sam y no obtuvo una respuesta por un minuto. "Sí, ve a la izquierda," dijo y Sam lo hizo con un movimiento de hombros. El sonido retumbante a lo lejos parecía estarse acercando.

Fue en ese momento que un rayo púrpura voló sobre la ciudad. Un segundo después, algo que ella no podía ver explotó. "Muévete. Si nos ve, estamos muertos. No puedo protegerte de los monstruos en tu forma humana," dijo el Ópticon y no hubo razón para pelear con él. Sam comenzó a correr, y ella odiaba correr.

Incluso corriendo tan rápido como podía, sólo podía hacerlo por unos minutos antes de quedarse sin aire y desear que alguien la matara. Siempre había culpado a su falta de condición física por que la hubieran atrapado. Sin embargo, ahora sentía que podía correr para siempre. No ser completamente humana tenía sus ventajas.

"Gira a la derecha," dijo el Ópticon, y ella lo hizo. Todas estas calles se veían iguales Estaba confiando en la voz en su cabeza. La voz en su cabeza, esa idea la hacía reír. Había escuchado historias de personas que fingían tenerlas, o sí las tenían, y salían de prisión por eso. Ahora ella era la que tenía una voz en la cabeza, y si le decía a alguien, nadie le creería.

De cualquier manera, era un viaje directo a un manicomio. Pensamientos como estos la mantenían cuerda hasta el final de esta locura cuando la vida pudiera seguir y dejaran todo eso en el pasado. Tal vez estaba loca por pensar que la vida podría regresar a la normalidad después de esto.

Sam siguió moviéndose entre casas que parecían haber sido evacuadas. No podía evitar pensar en lo mucho que podría conseguir.

La mayoría de las personas, cuando se trataba de drogas, rara vez se las llevaban cuando tenían que huir.

Sólo podía imaginar cuántas botellas de pastillas y kilos de polvos había en esas paredes. Valdrían una fortuna con las personas correctas. El pasado apareció en su mente y un silbido resonó en el cielo. Sólo podía significar una cosa.

Se detuvo y alzó la vista para ver lo que sea que estuviera cayendo. Al principio, no vio nada. De repente, del espeso humo, un jet en llamas cayó del cielo y se estrelló contra una casa cerca de Sam.

El fuego se alzó hacia el cielo y el olor cambió. Olía a lo que Sam suponía era metal quemado. Sam esperaba que cayera un paracaídas. Pasaron unos minutos y no pasó nada, y Sam se dio cuenta de que o había caído lejos de ahí o el piloto seguía en el retorcido caos de metal y fuego.

"Es hora de movernos. Lisis no está lejos. Puedo sentirlo," dijo el Ópticon con insistencia. Sam sacudió la cabeza y sintió algo también. Se sentía como un malestar, presión y sufrimiento. Se movió al otro lado de la calle y corrió frente a la casa y el jet en llamas que, a pesar de estar del otro lado de la calle, amenazaba con quemarla. Supuso que cualquier otra persona que estuviera más cerca ya habría sido calcinada.

Dejó la tragedia atrás y siguió avanzando. El olor del accidente y la muerte estaba siendo reemplazado por el del océano. El Ópticon tenía razón, se estaban acercando al mar. Sonrió y se dio cuenta de que ya casi era hora de irse, alejarse del horrible monstruo que consumía la isla un paso a la vez.

Siguió moviéndose hacia el océano, ya podía verlo. Detrás de ella, una sombra pareció bloquear lo que quedaba de luz del sol. "Maldita sea," dijo en voz alta y se dio la vuelta. Lisis había aparecido. Su cuerpo negro en constante movimiento. La bestia no parecía verla, no, le habían llamado la atención los jets del ejército que volaban a su alrededor.

Uno de ellos disparó un misil, y Sam supo que era un caos. Las formaciones y el orden de la batalla habían desaparecido. El misil alcanzó el cuerpo gelatinoso y simplemente lo atravesó y explotó sin consecuencias dentro de él. Sam sabía que esta isla y todos en ella estaban condenados. Por qué estaba aquí era algo que ella no sabía. Si estaba aquí por ella, no lo demostraba.

"Tenemos que seguir moviéndonos. Súbete a un bote y salgamos de aquí," dijo el Ópticon, aunque Sam sólo quería poner a este monstruo en su lugar. Huir era la frustración en una de sus formas más puras. Sam no tenía idea de cómo navegar un bote. Eso se le ocurrió mientras se acercaba a los muelles y se detuvo.

"No sé cómo usar nada de esto," dijo en voz alta. "¿Qué tan difícil puede ser? Busca un bote con las llaves puestas, enciéndelo y haz lo que te diga," le respondió y ella puso los ojos en blanco. Había una pequeña estructura y una fila de muelles a ambos lados. Carros abandonados de todo tipo en el estacionamiento. Y sólo quedaban tres botes blancos.

Corrió hacia la puerta del edificio. Estaba cerrado. Sam dio un paso atrás y pateó la puerta. La madera vieja se estremeció, pero no se rompió. "Vamos," dijo y pateó de nuevo. La madera alrededor de la puerta crujió y ella comenzó a sentir el dolor en la pierna.

"Puedo saltar sobre edificios, ¿pero no puedo abrir esto?" se dijo a si misma, molesta. Pateó de nuevo y la puerta se abrió. Si hubiera tenido una ventana, lo hubiera intentado por ahí, pero todas las ventanas eran demasiado pequeñas y no servían de nada.

En la pared había una tabla con varios ganchos. Cada gancho tenía un número y unas llaves colgando de cada uno. Miró hacia fuera y vio que cada bote tenía un número que coincidía con una de las llaves en la tabla.

Tomó las llaves que coincidían con un bote en el muelle, el número diecinueve. Sam se entretuvo con ver el número y corrió a buscar el bote que coincidiera.

Los controles del bote pudieron haber sido de una nave espacial. Entró en pánico, un monstruo gigante haciendo destrozos detrás de él y una tabla de controles extraña frente a ella. Sam respiró hondo y observó los controles, había un método. No era nada científico ni magia antigua.

Era una máquina. Podía hacerlo. Comenzó a leer cada una, encontró el lugar donde entraba la llave y la giró. Se sorprendió al ver que el bote se encendía con el primer intento, y que tenía casi medio tanque de gas.

Sam estaba a punto de presionar el acelerador cuando se le ocurrió algo. Salió de la pequeña cabina y se movió por el bote. Y sí, el bote estaba anclado al muelle con una gruesa cuerda. Se movió hacia ella y la tomó.

La desató del poste y la lanzó a la cubierta. Cada paso que daba hacía que el bote se balanceara de un lado al otro. No le encantaba ese movimiento constante mientras caminaba de regreso a la cabina y presionaba el acelerador.

"Soy la capitana y no tengo idea de a dónde voy," dijo para si misma, agradecida de dejar ese terror atrás, al menos por ahora. El pequeño bote blanco avanzó por el mar. El motor parecía funcionar bien y afortunadamente no había problemas con él. Después de unos minutos de navegar por el mar, giró la cabeza para ver lo que estaba pasando.

El cuerpo de Lisis se dividió en algo que parecía una estrella de mar. De las puntas de los tentáculos negros disparó los rayos morados hacia la tierra. "Va a destruir todo porque es lo único que sabe hacer. Así como Micon destruyó la ciudad."

"Todos son iguales sin importar cuánta personalidad tengan," dijo el Ópticon mientras Lisis destrozaba la Tierra. Algo hacía que Sam tuviera miedo, y no sólo por su vida.

Este no era el lugar en el que tenía que estar. Ignorando la locura detrás de ella, presionó el acelerador de nuevo y el bote voló hacia delante de regreso al continente. No podía esperar a llegar. Nunca le había gustado el mar, o más bien, los botes.

TREINTA Y CINCO

Kyocer necesitaba un cuerpo. Estos humanos eran tan patéticos que era imposible usar uno y tener acceso a su poder completo. Ese era el caso para todos ellos. Su delicada e inútil alma flotó por el cielo australiano.

La ciudad debajo de él se estaba convirtiendo en un infierno azul con rapidez. Supuso que debía apreciar los pequeños logros. Se estaba moviendo con velocidad por el viento cuando vio a alguien atrapado debajo de los escombros, pidiendo ayuda. "No te preocupes, humano, yo te salvo," dijo Kyocer en voz baja, pero estaba seguro de que en esa forma nadie podía escucharlo.

Su alma voló por el aire y en tres segundos se clavó en el pecho del hombre, atravesándolo. Los ojos del hombre inmediatamente se volvieron azules y sus gritos se detuvieron. Quitó el enorme y pesado pedazo de cemento de su pierna y espero a que todo sanara.

"Mucho mejor," dijo y se puso de pie. "Es hora de terminar lo que empecé," dijo y se preparó para transformarse en una llama viviente cuando de repente se vio rodeado de brillante luz amarilla. "¿Qué?" preguntó, segundos antes de desaparecer.

Kyocer reapareció rodeado de quienes menos esperaba. "Bueno, miren quién es. Los dioses al fin decidieron aparecer," dijo Kyocer y sonrió, mirándolos a todos. Recordaba a algunos, y a otros no. "Espera, Kyocer. Te trajimos aquí para hacer un trato," dijo Zeus y dio un paso al frente.

"Ah, el traidor quiere hacer un trato conmigo. Si tan solo los otros pudieran ver esto," se dijo a si mismo mientras miraba al llamado rey. "¿Qué podrían tener ustedes que me haría querer escucharlos?" preguntó con un siseo. "Sé dónde está tu cuerpo. Te lo puedo dar si haces algo por mí," dijo Zeus y Kyocer leyó sus ojos azules. No podía detectar una mentira, pero no podía confiar en los dioses; por otro lado, quería su cuerpo de regreso.

"¿Algo por ti? ¿Qué quieres?" preguntó Kyocer. "Queremos que mates a Prometeo," respondió Zeus y el arma en forma humana cruzó los brazos. "Matar a un titán no es algo fácil. No puedo hacerlo así. Me destruiría en menos de un segundo en esta forma," dijo Kyocer con una sonrisa.

Los otros dioses murmuraron entre ellos. Sabían que era verdad, pero el titán iba a destruirlos a todos y no tenían nada que perder. Kyocer sabía por qué ninguno de los otros estaba aquí.

"Está bien, acepto. Pero debemos cerrar el trato de la única manera que sé," respondió Zeus y Kyocer entrecerró los ojos. "Si Prometeo les declaró la guerra a todos, ¿por qué no sólo destruyen el Ópticon y recuperan su poder? Seguramente un ejército de dioses con todo su poder podría derrotar a un titán," respondió Kyocer y la idea tuvo su efecto. Escuchó un murmullo alrededor de la multitud.

"No, si lo destruimos no tenemos manera de contener la amenaza, y si les damos la oportunidad de atacar, todos sabemos como va a terminar eso," dijo Deméter y dio un paso al frente. Kyocer sonrió. "Bueno, tenía que intentarlo," dijo y Zeus casi sonrió, aunque admiraba el intento de distracción. "Muy bien," dijo Zeus, y hubo un destello de luz amarilla.

Kyocer y Zeus aparecieron en un lugar apagado. "Aquí es donde inicia el río Estigia," dijo Zeus. Kyocer miró a su alrededor y no vio nada más que cielos rojos y tierra negra. A su alrededor fluía la verdosa agua del río. Kyocer se dio cuenta y alzó la vista hacia una montaña negra que se perdía en el cielo. El agua, si se podía llamar así, venía de ahí. Kyocer no se molestó en pensar en el proceso necesario para crear ese tipo de fluido.

"Este es el trato, yo te regreso tu cuerpo y tú matas al titán, a cambio tú no lo usas para atacarnos o cualquier otra cosa sin permiso," dijo Zeus y Kyocer lo odió. Odiaba la idea de que cualquiera le pusiera una correa. "¿Qué te parece esto? Yo mato al titán, me regresas mi cuerpo, y luego tenemos unos mil años de paz entre nosotros."

"Este cerebro humano me dice que mil años son mucho, mucho tiempo. Y nadie sabe cómo vayan a ser las cosas en ese momento, o si un dios me de permiso de pelear contra ustedes algún día," dijo Kyocer con una sonrisa. Zeus sabía que las cosas habían cambiado, y que eran los términos del Yokaiju o nada. Por ahora, los términos le parecían razonables. Estaba seguro de que ningún dios le daría permiso de atacar.

"Está bien, entonces cerramos el trato sobre el río Estigia," dijo Zeus y estiró la mano. Los ojos de Kyocer brillaron mientras le tomaba la mano. El trato estaba hecho. Kyocer esperaba que algo pasara, que algo hiciera especial a este lugar. Pero no pasó nada, y la extraña agua siguió corriendo.

"Bueno, ahora que quitamos eso del camino, tenemos un cuerpo que encontrar," dijo Kyocer y Zeus sólo frunció el ceño. Eso era lo único que estaba intentando evitar, pero habían forzado su mano. Sólo esperaba que un Yokaiju, sólo uno, fuera suficiente para pelear contra un titán.

Zeus nunca soltó la mano del arma, y una vez más se encontraron en un destello de luz amarilla, y sus alrededores habían cambiado. Y luego todo quedó negro. Zeus brillaba con una tenue luz azul. "¿Qué es esto?" preguntó Kyocer, y lo único que podía ver era la oscuridad. "Ah, claro," dijo el dios y soltó la mano de Kyocer, aplaudió una vez y la cámara entera se encendió, antorchas antiguas se prendieron hasta donde Kyocer podía ver, pero eso no fue lo que llamó su atención.

Ahí estaba. Medía miles de metros de alto, una forma humanoide con brazos y piernas tan gruesas como cuatro o cinco rascacielos. Su cara estaba escondida en las sombras. Su piel estaba azul, fría y sin vida. "Ha estado aquí desde la creación del universo," dijo Zeus y no pudo evitar admirar la creación mientras se alzaba sobre él.

"Son obras de arte, todos ustedes. Es una pena que decidieran matarnos a todos," dijo Zeus y Kyocer sonrió. "Eran débiles. ¿Qué harían si alguien más débil que ustedes intentara decirles qué hacer? Asumo que harían lo mismo," respondió. Zeus no pudo argumentar contra eso.

Kyocer no iba a desperdiciar más tiempo. Su alma salió del diminuto cuerpo humano y este colapso al instante. Zeus no desperdició el tiempo y mandó al humano lejos de ahí, a un lugar seguro. Kyocer, al principio, no se movió. Los segundos pasaron como si fueran eternidades mientras Zeus esperaba a ver si funcionaba.

Sacar almas de cuerpos a veces las dañaba, pero sintió alivio y terror al mismo tiempo, cuando el gigante comenzó a moverse. "No te muevas todavía, voy a llevarnos a donde necesitamos ir," dijo Zeus y se concentró. Había pasado mucho tiempo desde que había movido algo tan pesado tan lejos.

Los dos desaparecieron al mismo tiempo. El último esfuerzo de los dioses estaba activado. Si Prometeo quería guerra, Zeus iba a darle una que nunca iba a olvidar.

TREINTA Y SEIS

KEVIN ESTABA QUEMADO EN ESTA FORMA, Y LO PEOR ERA QUE estaba perdiendo la noción del tiempo. El dolor de las quemaduras iba y venía. Se aferró a ese dolor porque entre más tiempo pasaba en este maldito traje, en esta arma, más se perdía a si mismo. Todo el asombro con el poder y la encanto que había sentido al principio ya no estaba, ahora todo esto era normal y estaba comenzando a asustarlo.

El indicador comenzó a parpadear de nuevo. "Otro," se dijo a si mismo y alzó la vista. Los Estados Unidos estaban siendo atacados de nuevo y yo estoy a diez mil kilómetros, pensó y se puso de pie. A pesar de todas sus preocupaciones y problemas mentales, aún tenía un trabajo que hacer.

Su hogar estaba siendo atacado y él había hecho dos promesas diferentes de defenderla. El hombre en armadura roja y negra se puso de pie. Sídney seguía ardiendo a sus pies y sabía que no había nada que pudiera hacer al respecto.

El cuerpo de Vysenia se encendió, y despareció de la solitaria playa en un instante para reaparecer en una isla a punto de ser destruida. Lisis estaba lanzando sus rayos por todos lados con la intención de crear caos. Cada rayo perforaba el suelo y dejaba llagas en él. Esas heridas se llenaban de agua con rapidez.

Era obvio que esta cosa, esta cosa que creía haber matado, iba a hundir la ciudad entera. Kevin no tenía idea de por qué y no le importaba. Estaba a punto de transformarse cuando, para su sorpresa, Lisis se alzó en el aire.

La naturaleza negra y fluida de su cuerpo creaba una vista surreal que Kevin no terminaba de aceptar. Nada tan grande y vivo debería estar volando, nada así debería existir. La masa negra se alzó en el aire y comenzó a girar. "¿Ahora qué?" se preguntó a si mismo. Rápidamente decidió que no le interesaba, nada de esto podía ser bueno. Kevin tomó su forma gigante y se alzó en el aire. Sin desperdiciar ni un segundo, se lanzó hacia el centro del cuerpo de Lisis.

La medusa gigante en el cielo se lanzó hacia arriba y cualquiera que haya sido el plan para la Isla del Galveston quedó olvidado. Par la sorpresa de Kevin, sin embargo, la cosa negra se dividió en seis pedazos que cayeron al océano a ambos lados de la isla. Más preguntas aparecieron en la cabeza de Kevin pero eran las mismas de antes.

Sin embargo, estaba seguro de que esta cosa no estaba muerta. Ese hecho fue confirmado cuando vio que los seis pedazos se movían bajo el agua. A esta altura, podía ver ambos lados de la isla.

Los seis pedazos se habían transformado en lo que a él le parecían nada más que gusanos gigantes. Tres de ellos se alejaron de la isla y los otras tres los siguieron. Los últimas tres tenían que pasar debajo de la isla. Para el asombro de Kevin, a los tres pedazos sólo les tomó treinta segundos llegar al otro lado.

Kevin despertó de su estupor y voló tras ellos. Esperaba dos cosas. Una, no tener que pelear con estas cosas bajo el agua. Y dos, que se volvieran a juntar en algún momento para que su error no le ganara en número.

Kevin estaba pensando en las cosas bajo el agua, cuando más adelante y moviéndose por el agua, vio un bote. Estaba moviéndose rápidamente de regreso a la costa, y era obvio que no iba a llegar antes que ellas.

Kevin bajó en el aire y llegó al bote sin problema. Lo levantó del agua y se lo llevó, con todo lo que había adentro. Creyó escuchar un grito de quien timoneaba el bote, pero no estaba seguro. No se molestó en ver quien era. Estaba salvando la vida de alguien y no tenía tiempo de hacer amigos.

Unos minutos después, habían llegado a las costas de Texas. Dejó el bote tan cerca como pudo de la costa, se dio la vuelta y disparó sus rayos morados al agua, haciendo que el agua explotara en el aire.

"Gracias," le dijo Sam a su extraño salvador mientras soltaba su bote. "Es el arma asgardiana de nuevo," dijo el Ópticon y Sam puso los ojos en blanco. "No estoy ciega," respondió y presionó el acelerador de nuevo mientras el bote se moví hacia el muelle y lo golpeaba suavemente. Apagó el motor y se bajó del bote, dándose la vuelta para ver la batalla.

Vio cómo disparaba hacia el mar de nuevo a enemigos que ella no podía ver pero no pareció lograr nada además de mandar agua volando por todos lados. "¿No podemos transformarnos todavía, para nada?" preguntó. "Podríamos, pero casi no tendríamos poder, pero ¿puedo sugerir que nos quedemos parados en los muelles?" preguntó el Ópticon y era un buen punto.

Sam se dio la vuelta y corrió. No le tomó mucho tiempo llegar a tierra firme. Segundos después, un enorme gusano negro salió del agua y se enredó alrededor de la cintura de Vysenia. El gigante peleó contra el ser semi-líquido cuando otro salió del agua y se enredó en su cuello.

"Está bien, tenemos que hacer algo," dijo Sam y apretó el puño de su mano derecha. Energía dorada fluyó por su cuerpo, como todas las otras veces que la armadura había aparecido a su alrededor en un instante.

Se alzó en el aire y mientras Vysenia estaba distraído, creció a su máximo tamaño. Estaba segura de que cualquiera con un satélite que pudiera ver la Tierra en ese momento sabría su identidad. Esa información no iba a ser un secreto por mucho tiempo.

El Ópticon disparó un rayo dorado al gusano negro alrededor del cuello de Vysenia. Era débil, pero era suficiente para lastimar a la cosa y hacer que cayera al mar. Sam hizo una mueca de dolor al sentir cómo disminuía su poder. "Te dije, estamos utilizando las reservas, así que tranquila con los rayos," dijo el Ópticon y Sam entendió. "Está bien," respondió y aterrizó en el agua. Podía ver lo mismo que Vysenia. Los gusanos negros moviéndose en círculos a lo lejos, listos para atacar en cualquier momento.

Vysenia no le puso atención a su nueva compañera. Distraerse un minuto sería una invitación al desastre. Los seis pedazos salieron del agua y volaron por el cielo. Los dos gigantes se prepararon para pelear, pero se dieron cuenta de que estaban demasiado arriba para un ataque mientras las cosas volaban sobre sus cabezas y luego seguían avanzando.

Kevin se dio cuenta de a dónde estaban yendo y se movió por al aire tan rápido como pudo. Sam lo siguió sin entender qué estaba pasando. Lisis estaba volando por el aire, los pedazos fusionándose para volver a formar el cuerpo. Estaba volando muy rápido, y Sam estimaba que lo estaban persiguiendo a 800 kilómetros por hora, pero los estaba dejando atrás.

Sam sabía que con su poder completo podía atrapar a esa cosa, pero estaba haciendo lo posible por sólo no caer al agua. Era como correr a toda velocidad y podría sentí su cuerpo llegando a su límite. Vysenia parecía estar volando para ir a su paso.

"¿Qué estás haciendo? Ve por esa cosa," dijo Sam tan alto como pudo. Vysenia lo intentó, adelantándose al Ópticon, pero sólo un poco. Pero tampoco estaba en su mejor condición, esto de perseguir al monstruo lo estaba cansando. Su cuerpo estaba lleno de quemaduras por dentro. Los dos guerreros heridos sólo podían seguir al monstruo de cerca por ahora.

Pasaron cinco minutos y vieron la ciudad de Houston en el horizonte, acercándose a los tres. Era obvio lo que esta cosa quería hacer. Lisis gritó y aterrizó en el centro de la ciudad de Houston.

Los rascacielos se alzaban sobre la figura semi-líquida de ciento veinte metros y la repentina aparición del monstruo hizo que la población entrara en pánico. Mil accidentes automovilísticos pasaron al mismo tiempo mientras la gente veía a la bestia alzarse entre los edificios.

Y luego empezaron los gritos. Un sonido que ya conocía, un sonido de desesperación y horror mientras la bestia caminaba por las calles. Lisis se tomó unos segundos para disfrutar del miedo, del sonido de la gente a sus pies en sus últimos segundos de vida.

Los dos guerreros aterrizaron unos segundos después, intentando no romper nada mientras lo hacían. Lisis estaba utilizando sus rayos para felizmente convertir el Wells Fargo Plaza en un billón de pedazos de vidrio y fuego. Los edificios cercanos quedaron hechos pedazos, tirados en el suelo. Los rascacielos cayeron sobre Lisis, pero se deslizó entre los escombros con prisa por seguir su destrucción de la ciudad.

Su intento de ser cuidadosos parecía inútil en contraste con la masa viscosa frente a ellos. "No hay tiempo de ser cuidadosos, tenemos que derrotar a esta cosa," dijo Sam, pero se le ocurrió que no tenía idea de cómo iba a detenerla. Esta cosa era inmune al daño físico y no podía dispararle con nada al estar utilizando sus reservas.

Kevin estaba agonizando de nuevo, la persecución y la pelea tan pronto después de la anterior habían hecho que sus heridas se abrieran de nuevo. No sabía cómo iba a derrotar a esta cosa. Recordó haberla cortado en dos con un hacha sin hacerle nada. Cada ataque de energía le quitaba algo en el interior, como si alguien tomara un puñado de carne dentro de su pecho y se lo arrancara.

No estaba seguro de que fuera algo bueno. Iba a dejar que Sam quedara a cargo, y luego se le ocurrió algo. Se preguntó si ella sabía quién era él. La situación se le hacía casi graciosa, pero eso se le pasó rápido. Formó su hacha negra, para lo que sea que funcionara, en su mano izquierda.

Sam vio el arma y se preguntó qué estaba pasando. Era inútil, era como intentar usarla para matar el agua. Y luego se le ocurrió que sólo había una razón por la que usaría un arma así. Era porque no tenía nada más con qué pelear. "¿Es en serio? No puede ser que ninguno de los dos pueda usar sus poderes. Somos los peores héroes del mundo," se dijo Sam a si misma e intentó no dejar que su lenguaje corporal lo mostrara.

Lisis observó a ambas figuras, aunque no era aparente porque no tenía ojos. Pero los observó de todas maneras. Una con un hacha, la otra con nada. Sólo vio dos figuras queriendo morir y atacó. Dos tentáculos se lanzaron hacia ellos. Vysenia cortó el aire con el hacha al mismo tiempo y con el mismo movimiento cortó la punta del tentáculo, haciendo que volara a otro lado.

Sam intentó moverse, pero recibió un golpe en la garganta, fue como ser golpeada por un látigo, y perdió el equilibrio. Cayó al suelo con tanta fuerza que los carros cerca de ella salieron volando hacia los edificios junto con personas que no se habían podido alejar lo suficientemente rápido.

El Ópticon se puso de pie mientras veía a Vysenia atacar a la bestia con su hacha y clavársela en el cuerpo. Era como intentar cortar gelatina o plástico derretido. Lisis no reaccionó al ataque, como si no pudiera sentir el dolor.

Jaló el hacha y atacó de nuevo. La clavó más profundo, buscando desesperadamente algún tipo de núcleo, alguna debilidad que esa cosa pudiera tener, pero no había nada.

"Este plan no va a funcionar, necesitamos algo más," dijo Sam pero lo que realmente necesitaba era aislarse doce horas y tal vez comer algo. En lugar de eso, estaba peleando contra un horror imposible. El Ópticon miró a su alrededor buscando cualquier cosa que fuera útil, pero sólo encontró más y más muerte y destrucción.

"¿Dónde está el poder eléctrico en esta ciudad? Me refiero a dónde se genera," le preguntó Sam al Ópticon. "Déjame ver," le respondió. "Hay un lugar más o menos a ciento cincuenta kilómetros al sur de aquí. Si podemos llevar al monstruo ahí, puede que tengamos una oportunidad," dijo el Ópticon. Sam no sabía nada de Texas o dónde estaban. Una vez más tenía que confiar en el Ópticon y tenía que ponerse a trabajar.

Hizo aparecer su espada en la mano izquierda y atacó al monstruo, logrando cortar uno de los tentáculos que estaba amarrado alrededor del cuello de Vysenia. Lo extraño fue que cuando cortó la masa negra con su espada, los pedazos que quedaron se convirtieron en polvo.

Eran pedazos diminutos, sin embargo, y dudaba poder derrotar a la bestia sólo con su espada. "Hombre rojo, tenemos que hacer nos sigua. Tengo un plan. ¿Me entiendes?" le preguntó. Kevin volteó a verla. La voz no era para nada femenina, pero la entendía, así que asintió para hacérselo saber.

TREINTA Y SIETE

Sam era una mujer con un plan. Era obvio que Lisis estaba mucho más interesado en destruir la ciudad que en pelear con ellos. Así que se puso de pie y se paró frente al monstruo de nuevo y sin pensarlo dos veces o explicarle su plan a su compañero en esta batalla. Lisis, por un segundo, quedo distraído por la gigante dorada corriendo hacia él.

La bestia no podía resistir un objetivo tan sencillo, y disparó sus rayos morados hacia ella. Sam se dio la vuelta para evitar la mayoría, pero se aseguró de que uno la alcanzara en el hombro. Salieron chispas mientras caía al suelo.

Intentó ponerse de pie pero se cayó de nuevo. Vysenia intentó acercarse para ayudar cuando comenzaron a llover más rayos morados sobre ellos. También lo tiraron al suelo y ahora Lisis se alzaba frente a ellos como una sombra viviente.

A Sam le dolía todo, no había nada falso al respecto, pero actuó como si estuviera más herida de lo que en realidas estaba y cayó al suelo de nuevo. "Espera," le susurró al otro. Sabía que los monstruos no eran bestias irracionales, y esperaba que no la hubiera escuchado. No parecía haberlo hecho mientras se acercaba a ellos.

Podía olerlo. Lisis olía como el mar y peces muertos que habían estado en el sol por mucho tiempo. Vysenia asumió que eso es lo que estaban esperando y la siguió mientras se alzaba en el aire. Por ahora, sólo la estaba acompañando. No estaba seguro de que le gustara sólo ser un seguidor.

Lisis lo miró con ojos invisibles. El Ópticon era su enemigo, y la cosa roja también. Estaban heridos, huyendo. No había manera de que los dejara huir cuando estaban tan débiles. Sería una victoria sencilla. Siempre podía regresar a la ciudad y destruirla. Lisis se movió por el aire de manera torpe, como lo había hecho antes.

Pero con una fluidez impresionante se movió por el aire hacia ellos. Por ahora, Houston sólo había sufrido daño a algunos rascacielos y muchos accidentes automovilísticos, y lo que el ejército llamaría una pérdida aceptable de vidas considerando la situación alrededor del mundo.

Volaron juntos por el aire. Sam lo estaba guiando. Estaba consciente de las desventajas que tenían; recordando que la bestia los había dejado atrás de camino a la ciudad. No había manera de que le ganaran.

Estaba asumiendo muchas cosas y esperando que tal vez, sólo tal vez, el monstruo detrás de ellos prefiriera perseguirlos a matarlos. Sam esperaba que fuera cierto. Por ahora sólo necesitaba siete minutos en el aire.

Lisis los estaba alcanzando poco a poco. Iba a atacarlos en el aire, terminarlo todo ahí mismo, convertirse en un héroe para los demás y liberar las almas de los que habían sido capturados. Al menos ese era el plan. Y luego se le ocurrió algo. ¿Qué tal si destruir al Ópticon también destruía a los otros? Eso no le gustó y ahora sabía que no podía arriesgarse. Ni ahora, ni nunca. El de rojo, sin embargo, no era más que una molestia que podía matar en cualquier momento.

Kevin no se lo esperaba, los rayos morados lo alcanzaron en la espalda. Apretó los dientes. El dolor fue peor porque no se lo esperaba. Las chispas volaron por todos lados y Vysenia cayó al suelo. Rodó en la tierra, una y otra vez, hasta que por fin se detuvo bocabajo y aplastando varias cosas. Sam quería detenerse, pero no lo hizo, no tenía otra opción.

"Yo soy la que importa, ven por mí," gritó sin pensarlo dos veces. No estaba segura de si la cosa la había escuchado o si lo sabía, y la persiguió de todas maneras. Se dio la vuelta para estar de espaldas, volando hacia delante.

Lisis le lanzó tres rayos más. Podía verlos, y los esquivó con un giro en el aire. No era tan fácil como se veía, pudo sentir el calor en su cara y su cuerpo cuando la energía se acercó.

Pasaron unos minutos, Lisis se hartó de perseguir al enemigo y decidió terminar con esto. Aumentó la velocidad y Sam vio cómo la masa negra consumía todo detrás de ella. "Maldita sea," se dijo a si misma y miró al frente. Ahí estaba, la planta. Su esperanza desapareció y fue reemplazada con terror en un segundo.

No era cualquier tipo de planta. Era una planta nuclear. "No me dijiste que era radioactiva," dijo Sam molesta. "No preguntaste, sólo escogí la que parecía producir más poder," respondió el Ópticon, sin entender la diferencia, o realmente saber qué estaba pasando.

Lisis tampoco entendía lo que estaba pasando. Tenía acceso a recuerdos, pensamientos y otras cosas humanas, pero no se había molestado en usarlos desde el océano Índico. Las enormes estructuras a lo lejos con vapor saliendo de ellas no significaban nada para él.

Comenzó a acceder a los recuerdos cuando de repente el Ópticon se dio la vuelta y voló hacia la bestia. Lisis era rápido, pero no tan rápido como para evitarlo.

Sam no tenía otra opción. Lamentaba mucho lo que estaba a punto de hacer. Lisis se lanzó contra ella y Sam lo sujetó con fuerza, usando su energía para evitar pasar a través de él, y lo hizo girar. Juntos cayeron del cielo y chocaron con la planta nuclear a casi setecientos kilómetros por hora con la fuerza de un meteorito.

Las extrañas energías cósmicas de Sam y la bestia se mezclaron con las de la planta. La reacción creó una explosión masiva que resultó en una nube en forma de hongo que se alzaba a kilómetros del suelo. La onda de shock se expandió por kilómetros a la redonda y mató a todo lo que tocaba, vaporizando todo lo que no era lo suficientemente fuerte para aguantar el poder. La luz cegadora podía verse a kilómetros.

Sam vio el cuerpo de Lisis hacerse pedazos, y esos pedazos se convirtieron en cenizas frente a sus ojos. Estaba tan muerto como podía estar por ahora, al menos. Vio el cuerpo de un hombre caer en pedazos dentro del fuego nuclear. Tenía una sonrisa en la cara antes de convertirse en cenizas y que el viento se lo llevara.

El alma de Lisis estaba escapando. Negó con la cabeza y lanzó su lazo rojo de energía. Se enredó alrededor de los tentáculos negros en el cielo y la jaló como si fuera un sedal con un pez al final. Se puso de pie en el fuego y quedó devastada. Esto no era lo que había planeado.

Vysenia se puso de pie a tiempo para sentir la onda expansiva. Era lo suficientemente fuerte para aguantar la explosión, pero estaba en shock. No creía que Sam estuviera dispuesta a hacer algo así para ganar la batalla. Su dolor desapareció de repente. Fue reemplazado con ira.

Sam no era una heroína, ahora estaba seguro de que toda la destrucción que había causado en sus peleas alrededor del mundo había sido intencional. Claro que una maldita criminal no tendría valores, ni un código, ni reglas. Millones muertos sin razón. Apretó las manos en puños, su armadura comenzó a arder con fuego rojo.

La mente de Kevin se desvaneció. La pureza de la ira y la venganza le dieron a la armadura de Vysenia todo lo que necesitaba para tomar el control por completo. Ahora el arma había alcanzado su máximo potencial. Los Yokaiju tenían que ser destruidos, y el Ópticon también por el bien de todos los seres vivientes. Comenzó a caminar hacia ella por el caos radioactivo.

TREINTA Y OCHO

Prometo vio lo que estaba pasando en la tierra desde su trono, en su paraíso personal. "Señor, ¿está seguro de que no podemos hacer nada?" preguntó un ángel a su lado. "Ojalá pudiéramos, pero el trato que hice les da a todos el poder sobre la tierra. Los Yokaiju son su problema. No sé cómo los liberaron, pero un trato es un trato," respondió, sin preocuparse por lo que estaba pasando en la Tierra.

El titán se puso de pie y la pantalla holográfica frente a él desapareció. "Necesito pensar," dijo. Su mente estaba cansada. "Muy bien, señor, debería saber que el nivel de admisiones ha aumentado. Tal vez necesitemos abrir otro nivel," la figura fantasmal dijo, y los dos se asustaron al escuchar una explosión fuera del palacio.

"¿Qué?" preguntó el titán mientras se volteaba hacia el sonido. Las puertas blancas se abrieron de golpe, más ángeles entrando en pánico. Sus alas estaban en llamas, sus cuerpos quemados hasta alcanzar tonos rojos y negros. Estaban gritando, haciendo lo imposible al sentir dolor.

"¿Qué significa esto?" gritó Prometeo, exigiendo una respuesta. "Una bestia está atacando el reino," gritó una voz. El ángel que lo dijo no tenía su brazo izquierdo. Algo que también se suponía era imposible. "No," dijo y salió deprisa. Vio horrorizado cómo la montaña en llamas que era la bestia se movía hacia él.

La bestia estaba cubierta de fuego azul y parecía un hombre más que nada. A su lado había una figura que parecía un palillo de dientes en comparación. Lo reconoció al instante. "Zeus, ¿qué has hecho?" su voz retumbó en el aire, la pregunta haciendo eco en el blanco infinito.

"Querías una guerra, titán. Te traje la guerra. No puedes amenazar a mi familia y seguir con vida," respondió Zeus y Kyocer avanzó. "¿De qué hablas? ¿Al fin te volviste loco?" preguntó Prometeo, pero supo que el momento de las preguntas había terminado. Sabía que ahora tenía que pelear para sobrevivir.

Zeus no escuchó la pregunta. Ahora que un arma que podía matar titanes estaba aquí, fingir ser inocente le salía natural al titán. Al fin era tiempo de matarlo y Zeus no podía esperar a verlo morir después de tanto tiempo. Darle voluntad propia a la humanidad era imperdonable, había sido la ruina de los dioses. "Ni siquiera eres un dios, impostor. No eres nada más que las ruinas de una raza de la que nadie sabe nada y nunca has hecho nada, pero te llevas todo el crédito. ¿Maneras misteriosas? Mas bien ignorantes, enorme idiota. No hay un plan, nunca lo hubo. Ahora vas a pagar por todo," gritó Zeus mientras Kyocer seguía avanzando.

Prometeo había creado a la humanidad a su imagen, o al menos una de sus imágenes. Bípedos, altos y fuertes, como él. Esta era sólo una de las formas que podía tomar el titán. Los ojos de Prometeo destellaron con una luz blanca mientras el monstruo de fuego azul se acercaba a él listo para una pelea.

Su cuerpo brilló del mismo color que sus ojos y en segundos se había transformado en un enorme dragón alado. Tenía piel blanca y brillante, y ojos azules. Una larga cola terminando en una púa. Era de la altura de Kyocer, los dos medían más de dos mil metros Kyocer se veía más alto por las llamas que se alzaban de su cuerpo.

"Está bien, cerillo gigante, quieres enfrentarme solo. Vas a morir aquí," dijo el titán con un gruñido. Kyocer no se molestó en usar palabras, no se supone que hables con quien vas a matar. Se lanzó hacia delante y puso su mano alrededor de la garganta del dragón blanco, empujándolo hacia atrás contra el palacio y a través de la pared. Su mano en llamas quemaba la piel del titán y este soltó un grito de dolor.

Prometeo había olvidado cómo se sentía el dolor, y le preocupaba haber olvidado cómo pelear. Había pasado una eternidad, literalmente, desde la guerra con estas cosas. Todo lo demás había sido un elaborado trabajo de ficción para convencer a mentes simples para que creyeran, un intento de que se comportaran y evitaran el caos.

El dragón blanco tomó la muñeca de Kyocer y la torció. La bestia se movió con ella. Prometeo abrió sus fauces y soltó un rayo de luz roja que golpeó al Yokaiju directo en la cara. El ataque lo tiró al suelo. Kyocer se esforzó por alejarse y lo hizo, poniéndose de pie al mismo tiempo.

El titán tenía que morir, sin excepciones. Sin embargo, Kyocer se sentía con ganas de destruir. Alzó los brazos y disparó dos sólidos torrentes de fuego azul. Chocaron el palacio blanco y pasaron a través de él. La majestuosa estructura se quedó en pie sólo unos segundos más, y luego se desmoronó mientras el fuego cósmico la consumía desde adentro.

"Maldito seas," gritó el titán en agonía mientras su hogar era destruido, y mucho más que ni él sabía que estaba adentro. Prometeo quería caer de rodillas por la tristeza. Incontables miles de años de trabajo se habían esfumado con un inconcebible ataque. En lugar de eso dejó salir un brillante rayo rojo que golpeó al Yokaiju en la espalda y lo lanzó hacia delante, hacia la pila en llamas.

"Zeus, ¿por qué haces eso?" preguntó Prometeo horrorizado de nuevo mientras miraba a la creatura en llamas salir de los restos del palacio. Zeus comenzó a preguntarse por qué seguía con esta historia. "Porque amenazaste con matarnos a todos, necesitábamos atacar primero, tú necesitas morir. No puedo permitir que nos mates a todos. No puedo," dijo, su voz fallando por primera vez.

"El trato funciona por ambos lados, yo nunca podría declararte la guerra. ¿Cómo pudiste olvidar eso?" preguntó Prometeo, pero ya no tenía tiempo para hablar. La bestia atacó de nuevo y golpeó al titán en el rostro, lanzándolo a la izquierda y mandándolo al suelo. Era hora de concentrarse en lo que tenía que hacer, y se levanto volando del suelo tan rápido como pudo. Voló hacia el Yokaiju, yendo en bajada tan rápido como podía.

Se estrelló contra la espalda de la bestia y lo volvió a empujar hacia el suelo lleno de neblina. La neblina se alzó con el impacto. El dragón blanco ignoró el dolor del fuego y atacó. Sus dientes se clavaron en la parte de atrás del cuello de Kyocer. La bestia estaba poniéndose de pie cuando fue atacada.

El dolor era horrible, pero se sentía vivo por primera vez. Era una energía que no había sentido en una eternidad. Apretó los puños y lanzó fuego. El fuego azul bajó por la garganta del dragón y fue más que suficiente para hacer que lo soltara. Hubo dolor abrasador. El dragón se tambaleó hacia atrás mientras agarraba su garganta. Kyocer se puso de pie y de frente a su objetivo.

La piel de Prometeo sanó con rapidez y se abalanzó contra el Yokaiju. Se detuvo antes e llegar a la bestia, se dio la vuelta y la lanzó al suelo con su cola. Cada segundo que lo tocaba sólo le causaba dolor.

La idea funcionó y el dragón no desperdició el tiempo en atacar a la bestia con otro rayo rojo. Golpeó a la bestia en llamas en el costado y esta vez salió volando un pedazo de carne. El fuego se apagó y Kyocer gritó de dolor, mostrando su piel azul y negra herida sin sangre.

El cuerpo de Kyocer era poderoso y la herida se estaba sanando sola con cada segundo. Sus manos volvieron a encenderse en llamas, pero sólo las manos. Corrió hacia el dragón, saltó en el aire el puño derecho listo para golpearlo. Prometeo reaccionó y se hizo a un lado, dejando que pasara a su lado y sujetándolo por los tobillos.

Usando el impulso, el titán giró a un lado y lanzó a la bestia azul lejos. "Zeus, detén esto. Tenemos que hablar de esto," dijo adolorido, usando la distancia que había creado como una oportunidad.

"¿Por qué? Tú llegaste a Otris para decirnos que era nuestro último día, mi única opción fue creerte," respondió Zeus, convencido de que seguía teniendo la razón, y que había tomado la decisión correcta para proteger a los suyos. "No he estado ahí desde el otoño, te estás volviendo loco. Alguien está jugando contigo, despierta," gritó Prometeo mientras las atronadoras pisadas se movían en dirección a él de nuevo.

"¿Quién podría estar jugando con nosotros? ¿Quién se arriesgaría a liberar a estas creaturas, y con qué otro propósito aparte de destruir toda la creación?" preguntó Prometeo y era verdad. Zeus no tenía idea de quién entre los dioses podía ser tan malvado. No había que equivocarse, él sabía que había dioses oscuros, e incluso malvados, pero ninguno tan malvado como para arriesgar la muerte y el fin de todo.

Kyocer estaba listo para seguir peleando. "Detente," dijo Zeus al fin, escuchando a sus pensamientos secundarios. Sin embargo, el arma no tenía ninguna razón para escuchar a nadie. Tenía su cuerpo de regreso, tenía todo lo que quería.

"Sí, me voy a detener cuando esté bebiendo la sangre del titán de su patético cráneo y su excusa de chispa se haya apagado, como dice el trato," gruñó Kyocer y su voz era el sonido de un estruendoso fuego.

Zeus sabía que eso pasaría. ¿Cómo podría no pasar? Había hecho un trato con un monstruo y ahora el monstruo estaba más que dispuesto a terminarlo. A Kyocer no le importaba la mortalidad, las preguntas o los misterios de quién había hecho qué y por qué.

No, Kyocer sólo quería hacer lo único que siempre había querido. Matar y destruir todo lo que veía, para lo que había sido creado. No detuvo su avance hacia el objetivo. "Maldición," dijo Zeus e hizo lo único que podía hacer.

Lanzó un rayo con toda su fuerza hacia las caras de ambos gigantes. La chispa era lo suficientemente brillante porque los dos desviaron la vista. "Ve a un cuarto más pequeño," dijo Zeus y Prometeo inmediatamente se encogió a una altura de noventa metros, la misma que Zeus.

El dios creó una brecha dimensional y los dos la atravesaron.

Kyocer recuperó la vista justo a tiempo para ver la brecha cerrarse tras ellos, dejándolo en este blanco vacío interminable rodeado de una multitud de almas infinitas que parecían una ventisca.

El Yokaiju soltó un quejido molesto. Los viajes dimensionales no eran el final del camino. Los titanes peleaban sus guerras a través de miles de dimensiones. Seguiría esta a donde sea que lo llevara. "Acaban de ganarse un poco de tiempo. Estoy justo atrás de ustedes," dijo Kyocer y sonrió mientras comenzaba a trabajar.

TREINTA Y NUEVE

La explosión nuclear devastó las costas de Texas. La radiación se estaba esparciendo por todas direcciones, siendo cargado por los vientos tóxicos y la fuerza de la explosión. Lo único que quedaba eran los que estaban muriendo y los que estaban muertos. Y, por supuesto, los gigantes. Uno era responsable de ellos, y el otro estaba decidido a hacerla pagar.

Vysenia marchó hacia la gigante dorada, que no parecía darse cuenta de que se estaba acercando. El hacha negra apareció en su mano y la lanzó hacia ella. Vysenia, siento un arma, no tenía concepto de justicia, honor, ni nada más. Sólo quería ganar. El hacha, del tamaño de al menos tres autobuses, voló por el aire.

Sam estaba sorprendida, seguía observando todo, pero el Ópticon no estaba tan perturbado. Vio al arma moviéndose hacia ellos y saltó a la izquierda antes de que el hacha las alcanzara. Sam estaba sorprendida.

"Gracias," dijo y se dio la vuelta. El hacha se clavó en el suelo por un segundo antes de desencajarse y volar de regreso a la mano. Sam se puso de pie y de frente a su enemigo. Seguía sin tener poderes. "¿Por qué me atacaste?" preguntó mientras seguía acercándose.

Saltó en el aire y atacó con el arma de nuevo. La hoja estuvo a unos metros de su cara y Sam dio un paso atrás. "Se volvió loco," dijo el Ópticon y Sam estuvo de acuerdo con eso.

Cuando el hacha atacaba de nuevo, Sam pateó su mano y él soltó el hacha. Se movió hacia delante y golpeó al gigante en un lado de la cabeza, haciendo que se tambaleara. Intentó recoger el hacha, pero el mango le quemó los dedos en cuanto lo intentó. "Ow," dijo y alejó la mano. A sus dedos les salía humo.

El hacha voló hacia la mano de Vysenia en un segundo y tomó el mango con ambas manos antes de correr hacia ella. "Está bien, le gusta su hacha, grandioso," se dijo a si misma, sabiendo que todavía no estaba lista para otra pelea. Vysenia alzó el hacha sobre su cabeza y la lanzó hacia Sam. Dio un brinco hacia atrás, formó su espada y cortó el mango negro a la mitad con un movimiento.

"Deja de actuar como un asesino," le dijo. Hubiera tenido más éxito hablándole a una pared. El gigante rojo bajó la vista a su arma rota por unos segundos. Como si estuviera sorprendido o no pudiera creer que algo así podía pasar.

Sam tomó ventaja de la pausa y lo atacó con un gancho a la cara, tirándolo al suelo. Se tambaleó tres pasos hacia atrás pero no sintió dolor. Vysenia se enfureció tanto como un arma gigante podía y se lanzó hacia el Ópticon.

"¿Tienes idea de cómo hacer a esta cosa entrar en razón?" preguntó Sam y no hubo tiempo de quedarse parada. Brincó a un lado, se dio la vuelta y pateó a la cosa en la espalda. Esta vez el impacto fue más efectivo. Vysenia soltó un quejido de dolor; el quejido sonaba más como una sirena distorsionada al final de su ciclo.

"Este es el momento. Ópticon, necesitamos algo de poder, ahora," exigió Sam y no hubo respuesta. "No hay, apenas puedo mantener esta forma," respondió y Sam iba a responderle, pero el gigante rojo se dio la vuelta para mirarla.

A diferencia de ella, sin embargo, esta cosa parecía tener todo su poder. Alzó los brazos y disparó dos rayos morados hacia ella. Sam alzó las manos y el escudo se formó de manera inmediata en la mano derecha.

Los rayos golpearon la superficie pulida y los reflejó en dos direcciones diferentes como lo había hecho antes, quemando el suelo muerto y radioactivo. "Gracias," dijo Sam. "No lo menciones. "Sé que quieres hacer algo dramático aquí, pero mantengámoslo simple, ¿está bien?" dijo el Ópticon y Sam asintió. "Está bien, será simple," respondió Sam y los rayos se detuvieron.

Vysenia corrió hacia delante, brincó, y golpeó el escudo pulido con su puño derecho. L protegió, pero no se lo esperaba. El impacto la tiró al suelo y la dejó de espaldas. El impacto hizo temblar el suelo y todo lo que quedaba de pie en el área se derrumbó, alzando polvo radioactivo en el aire.

Vysenia se paró frente a ella y sus manos comenzaron a brillar con fuego morado de nuevo. Su pie izquierdo pateó el escudo y se paró en su muñeca. Con un ataque a esta distancia, no había manera de sobrevivir. Sin embargo, no parecía ser muy inteligente.

Claro, la tenía agarrada con un pie, pero estaba ignorando el otro por completo, y el brazo que tenía la espada estaba libre. No desperdició el tiempo y giró la hoja para poder apuntar y atravesar la pierna del gigante. La espada pudo cortar a través de la armadura con facilidad, y no hubo sangre, pero salieron chispas moradas que volaron por todos lados desde la herida.

Vysenia soltó un grito en esa inquietante voz, pero Sam empujó el mango de la espada hacia abajo. La presión y el dolor fueron suficientes para hacer que el gigante se tambaleara hacia atrás. Mientras lo hacía, Sam se levantó del suelo y se quitó la tierra de encima.

Vio cómo el gigante se retorcía de dolor intentando quitarse la espada, pero era imposible. Tomó la hoja y comenzó a jalarla. Sam se dio cuenta de que iba a intentar sacar la espada de su pierna y pasar el mango por la herida.

Sam se dio cuenta de que la única vez que esta cosa había sentido dolor o había sido herido era cuando no se lo estaba esperando. Supuso que la hoja hubiera rebotado si hubiera intentado cualquier otra cosa. "Déjame sacarte de tu miseria, lamento haberlo hecho. No tuve otra opción," dijo Sam, pero no tenía idea de si era verdad o no. Lo pateó en el costado y él cayó al suelo.

Con un solo movimiento sacó la espada de su pierna y la clavó donde creía que estaba el corazón. La empujó hasta que sintió que se clavaba en la tierra. El gigante luchó por unos segundos antes de quedarse quieto. Sam se puso de pie y en ese momento se dio cuenta de todo el dolor que sentía.

"Ha sido un mal día," dijo Sam y miró a su alrededor, observando la destrucción que había causado por accidente y supo que no había nada que pudiera hacer por ahora. "¿Podemos volar?" preguntó. "Sí, pero no muy lejos," respondió el Ópticon, y Sam notó que sonaba tan cansado como ella se sentía. No tenía idea de a dónde ir, pero quedarse aquí no era una opción.

El Ópticon miró alrededor una última vez; estaba rodeada de muerte y destrucción. Era aterrador y lo odiaba. Con nada más que hacer aquí, dejó el cuerpo empalado de Vysenia en el suelo y se fue volando, lejos y a lugares desconocidos.

CUARENTA

Prometeo y Zeus se tambalearon en una entrada, seguidos de neblina blanca del brillante reino. La brecha en el aire se cerró detrás de ellos y los dioses reunidos ahí tenían la misma mirada en el rostro. "¿Por qué lo trajiste aquí? Ese no era el plan," dijo Deméter apurada, expresando el pánico que todos estaban sintiendo.

"No sabía nada. Liberamos a un monstruo en el omniverso y lo hicimos reaccionando sin pensar," respondió Zeus y Prometeo asintió, sorprendido por todo lo que había pasado y tratando recuperar el aliento.

"¿Y ahora confías en él? ¿Así de fácil? El titán le arruinó a la vida a la mayoría de nosotros. Sí, esto va a terminar muy bien, ¿no creen?" gritó Odín, molesto. Se suponía que el plan era matar al titán. Siempre había creído que Zeus tenía un corazón muy suave, y eso los iba a matar a todos.

Ra dio un paso adelante. Tampoco confiaba en el titán, pero no iba a desperdiciar sus palabras. En lugar de eso, sus ojos comenzaron a brillar con la luz del sol y de ellos salieron dos rayos gemelos hacia ellos. Los rayos eran grandes y estaban llenos de poder. Golpearon a

Prometeo en la espalda y lo lanzaron contra una pared de la antigua fortaleza.

"Muere," susurró. "No, no lo hagas," dijo Zeus y se puso en el camino del rayo. Los bloqueó con las manos y desvió la mirada. Su piel comenzó a arder bajo la intensidad y Zeus comenzó a deslizarse gracias al poder que estaba frenando.

Zeus no quería hacerlo, pero no tuvo opción. Las acciones de Ra podían interpretarse como una ruptura del traro y una declaración de guerra. Sus ojos brillaron con luz azul y, sobre Ra, cayó un enorme rayo en la parte de atrás de su cuello, haciendo que el dios del sol se tambaleara y parara su ataque.

"Tenemos que matarlo, tenemos que matarlo mientras podamos," dijo Ra, y era claro que estaba asustado. Zeus se había quedado sin aliento, pero estaba más que listo para volver a hacerlo. Sus manos estaban quemadas, pero ya estaban sanando. "No, no tenemos que hacerlo," dijo Odín y preparó su lanza.

"No," dijo Zeus. "La guerra está prohibida, la violencia también, no olvides el trato," dijo Zeus y Ra retrocedió asustado, lo había olvidado. Su ira lo había hecho olvidar el trato por un instante. Los otros Hekulites se prepararon para defender al rey y rodearon el grupo. La tensión estaba aumentando. "Perdono el lapso momentáneo," dijo Prometeo. Los otros soltaron un suspiro de alivio, pero eso no había resuelto nada más que el arrebato.

"Compañeros, yo sé que hemos tenido nuestras diferencias en el pasado, pero en este momento todos hemos sido engañados por alguien. Los Yokaiju están libres en la realidad, alguien les mintió. Alguien se hizo pasar por mí y los amenazó de muerte. Alguien que no sabía que yo no puedo hacer eso," les dijo el titán, y un murmullo se escuchó en la multitud a su alrededor.

"¿Quién sería lo suficientemente estúpido como para jugar un juego así?" pregunto Neit mientras caminaba al frente. "Ni siquiera Set o Surtur intentarían algo así. Los Yokaiju no sirven para ninguno de sus planes," continuó.

Era fácil ver que no estaban ahí. Ninguno de los dioses del inframundo estaba ahí. Los dioses oscuros tenían sus propios reinos y se mantenían escondidos, incluso ahora. "Podríamos preguntarles, alguien es responsable de esto y no podemos descartar a nadie. ¿Quién quiere ir a preguntarles?" dijo Thor, estaba cansado pero se sentía bien después de su entrenamiento con Ares.

Nadie habló. Nadie quería ir a los inframundos si no era necesario. "Yo iré. Estoy acostumbrado al lugar," dijo Hermes con un suspiro. Era verdad, había estado en todos, pero nunca se había quedado mucho tiempo.

"Es sólo una pregunta, ¿no? ¿Qué tan malo puede ser?" preguntó y suspiró. "Yo voy contigo," dijo Afrodita y Hades alzó la mirada, preguntándose por qué. Normalmente no le gustaba participar en aventuras o situaciones peligrosas. Cruzó los brazos y parpadeó. El vestido casi transparente que siempre usaba fue reemplazado por una armadura de un color rosado brillante y pegada al cuerpo. "Pero necesito vestirme para el viaje," dijo y sonrió.

Ares la miró. "No, no vayas. Yo voy en tu lugar," dijo Ares apresurado, a sorpresa de nadie. "No, necesito hacer algo. Ha pasado todo esto y no he hecho nada más que mirar. Set no va a lastimarnos, somos familia después de todo," dijo, pero ese término era relativo. Entre todos los que estaban ahí, ella era de las más antiguas. Sabía mucho, pero una mujer, humana o no, guardaba sus secretos.

"Está bien, puedes ir. Pero si alguno de esos seres del inframundo intenta hacer algo, voy a hacerlos desear nunca haberse formado," respondió Ares y ella sonrió, sabiendo que lo decía en serio. "Buena suerte. Por ahora, el resto de nosotros tenemos que hacer un plan," dijo Zeus, pero no estaba seguro de lo que iban a hacer.

Hermes y Afrodita miraron alrededor una última vez, se tomaron de la mano y desaparecieron de vista con un extraño desenfoque de la realidad. "Entonces, ¿cuál es tu grandioso plan? Estoy seguro de que nos vas a asombrar a todos con tu ingenio natural," dijo Prometeo y Zeus se encogió de hombros. No tenía idea de qué hacer.

"Yo digo que ayudemos al Ópticon tanto como podamos. Dejemos de escondernos e involucrémonos. Si trabajamos juntos, estoy seguro de que no podemos ser derrotados," dijo Zeus, pero todos parecieron retroceder ante la idea, podía ver en sus ojos que odiaban la idea.

"Cuando los humanos mueren pueden ir al inframundo, al cielo o el infierno creados por su falso dios Prometeo. Pero cuando nosotros morimos, cuando realmente morimos, ¿a dónde vamos?" preguntó Anhur. Se veía como si alguien hubiera cocido la cabeza de un enorme león en el cuerpo de un hombre.

"Vamos al olvido. Nuestra chispa se extingue, nuestro recuerdo se olvida. ¿Cuántos dioses muertos necesitas antes de darte cuenta de que pelear contra tus armas es un error?" preguntó, de una manera que no era típica de él. Él era un dios de la guerra, exterminador de enemigos. Parecía haber perdido su valentía, desaparecida como uno de los dioses muertos de los que hablaba.

Zeus sólo sonrió. "Hemos estado vivos mucho tiempo. ¿No crees que el riesgo del olvido hace que todo valga la pena al final? Los humanos nos llaman mitos, de todas maneras. Todos adoran a los titanes y sus historias, creen en él más que en nosotros," señaló Zeus.

Prometeo se puso nervioso al estar rodeado de todas las personas que había traicionado de manera tan fría. Estaba protegido por el trato, pero tal vez, sólo tal vez, la idea de ser completamente obsoleto era más que suficiente para inspirarlos a romperlo.

"Amigos, yo sé que están molestos y afectados por todo esto. Pero ahora todos estamos en peligro. Todo está en peligro. Ahora una de estas bestias tiene su cuerpo. Es sólo cuestión de tiempo antes de que regrese a la Tierra y le diga a los otros," dijo Prometeo y Zeus sonrió.

"Nunca le dije dónde estaba el cuerpo. Sólo nos llevé a la ubicación. Sigue sin saber nada, así que no les puede decir nada, pero creo que los escondites van a volverse obvios muy pronto," respondió Zeus y no hubo una reacción de sus compañeros. Nada de lo que decía los estaba haciendo sentir mejor.

"Yo digo que vayamos a matar a estas cosas y arreglemos un error del que debimos habernos encargado hace eras," dijo Ares, y a nadie le gustó el plan; todos negaron con la cabeza, seguros de que ese era el camino al final de sus vidas.

"El Ópticon está destruyendo el mundo a donde quiera que va. Vysenia, nuestro reemplazo, destruirá a los Yokaiju," dijo Tot, observando e intentando ser la voz de la razón. Incluso su voz sonaba condescendiente y arrogante. Aunque no lo hiciera a propósito.

"Sí, ¿y cómo planea su gigante rojo capturar las almas de los Yokaiju? ¿Sabían eso? No, no lo sabían. Cuando yo lo hice, todos estaban, a falta de una palabra mejor, muertos. No hay manera de que supieran cómo logró derrotar el Ópticon a las creaturas. ¿No se han preguntado por qué están buscando sus cuerpos?" preguntó Zeus y el rostro de Odín palideció.

Los asgardianos eran buenos creando armas, pero eran muy malos en completar sus planes. La mayoría del tiempo, sus planes para prevenir las fatalidades profetizadas eran precisamente lo que las causaba.

Odín miró a Tot. "¿Cómo es que no viste eso?" preguntó y Tot sólo se encogió de hombros. "No lo pensé. Creí que podían ser asesinados si el cuerpo en el que estaban moría. Como cualquier otra cosa," respondió Tot con algo de lógica, y en cualquier otro caso eso hubiera sido suficiente. Zeus sacudió la cabeza decepcionado.

"Esto es lo que pasa cuando se hacen las cosas sin comunicación. Hacen todo mal. Ahora, han liberado un arma en el mundo que... bueno, pueden apagarla, ¿verdad?" preguntó Zeus, intentando ser optimista.

"No, está diseñado para pelear contra los Yokaiju y no detenerse hasta que todos estén muertos, y eso va a causar problemas en la Tierra," dijo Odín con una sonrisa. No entendía por qué estaba sonriendo, pero ahí estaba. Una estúpida sonrisa nerviosa.

De repente la realidad se volvió a desdibujar y los dos mensajeros interrumpieron la conversación. A Afrodita le estaba sangrando el hombro y la mitad de la armadura de Hermes estaba derretida. "¿Qué les pasó?" preguntó Ares y fue el primero en preocuparse. "Nada. Set y yo, bueno, digamos que a Set no le gustó que apareciéramos," respondió.

"Él y el resto de sus amigos nos dijeron que no sabían nada, y nos expulsaron," dijo Hermes, su armadura plateada regenerándose. "Sí, eso es todo lo que pasó," respondió Afrodita, moviendo la mano sobre su hombro herido, por fin teniendo la oportunidad de curarse a si misma.

"Lo voy a matar, juro que lo voy a matar," dijo Ares y sus ojos se encendieron en llamas. "Ambos sabemos que no lo harás, deja a los seres del inframundo en paz," dijo Ra y Ares sabía que tenía razón, pero eso no detuvo el enojo o la frustración, era miserable sintiéndose tan inútil. Normalmente haría pedazos a quien hiciera eso. Ahora estaba atrapado aquí, sin poder hacer nada. Ares se preguntaba si así se sentía volverse loco.

"Los Yokaiju nos quieren a nosotros, así que deberíamos ir a ellos. Deberíamos buscar al Ópticon y detener la destrucción de la Tierra. Sam está ahí y todos podemos pelear juntos. Si morimos, morimos. No se pierde mucho, creo que la humanidad se puede cuidar sola," dijo Zeus y continuó. "Pero no todos. Sólo tres. Suficiente carnada para hacer que todos lleguen corriendo. Yo iré. ¿Quién más quiere acompañarme?" les preguntó Zeus. Por unos segundos, sólo hubo silencio.

"Yo iré," dijo Neit mientras daba un paso al frente. "No tengo miedo," añadió. Si lo tenía, no lo estaba mostrando. Zeus asintió y sonrió. Nadie más estaba ofreciendo sus servicios todavía. "Vamos, uno más," dijo. "Yo iré," dijo Thor, y el ojo de Odín mostró su sorpresa. Sabía que eso pasaría. Siempre era el que más se involucraba con la Tierra.

"No, te prohíbo que vayas, no voy a dejar que arriesgues tu vida," dijo Odín, pero fue interrumpido por una voz más suave y severa a la vez. "Deberías dejarlo ir, siempre ha querido a estas personas y no te veo ofreciéndote a tomar su lugar," dijo Frigg, caminando hacia el frente. Odín agachó la mirada. Muy pocas veces podía discutir con su esposa.

"Thor, puedes ir. Pero ten cuidado, ¿está bien?" le pidió Frigg con una sonrisa triste y Thor asintió. "Seré tan cuidadoso como deba serlo, pero no me voy a limitar. Nos vemos pronto," dijo Thor, y con eso los tres desaparecieron en un enorme rayo.

CUARENTA Y UNO

Sam aterrizó en las afueras de un pequeño pueblo en el norte de Texas. Sólo le tomó unos minutos de vuelo, pero había alcanzado su límite. Era la mitad de un día caluroso, pero sorprendentemente nadie la había visto aterrizar cerca de la calle principal del pueblo. Al menos parecía ser la calle principal. Estaba de su tamaño normal y su armadura había desaparecido en cuanto tocó el suelo.

"¿Childress?" preguntó al leer el letrero que le daba la bienvenida al pueblo. "Que nombre tan raro para un pueblo," dijo mientras caminaba por la calle. Vio una bandera de Estados Unidos izada a media asta. No pudo evitar el escalofrío que recorrió su espalda. Como en cualquier otro lugar en el país, las calles estaban desiertas. Todos parecían tener miedo de salir.

Se los imaginaba escondidos en un sótano, reunidos alrededor de una televisión y entrando en pánico. Probablemente era igual en todos lados, o al menos en los lugares en los que todavía había personas vivas. Sam caminó silenciosamente por el pueblo y algo llamó su atención, algo que había creído extinto.

Había una banca roja, y a su lado había un teléfono de paga. El cable plateado se movía un poco con el viento. Algo al respecto la hizo sonreír mientras caminaba hacia él, pero sólo se sentó en la banca. El calor del día por fin le estaba afectando y ese parecía un buen lugar para detenerse.

"¿Un mal día?" escuchó la voz de un hombre detrás de ella y la hizo brincar. Creyó que, con las peleas contra monstruos y la muerte, sorprenderse había quedado en el pasado. "Podrías decir eso," respondió y se giró para verlo. Era pequeño, tenía ojos azules y estaba usando un uniforme de policía que a ella le parecía viejo. Tal vez las cosas eran diferentes en Texas. Ella no era una experta.

"Sí, ha sido un día de locos," respondió, demasiado cansada para sentir nervios. El policía caminó hacia la banca y se sentó en el otro extremo. Sus pálidos ojos azules reflejaban el sol un poco. "Sí, se siente como el fin del mundo," dijo el policía y suspiró.

Por un momento pareció que estaba observando, pero no a ella, sino al arma dorada que estaba en su brazo. Se supone que nadie podía verla. La puso nerviosa la idea de que esta no era una persona. Justo cuando estaba segura de eso, desvió la mirada y actuó como si nada hubiera pasado.

"Tal vez que el mundo se termine no es algo tan malo. He visto muchas cosas malas en este pueblo que me convencen de que la gente nunca va a cambiar. Les dan voluntad propia, y ¿qué hace la mayoría con ella? Son egoístas, crueles, y todos los adjetivos y adverbios que quieras usar para describirlos," dijo, y no sonrió ni frunció el ceño. Sam se encogió de hombros.

"Sí, eso es cierto. Pero es el único mundo que tenemos. Creo que la mujer dorada, ya sabes, la gigante, creo que va a ayudarnos y a ganar esta pelea," dijo Sam y el policía sonrió.

"Eres una fanática del Ópticon, entonces, así lo están llamando en los noticieros. La gigante dorada consiguió un club de fans mundial casi de la noche a la mañana, a pesar de toda la destrucción que ha causado," dijo y Sam no sabía que algo así existía. No recordaba si había dicho su nombre, o cómo la conocían, era algo que no recordaba de Nueva York, pero estaba segura de que no había utilizado la palabra Ópticon. "Sí, soy una de ellas," respondió y decidió seguirle la corriente.

"Bueno, si pudiera darle a la mujer Ópticon un consejo, le diría que recuerde que el mundo es más fuerte de lo que parece. La gente va a reconstruir lo que pierdan sin importar cuánto tarde o lo mal que se vea. Le diría que no se frene o se sienta mal por matar gente inocente," dijo el policía, diciendo cosas que un policía no diría. Sam se dio cuenta de eso y lo miró.

El policía sonrió, sus pálidos ojos azules brillando y esta vez Sam se estremeció un poco. Había algo que no se sentía bien. "¿Cómo te llamas?" le preguntó y el hombre sonrió. No era una sonrisa cálida o amigable.

"Mi nombre es Bob, fue un placer conocerte, Sam," dijo el hombre y desvió la mirada en el tiempo que le tomó darse cuenta de que no había dicho su nombre. "Bueno, Bob, fue un gusto conocerlo y–" se dio la vuelta y se dio cuenta de que ya no estaba. "Sí, eso pensé. Me pregunto qué dios era. Al menos parecía amigable. Si me van a dar consejos, podrían intentar ser menos crípticos," dijo frustrada.

"No pensábamos serlo, pero ¿con quién estabas hablando?" dijo Zeus y miró a su alrededor. Sam no saltó esta vez, pero no tuvo la fuerza de ponerse de pie. Los tres dioses caminaron hacia la banca.

"Creí que era uno de ustedes, un policía llamado Bob," respondió, y los tres intercambiaron miradas sin estar completamente seguros de a qué se refería.

"Está bien, yo creo que estás delirando porque estás cansada. Alucinar cosas es normal cuando no descansas por tantos días seguidos como lo has hecho, ¿sabes?" dijo Neit, y dio un paso al frente. Sam nunca la había visto antes.

Se veía amable, pero había algo raro en ella. Sus ojos eran del color del océano. Estaba usando un vestido que le recordaba a la niebla en lugar de una tela y su piel le recordaba a la arena de mil playas doradas.

"Claro, me estoy volviendo loca. Está bien, todo está bien," dijo Sam y era verdad. Estaba cansada y pensó que no solo estaba perdiendo la cabeza, sino también su percepción de la realidad. "Claro que lo está, mujer humana. Estamos aquí para ayudarte a pelear. Lo único que tenemos que hacer es elegir un campo de batalla para poder pelear a muerte contra las armas," dijo Thor y fue más como un grito emocionado.

"Vaya, ¿puedes hacer más ruido? Me duele la cabeza. Creo que necesito dormir por un millón de años, darme un baño, comer algo. Ya saben, cosas de humanos," dijo, y con el Ópticon sin poder, estaba recordando todo.

Zeus puso los ojos en blanco, Thor cruzó los brazos frustrados. Neit entendió lo que estaba pasando. "Puedo ayudarte," dijo y extendió su mano izquierda. Sam tomó su mano y la diosa la ayudó a ponerse de pie.

"Vamos a necesitar veinte minutos. Ustedes dos no se metan en problemas y no hagan enojar a los locales, ¿está bien?" dijo Neit y alzó una ceja. Desaparecieron en un remolino de luz blanco mezclado con un arco iris de colores.

"No meternos en problemas, claro. Podemos hacer eso, ¿no?" preguntó Zeus y Thor se encogió de hombros. Esto no es lo que tenían en mente. "Entonces, ¿alguna vez habías estado en Texas?" preguntó Thor y Zeus miró a su alrededor. "No, pero no se ve tan mal. Demasiado polvo," respondió Zeus y los dos se sentaron en la banca. "Es tranquilo," dijo Thor. "Sí, lo es," respondió Zeus y miró la calle vacía.

Neit y Sam aparecieron en un torbellino de luz en un cuarto de hotel vacío. Sam cayó en la cama en cuanto llegaron. "Tengo malas noticias. No creo que veinte minutos de descanso me vayan a ayudar mucho," murmuró Sam en la cama, y lo único que quería hacer ahora era dormir.

Neit tenía la energética personalidad de una animadora y ya estaba molestando a Sam. "Claro. Traje bocadillos. Soy genial. Soy tu diosa. Diría persona, pero no soy una de esas," dijo con demasiado entusiasmo. Estaba molestando a Sam cada vez más pero no le veía el sentido a molestarse. No tenía la energía para hacerlo.

"Traje manzanas de oro y ambrosia," dijo Neit, alzando un contenedor. Era gracioso porque Sam no recordaba que tuviera algo unos segundos antes. Lo abrió y la comida brillaba.

La manzana dorada literalmente estaba brillando con una luz dorada, la ambrosia era de un rojo brillante como fuego y tenía la forma de un cristal. Neit lanzó la manzana y Sam la atrapó, pero se le resbaló por un momento antes de poder agarrarla bien. "Espero que te guste," dijo Neit con una sonrisa llena de esperanza.

Sam mordió la manzana, demasiado cansada como para preocuparse por la extraña situación. La manzana era muy fácil de morder y sabía exactamente cómo esperaba. Pero no hizo mucho más. De repente el brazalete dorado en su brazo cobró vida y comenzó a brillar, casi quemando con luz.

"Ópticon, recargado y listo para sacarle la inmortalidad a golpes a lo que sea necesario," dijo, y su voz sonaba casi hiperactiva. Neit sonrió. Sam estiró la mano hacia el contenedor y tomó un cristal de ambrosia. Esto iba a ser un poco más complicado. Nunca había intentado comerse un cristal.

Estaba caliente y no se sentía como una roca. Casi lo reconsideró, pero le dio una mordida. En cuando la tragó, la ambrosia fue como una descarga de energía para su sistema. Inmediatamente se sintió refrescada, llena de energía. "Si vendieran esta cosa, ganarían millones," dijo Sam movió las piernas a un lado de la cama.

"Sí, estoy segura de que podríamos. Sin embargo, cualquier humano que no esté equipado con el Ópticon moriría al comer esto. Literalmente se prendería en llamas de adentro hacia fuera y moriría gritando. Tal vez es mejor que no lo hagamos público para los humanos todavía," respondió Neit con una media sonrisa.

Sam se puso de pie y caminó hacia el baño. "Todavía nos quedan quince minutos, espera aquí," dijo, entrando y cerrando la puerta tras ella. Neit se sentó en la cama y encendió la televisión con un pensamiento.

"Ha habido avistamientos de monstruos por todo el mundo, y han aparecido en ciudades importantes y su única misión parece ser destruir. Hay muchas teorías al respecto, y una de ellas es que están buscando algo. El internet, o lo que queda de él, está lleno de ideas. La verdad es que nadie sabe. Es la humilde opinión de esta presentadora que este es el final del mundo como lo conocemos. Estoy a punto de irme. Les deseo buena suerte a todos en este tiempo de crisis, buenas noches," dijo sin sonreír. La estación cambió a una pantalla genérica que mostraba el indicativo de llamada.

Neit cambió el canal. "Si apenas nos acompañan, estamos reportando un ataque que está sucediendo en este momento. San Francisco está siendo atacado por esta cosa, como sea que quieran llamarla, que parece una serpiente gigante. Vamos a enfocarlo lo mejor que podamos," dijo el hombre y la cámara se movió hacia la destrucción. Una serpiente roja estaba enredada alrededor de la Pirámide Transamerica desde la base hasta la cima.

Neit vio a la serpiente clavar sus colmillos en lo más alto del edificio y hacerlo pedazos, haciendo que los escombros volaran por todos lados. El brillo rojo del fuego estaba en el fondo. "Najash," dijo Neit para si misma. La televisión se apagó cuando Sam salió del baño. La siguió una pequeña nube de vapor.

"Necesitaba eso," dijo Sam y sonrió. Por primera vez en mucho tiempo se sentía bien, se sentía normal. Y lo más importante, se sentía viva. "No te acostumbres. Necesitamos llegar a un lugar llamado San Francisco, Najash está causando destrozos mientras hablamos," le dijo Neit y Sam se encogió de hombros.

No tenía idea de quién o qué era, pero era bastante obvio que toda la información que necesitaba estaba en esa oración. "Bueno, vamos a derrotarla," respondió Sam, renovada y sintiéndose bien por primera vez en mucho tiempo.

Neit y Sam desaparecieron del cuarto y reaparecieron al lado de los otros dos, que no se habían movido de la banca. "¿Están listas para irnos?" preguntó Zeus. "Si, lo estoy," respondió Sam y Thor se puso de pie. "Vaya, ya era hora. Vamos a pelear como si nuestras vidas dependieran de ello," dijo y los cuatro desaparecieron.

CUARENTA Y DOS

Los cuatro aparecieron en San Francisco frente a un hombre que estaba huyendo. "¿Quién demonios son ustedes?" gritó el hombre y se puso de espaldas contra una pared. "Eh, superhéroes," respondió Sam, sin saber qué mas decirle. Comenzó a hiperventilarse. El ataque del monstruo y ahora personas apareciendo de la nada.

Era demasiado para este hombre. "No tenemos tiempo para esto," dijo Zeus y chasqueó los dedos. El hombre desapareció en un parpadeo. "¿Lo mataste?" preguntó Sam y Zeus la miró. "Claro que no. Lo envié a Ontario," respondió Zeus y se encogió de hombros. "Fue el primer lugar que se me ocurrió," terminó.

"Está bien, no importa. Matemos a esta serpiente," dijo Thor, pero no pudo evitar estremecerse un poco. De todas las bestias contra las que se había ofrecido a pelear, esta era la primera que aparecía. El cielo tenía un tono verdoso. Sam pensó que era extraño que el cielo fuera de ese color. Un agudo grito cortó el aire y Sam se estremeció. "Bueno, si vamos a hacer algo, hay que hacerlo ahora," dijo y de un salto subió al techo del edificio al lado del que estaban paradas.

Desde aquí podían ver a una serpiente parada como lo haría una cobra donde solía estar el edificio puntiagudo. "Esa cosa mide el doble que yo. ¿Cómo se supone que le gane?" preguntó Sam, sin poder confiar en si misma incluso después de todo. Desvió la mirada hacia la izquierda, perdiendo de vista a la serpiente entre los escombros.

"Nosotros te vamos a ayudar. ¿O ya se te olvidó que estamos aquí?" preguntó Neit, y Sam negó con la cabeza. "No, yo lo distraigo y ustedes tres hagan lo que tengan que hacer," dijo Sam y la armadura dorada apareció en su cuerpo. Se alzó en el aire, creciendo a su máximo tamaño mientras volaba.

Thor miró a Zeus. "No le hablaste de la niebla corrosiva," dijo y la respuesta de Zeus fue encogerse hombros. "Estoy seguro de que lo resolverá," respondió. "Pero no importa, tenemos que armar un plan," dijo y se dio la vuelta para mirar a los otros dioses.

Sam aterrizó en el suelo frente a la serpiente roja y se sintió muy pequeña. La serpiente ladeó la cabeza y la observó. "Muy bien, monstruo. Necesito que dejes de destruir este lugar," dijo. "Sí, eso va a funcionar. Regaña a la bestia y enséñale quién manda," respondió el Ópticon.

"Soy Najash, tú eres el enemigo. Voy a matarte," respondió telepáticamente. Sam no estaba preparada para la respuesta, no sabía si alguno le había respondido antes. "Buena suerte, entonces," respondió Sam, deslizando el pie derecho hacia atrás, formando su espada en la mano izquierda y el escudo en la derecha. Sam estaba feliz de ver que no tenía brazos ni piernas, y creyó que tenía una ventaja.

Sam se lanzó hacia delante y apuntó su espada al cuello de la bestia, aunque esta cosa parecía ser sólo una cabeza y una cola. Najash se dobló hacia atrás con rapidez. La hoja de la espada cortó el aire.

Sam se sorprendió al ver que algo tan grande pudiera moverse tan rápido, aunque su ataque seguramente era el que esperaba y había sido fácil de esquivar. Sam no desperdició el tiempo y atacó de nuevo. Esta vez la hoja de la espada raspó las escamas y sacó chispas con el contacto.

Sam se dio cuenta de su error y de la trampa mientras el largo cuerpo se lanzaba para ponerse a su alrededor con una velocidad inhumana. El cuerpo de la serpiente apretó y el escudo era lo único que estaba aguantando la presión, pero podía ver cómo comenzaba a doblarse.

"Está bien, soy una tonta," dijo Sam, y podía sentir la presión en las costillas. Sam estaba de pie, aguantando el peso de los dos. Se encogió a la mitad de su tamaño y se fue volando entre las espirales, arriesgándose a ser comida en un solo bocado. En cuando quedó libre, regreso a su forma gigante.

Lanzó el escudo hacia la serpiente tan fuerte como pudo. Golpeó la sección que seguía elevada. Se clavó en la piel roja y Najash soltó ese agudo grito de dolor. Sam disparó su rayo dorado hacia la mandíbula de la serpiente mientras lo hacía, haciéndola caer hacia atrás. Corrió hacia delante, sacó el escudo de la serpiente y al mismo tiempo usó su espada, haciendo contacto con la herida y abriéndola aún más. Comenzó a brotar sangre plateada, pero la herida era diminuta compara con el resto de la serpiente.

Jaló la espada como si no fuera nada más que un cuchillo de cocina. Najash entrecerró sus ojos negros y abrió la boca. Salió una niebla verde. "Muévete," gritó el Ópticon y Sam le hizo caso. La niebla no era como la del monstruo anterior. Sam vio cómo la niebla hacía que todo lo que tocaba colapsara. "Gracias. Recuérdame darle las gracias a los dioses por la advertencia," dijo molesta.

Voló hacia delante, pero tuvo que desviarse a la izquierda cuando otro torrente de niebla verde, pero siguió moviéndose y aumentando la velocidad. El Ópticon deslizó su espada por la piel roja de la bestia mientras se ponía detrás de la serpiente. Disparó sus rayos a la parte dc atrás de su cabeza.

Najash cayó de frente y Sam sonrió. Todo estaba funcionando perfecto. Voló hacia delante, con la intención de clavar su espada en la cabeza de la serpiente y dar esta pelea por terminada.

El otro extremo del cuerpo de la serpiente se alzó de entre los escombros y se enredó alrededor de la cintura del Ópticon, lanzándola al suelo. El impacto de su cuerpo contra el suelo de cemento hizo que varios edificios colapsaran. Abrió las manos y la espada y el escudo cayeron al suelo. Sam sentía que se iba a desmayar. "No te duermas," le dijo el Ópticon y Sam intentó quedarse despierta.

Najash se retorció de una manera que parecía imposible para ver a su víctima. Desde este punto de vista la serpiente era aterradora. Había algo en sus ojos negros que la paralizó hasta el alma mientras se acercaban. "¿Por qué tenía que ser una serpiente?" se preguntó a si misma cuando vio sus colmillos.

Comenzó a pensar en algo mucho más aterrador, que podía ser comida. El Ópticon tomó el control y por un segundo utilizó todo su poder. Su cuerpo ardía con llamas azules y doradas. Najash gritó de dolor y la soltó. Sam se alejó del suelo y de la bestia volando. "Gracias," dijo Sam. "Ni lo menciones," respondió el Ópticon, y realmente estaba agradecida por que el arma no tuviera tanto miedo como ella.

"Pensé que iba a tener ayuda," dijo Sam, disparando otro rayo hacia la serpiente roja, pegándole a su parte inferior. Hubo una explosión, pero la diferencia de tamaños hacía que el ataque no fuera tan impresionante. "Ah, ya conoces a los dioses, son buenos para hablar, pero malos para hacer algo útil," respondió el Ópticon, y Sam entendió que estaba sola. Era lo mismo de siempre.

"Necesitamos algo más," dijo Sam y tuvo una idea. Apretó los puños y se concentró. El océano a su espalda explotó en una gruesa columna de agua. El agua del mar voló sobre el aire cayó sobre ella, pero mantuvo su forma en lugar de regarse por todos lados, convirtiéndose en un titán humanoide que reflejaba su forma armada.

Sam estaba en medio de ella. Ahora era tan alta como la serpiente. Dio un paso adelante y atacó con un gancho. La mano hecha de agua se movía mucho más rápido de lo que creyó posible. Se impactó contra la cabeza de Najash, haciendo que cayera al suelo.

La mano derecha se convirtió en una enorme espada en el descenso. Un millón de galones de agua e inimaginables cantidades de fuerza golpearon la piel de la serpiente. Najash gritó, pero seguía intentando quitarse del camino.

Alzó la cabeza al mismo tiempo. La espada de agua se clavó en el suelo en lugar de salpicar por todos lados como se suponía que debía hacerlo. Najash se alejó, se alzó en el aire, abrió la boca y escupió la neblina verde. Sam alzó su espada y funcionó como un escudo. La niebla tocó el agua y quedó atrapada dentro.

"Ya no eres tan rudo, ¿o sí?" preguntó Sam. La neblina en la espada fue expulsada. El agua se mezcló con el extraño químico. Salpicó lo que quedaba de la ciudad, pero la neblina ya no era un problema. Ya no era un peligro para nadie, o al menos eso parecía desde aquí.

"¿Qué estás esperando? Terminemos con esta cosa," dijo el Ópticon, pero Sam no avanzó. "Tuve un sueño, una voz en la noche me dijo que dejara de hacer esto," respondió. "¿A qué te refieres con un sueño? ¿Sabes cuántas fuerzas quieren vengarse de los dioses? ¿Sabes que si cualquiera de ellos escapa, incluso si es sólo uno, destruirán todo? Pueden susurrar en tu mente cuando estás débil, tienes que ignorarlo. Has tu trabajo y salva el mundo," respondió el Ópticon, pero Sam no estaba segura. Y ese era el problema, que no entendía el contexto de esto. Había mucho que saber y no había suficiente tiempo.

"Tiempo, sí, tienes razón. Estos monstruos no han hecho nada más que destruir todo lo que ven, tenemos que detenerlo," decidió Sam y supo lo que tenía que hacer. Sin embargo, su acción retrasada le dio a la serpiente roja todo el tiempo que necesitaba para atacar. Se lanzó hacia delante por el centro del cuerpo de agua. Sam alzó las manos para defenderse, pero era demasiado tarde. La bestia la agarró con su boca mientras salía por el otro lado. El agua perdió su forma, cayó al suelo en diferentes direcciones. Sam logró liberarse mientras los dos aterrizaban y rodaban por el suelo.

Najash ya no tenía paciencia, así que abrió la boca y sacó un cono de niebla verde. Sam no tuvo tanta suerte como para alejarse y la niebla ácida la cubrió. Era dolor y corrosión concentrada. Su armadura dorada se estaba derritiendo con el contacto y lo mismo le estaba pasando a su piel debajo de ella.

El dolor era cegador y Sam hizo lo único que se le ocurrió. "Ayúdenme," dijo. No podía ver y cualquier intento por ponerse de pie se sentía como si sus huesos estuvieran a punto de quebrarse bajo su peso.

Cuatro rayos de electricidad cayeron del cielo y a la niebla, dispersándola de inmediato. Sam quedó liberada del ataque. "¿Escuché que nos estabas buscando?" dijo Thor, flotando sobre Sam. Neit y Zeus aparecieron a su derecha e izquierda.

"Al final aparecen y lo hacen en sus patéticas formas humanas. Enfréntennos, cobardes," dijo Najash, pero su boca no se movió y para alguien que estuviera más lejos hubiera sonado como cualquier otro chillido, un gruñido o algo más. Sus ojos negros se encendieron en llamas, dio un paso atrás y soltó un grito. Sam sabía para qué era. Era una señal para reunirse.

Sam se sentía mejor, el Ópticon todavía tenía energía y podía ayudarla a sanar más rápido. Se puso de pie mientras la señal resonaba en el aire. Nadie en la Tierra podía entenderlo, pero no era un mensaje para nadie en la Tierra. "Funcionó, ahora todos se dirigen hacia acá y podemos terminar con esto," dijo Neit y su arco plateado apareció por primera vez en su mano. "Grandioso, ¿cuántos quedan?" preguntó Thor.

"No sé. Yo derroté a cinco," dijo Sam, contando las batallas en su cabeza. Estaba muy segura de que eran cinco. No recordaba si sabía cuántos eran. "Quedan siete," dijo Zeus, y su confianza lo estaba abandonando. "Bueno, podemos quedarnos aquí contando monstruos o podemos encargarnos de este mientras esperamos a los otros," sugirió Sam.

CUARENTA Y TRES

Thor hizo girar su martillo y lo lanzó. El arma, aunque pequeña, tenía la misma fuerza. Golpeó a la serpiente roja en el cuello. El impacto fue más que suficiente para interrumpir la señal. Najash dio unos pasos hacia atrás. "Eso te pasa por gritar tanto, gusano," dijo Thor y se abalanzó hacia delante para atacar de nuevo, quedándose del tamaño de un humano. Diminuto en comparación con la serpiente, todos los dioses lo eran.

"Amigos, lamento molestar, pero creo que deberían cambiar de tamaño para que no los golpee por accidente," dijo Sam y vio a la serpiente retorcerse en la ciudad antes de retomar el control de su cuerpo. Iba a atacar de nuevo, eso era lo único de lo que estaba segura. Pero Sam se había equivocado; en lugar de atacar, se puso a la defensiva y comenzó a retroceder. "Está esperando que lleguen sus amigos, y no vamos a tardar en tener a todo un grupo de monstruos aquí," dijo Neit nerviosa.

"Kyocer puede llegar," dijo Zeus, como si eso significara algo para Sam. No significaba nada, era sólo otro monstruo que necesitaba morir y cuya alma necesitaba ser encerrada. Era obvio que los dioses, por alguna razón, querían al resto de los Yokaiju ahí antes de hacer algo. Si tenían un plan, habían elegido no compartirlo con ella.

Ignorando al trio a su alrededor, Sam volvió a atacar. Najash parecía sorprendido, como si se estuviera rompiendo algún código de honor. A Sam no le importaba el honor o ser justa. A nadie hasta ahora le había importado, así que no iba a preocuparse por eso ahora. La espada reapareció en su mano derecha y la clavó en el ojo izquierdo de la serpiente. La espada se clavó profundo y la serpiente se retorció de un lado al otro violentamente.

El largo cuerpo estaba destruyendo edificios como si fueran juguetes. "Muere de una vez," dijo, sin soltar a la bestia. No había sangre, sólo neblina verde saliendo de la herida. La niebla ácida quemaba sus manos, su cara y el metal de su espada. No la dejó ir hasta que el cuerpo de la bestia colapsó en el suelo.

El cuerpo de Najash se evaporó en niebla roja y, como todos los demás, intentó alejarse en el aire para buscar otro cuerpo que robar. Alzó la mano izquierda, utilizó su lazó de energía roja, y lo ató alrededor de la pequeña alma, jalándola hacia ella. Sam bajó la vista para ver a una mujer de color en medio de los escombros. Viva, hasta donde Sam podía ver.

El Ópticon se encogió y cayó de rodillas a su lado. "Tuviste suerte, no todos sobreviven," dijo y la levantó con facilidad. Se alzó en el aire para sacar a la mujer de ahí. "Ahora regreso, espérenme aquí," le gritó Sam a los dioses mientras se alejaba volando.

Voló hasta que vio lo que parecía un centro médico improvisado en el suelo, lleno de gente. "Está bien, aquí estamos," dijo, descendiendo hacia el campamento y aterrizando, regresando a su tamaño humano al mismo tiempo. Se vio rodeada por personas con armas y caos inmediatamente. Sam esperó a que se calmaran.

"Humanos, tengo a una de ustedes. Estaba poseída por el alienígena, pero está libre ahora. Por favor, cuídenla. Y váyanse de aquí. Todos se van a juntar en la ciudad y ustedes no pueden quedarse," dijo Sam con una voz modificada. Alguien con una bata blanca y dos hombres uniformados se acercaron y se ofrecieron a tomarla. Sam dejó a la mujer en el suelo y sonrió en el interior de su armadura. Sólo podía esperar que alguien en algún lado le hiciera caso a su advertencia.

Sintió el suelo empezar a temblar. Miró a su alrededor, pero no podía ver de dónde venía. "En serio, tienen que irse," dijo Sam de nuevo, sin darle la oportunidad de hablar a nadie y alzándose en el cielo, volando de regreso a los dioses que no se habían movido. Sólo le tomó unos segundos regresar y volver a su forma gigante.

Luego recordó algo. "Loki hizo esto," dijo Sam. "¿Qué? ¿Loki liberó a las bestias? Pero ¿cómo?" preguntó Thor, y sonaba asustado. "Él me lo dijo. Intentó obligarme a que le diera el Ópticon en casa de mi mamá, estaba trabajando con una de estas cosas. No puedo creer que lo haya olvidado," dijo y Zeus negó con la cabeza. "No puedo creerlo. ¿Cómo podría Loki hacer algo así? No tiene sentido," dijo Thor.

"Loki no podría hacer esto, a ese idiota sólo le gusta ser el centro de atención. A menos que haya tenido ayuda," añadió Neit. "No importa. Loki no sabía dónde estaba. Ninguno de ustedes sabía. Sólo lo sabían los líderes de las familias. No es posible que hiciera algo sin ayuda," confirmó Zeus y estaba seguro de que nadie lo había ayudado a hacer eso.

"No me veas a mí. Lo primero que recuerdo es estar en el brazo de Sam. Lo que haya pasado antes de que estuviera despierto no tiene nada que ver conmigo," respondió el Ópticon. Zeus tuvo un pensamiento horrible. Sus ojos se abrieron de par en par y estaba a punto de decirlo cuando, de repente, del cielo cayó una bestia con brillantes alas verdes.

Tenía piel café y una melena de cabello rojo que ondeaba en el aire. "Malpirgin," dijo Thor y la observó volar sobre ellos. Pudo haberlos atacado, pero no lo hizo. Su llegada hizo que todos se tensaran.

A lo lejos, un rascacielos colapsó, alzando una nube de humo gris.

De eso salió una horrible cosa que parecía una araña negra. Tenía seis patas que se doblaban hacia el suelo como las de una araña, pero sus antebrazos se extendían como si fueran los de un cangrejo, con todo y pinzas. Medía más de cientos de metros desde los extremos de sus patas hasta el cuerpo. Pero como cualquier otra araña, su cuerpo era más pequeño.

"Ojalá este en particular no existiera," dijo Sam y se estremeció. Odiaba a las arañas de todo tipo. Había visitado Australia ilegalmente una vez y se había encontrado con una araña de la madera mientras esperaba a que apareciera un contacto, en medio de la noche, sola. La había horrorizado, a pesar de no haber hecho nada para lastimarla o atacarla. "Ese es Brakai," dijo Zeus y no pudo evitar sonreir al ver su trabajo, incluso después de tantos eones.

Sam se estremeció de nuevo, y luego otra bestia apareció de la nada. Una cosa azul que brillaba con poder. Se paraba en dos piernas y parecía un alienígena con brazos muy largos. Tenía un largo cuello y una aleta en la cabeza. Sus brazos terminaban en garras que parecían transformarse en espadas y de regreso a garras, como si no pudieran estabilizarse. No tenía facciones, era sólo corriente que fluía por el cuerpo, intentando mantener su forma.

"Niádagon, es bueno verla de nuevo," dijo Zeus como si estuviera viendo a una vieja amiga. La conexión entre su cuerpo y su elemento era completamente obvia. "Genial, también hay un monstruo eléctrico. ¿Hubo algo que no hayas hecho?" preguntó Sam, comenzando a sentirse muy superada en números.

A la izquierda de la bestia eléctrica, los edificios quedaron aplanados en cuatro lugares. Una brillante bestia amarilla apareció de la nada. Sam casi se rio. Parecía un dinosaurio con el cuello muy largo; de hecho, eso era exactamente lo que era. Sus ojos eran azules y se veían tranquilos, pero el resto de su cuerpo no. Largas púas salían de su cola como un estegosaurio y medía más de doscientos metros. Los observaba a todos.

"Exgaur decidió aparecer también, muy bien," dijo Nait como si tuviera algún tipo de problema personal y tuviera cuentas que aclarar con esa cosa. Sam no quería saber sus nombres. Para ella eso no era importante.

Después, en medio de todos ellos, una columna de fuego blanco cayó del cielo y contra el suelo. Se retorció y dio vueltas por unos segundos antes de mostrar el esqueleto de una cosa gigante. Sam se quedó sin aire. Era la cosa que había visto en su sueño.

Era el monstruo en llamas. Esos huesos carbonizados que quemaban constantemente, pero el fuego no era suficiente para esconder los huesos. Yokaiju, la bestia que había tomado su nombre colectivo como propio había llegado.

No era el monstruo más alto, pero era el más aterrador. Era más que sólo la apariencia. Era algo más, algo más oscuro y violento de lo que Sam podía explicar. Observó el fuego y sacudió la cabeza, con miedo a distraerse demasiado con su mirada.

El único que no está aquí es Kyocer," dijo Thor con un suspiro de alivio. "No nos están atacando. ¿Por qué no nos están atacando?" preguntó Sam, nada tenía sentido. Todas las bestias estaban aquí y estaban esperando, por ahora. "No lo sé, hay que preguntarles," respondió Thor y comenzó a flotar hacia ellos. "Con cuidado," dijo Sam sin pensarlo.

"Bestias, ¿por qué no atacan?" preguntó Thor. "¿Tienen miedo de pelear contra nosotros?" preguntó. Ninguno respondió ni reaccionó. Thor se preguntó si no estaban hablando telepáticamente, planeando algo para atacarlos.

El silencio era peor que la acción. "No, no tenemos miedo. Estamos intentando pensar cómo matarlos y no destruir las almas que su nueva arma capturó," le respondió Yokaiju. No tenían prisa por pelear. Sam estaba segura de que los monstruos sabían que tenían todo el poder que necesitaban para ganar.

"Eso no va a pasar, chispita. Uno a la vez o todos al mismo tiempo, a mi no me importa," dijo Sam, cansada de esperar. Zeus y Yokaiju se rieron ante su valentía, pero por razones completamente diferentes.

"Sabía que te había elegido bien," dijo Zeus con una sonrisa y

Sam lo ignoró. Sabía la verdad, la mentira, lo sabía todo. Dio un paso al frente, lista para terminar con todo y con miedo a la muerte pero intentando reemplazar ese miedo con confianza artificial que había salido de la nada. La valentía de una delincuente enfrentándose por última vez a los policías, sin nada que perder y dispuesta a morir. El mundo le debería una. Al fin, el mundo le debería algo.

CUARENTA Y CUATRO

El Ópticon avanzó mientras el mundo observaba. Los nuevos helicópteros volaban a lo que creían era una distancia segura. Yokaiju, el esqueleto fantasmal, bajó la mirada mientras Sam se acercaba. "No puedes enfrentarme," le dijo, la voz resonando dentro de su cabeza. La boca del demonio nunca se movió. "Tal vez no, pero tengo que–". Yokaiju no toleraba las faltas de respeto. No había terminado de hablar.

No le importaba si ella lo sabía o no. Su brazo izquierdo se estiró y la mano en llamas apareció alrededor del cuello de Sam, alzándola del suelo y al nivel de su cara. "Quiero que consideres tus opciones, ah, y disfruta el viaje. Cuando regreses podemos hablar del siguiente paso," dijo en su mente y la lanzó, haciéndolo ver como un lanzamiento casual. Sin embargo, la fuerza detrás de él la hizo volar.

Sam vio asombrada cómo las bestias desaparecían en segundos. Y luego el mar estaba debajo de ella. El monstruo en llamas la había lanzado con tanta fuerza que estaba girando y fuera de control. Las islas pasaban a su lado a una velocidad sorprendente. Creyó pasar sobre al menos seis de ellas. Y luego se estrelló en un edificio y salió del otro lado como si estuviera hecho de absolutamente nada.

La posición del sol había cambiado, el aire había cambiado. Atravesó unos edificios más y rodó por el suelo hasta detenerse. Podía sentir el dolor y la realidad de su situación. Miró a su alrededor y vio que todos los letreros tenían líneas extrañas en ellos. Al principio pensó que su cerebro se había dañado, pero después se dio cuenta de que era, tenía que ser, chino. O algún tipo de escritura asiática. El Ópticon había sido lanzado con tanta fuerza que no había tenido la oportunidad de traducir todavía.

"Estamos en un lugar llamado Shanghái," dijo el Ópticon, y parecía estar tan sorprendido como Sam mientras se ponía de pie. "¿Cuánto fue? ¿Casi diez mil kilómetros?" preguntó, y no era una experta, pero estaba segura de que estaba cerca. En sólo unos segundos. ¿Qué clase de monstruo era esa cosa? Estaba empezando a escuchar los gritos de las personas mientras huían. Miró a su alrededor y se dio cuenta de que la ciudad, aparte de la entrada, no había sido tocada. Los monstruos no habían ido ahí. No sabía por qué y, por ahora, no le importaba.

"No tienes nada que hacer aquí," dijo la voz de un hombre, pero no veía a nadie. "Vete, ahora," dijo. Sam miró a su alrededor. "Está bien, pero ¿quién eres? ¿Dónde estás?" preguntó, pensando en qué tipo de dioses existían aquí. Nadie los había mencionado. Sabía que había dioses de todo tipo de los que no habían hablado. "Vete," le ordenó la voz de nuevo.

Y fue en ese momento que lo vio. Asumía que las personas no podían verlo. Una figura en las sombras. En una mano tenía un largo palo con una cuchilla en forma de una luna creciente. El hombre tenía una barba negra que le llegaba a la cintura, y sus ojos estaban ardiendo en llamas. "¿Quién eres?" preguntó curiosa, recuperándose de su aterrizaje.

"Soy Guan Yu. Protejo estas tierras. Ahora, vete de aquí o enfréntate a mí. Te aseguro, jovencita, que perderías," dijo rápidamente. Sam no sentía que el dios fuera amenazante, pero sí sentía que era peligroso. Tal vez por eso los monstruos no atacaban. Tal vez no tenían problemas con ellos. Sam no sabía y estaba segura de que no quería tener de enemigos a espíritus y dioses que no entendía.

"Está bien, Guan, me voy. Voy a regresar, derrotar a los monstruos y salvar el mundo. No hay necesidad de darme las gracias," dio y estaba a punto de alejarse volando. "No, te agradecemos. No nos malentiendas. Hay cosas oscuras que debemos contener aquí, si no tuviéramos que ocuparnos de esto estaríamos peleando a tu lado," respondió Guan y sonrió, o al menos Sam pensó que había sonreído.

No se escuchaba como alguien que sonriera mucho y ella sentía que era una figura seria y estoica. "Genial, más monstruos," murmuro Sam. Hizo una reverencia para mostrar su respeto. Supuso que eso era lo que tenía que hacer, había visto películas de artes marciales y siempre hacían eso en ellas, así que supuso que en algo tenían razón. Guan le regresó la reverencia, y su tenebrosa figura desapareció.

Sam se sentía mal por la destrucción, pero no había nada que pudiera hacer. "Lo siento," dijo y se fue volando de regreso a San Francisco. Estaba intentando creer o entender la distancia que había atravesado en segundos. No tenía idea de cómo iba a ganar esto, porque incluso con su poder al máximo, nunca había sentido nada tan fuerte.

"Creo que estamos muertos," dijo el Ópticon y continuó. "Creo que estamos muertos y todavía no lo sabemos," terminó. "Sí, pero si eso es cierto entonces no tenemos nada que perder," respondió Sam y casi sonrió, pero no pudo.

Inmediatamente aumentó la velocidad y atravesó el aire. El sonido de la explosión sónica mientras volaba sobre las islas destruyó ventanas y tímpanos de cualquiera que tuviera la mala suerte de estar en su camino. Su aura se encendió con fuego azul mientras viajaba sobre el océano como si no fuera nada más que caminar por un pasillo.

San Francisco apareció en el horizonte y se detuvo. De la ciudad se alzaban gruesas columnas de humo en muchos lugares. Sam sabía, sabía que la ciudad estaba perdida, incluso el estado entero. Tal vez el país. Incluso si ganaba, sería el fin del mundo. Los monstruos oscuros del mundo, los que habían sido capturados, encerrados y olvidados se alzarían para causar caos y consumir todo lo que quede. Ya sabía todo eso y más. No había un después y algo al respecto la hacía sonreír.

Sam respiró hondo y siguió avanzando al campo de batalla. Vio que los dioses ya habían cambiado de forma. Thor estaba en una armadura azul y medía casi cien metros. Su martillo se veía más como un hacha ahora. Lo utilizó como un escudo frente a un rayo de electricidad del monstruo.

Las chispas volaron por todos lados, prendiendo fuego a todo lo que tocaban. Neit era del mismo tamaño, usando una armadura blanca que tenía los colores del arco iris mezclados en algunas piezas. Estaba usando su arco, disparando energía pura hacia la araña con rapidez, pero la bestia estaba esquivando esas flechas como si fueran de papel.

La armadura de Zeus era de un amarillo y azul eléctrico. Estaba disparando dos grandes rayos de poder hacia Exgaur y Yokaiju. La bestia de cuello largo gritó de dolor mientras el poder eléctrico perforaba su piel. El monstruo en llamas estaba defendiéndose del poder con la mano derecha, intacto.

Malpirgin volaba sobre la batalla, casi con flojera, sin preocuparse por lo que estaba pasando debajo de ella. Sam ignoró la batalla y voló hacia el dragón alado. "¿Por qué no estás ayudando a tus amigos?" preguntó Sam.

"No vieron la belleza en el mundo. A mi me gusta este mundo. No los ataco y ellos no me atacan. Me exigieron venir, así que lo hice. No tenía que hacer nada más," respondió y siguió volando en círculos. "Está bien," dijo Sam y no quiso crear un problema donde no lo había, no era estúpida.

Niádagon hizo un enorme arco de poder para cerrar la distancia entre ella y Thor. Se volvió a formar y tomó su martillo mientras la atacaba y lo lanzó a un lado. Thor se teletransportó hacia su martillo, lo tomó y lo lanzó hacia la bestia eléctrica.

El martillo golpeó y cortó a la bestia, haciendo que se dispersara en diferentes direcciones. El martillo de Thor regresó a él en un instante. "Toma eso," dijo y sonrió debajo de su yelmo. La bestia eléctrica se volvió a formar sólo para hacerse pedazos cuando el Ópticon aterrizó sobre ella.

Sam pensó que era una buena idea hasta que la electricidad hizo que su cuerpo se arqueara y mandaba chispas por todos lados. Niádagon se volvió a formar y Sam cayó de rodillas hasta que la electricidad se disipó. "Valiente, pero tonta," dijo Thor y lanzó su martillo hacia la bestia de nuevo, pero ella sólo se retorció para evitarlo.

El martillo de Thor la golpeó en el pecho y la sacó del campo eléctrico. "Gracias," respondió Sam con toda la fuerza que pudo. No era el momento para quedarse en el suelo. No era el momento de quedarse inmóvil y derrotada.

Sam atacó a la bestia con dos rayos; la energía del Ópticon no reaccionó bien a la electricidad mística y el monstruo gritó mientras se formaban dos hoyos en su pecho, tambaleándose hacia atrás. "Progreso," dijo y se puso de pie para atacar de nuevo.

Estiró las manos y de repente apareció una hebra de tela y una telaraña cubrió sus manos, atándolas juntas al instante. "Ah, vamos," dijo y bajó la vista a los hilos blancos. Terminaban en las tenazas de Brakai.

Sam se asustó y voló hacia arriba para intentar escapar. Se alzó a casi treinta metros antes de que las firmes hebras de tela se tensaran y se negaran a dejarla ir. "Suéltame, suéltame, suéltame," dijo, entrando en pánico.

De todos los monstruos, este era el que más le asustaba. La araña, pero no era exactamente una araña, era algo salido de sus pesadillas. Intentó disparar sus rayos de energía para liberarse, pero no estaba funcionando. Después, horrorizándola, la araña comenzó a jalar y desaparecieron seis metros de distancia entre ellos.

Una flecha blanca de energía del arco de Neit cortó la tela después de que la jalara por tercera vez. Sam podía ver los ocho hambrientos ojos de Brakai, tan negros y vacíos como el monstruo. Sabía que tenían hambre. Las arañas siempre tenían hambre y estaban listas para comer lo que sea que cayera en su telaraña. Sam se alzó en el aire y esquivo tres hebras más.

La tela cayó sobre la ciudad y se pegó a todo lo que tocaba. Sam apretó los dientes y rompió la tela. Las hebras rompiéndose sonaban como cables partiéndose bajo presión. Entre más lejos estaba la tela de las hebras principales, más se debilitaba, deshaciéndose hasta no ser nada más que cenizas.

"Gracias," dijo, haciendo aparecer su espada y decidiendo que aunque perdieran, aunque no hubiera esperanza de ganar, esta araña no podía seguir caminando por la Tierra. Tragó sáliva y bajó en picada hacia los ojos de la araña en un viaje casi suicida. "Muere, insecto," dijo, entrecerrando los ojos.

Yokaiju volteó la cabeza, abriendo la boca para escupir fuego espectral. El torrente de fuego la alcanzó en el costado y la hizo a un lado con facilidad. El calor que esperaba no estaba ahí. El fuego era frío, helado al punto de ser doloroso.

Rodó a un lado y se encogió de dolor. "¿Qué demonios es esto?" le preguntó a la nada. "Te cuidado, ese fuego quema el alma," dijo el Ópticon, y sonaba como si a él también lo hubiera lastimado. "¿Por qué nadie me advierte las cosas antes de que pasen? Esto de ser una heroína apesta," dijo y se puso de pie tan rápido como pudo. El dolor de estaba desvaneciendo, pero sabía que el daño era más profundo que sólo a nivel físico.

La bestia en llamas volvió a mirar a Zeus, y la araña se movía hacia Sam. Le lanzó su telaraña y Sam rodó a un lado para evitarla. Disparó su propio rayo a la cara de la bestia.

La luz dorada alcanzó su objetivo y empujó a la araña sobre sus patas traseras, mostrando la parte inferior, parecida a un cráneo humano por lo blanco y negro. "¿Por qué no?" preguntó, disparando su rayo al que sería el ojo izquierdo de la cosa y dejó a la araña de espaldas. Era el momento de atacar.

Se abalanzó hacia delante, saltó en el aire y apuntó su espada al centro del monstruo. Se dio cuenta demasiado tarde de que la araña tenía orificios en los extremos de sus pies. Dispararon hebras de tela a su alrededor mientras la espada se clavaba en el pecho de la bestia. Las patas de la araña se doblaron alrededor de ella como una jaula. "Maldita sea," se dijo a si misma, sin saber qué hacer.

CUARENTA Y CINCO

Sam y la araña estaban atascadas, no había manera de escapar. Sam apretó los dientes y se alzó en el aire, llevando a la araña cósmica con ella. "Vamos por un paseo, insecto," dijo Sam, sin tener un plan. "Podría usar un poco más de poder," dijo Sam y rogó por que fuera suficiente.

Giró la espada en el interior de Brakai y lo hizo gritar de dolor. Sam sonrió. "Sugiero que guardemos lo más posible para Yokaiju, el que están en llamas," respondió el Ópticon y ella gruñó frustrada.

"Bueno, es hora del plan B," respondió se alzó lo más rápido que pudo en el cielo. No tenía idea de qué tan alto podía volar, pero iba a hacer que esta horrible cosa se arrepintiera de haberse metido con ella. Siguió subiendo en el aire, cada vez más alto. El peso extra hacía que fuera más difícil moverse.

Voló hasta que el cielo pasó de azul a un cielo oscuro y estrellado. "¿Estás segura de que esta es una buena idea?" preguntó el Ópticon y Sam cerró los ojos. "No," respondió y comenzó a caer.

Sam estaba usando lo suficiente de su poder para mantenerse nivelada mientras caía. Las llamas se formaron a su alrededor, quemando la telaraña mientras caía. Era más que suficiente para liberarla, pero Sam tenía que estar segura de que fuera suficiente. Sentía que caían mucho más rápido cuando le agregó un poco de su fuerza.

Sam se dio cuenta de que ya no estaban cayendo dentro de la ciudad. Eso le parecía bien. Se preparó el impacto segundos antes de que golpearan el suelo. El impacto creó un cráter y alzó humo, fuego y polvo al aire. El sonido del impacto fue ensordecedor, pero lo único que Sam escuchó fue el enfermizo crujido del cuerpo del monstruo bajo el suyo.

Se puso de pie y vio las enredadas extremidades negras de la araña aplastada. El cuerpo negro estaba comenzando a convertirse en niebla. Sabía que esta batalla había terminado. En un instante ese lazo rojo de energía apareció alrededor de la niebla negra y la jaló.

"Así de fácil, uno a la vez," dijo Sam y se asomó al cráter para ver a una mujer tirada que parecía tener unos cuarenta y cinco años, blanca, alguien que ella no conocía. Era difícil decidir si estaba viva o no. Se concentró y neblina apareció alrededor de ellas. Apagaría el fuego y enfriaría el suelo, así que la victima estaría bien si estaba viva, tal vez.

Sam alzó la vista al cielo, lista para regresar a la pelea, cuando vio algo rojo volando por el cielo, como un cometa. "Ah, vamos, pensé que estaba muerto," se dijo a si misma, reconociéndolo de inmediato. Salió del cráter y salió volando por el aire detrás del cometa rojo avanzando hacia los monstruos, la ciudad y todo lo demás que quedaba en la balanza.

Vysenia era mucho más rápida. Vio a la ciudad en llamas aparecer en el horizonte y vio al cometa haciendo un giro de noventa grados y cayendo hacia la ciudad, el cambo de batalla. Sam aterrizó sobre una pila de escombros en llamas que se hizo pedazos bajo sus pies. La batalla se había detenido y todos estaban observando al intruso. "¿Qué demonios es esta cosa?" preguntó Neit, pero Sam ya sabía eso.

"Soy Vysenia, y estoy aquí para terminar con la amenaza,"

respondió con una voz mecánica y casi al mismo tiempo voló hacia Yokaiju. Todos esperaron a ver qué pasaba. El esqueleto de casi doscientos metros lo miró, casi ladeando la cabeza de manera curiosa.

Yokaiju apretó el puño derecho y en cuanto el gigante rojo se acercó, golpeó a Vysenia en el estómago. Vysenia se dobló con la fuerza y en cuanto lo hizo, otra mano en llamas se estrelló contra el cuello de Vysenia. Hizo que cayera directo a los escombros con suficiente fuerza para empujarlo diez metros bajo el nivel del suelo.

Sam sabía lo que seguía. Incluso si tenían sus diferencias, era un aliado potencial en esta pelea. No podía dejar que se quemara Atacó a la bestia con sus rayos dorados y la golpeó en la cara.

La energía hizo que desviara la mirada, molesto, pero la distracción fue suficiente para dejar que Vysenia saliera de su posible tumba. Sam casi sonrió cuando comprobó que la maquina parecía no tener un cerebro. Inmediatamente volvió a correr hacia el monstruo.

"¿Qué demonios te pasa? Deja que los dioses lidien con él. Podemos ocuparnos de los otros si trabajamos juntos," le dijo y se alzó en el aire para volar de regreso y aterrizar a su lado, asintiendo. No había ninguna emoción amigable ahí, Sam estaba segura de que esta cosa la atacaría cuando todo esto terminara como lo había hecho la última vez.

"Thor, Zeus, Neit. Encárguense de la antorcha no humana, nosotros nos encargamos de los otros," dijo Sam y se giró para mirar a los monstruos que quedaban y que los habían rodeado. "Genial," le dijo a nadie.

"Está bien, lo contendremos tanto como podamos," respondió Thor y los tres dioses rodearon al monstruo. Yokaiju, a pesar de que su cara no era más que un cráneo, pareció sonreír con la idea.

Niádagon y Exgaur se quedaron en el suelo. Malpirgin seguía en el cielo, viéndolos como si no fuera más que una nube. Hasta ahora no había hecho nada para ayudar a ninguno de los dos lados de la batalla. Sam casi se lamentó porque también tendría que encargarse de ella. Por ahora, sin embargo, estos dos monstruos no eran tan amigables.

"Está bien, tú encárgate de la cosa de energía y–" Sam se interrumpió cuando Vysenia comenzó a correr hacia ellos. "Espera, podríamos, ah, olvídalo, eres un idiota," dijo frustrada. Era como hablar con una pared de ladrillo. Sólo las paredes podían caer de manera tan sencilla cuando las empujabas hacia alguien.

Niádagon saltó sobre Vysenia y le dio un golpe en la espalda en sólo unos segundos. Sam vio cómo caía al suelo y lo sacaban de la pelea con un solo ataque. "Eres peor que inútil," dijo enojada y alzó su espalda. Mientras miraba al monstruo eléctrico, lanzó su espada hacia el amarillo de cuello largo. La espada se clavó en el hombro de la bestia y esta soltó un grito de ira y dolor mientras se paraba en sus patas traseras. Cuando volvió a estar en cuatro patas, la espada se soltó de su cuerpo y cayó con un fuerte sonido al suelo.

No tenía idea de lo que esta cosa podía hacer, todos los demás habían tenido un poder y ella estaba lista para todo. El monstruo cayó a la tierra y esperaba algo parecido, pero las ondas expansivas que ocasionó fueron suficiente para hacer que perdiera su apellido. No sólo ella. Miró a su alrededor y vio a los edificios moverse hasta donde podía ver. Había hecho su mejor esfuerzo por contener la batalla y los daños. Pero todo ese esfuerzo había sido para nada.

Hablando de poderes, el de Niádagon no era tan impresionante, y Sam supuso que sería sencillo mientras se ponía de pie de nuevo y la espada aparecía en su mano. Corrió hacia la bestia antes de que pudiera atacar de nuevo cuando una columna de piedra apareció bajo sus pies y la empujó en el aire, cayéndose a pedazos después.

"Hijo de–" Sam no pudo terminar porque los pedazos de piedra volaron hacia su cuerpo y la golpearon. Esto la hizo tomar una posición defensiva. No era algo muy peligroso, pero era más que suficiente para distraerla.

Las astillas de piedra se detuvieron en el aire, se reagruparon, y se encendieron con una brillante energía roja. Sam observó y supo que iban a regresar para la segunda ronda pero que esta vez iba a doler mucho más.

Hizo aparecer su escudo y lo alzó un segundo antes del impacto, arrodillándose en el suelo. Las rocas cargadas de energía roja golpearon el escudo y sonó como una tormenta en un techo de metal. No duró mucho. Sam miró detrás de ella y se dio cuenta de que esta cosa, lo que sea que fuera, sólo estaba jugando con ella.

"Maldita sea," dijo, y dos altas paredes de piedra aparecieron detrás y frente a ella. Intentó irse volando, pero no tuvo tiempo de reaccionar. Las paredes se cerraron de golpe con suficiente fuerza para soltar toneladas de piedras que la enterraron bajo tierra. Exgaur se rio, o al menos eso parecía desde debajo de la tierra.

El suelo sobre el que estaba parada se sintió demasiado suave y comenzó a succionarla. "Vuela, esto se va a convertir en una trituradora. Tenemos que volar, ya," dijo el Ópticon y Sam intentó moverse, pero toneladas de tierra la tenían encerrada, no podía ir a ningún lado.

"Cuando todo esto termine, recuérdame decir que no la próxima vez que los dioses necesiten ayuda," dijo Sam en voz baja mientras intentaba empujar la tierra. Normalmente sabía que no iba a ser un problema. Iba a ser triturada viva. "Si estábamos esperando el momento de usar todo nuestro poder, este es el momento," dijo Sam asustada.

De repente la presión desapareció. No había una razón obvia, pero aprovechó la oportunidad y voló hacia arriba. Su brazo derecho salió de entre los escombros y se extendió hacia el cielo. Segundos después, el resto de su cuerpo salió del suelo.

Vysenia había clavado su hacha en la cara de Exgaur. "Eso funciona," dijo y sus puños empezaron a brillar con energía amarilla y lanzó dos reyes al pecho del demonio con el cuello largo.

Los rayos dejaron dos hoyos en la carne de la creatura. Combinado con el hacha en la cara, era más que suficiente para que cayera de lado. No tenía que admitir que cuando no estaban intentando matarse el uno al otro, y el hombre de rojo no estaba siendo un idiota, eran un muy bien equipo.

Vio cómo el derrotado Exgaur se evaporaba en humo amarillo.

Sin perder el tiempo, lo capturó con su lazo rojo. El cuerpo de un diminuto hombre estaba en el suelo. Se veía vivo, y ella iba a rescatarlo si era posible. El Ópticon vio cómo Vysenia pisaba al hombre como si fuera un insecto y giraba el pie para asegurarse de que no quedara nada.

No sabía cómo reaccionar a eso. Niádagon aprovechó la pausa para atacarla con todo su poder eléctrico. Sintió cómo se tensaba su cuerpo y el dolor correr por él. Sam se tambaleó hacia enfrente y se dio la vuelta.

Intentó bloquear la electricidad con las manos, pero Sam descubrió que había sido una mala idea. Salieron chispas de su cuerpo y cayó de rodillas de nuevo. Quiso decir algo, pero el poder eléctrico mantenía su mandíbula cerrada. Sus manos comenzaron a brillar con su propia energía dorada.

Vysenia caminó entre los dos, cortando la corriente. La brillante electricidad azul y verde lo golpeó en el pecho y voló por todos lados mientras avanzaba. Ni Sam ni la bestia entendían cómo funcionaba esto, pero sabía que ver era creer.

Vysenia disparó sus propios rayos hacia el corazón de la bestia. Las energías no se mezclaron y la bestia gritó, pero se regeneró con rapidez. Sam se puso de pie y le disparó a la bestia con su energía, y Vysenia hizo lo mismo.

Esta vez fue demasiado para el monstruo y el poder adicional era demasiado. Sam apreciaba la ayuda; no había manera de que pudiera derrotar a esta cosa sola, o al menos eso creía.

El monstruo eléctrico explotó. Las chispas de electricidad volaron al cielo intentando escapar. "No," dijo Sam y lanzó su lazo rojo al aire. Atrapó a la chispa de energía más grande y la jaló.

De nuevo, vio a una mujer en el suelo y antes de que pudiera reaccionar, Vysenia la aplastó sin pensarlo dos veces como si tuviera una vendetta en contra estas personas. "Deja de matar a la gente que estamos intentando salvar," le gritó Sam, pero no sirvió de nada.

Sólo les quedaba un monstruo con el que lidiar. El líder de las bestias estaba peleando con los tres dioses a lo lejos y no parecía estar en problemas. Zeus estaba en el suelo.

Thor estaba recargado en una rodilla, intentando ponerse de pie. Neit estaba volando sobre ellos y disparando sus flechas con rapidez, pero los ataques de energía estaban rebotando en las llamas espectrales. Sam sabía que derrotar a esta bestia podía terminar con todo.

CUARENTA Y SEIS

El Ópticon y Vysenia corrieron hacia el gigante de fuego juntos e intentaron atacarlo por sorpresa, tanto como dos gigantes podían hacerlo. La bestia giró la cabeza en su dirección, abrió las fauces y escupió fuego. Vysenia se adentró en el cono de fuego blanco y Sam dio un salto para quitarse del camino.

Si había una manera de saber si esta cosa no estaba viva, era esta. No le importaba su propia seguridad. El fuego espectral lo cubrió, rodeó al gigante y se apagó. Seguía ahí, con humo saliendo de su cuerpo, pero sin herirlo.

"En serio, ¿qué demonios es esa cosa?" preguntó Sam. "Es Vysenia. La idea de mi padre del arma suprema," dijo Thor mientras se paraba a su lado. "Grandioso," respondió Sam y se puso de pie. "Me gusta tu ingenio," dijo Thor y caminó hacia delante. Sam se encogió de hombros y avanzó con él. No tenía idea de qué hacer. Esta cosa se alzaba sobre todos ellos y era invencible, hasta donde ellos sabían.

"Esta es la última batalla de la realidad. Tres patéticos dioses, un arma que aprendió a caminar y un humano gigante. Bueno, esto no va a tomar mucho tiempo," dijo Yokaiju y su trituradora voz resonó en sus cabezas. Al menos así lo sintió Sam.

"Soy tu creador. No sé cómo te liberaron, pero debes detenerte," dijo Zeus y tomó la iniciativa. "Uh, quiero mencionar algo rápidamente. Eso no funcionó la última vez. ¿Cómo se supone que funcione ahora?" preguntó Neit, y Zeus se volteó a mirarla. "No sé. No es como que pueda decirle que se vaya a su cuarto o amenazarla. Creí que ser educado podría servir de algo," respondió.

"¿Qué? ¿Después de toda la destrucción y la muerte? Quieres ser educado cuando tu vida está en riesgo. Son la raza más cobarde que jamás he conocido," dijo Sam, escuchando la conversación. "Oye, se supone que tú los derrotaras a todos antes de todo esto. Toda esa destrucción es tu culpa," respondió Zeus.

Sam estaba a punto de responder cuando el monstruo frente al que estaban parados se cansó de verlos. Estiró su brazo izquierdo hacia ellos y rápidamente eliminó la distancia. La mano en llamas se envolvió alrededor del cuello de Zeus y lo jaló de regreso a la pelea.

"Voy a matarte a ti, a tu familia, y todo lo que tú y tu familia hicieron va a arder," dijo Yokaiju y comenzó a apretar el cuello de Zeus lentamente; iba a disfrutar esto. "Esta es nuestra oportunidad, tenemos que utilizar todo nuestro poder ahora que la bestia está distraída. Podemos terminar con esto," dijo Sam y observó.

Vysenia no tardó en aprovechar la situación y corrió hacia delante. Hizo aparecer su hacha negra en la mano derecha y atacó el brazo del monstruo.

La hoja del hacha se clavó en el hueso, pero no cambió nada. Yokaiju entendía lo suficiente de esta tonta cosa, no de todo, pero lo suficiente. Su cola en llamas envolvió la pierna de Vysenia y lo jaló hacia el suelo con facilidad. "Está bien, vamos a atacar. Sólo quería ver que los dioses temblaran un poco antes de que lo hiciéramos, se lo merecen," dijo el Ópticon y Sam no pudo argumentar contra eso.

Estaban a punto de desatar su furia cósmica cuando el cielo se abrió de repente. Una luz azul brilló desde el cielo, cubriéndolos a todos. "¿Falta alguien?" preguntó Sam y alzó la vista, igual que todos, incluso Yokaiju.

"Dios mío," dijo Sam mientras la bestia caía del cielo, estaba lejos, pero medía miles de metros. La bestia azul estaba cubierta de fuego, se paraba como un hombre, pero parecía una montaña en llamas. Cualquier esperanza que Sam tuviera de ganar murió en ese momento.

"Kyocer, ¿encontraste tu cuerpo?" preguntó Yokaiju, dejó caer al dios y se volteó para ver a su amigo. "No, el dios me lo dio. Hicimos que se desesperaran tanto que consideraron todas las opciones," respondió. Antes de que cualquiera pudiera hablar, un dragón blanco cayó de una brecha en el cielo, del mismo tamaño que el gigante azul en llamas.

"¿Qué demonios está pasando?" preguntó Sam, y de repente todo estaba yendo de mal en peor. Una figura conocida salió del portal justo antes de que se cerrara y aterrizó en el campo de batalla. Tenía la forma de un dinosaurio. Piel verde y brazos cortos y gordos. Piel de plástico, parecía una burla de las cosas contra las que había estado peleando.

"Hola, déjenme explicarme. Hola, Sam, cuanto tiempo sin verte," dijo Loki en una aguda voz, pero su boca estaba abierta inútilmente y no le dio la oportunidad de explicar lo que estaba pasando antes de hablar otra vez.

"El trato es este, ustedes me dan el Ópticon o los dioses se quedan atrapados donde están para siempre, y todo lo que conocen muere. Dámelo, y dejaremos que nos adores, sólo a nosotros, por la eternidad, dejando que vivas. Las muertes empiezan con tu madre," dijo Loki y los ojos de Sam se abrieron como platos.

"No, no te voy a dar nada," respondió Sam y movió su pie derecho hacia atrás. "Preferiría morir, pero debiste haber visto eso venir," dijo, pero no tenía idea de cómo iba a enfrentarse a esto.

CUARENTA Y SIETE

Sam no tenía nada que perder. Si se rendía, todo moría de todas maneras. "Me caes bien," dijo Thor, y se escuchaba como si estuviera sonriendo. Observó al dinosaurio que parecía de plástico parado entre ellos. Alzó su martillo y lo lanzó. Mjolnir golpeó al juguete gigante y salió por el otro lado. Thor apareció junto a su martillo y se unió a la pelea. La forma de Loki se desinfló como un globo, y luego se derritió hasta que no quedó nada. "Te doy permiso de atacar," dijo Loki mientras lo último de su dinosaurio desaparecía.

El Ópticon no perdió el tiempo y encendió sus poderes cósmicos, ardiendo con fuego dorado y azul de nuevo. "Tenemos que derrotar a los más grandes," dijo el Ópticon y Sam asintió, pero estaba segura de que el poder que tenía no era suficiente. "Deja de dudar. Puedo sentirlo. Tienes la mitad del poder de todos los dioses que se usaron para crearme. Ten un poco de fe o algo," pidió el Ópticon y Sam respiró hondo antes de volar directamente hacia Kyocer como un cometa azul y dorado.

A Kyocer no le gustó eso y su mano izquierda disparó un cono de fuego de doscientos metros hacia ella. "¿Estás bromeando?" preguntó, sin saber qué hacer ante el tamaño de este ataque. Iba a destruir todo debajo de ella.

Sam giró a la derecha tan rápido como pudo, pero no fue lo suficientemente rápido. La pared de fuego se acercaba cuando un borrón blanco la atrapó y la ayudó a quitarse del camino. Malpirgin la había salvado. "Gracias," y no se molestó en esperar una respuesta.

La cascada de fuego era el fin de San Francisco. Las llamas azules tocaron el suelo y se esparcieron por todos lados. Inundaron las calles y quemaron todo lo que tocaban. Sam no podía ver nada eso.

Kyocer era una montaña viviente y entre más se acercaba, menos lo veía. El Ópticon formó un puño con su mano derecha y atravesó la capa exterior de la pared de fuego que rodeaba a la bestia. Luego, con toda la fuerza que tenía, golpeó lo que creyó era su estómago.

Kyocer sintió el golpe, el impacto fue tal que hizo que perdiera el equilibrio e hizo que cayera de espaldas. No quedaba nada por salvar en el suelo. Tal vez no quedaba nada por salvar en ningún lado. "¿Cómo lo derrotamos?" preguntó Sam. "Igual que a todos los demás, tomando su alma," respondió el Ópticon. Sam no estaba segura de cómo hacer eso. Antes de que pudiera pensar en un plan, una columna de energía roja cayó sobre ella, haciendo que cayera al mar de fuego.

"No pueden ganar. Ninguno de ustedes," dijo la voz de Prometeo, más alta que cualquier trueno en la Tierra, molesto con toda esta resistencia. Pensó que sería fácil. Sam no podía ver nada aparte del fuego azul. Cada centímetro de su cuerpo se estaba quemando. "Esto nunca va a funcionar. Tenemos que hacer otra cosa," dijo Sam y no supo qué hacer.

"Yo sí, pero tenemos que salir de aquí," respondió el Ópticon, y juntos se pusieron de pie a pesar del dolor. "Encuentra a Zeus," dijo el Ópticon y Sam se alzó en el aire y voló entre el fuego. Hizo lo mejor que pudo, pero no podía ver nada. "Ayúdame. Guíame por este desastre," dijo Sam y sintió al arma tomar el control. Estaba confiando en ella, no tenía idea de dónde estaba ahora.

En unos segundos, estaba de regreso en la zona de combate. Los tres estaban peleando contra Yokaiju a través de las llamas. Zeus estaba disparando rayos de electricidad hacia el pecho de la creatura, pero se hacían pedazos y volaban por todos lados. "Zeus, necesito la mitad de tu energía. Puedo terminar esta batalla, pero necesito tu mitad," le dijo el Ópticon.

"No puedo. Moriré sin ella," respondió y siguió atacando. "Todos moriremos si no lo haces. Es así de simple, ayúdame o muere conmigo. ¿Cuál eliges?" le preguntó el Ópticon, quedándose sin tiempo. Podía escuchar el suelo tronar mientras la bestia se ponía de pie. "Por favor, tienes que ayudarnos," le rogó el Ópticon.

Zeus hizo una mueca ante la idea. "Nunca voy a ceder lo que es mío. Prefiero morir peleando," dijo y empujó al Ópticon. Sam no se cayó. Un hombre con un deseo de muerte, nada nuevo. Miró el fuego a su alrededor y supo que no tenía otra opción. "Está bien, si no me lo quieres dar por las buenas," miró a su alrededor, al infierno en el que todos estaban parados.

Su puño derecho comenzó a brillar con luz roja y golpeó al dios con toda la fuerza que pudo. Perforó la armadura que estaba usando y se clavó en su pecho. "Lo voy a tomar por las malas," dijo. Los poderes de Zeus llenaron su armadura y vio su cuerpo prenderse en llamas y comenzar a consumirse ahí mismo. Se sentía mal, pero Zeus no había elegido a una santa como su campeona.

Su cuerpo explotó con poder; el Ópticon ya no sólo tenía pedazos de poder de algunos dioses. Era, al menos por ahora, un arma llena de poder convertida en diosa. "Somos uno," dijo el Ópticon. Salió volando del fuego y se puso de frente al titán y el Yokaiju que se estaban poniendo de pie después del último ataque.

Prometeo no podía creer lo que estaba viendo. "Únetenos, Ópticon. Yo soy quien le dio a Loki la manera de liberar a los Yokaiju. Los dioses no valen nada. Yo los cree, a todos ustedes. Les di almas y los liberé de su esclavitud. Yo los hice quienes son. Los dioses se interponen en mi camino, nuestro camino. Pudieron haber sido grandiosos, pero han sido plagados de guerras tontas y problemas. Con los dioses fuera del camino, podemos alcanzar la paz. Necesitaba que los dioses murieran para lograrlo. Únetenos, no son de utilidad ni para ti ni para nadie," le dijo Prometeo.

Sam se dio cuenta de que cuando la fuerza bruta no funcionaba, la razón siempre era el siguiente plan. No había diferencia entre las personas y las entidades cósmicas que estaban a punto de perderlo todo. Todos terminaban rogando por sus vidas, o intentando hacer que vieras las cosas desde su punto de vista. Sam había visto a estos monstruos. Habían matado a, literalmente, millones de personas por todo el mundo.

"Nop," dijo Sam en voz baja. Tal vez empezar de nuevo era mejor, tal vez este mundo estaba demasiado corrompido para ser salvado. No lo sabía. Hizo que su espada apareciera en su mano. Estaba en llamas igual que ella. Un brillante fuego dorado y azul se alejó de ella como si tuviera vida. Voló a través de las llamas, la espada frente a ella.

Prometeo abrió la boca y lanzó su rayo rojo de energía hacia el Ópticon, y ella pasó a través de él. Su velocidad aumentó al punto en el que atravesó al titán en segundos. Esta cubierta de sangre plateada hirviente que se estaba evaporando.

Kyocer se volteó para mirar al brillante centinela en el aire detrás de él. Sam pensó que estaba a punto de dar un discurso sobre armas, el destino, o algo parecido. No le interesaban esas tonterías. Su cuerpo comenzó a arder y era tan brillante que el Ópticon tuvo que cubrirse los ojos. "Va a quemar el mundo," dijo el Ópticon al instante.

Sam estaba convencida de que podía hacerlo. Un arco de fuego de kilómetros de largo y moviéndose a cientos de kilómetros por hora salió de su cuerpo y voló hacia Los Ángeles, y otro arco salió en la dirección opuesta. Era demasiado tarde para cualquier cosa en el camino de esas ondas de llamas cósmicas aniquiladoras. Kyocer sabía que no podía derrotar al Ópticon en su estado actual.

La espada de Sam se convirtió en un rayo de luz y le atravesó la cabeza, justo entre los ojos. Jaló la mano y le arrancó el alma. Sam sonrió y se dio cuenta de que aún quedaba una bestia con la que lidiar. Los arcos de fuego se apagaron de inmediato, pero Sam no quería pensar en todo lo que se había perdido en esos segundos.

Sam sabía donde estaba el último Yokaiju peligroso en el suelo, así que voló hacia el cuerpo y lo golpeó, lanzándolo hacia el infierno debajo de ellos. Vio la montaña de carne caer sobre todos por unos segundos antes de que le bloqueara la vista. La bestia cayó al suelo y las ondas expansivas que creó apagaron las llamas azules de inmediato.

En el suelo todo estaba calcinado hasta donde podía ver. La destrucción se extendía por kilómetros. No sabía, o no le importaba. Malpirgin ya se había ido de la escena, pero Sam supuso que estaba bien. Era la única que no parecía querer destruir el mundo. En lo que ella concernía, la batalla ya casi terminaba. No había señal de Loki, ni de Vysenia o de Yokaiju por ningún lado.

Sam bajó flotando al suelo y su fuego se apagó. Estaba cansada. Alzó la vista al suelo y vio que estaba normal. La brecha había desaparecido. "Mataste a Zeus," le dijo una voz, y se dio la vuelta para ver a Neit. "Sí, no quería ayudarme así que tuve que hacerlo. Tal vez tengan que buscar un nuevo líder o algo," dijo, intentando recuperar el aliento. "Les voy a mandar flores," terminó Sam.

"Yokaiju desapareció. En cuanto las cosas cambiaron, el cobarde huyó para salvar su miserable vida," le dijo Thor y Sam asintió.

"No me importa, si se aparece en cualquier lugar de la Tierra, puedo encontrarlo y derrotarlo con este poder. Ya no es un problema," respondió el Ópticon y miró a su izquierda. Ahí estaba Vysenia, y su armadura se estaba encogiendo. Vio a la amenaza roja disolverse y dejar sobre el suelo quemado a Kevin, el hombre que había conocido en lo que sentía como otra vida. "No lo creo," dijo.

"¿Lo conoces?" preguntó Thor. "Algo así, pero no realmente. Nos conocimos después de la primera batalla. Me llevó a una base. Los detalles están algo borrosos," respondió y continuó. "Es peligroso, encierren a esa cosa donde no pueda volver a lastimar a nadie. No creo que pueda morir," sugirió Sam y los tres regresaron a su tamaño humano.

"Conozco el lugar para él, no te preocupes," dijo Neit y sonrió, ahora en forma humana. Sam no estaba segura de por qué estaba feliz. "Y el Ópticon, tienes que regresárselo a los dioses," dijo Thor y extendió la mano. Esperaba que se lo regresara. "¿Y confiar en ustedes de nuevo? No, me lo voy a quedar. Puedes intentar quitármelo, si quieres, pero no te lo recomiendo," respondió Sam y se preparó para pelear de nuevo. Thor entrecerró los ojos, pero bajó la mano. No quería desafiar al Ópticon y ocasionar una guerra nueva.

"Está bien, quédatelo. Ha habido demasiadas muertes esta semana. Pero quedas a cargo de él, y vamos a estar observando," dijo Neit, caminando hacia Kevin y poniendo el pie sobre su pecho. Los dos desaparecieron en un destello blanco. "Buena suerte, si necesitas algo sólo pregunta," dijo Thor antes de desaparecer con los cuerpos de los gigantes.

"Salgamos de aquí," dijo Sam y se alzó al cielo lleno de humo, desapareciendo.

Tres semanas después

El mundo estaba devastado, los ataques de los gigantes se habían detenido, y millones estaban muertos. La gigante dorada, salvadora de unos y monstruo de otros, había desaparecido. No se habían reportado más avistamientos fuera de lo ordinario. La vida siguió lentamente.

De los millones de personas que viven en Nueva York y la isla de Manhattan, sólo ciento cincuenta mil personas se encontraron con vida. El gobierno la había declarado una zona de desastre; la gente podía regresar bajo su propio riesgo. Ahora era una necrópolis.

Estaban llegando los reportes sobre el moho que había caminado como una persona y había atacado a personal de rescate. Se le estaba llamando una ciudad infectada, pero nadie podía confirmar los reportes. La leyenda urbana creció.

San Francisco y treinta kilómetros a su alrededor habían quedado hechos cenizas. No se había encontrado un solo ser vivo en la zona afectada, y gracias al calor tampoco se habían encontrado cuerpos.

El número total de muertos sigue siendo desconocido. Expediciones a la zona incinerada, como se le conoce ahora, sólo descubrían huesos quemado, cenizas y nada más que eso. El mundo espera cualquier señal de vida, pero hasta ahora no ha habido nada.

El resto de California, toda la costa oeste, también había sufrido daños por el fuego, desde Canadá hasta la punta de Baja California en niveles grados de intensidad.

La costa de Texas había quedado inhabitable gracias a las consecuencias radioactivas de la explosión. Sólo se encontraron diecisiete mil personas con vida, aunque la mitad de ellas habían sido quemadas por la radiación.

La Isla de Galveston se había hundido, y cualquier que no hubiera escapado se consideraba muerto. La lista de los desaparecidos alcanzaba los miles y crecía día a día, incluso tres semanas después. Houston era inhabitable, y la costa del golfo estaba bajo cuarentena.

Sam estaba caminando por la interestatal en medio de la nada; no estaba segura de dónde estaba, no había mucho tráfico estos días. La gasolina se había vuelto escasa y todo lo demás en el mundo también se había visto afectado.

Sam había considerado buscar a su familia, para ver si habían sobrevivido o no. Pero sentía que no podía verlas de frente después de todo lo que había hecho. Ver a cualquiera de frente iba a ser difícil. El Ópticon mantuvo el hambre, el cansancio, y todas las demás debilidades a un lado para que pudiera caminar todo el tiempo que quisiera.

El brazalete dorado conocido como el Ópticon había desaparecido de su brazo, los dos se habían fusionado y con la amenaza controlada, no había razón para ponerle atención al mundo. Había salvado al mundo de una muerte rápida, pero no podía dejar de preguntarse si no lo había condenado a una lenta en su lugar. Sólo el tiempo diría si había tomado la decisión correcta o no.

Querido lector,

Esperamos que hayas disfrutado leer *Ópticon*. Por favor tomate el tiempo de dejar una reseña, no importa si es corta. Tu opinión es importante para nosotros.

Descubre más libros de Jesse Wilson en https://www.nextchapter.pub/authors/jesse-wilson

Nuestros mejores deseos,

Jesse Wilson y el equipo de Next Chapter

Lightning Source UK Ltd.
Milton Keynes UK
UKHW041908031120
372650UK00001BB/123